고전문학의 사회·역사적 소통

서종문

박문사

⣿ 서 문

　문학은 사회와 역사에 터를 잡고 생성된다. 따라서 하나의 작품은 그
것이 산출되었던 사회나 역사와 불가분의 관련을 맺게 마련이다. 더러는
이러한 점이 직접적으로 작품에 반영되어 나타나기도 하고, 때로는 작품
의 구조와 결합하여 작품의 의미와 미학의 성격을 결정짓기도 한다. 필
자는 이러한 점에 관심을 지니고 고전문학 작품과 작가들을 살펴 왔다.
여기에 그러한 작업의 결과를 한 권의 책으로 묶어서 '고전문학의 사회·
역사적 소통'이라는 이름으로 펴낸다.

　여기에는 논의 대상이 성격이 유사하거나 그 내용이 연계되는 것을 묶
어서 하나의 장으로 묶은 것도 있고, 시각과 문제의식이 상통하는 것을
묶어서 한 곳에 모은 것도 있다. '고전문학 전승통로의 사회·역사적 이
해'와 '고전문학과 사회·역사적 사실의 소통'이 앞의 경우라면 '고전문학
생성토대의 사회·역사적 이해'와 '고전문학과 지방의 대응'이 뒤의 경우
이다. '고전과 사회·역사적 회통과 전망'은 문학보다 더 넓은 범위에서
이러한 문제의식을 지니고 탐색한 결과를 묶은 것이다.

　'고전문학 전승통로의 사회·역사적 이해'에는 탈춤에 등장하는 말뚝
이란 인물이 구비문학이 유통되는 공간에서 성립되었을 가능성을 짚어
보는 '말뚝이형 인물의 형성'이라는 부분과 조선조 후기의 사회·역사적
변화와 그 양상이 설화와 문헌을 통해서 노비들과 양반들의 관계를 이야
기하는 작품으로 형성되었을 것으로 보고 그 양상과 의미를 논의하는
'충노형 이야기와 반노형 이야기의 다툼'이라는 부분으로 구성되어 있다.

여기서도 이러한 문학적 형상이 당대의 사회 · 역사적 배경을 몸 입고 나타나기에, 이러한 시각으로 이 현상을 논의하고자 하였다.

'고전문학 생성토대의 사회 · 역사적 이해'는 성격이 다른 현상을 통해서 고전문학 생성에 사회 · 역사적 배경이 작용하는가를 살핀 내용을 묶은 것이다. '박인로 문학세계의 현실적 토대와 세계인식'에서는 박인로의 삶과 그가 살아간 시대가 그의 문학작품의 창작에 어떻게 반영되어 나타나는가가 살펴졌다. '〈홍길동전〉 '율도국'의 생성과 그 의미'에서는 〈홍길동전〉의 후반부를 형성하는 율도국 부분이 어떻게 생성되어 나올 수 있었는가라는 질문에 대해서 사회와 역사라는 국면에서 검토한 결과가 담겼다.

'고전문학과 사회 · 역사적 사실의 소통'은 고전문학의 소재가 되는 사회적 현상이나 역사적 사실이 문학작품화될 때에 어떠한 변화가 일어나는가를 알아보는 바를 묶은 것이다. 〈한양가〉 계열과 〈한양오백년가〉 계열, 그리고 〈임진록〉이 이러한 현상을 잘 보여주기에 이들 작품을 중심으로 이 문제를 따져 보았다. '〈한양오백년가〉와 〈임진록〉의 관계와 의미'에서는 임진왜란 체험이라는 역사적 사실과 문학적 형상화 사이에서 나타나는 의미와 기능상의 문제를 살펴보고, '〈한양가〉 계열 작품에 나타난 문학적 형상화의 두 방향'은 한양이란 지방의 사회적 공간과 역사적 시간이 문학적으로 형상화되는 바를 알아보면서 그것이 문학과 사회 · 역사적 사실과 어떠한 소통을 열어가고 있는가를 살펴 본 것이다.

'고전문학과 지방의 대응'에서는 오늘날 문제가 되고 있는 세계화와 지방의 문제를 고전문학의 창을 통해서 전망해 본 것을 엮었다. '지방화와 고전문학의 대응'은 우리에게 세계화는 서울의 집중화라는 부정적인 견인력에 의해 지방의 활력이 소모되고 있는 점을 알아보았다. 같은 맥락에서 쓰인 '세계화와 판소리의 대응'은 판소리라는 공연예술물이 지방의 문화적 활력이 활성화되어야 그 전망이 보이게 된다는 관점을 내보이고자 한 것이다. 여기의 논의는 다소간에 당위적인 관점과 논조를 지니게 된다.

'고전과 사회·역사적 회통과 전망'은 각기 성격이 다른 논의를 묶은 것이다. '19세기의 한국 문화'는 19세기라는 한정된 시기에 우리나라 문화의 하부구조와 상부구조에 나타나는 변화를 고전문학이라는 매개물을 통해서 해명해 보려는 것이다. '지식 생산의 역사성과 지방성'은 정신사적 관점에서 대구·경북 지식인의 문화적 정체성 문제를 다룬 것으로, 이 책에서 가장 유별난 성격을 지닌다. 지방의 문제를 다루고 있다는 점에서는 '고전문학과 지방의 대응'과 연관이 있으나 그 대상이 철학적 담론에까지 확산되기에 따로 장을 나누어 실었다. '북한의 고전문학 인식'은 오래 전에 발표한 논의지만 손을 보아 이 책의 성격에 부합할 것 같아서 함께 싣는다.

평소 건망증이 많은 필자 때문에 원고의 탐색과 정리에 애를 먹은 김영주 석사와 유귀영 석사의 노고를 생각하고, 현재의 세계적인 경제위기 속에서도 시장성이 없으리라고 판단되는 이 책을 간행해 주신 박문사의 윤석원 사장과 직원 여러분에게 감사드린다.

∷ 차 례

제1부
고전문학 전승통로의 사회·역사적 이해

말뚝이형 인물의 형성 1

1. 머리말

탈춤에 두루 등장하는 인물 가운데 말뚝이라는 인물이 있다. 말뚝이는 양반과장에서 양반과 대립하면서 양반을 풍자하거나 공격하는 인물의 기능을 지니면서 골계적 효과를 드러내는 인물이다. 우리는 탈춤의 성격을 가장 집약적으로 드러내는 인물의 하나로 말뚝이를 주목해 왔다.

말뚝이라는 인물이 어떻게 탈춤에 등장할 수 있었는가라는 문제가 제대로 해명되면 탈춤의 형성을 탐색하는 데에 도움이 되는 성과가 생길 수 있다고 본다. 물론 여기에서 그러한 과제를 한꺼번에 해결할 수 있다고 누구도 자신있게 말할 수는 없을 것이다. 작게는 이러한 인물형이 어떻게 형성되었는가라는 데에 초점이 모아진 논의 자체가 일정한 의의를 지닌다고 하겠다. 말뚝이란 인물의 기원에 대해서는 풍농굿의 잡색에 등장하는 포수로부터 전환되었다거나,[1] 또는 굿에서 찾을 수 있는 신의 마부로부터 전성되었다[2]는 등의 논의가 있었다. 또한 호랑이탈이 포수와

---

1) 이러한 논의는 다음에서 이루어졌다.
    조동일, 『탈춤의 역사와 원리』, 홍성사, 1984(9쇄), 29-44면 참고.

결합하여 말뚝이로 전성되었다는 견해3)도 제시되었다. 이러한 탐색은 말뚝이라는 인물의 탐색이 민속적인 측면에서 이루어지기에 그 시점이 매우 모호하거나 아주 먼 과거의 시대에서 잡고 있는 특징을 보인다. 여기서 벌이는 논의에는 말뚝이의 등장이 시작되는 구체적인 역사적 통로를 가까운 시대의 한 쪽에서 탐색하는 데에 관심이 모이게 된다.

잘 알려진 바와 같이 탈춤은 조선후기에 활발하게 공연되었던 것이다. 탈춤의 역사적 근원은 아득한 원시의 시 · 공간에 베풀어졌던 굿거리의 한 자락에서 이끌어 올 수 있겠지만, 현재 전승되는 구체적 면모로 확정된 것은 그리 오래되지는 않을 듯싶다. 적어도 탈춤의 장르적 생명력이 활성화되었던 조선후기에 이르러서야 오늘날 전승되는 탈춤의 각 과장이 확정되었던 것으로 추정된다.

양반과장에 등장하는 주요인물인 말뚝이라는 인물의 형성과정도 이러한 탈춤의 역사적 전개와 맞물려 설명될 수 있을 터이다. 즉 신분제사회의 해체가 진행되었던 조선조후기 사회를 배경으로 이러한 인물이 탈춤에서 그 구체적인 기능을 획득할 수 있었던 것으로 보인다. 자신의 상전인 양반을 희화화하면서 대결을 벌이는 말뚝이의 언행은 이와 같은 역사적 변화의 추이에 따라 강화되어 나갈 수 있었을 것이다.

이러한 점에서 볼 때에 말뚝이라는 인물은 역사적 변화의 예술적 반영물로 판단할 수 있다. 따라서 말뚝이란 인물의 형성 문제는 먼저 그 역사적 배경을 살피면서 그 해답을 찾아야할 성격을 지니는 것이다. 다음

---

2) 이러한 관점은 아래에서 보인다.
   김태곤, 『한국무속연구』, 집문당, 1981, 100-103면.
   박진태, 『탈놀이의 기원과 구조』, 새문사, 1990, 135면.
3) 이러한 견해는 다음 논문에서 내보였다.
   김창현, 『탈춤의 기원에 얽힌 몇 가지 문제에 대하여』, 『성균어문학 30』, 성균관대 국어국문학과, 1995.

으로는 탈춤의 전승통로가 되었던 구비문학의 영역에서 그 형성의 흔적이 추적되어야 할 터이다. 설화 중에는 말뚝이 인물 형상화의 기반이 되었을 것으로 보이는 이야기가 탐색될 수 있고, 그 기반은 매우 넓게 퍼져 있게 마련이다.

어떤 현상이든지 그것의 역사적 전개과정에서 그 변모의 흔적은 추적될 수 있는 법이다. '말뚝이란 인물이 어떻게 형성되었는가'라는 질문은 '탈춤의 역사가 어떻게 전개되었는가'라는 질문과 연계되어 있다. 즉 이것은 말뚝이란 인물의 이전 형태의 인물형을 탈춤의 역사적 전개과정에서 소급하여 추적할 수 있다는 말로 바꿀 수 있는 일이다. 이를 통하여 우리는 탈춤의 내발적 변화와 그 의미를 해명해낼 수 있을 터이다.

2. 말뚝이형 인물의 형성 배경

말뚝이라는 인물이 어떻게 탈춤에 등장하게 되는가를 살피자면, 이러한 인물이 형상화되게 하는 배경적 토대부터 검토되어야 할 터이다. 탈춤이 활발하게 공연되면서 일정한 변화를 내보이면서 전개되어 나가면서 말뚝이라는 인물이 각 지역의 탈춤마당에서 다양하게 그 모습을 갖추어 나갔으리라는 관점에 서면, 말뚝이란 인물의 형상화 문제는 조선조후기의 역사적 변화와 사회적 변동과 맞물려 있는 문제이기도 하다. 따라서 이 문제를 해명하는 일은 조선조후기의 역사적 변화와 사회적 변동의 구체적 국면에서 말뚝이라는 인물이 어떻게 이를 반영하면서 구체화되는가를 따지는 일부터 필요로 하게 된다.

잘 알려진 바와 같이 조선조후기에 이르러 견고한 신분제를 사회구조의 핵심으로 삼고 체제적 안정을 이루어갔던 조선조사회는 크게 동요되고 있었다. 임진왜란과 병자호란이라는 외적 충격과, 권력을 놓고 파당을 갈라 당쟁을 일삼기 시작한 내적 갈등이 이미 그것의 단초를 제공하였던 것이다.[4] 이와 함께 중인층 이하의 사회적 세력이 부를 축적하는 등의 과정을 통하여 동요되고 있던 신분제 사회의 틈새를 찾아 그들의 영향력을 점차 확대해 나갔던 사실도 이러한 사회적 변화를 가속화시키는 요인으로 작용하였다.[5] 여기에서 안정된 구체제의 질서와 관습에 안주하려는 양반사대부층과 새로운 사회적 변화의 추세를 타고 신분상승 등의 이점을 확보하려는 중인과 양민층에서 하천민에 이르는 민중들이 대립하거나 충돌할 소지가 생겨나게 되었다.

이러한 사안과 기미는 설화나 이를 채록한 기록에서 구체적인 이야기 형태로 전이될 수 있다. 뿐만 아니라, 탈춤과 같은 역동적인 공연예술물에는 이러한 사회적 변화를 반영하는 인물이 나타나게 마련이다. 전승되는 설화나 이를 한문으로 채록한 자료에서 조선조후기의 사회적 변화를 읽어낼 수 있는 이야기를 찾아내기는 어렵지 않은 일이다. 대체로 이러한 이야기는 조선조 사회의 문제적 인물과 사건을 그 핵심적 요소로 삼아서 그 서사가 이루어지는 게 일반적이다. 예컨대 몰락한 양반이 도적

---

4) 조선조 사회의 변화가 임진왜란과 병자호란이라는 외적 충격에 의해서 지배계급인 양반사대부의 경제적 토대가 되었던 토지가 황폐화되고 생산력의 수단이었던 노비가 급격하게 줄어들었던 일 등에서 가속화되었다는 것이 일반적인 논의의 주류를 이루고 있는 것으로 보인다. 여기에 조선 중기 이후에 왕권 중심의 권력의 분점을 놓고 벌어진 지배계급 내의 헤게모니 쟁탈이 사화, 또는 붕당의 성립 등을 통해서 격화되면서 급격하게 몰락하기 시작한 일부 양반사대부의 증가도 이와 관련하여 주목되어야 할 일이다.

5) 중인 이하의 사회적 세력이 권력의 핵심에 접근하려는 시도는 이미 숙종조의 정변에서 관찰된 바 있다.(정석종, 『조선후기사회변동연구』, 일조각, 1983, 79-130면 참고.) 이것은 중인 이하의 사회 세력의 성장과 밀접한 관련을 지니는 역사적 사안이기도 하다.

의 무리를 이끌어 나가는 이야기가 한문단편으로 형상화되어 있는 바,[6] 이는 박지원이 지은 〈허생전〉과 한 무리를 이루는 서사세계를 보여주기도 하였다.[7]

또 다른 서사물로는 상하가 역전되는 이야기가 조선조 사회의 변동과 역사적 변화를 나타내는 대표적인 사례로 볼 수 있는 것이다. 지방관장과 향리 사이에서나, 하인과 상전 사이에서나, 상좌와 노장 사이에서 벌어지는 상황 역전의 이야기는 우리로 하여금 그러한 일이 실제로 일어났는가라는 사실 확인의 이해에 머물도록 하지는 않는다. 오히려 이것은 그러한 이야기를 생성시키는 사회적·역사적 변화와 이들 이야기 사이의 상응관계를 따져보게 할 터이다. 이 언저리에는 신분이 상승된 인물의 이야기도 생성되어 유통되기도 하였다. 과거에 급제한 머슴의 이야기[8]와 양반이 된 상놈 이야기[9]가 그것이다. 더욱 극단적으로는 상하의 신분이 뒤바뀌는 이야기도 나타나는데, 정승 된 자와 노비 된 자의 이야기[10]와 양반 된 백정의 아들 이야기[11]가 있다. 이러한 이야기 무리는 탈

---

6) 〈허생전〉 계열로 이해되는 한문단편이 그것인 바, 갈처사(葛處士)가 그 대표적인 작품의 인물의 전형이다.(이우성·임형택, 『이조한문단편집』 하, 일조각, 1978, 80-83면 참조.)

7) 허균이 지은 〈홍길동전〉도 이런 서사물의 외연에 자리잡고 이들의 서사세계와 일정한 연관관계를 맺고 있다고 판단할 수 있다. 양반사대부 내에서 신분상의 차별 때문에 군도의 우두머리가 되는 홍길동 이야기는 양반사대부의 신분을 유지할 수 없을 만큼 경제적으로나 사회적으로 몰락한 궁반(窮班) 또는 잔반(殘班)이 도적의 우두머리가 되는 이야기와 서사적 맥락을 공유하는 것이라고 판단하게 만들고 있다.

8) 김승찬, 『한국구비문학대계 6-3 전남 고흥군편』, 한국정신문화연구원, 1984, 236-238면 참조.

9) 조희웅, 『한국구비문학대계 1-4 경기도 의정부시 남양주군편』, 한국정신문화연구원, 1981, 653-640면 참조.

10) 최래옥·김균태, 『한국구비문학대계 6-11 전남 화순군편(3)』, 한국정신문화연구원, 1987, 44-48면 참조.

11) 최정여·천혜숙, 『한국구비문학대계 7-8 경북 상주군편』, 한국정신문화연구원,

춤에 등장하는 말뚝이형 인물을 서사적으로 형성해내고, 그것이 희곡에까지 나타나는 배경이 어디에서 비롯되었는지를 잘 보여주는 사례들이다.

탈춤에는 파계승이나 노장이 등장하는 과장이 들어 있는데, 여기에서 노장이나 파계승은 풍자의 대상이 되는 인물로 표출된다. 이런 과장에는 노장과 대립되는 인물로 젊은 중들이 나타나게 되는데, 이들과 노장의 관계 설정은 전승되는 설화나 이를 채록한 한문 자료 등에서 상좌와 노장의 이야기에 등장하는 인물의 대립 관계와 상통한다. 이는 파계승이나 노장과장의 성립에서는 이러한 이야기가 생성되는 역사적·사회적 배경을 전제로 하고 있다는 점을 암시하는 일이다. 탈춤에서 양반 상전과 대립하면서 이들을 풍자하고 공격하는 말뚝이가 등장하게 되는 배경에도 이 점을 짚어낼 수 있을 듯하다. 지방관장을 속이거나 희화화하는 향리의 이야기는 별산대에 등장하는 포도부장마당을 성립시키는 데에 한몫을 했으리라고 짐작되는 바 있다.[12] 이밖에도 건달형 인물의 이야기에 나오는 김선달 류의 인물형은 탈춤에 등장하는 취발이라는 인물의 형성과 관련이 있다고 짐작할 수 있다.

민담에서 똑똑한 하인이 어리숙한 상전을 골탕먹이면서 자신의 이득을 추구하는 이야기는 전국적인 분포를 보인다. 이 이야기는 도망간 노비를 찾는 과정에서 생기는 사건을 이야기에 담고 있는 추노담(推奴譚)과 함께 조선조후기 사회의 변화를 반영하고 있는 대표적인 서사물의 하나라고 볼 수 있다.[13] 이는 신분제사회의 상층부에서 특권적 위치와 독

1983, 430-432면 참조.

12) 기술직 중인과 경아전을 비롯한 지방향리의 성장은 〈허생전〉에서 서울 장안의 대부호로 나오는 변승업과 고창에서 향리를 지내면서 판소리를 후원하고 사설을 정리했던 신재효의 사례를 통해서도 확인되는 바이다.

13) 똑똑한 하인과 바보 상전 이야기는 구비전승에서 주로 이어져 왔다는 점이 확인되나, 추노담은 특정지역에서 구비전승되고 있었다. 문헌에는 추노담이 광범위하

점적 권위를 누렸던 양반사대부와 신분제사회의 하층부를 구성하면서 상충부의 특권과 권위에 종속되기도 하고 반발하기도 하던 중인, 양민, 상인, 공장인, 노비 등이 어떻게 부딪치면서 살아갔던가를 이야기 방식을 통해서 드러내는 것 중에서 그 대립적 관계를 부각시키고 있는 성격을 보여주는 것이다.

탈춤의 양반과장에 등장하는 말뚝이라는 인물의 성립에는 이와 같이 탈춤이 왕성한 장르적 생명을 누렸던 조선조후기의 역사적·사회적 변화를 배경으로 생성되고 전승되었던 하인과 상전의 이야기가 관여하였으리라는 생각이 든다. 이러한 생각을 이모저모로 짚어보기 위해서는 이 이야기의 모습을 살펴볼 필요가 있다.

3. 구비전승에 나타난 말뚝이 인물 유형

구비전승 중에서 설화는 일정한 사회와 역사에 대한 구체적인 담론을 제공하고 있는 경우를 많이 보여준다. 탈춤에 등장하는 말뚝이라는 인물의 형상화에는 구비전승되는 설화에 기대고 있는 바가 크리라는 예상이 든다. 이미 앞에서 점검해 본 바와 같이 설화 가운데서 하인과 상전의 상황적 관계의 역전을 이야기하고 있는 민담이 풍부하게 전승되고 있는 바, 우리는 여기에서 말뚝이와 상통하는 인물 유형이 형성되어 나왔다는 판단을 내리게 된다. 그러한 판단을 내리는 근거는 다음과 같다.

게 채록되어 있다. 이를 통하여 우리는 똑똑한 하인과 바보 상전 이야기를 구비전승의 통로에서 상전과 종의 관계를 나타내는 이야기의 전형의 하나로 인정할 수 있는 것이다.

첫째로 들 수 있는 바는 상전과 하인의 이야기에 등장하는 하인의 경우 대개는 상전을 수행하고 다니는 마부의 직임을 맡고 있다는 점이다. 말뚝이는 그 명명법에서 암시하고 있듯이 양반사대부를 모시고 다니는 마종패로 설정된다. 그것은 실제로 말뚝이가 말채찍을 손에 들고 나타나는 것을 보아도 알 수 있는 일이다. 이러한 점은 똑똑한 하인이 바보 상전을 모시고 나서는 대목에서 확인된다.

가) 내가 간단하게 얘기 하나 하겠습니다. 옛날 한 대감이 계신데 꿈을 꾸니께 달이 입으로 넘어가. 이것이 태몽꿈이거던. 물론 마누래 하고 교제를 하면은 큰 놈을 낳게 생겼다 이 말이야. 그래서 마누래를 겁탈할래니 마누래가 입태(入胎)를 했다 그 말이여. 그러니 좋은 꿈을 그대로 할 수도 없구 꿈을 꾸면은 그 꿈을 그걸 내우간에 허구 말을 하는 것이라누만. 그냥 말 않는 것이래야. 그래서 헐 수 없이 자기 밑에 있는 그 종을 가서 그대루 했단 말이여. 히여가지고 그 애를 낳는데 남자여……(중략)……그래 이눔이 어디 양반에 집에 가서 심부름이나 허구 그저 말끄뎅이나 잡구 따라 댕기구 이 지경이 됐단 말이여. 그 진사가 서울로 옴서 이놈을 말끄뎅이를 잡혀서 왔는데 대감으 집에를 들어가믄……[14]

나) 옛날에 떠거리란 놈이 살았거던. 양반이 서울 과거하러 갈 참인데, 떠거리를 데루고. 떠거리가 말하자면 마부래. 양바(반)이가 참 배가 고파 몬 살어. 대추를 세 낱을 도포 소매에 옇고 그래 인제 가다가. "떠거라 떠거라! 저 가서, 배가 고파 안 되이께네, 묵을 한 그릇 사가조 온나." 그 참, 묵을 한 그릇 사가조 오이, 가마-보이 먹고 싶거던. 춤을 한 번 탁 뱉었다. 양반 앞에 갖대 대이 "요놈아, 니 춤 뱉었지?" "안 뱉었어요." "이거 춤 아이고 머고?" "아, 오다이께네 어예 말하다 보이 똑 널쩠니더(떨어졌습니다.)" "고마 니 멌부러라"……[15]

14) 조희웅, 『한국구비문학대계 1-1 서울 도봉구편』, 한국정신문화연구원, 1994(재판), 513면 참조.

다) 어떤 놈이 하인을 하나 두었는디 말여 이놈이 참 미얄시런 놈이여. 언제나 뭣이냐 상전을 둘러 먹어. 저 시앙꾼 한 두었는디, 말도 하나 끄시고 댕이고 갈라믄 이놈이 그러는디, 한번은 시방 서울로 과게를 허로 갈 판인디, (청중: 그놈도 진편구같던개비?) 진평구같은 놈여.16)

위의 가), 나), 다)는 '똑똑한 하인과 바보 상전 이야기'의 전국적 분포를 보여주면서 하인으로 등장한 인물이 상전의 마부 직임을 맡은 마종으로 설정된다는 공통점을 보여주고 있다. 여기서는 똑똑한 하인의 출생이 〈홍길동전〉의 주인공처럼 설정된 가)의 경우도 있지만,17) 나)와 다)의 경우처럼 민담적 인물이 등장하는 모습을 보인다는 경우가 일반적이다.

둘째로 짚어낼 수 있는 것은 대개의 경우에 상전이 무능하거나 어리석어서 똑똑한 인물로 설정된 하인에게 상황적으로 열세에 놓이도록 설정되었다는 점이다. 대부분의 이야기에서 상전이 과거길에 오르고 이를 수행하는 하인이 각각의 상황에서 상전을 속이고 이득을 획득해나가는 과정을 전개하고 있다는 점에서 이점은 확인된다고 하겠다. 즉 가)의 경우에서는 주인을 속여서 말을 팔아치우는 행위에서 하인의 우위를 보이는 서사적 전개가 펼쳐지고 있다.18) 이점은 과거길에 동행하면서 주인을 속

---

15) 임재해, 『한국구비문학대계 7-9 경북 안동시편』, 한국정신문화연구원, 1982, 1016면 참조.
16) 박순호, 『한국구비문학대계 5-7 전북 정주시·정읍군편(3)』, 한국정신문화연구원, 1987, 636면 참조.
17) 가)에서 나타나는 꾀쟁이 하인의 출생은 특출한 인물이 신분적 제약을 안고 출생한다는 서사적 요소를 지니고 있다는 점에서 〈홍길동전〉의 주인공의 출생과 대응되지만, 하인이라는 신분에 얽매인다는 점에서 그 후대적 변모의 한 측면을 드러내고 있다.
18) 이는 주인과 하인 사이에 이루어지는 대화와 사건에서 확인되는 일이다.
"야 이놈아, 서울 종로라는 데가 눈을 빼먹는 데다. 정신 차려라." "예-." 대감이 집에 들어간 뒤에 말을 후딱 팔았단 말이여. 팔고는 두 눈을 딱 개리고 가 앉았거든. 진사가 나와 보니 이놈이 말은 어따 두고 두 눈만 딱 개리고 있거던. "야

여 이득을 취하는 하인의 언동을 이야기하는 나)와 다)의 이야기에서도
확인된다.

셋째로 상전과 하인의 이야기의 외연을 넓히는 이야기 무리를 살펴보
면, 탈춤의 양반과장에 등장하는 말뚝이의 언동이 생성되어 나왔으리라
고 짐작되는 민담들이 여러 모양으로 전승되어 왔다는 점이다. 하정배가
상층에 속한 인물을 말로 욕보이는 이야기와 고위층의 부인과 통정을 하
는 건달의 이야기 등이 말뚝이의 언동과 상통하는 것이기에 이러한 가능
성을 뒷받침하고 있다.

여기서는 그 구체적 전개를 알아봄으로써 구비전승의 통로 속에서 말
뚝이라는 인물의 형성과정에 교섭하였으리라고 보이는 이야기가 검증될
수 있을 터이다. 상전을 골리거나 속이면서 자신의 이득을 취하는 하인
의 이야기는 전국적인 분포를 보이는데, 이중에 '상전을 골려준 방학
중'[19]은 두 편이나 소개되어 있다. 방학중은 경북 북부지방에 전승되는
이야기에서 전형적인 건달형의 인물[20]로 형상화되어 왔다. 이것은 이러
한 이야기가 설화 내부에서도 매우 활성화되어 그 전승의 영역을 넓혀
왔다는 증거[21]로 보아도 좋을 듯하다. 이런 활력은 인접 장르인 탈춤의

이놈아, 말 어따 뒀냐?" "아 진사님이 아까 내다 눈 빼먹는 데라고 안 했오? 그래
서 눈 개리고 있었으니 말 어디루 간지 누 알아요?" "에잇 빌어먹을 놈. 오서 나
가버리라구." (조희웅, 『한국구비문학대계 1-1』, 514면 참조.)

19) 임재해, 『한국구비문학대계 7-10 경북 봉화군편』, 한국정신문화연구원, 1984,
39-43면 참조.

20) 방학중과 같은 인물은 지역마다 그 이름을 달리하면서 전승되어 왔다. 이것은 건
달형 인물과 같은 사기꾼이 등장하는 사회적 통로를 마련하는 역사적 변화가 이
러한 이야기를 전국에 걸쳐 생산하여 유통시켰다는 점을 분명하게 보여주는 일
이기도 하다.

21) 건달형 인물에 관한 이야기가 전국적 분포를 보이고 있으며, 각 지역에 따라 그런
인물의 명명법도 다르다는 점은 확인된 바 있다. 이에 관해서는 다음의 논의를
참고할 것.

인물 형상에 이르기까지 그 영향력을 미치도록 하였을 터이다.

양반사대부와 대립하는 말뚝이는 공개적으로는 상전과 맞서서 그들과의 상황적 관계를 역전시키는 말을 주고 받거나 행동을 하지만, 우회적으로는 안방마님과 성적 관계를 맺었다는 보고적 대사를 통해서 양반사대부들의 체통과 권위를 뒤집어 버린다. 이 부분을 형성하는 데 관여하였으리라고 생각되는 이야기는 '건달 장활용과 놀아난 평양감사 부인'22)에서 그 면모를 살필 수 있다. 이 이야기에서 장활용이 반지를 전한다는 명분으로 평양감사 부인이 거처하는 안방까지 들어가서 성관계를 맺는 점23)은 말뚝이가 대부인이 있는 안방까지 올라가서 성관계를 맺었다고 보고하는 대사 내용과 상통하는 것이다.24)

이와 함께 양반을 말로써 욕보이면서 실제적인 상하관계를 말장난으로 뒤엎는 이야기는 말뚝이의 말싸움 솜씨와 관련을 맺을 수 있을 터이다. '양반 욕보인 이야기'25)에서는 상사람으로 설정된 인물이 양반보고 욕했다고 처벌받고는 처벌한 양반이 '너 이놈! 이담에도 양반 보구 욕할

김헌선, 「건달형 인물이야기의 존재 양상과 의미」, 『경기어문학』 8, 1990, 104-105면.

22) 김선풍, 『한국구비문학대계 2-1 강원도 강릉 명주군편』, 한국정신문화연구원, 1980, 217-223면.

23) 장활용은 평양감사 부인이 실수로 빠뜨린 은가락지를 주워서 이를 받으러 여종이 왔는데도 주지 않고 밤에 월담하여 평양감사 부인의 방에 들어가서 "무슨 의미로 은가락지를 주셨습니까? 은지화를 주셨습니까?"하고 윽박질러서 육체적 관계를 맺고 '그날 저녁, 이튿날 한달 두달 지내 7, 8개월이 떡 댕기니까 평양감사는 정말 잊어버리고 장활용한테 빠지'(김선풍, 위의 책, 220면 참조.)도록 만든다.

24) 여기서는 이런 이야기가 유통되면서 신분이 보잘 것 없는 남자가 정승집에서 그 부인과 성관계를 맺는 내용을 지니는 '시골놈이 대감부인과 성교한 이야기'(지춘상, 『한국구비문학대계 6-1 전남 진도군편』, 한국정신문화연구원, 1994(재판), 651-653면 참조.) 등과 같은 이야기로 그 외연을 넓혀갔다는 점이 확인된다.

25) 서대석, 『한국구비문학대계 1-2 경기도 여주군편』, 한국정신문화연구원, 1980, 33-34면 참조.)

래' 하니까 '양반의 새끼는 개새끼도 욕 안 할랍니다'라는 등의 말장난식 욕설로 상황을 뒤집는 이야기가 그런 것이다. 이런 이야기에 보이는 말 장난식의 욕설이나 말싸움은 탈춤에서 말뚝이가 양반과의 대결을 희극적으로 역전시키는 극작술에 활용되었던 바이다. 사나운 하인의 이야기26)등과 대조를 이루는 바보 양반의 이야기(주로 바보 원님 이야기로 구현되는 편이나, '양반은 속을 씻어야'라는 이야기는 전형적인 바보 양반을 등장시키고 있다.)가 말뚝이와 양반의 대결의 내용을 구성하는 데에 그 밑감이 되었을 법하다.

다음과 같은 말뚝이의 기원에 대한 설명은 지금까지 말뚝이라는 인물의 성립을 추적하는 데에 결론적인 이해가 가능하도록 만든다. 즉 '지금으로부터 약 백년 전에 초계(草溪)에 말뚝이라는 마부가 살고 있었다. … 초계는 양반이 억세어 상민이나 하인을 천대 또는 무시했다. 이에 화가 난 말뚝이가 양반의 내정을 알아서 그 추행을 촌민 천여 명을 모아 놓고 그 자리에서 폭로했다. 그때 제 얼굴로 하는 날이면 양반이 경을 치니 탈을 쓰게 되었다'는 보고27)는 탈춤의 역사적 기원을 증언하는 부분과 짝을 이루면서 우리에게 말뚝이란 인물의 성립을 암시하고 있다. 즉 하인의 상전에 대한 폭로라는 설화 생성의 측면과 마당에서의 탈 가면의 착용이라는 공연 성립의 측면이 함께 증언되는 셈이다.

---

26) 대표적으로는 '대담한 양반과 대담한 상놈' 이야기를 들 수 있는 바, 아래에 그 자료가 실려 있다.
　　김선풍·김기설, 『한국구비문학대계 2-4 강원도 양양군편』, 한국정신문화연구원, 1983, 806-808면 참조.)
27) 조동일, 앞의 책, 65면에서 재인용.

4. 말뚝이의 등장과 탈춤의 변화

여기서는 말뚝이라는 인물의 형성을 탈춤의 역사적 전개 안에서 설명해보자는 생각에서 벌이는 작업의 성과를 내보이게 된다. 어떤 현상이든지 그것이 인간의 삶과 연관되는 일이라면 일정한 역사적 경과를 거치면서 변화를 겪게 마련이다. 탈춤의 경우도 마찬가지로 그 내부적인 변모가 누적되면서 내발적인 변화가 이전과 다른 전개를 보일 수 있다. 말뚝이라는 인물의 형성 문제도 이러한 탈춤의 내발적 변화가 인물 형상화에 투영된다는 관점에서 살필 수 있는 과제를 제공한다.

탈춤의 기원과 성립과정에 대해서는 이모저모로 이해할 수 있다. 여기서는 이에 대한 논쟁적 이해에 참가하려고 하지 않고, 조선조후기의 탈춤의 양상을 그 이전의 탈춤의 존재양상과 비교하면서 말뚝이라는 인물의 형성 문제를 다루고자 한다. 조선조후기에 서울과 경기지방에서 공연되었던 본산대와 별산대 탈춤, 해서지방의 여러 곳에서 공연되었던 탈춤, 부산과 그 인근에서 공연되었던 들놀음(야류), 진주를 비롯한 서부 경남의 내륙과 경남 해안의 여러 곳에서 공연되었던 오광대놀이 등의 탈춤은 도시탈춤이고, 경북의 하회별신굿에서 공연되었던 하회탈춤과 북청의 사자탈춤 등은 그 이전의 농촌탈춤이라는 역사적 규정을 받아들이면 말뚝이는 도시형 탈춤에 등장하는 인물로 이해할 수 있다.

농촌탈춤에서 도시탈춤으로 전환되면서 말뚝이(별산대에서는 쇠뚝이와 함께 등장함)라는 인물이 형성될 수 있었다는 가설은 어떤 근거 위에서 그 타당성을 확보할 수 있는가. 우리는 하회탈춤의 선비·사대부 과장에서 그러한 가설을 검증할 단서를 찾아내게 된다. 이 과장에서 하인으로 등장하는 초란이(이매[28]도 함께 등장함)라는 인물이 그러한 단서를 내장하고 있는 것으로 보인다. 농촌탈춤의 하나인 하회탈춤에 등장하는 초란이 (이매)는 도시 탈춤에서 등장하는 말뚝이와 대응되는 인물이다. 북청사자 탈춤에 등장하는 꼭쇠(꼽새라고도 함)[29]도 이와 상응되는 인물로 볼 수 있는 바 이들은 농촌탈춤에 등장하는 하인의 전형이다. 말뚝이와 이매는 둘 다 하인으로 설정되었다는 점에서 상통되는 인물의 설정이라 할 수 있겠다. 또한 이 두 인물이 등장하는 과장에서 선비와 사대부, 양반사대부는 희화화되거나 풍자된다는 점에서 두 인물의 역사적 연계성을 짚어 낼 수 있게 한다.

　그런데 초란이(이매)와 말뚝이는 서로 다른 성격을 지니는 인물이라는 점이 드러난다.[30] 우선 초란이는 경망스럽고 이매는 바보스러운 인물로 설정되지만, 말뚝이는 똑똑한 인물로 설정된다는 점에서 그 차이가 나타나게 된다. 뿐만 아니라 초란이(이매)는 상전과 갈등을 일으키거나 대결을 하지 않지만, 말뚝이는 상전을 공격하거나 희극적 몰락을 주도하는 인물이라는 점이 다르다. 초란이(이매)는 선비와 사대부가 지체 자랑으로 다투면서 서로의 무식을 폭로하거나 스스로를 비하하는 언동을 할 때에 이에 동조하는 동의[31]를 해주면서 이들 인물의 희극적 파탄에 간접적인

---

28) 하회별신굿에서 양반과 사대부의 하인으로는 초란이와 이매가 등장한다. 극중에서 전개되는 두 인물의 언동으로 보아서는 초란이가 이매보다 양반사대부를 희화하는데 더 적극적인 기능을 하는 것으로 보인다.(유한상 채록, 「하회 별신가면 무극 대사」,『국어국문학』20, 1959, 참고.) 1982년에 채록한 하회별신굿에서 공연된 탈춤에서는 양반과 사대부의 하인으로 초란이가 등장하고, 이후에 초란이와 이매가 춤추는 것으로 변화 되었다.

29) 김선풍·김기설,『한국구비문학대계 2-4 강원도 속초시 양양군편(1)』, 한국정신문화연구원, 1983, 313면 참조.)

30) 하회탈춤에서 나타나는 초란이의 대사는 선비를 모욕하고 조롱하는 양반의 협력자로 등장하기에 도시형 탈춤에 등장하는 말뚝이와는 결정적으로 그 성격이 다르다는 논의(김성룡,「말뚝이의 형상화 방식을 통해 본 탈춤의 서술미학」,『호서어문연구』1, 1993, 53면 참고.)도 이점을 지적하고 있다.

도움을 주는 언동을 할 뿐이다.[32] 이에 비해서 말뚝이는 상전과 맞대거리를 하면서 공격하고 물러서고를 되풀이하면서 이들의 희극적 몰락을 점층적으로 유도하는 주체가 된다.

이러한 차이는 어떻게 설명될 수 있는 일인가. 이것은 말뚝이란 인물의 형성에는 탈춤의 역사적인 전개가 맞물려 있다. 초란이(이매)는 도시탈춤에서 등장하는 말뚝이보다 상전에 종속되는 하인의 모습에 가깝게 머물러 있다. 그러나 말뚝이는 겉으로는 상전에 종속되지만 속속들이 상전과 대결을 벌이는 모습을 당당하게 드러내고 있다. 이는 농촌탈춤에서 도시탈춤으로 전환되면서 초란이(이매)형 인물이 말뚝이형 인물로 변화해나갔다는 점을 보여주는 것이라 할 수 있겠다.[33]

특히 통영오광대의 경우에 양반과 말뚝이가 지체 자랑으로 다투는 것

---

31) 예컨대 양반과 선비가 서로의 지체를 다투면서 가문의 영화와 그 근거를 제시하고 학식을 자랑하는 부분에서 선비가 사서삼경을 다 읽었다고 하자, 양반은 팔서육경을 다 읽었다고 맞대거리한다. 이에 선비가 팔서육경이 어디 있는가 하고 반문하는 대목에서 초란이가 "나도 아는 육경! 그것도 몰라요. 팔만대장경, 중의 바래경, 봉사 안경, 약국의 길경, 처녀 월경, 머슴 쇄경"이라고 대꾸를 하고 이매는 "그것 맞다 맞어"(유한상 채록, 「하회 별신가면무극 대사」, 『국어국문학』 20, 1959, 영인본, 747면 참조.)이라고 맞장구치는 부분에서 이점은 확인된다. 여기서 초란이가 적극적으로 대꾸를 하지만, 초란이의 역할은 말뚝이에 비하여 그리 크지 않다. 또한 이매의 언동은 더욱 소극적인 동의에 머물고 있다는 점이 확인된다.

32) 이점에 대해서 조동일 교수는 "양반과 선비는 초란이와 이매와의 관계에서 격하됨으로써 관중과의 대결에서 더욱 결정적으로 패배에 이른다"(조동일, 앞의 책, 79면.)고 설명한다. 그렇다고 초란이와 이매가 말뚝이처럼 그들의 상전인 양반과 선비에 맞서 적극적으로 이들을 풍자하거나 공격하지는 않는다. 우리는 하회별신굿에서 공연되는 탈춤의 양반 · 선비과장의 갈등구조는 선비와 양반의 대립으로 구성되지만, 도시탈춤의 경우에는 그것이 양반사대부와 말뚝이의 대립으로 전환되었다는 점에 주목해야 한다.

33) 이점에 대해서 조동일 교수도 '초랭이나 이매가 말뚝이로 바뀌었다는 것은 농촌탈춤에서 도시탈춤으로서의 발전이 얼마나 큰 의의를 지니는가를 분명하게 말해준다'(조동일, 앞의 책, 99면.)라고 적확하게 지적한 바 있다.

은 하회탈춤에서 선비와 양반이 지체 다툼을 하는 것과 비교할 만하다. 하회탈춤에서 양반과 선비의 대립에 하인인 초란이와 이매가 소극적으로 개입하는 데에서 그 대립의 한 축에 말뚝이가 가세하여 나아가는 양상을 통영오광대가 보여 주는 셈이다. 그 역사적 추이가 세밀하게 검토되어야 하겠지만, 통영오광대를 통해서 대강 훑어보아도 하회탈춤에서 초란이(이매)가 선 자리와 오광대에서 말뚝이가 선 자리가 탈춤의 역사적 추이에 따라 대치되는 게 아닌가 하는 생각을 들게 만들고 있다.[34] 탈춤과 이웃해 있는 꼭두각시놀음에서 평양감사의 모친상여가 평양감사의 상여로 바뀌는 변화가 지배층에 대한 공격이 더욱 직접적으로 강화되어 나타나는 것이라고 볼 수 있는 점이 이러한 탈춤의 변화와 견주어 이해할 수 있는 일이기도 하다.

5. 마무리

지금까지 우리는 말뚝이라는 인물이 어떻게 형성되어 나왔는가를 따져 왔다. 굿에서 공연예술로 전환되었던 탈춤에서 등장인물이 굿거리에 나오는 인물에서 기원되었을 가능성은 여전히 존재한다. 말뚝이도 풍농굿의 잡색 중의 포수나, 전문굿패가 벌이는 굿(손님굿의 막둥이나 소멕이놀

---

34) 이 부분과 관련해서 조동일 교수는 "통영오광대에는 '영노탈' 과장이 '포수탈' 과장과 공존하고 있다. '포수탈'보다 '영노탈'이 더욱 광범위하게 보이는 것은 '영노탈' 과장이 '포수탈' 과장보다 사회적 갈등을 나타내는 데 더욱 유리하다는 점을 고려할 때 쉽사리 이해할 수 있다.……(중략)……산대놀이나 해서탈춤은 오광대나 야류보다 발전된 단계의 탈춤이다"(조동일, 앞의 책, 39면.)라고 설명하고 있다. 이러한 설명은 필자의 가설을 뒷받침하는 내용을 담고 있는 것으로 보인다.

이의 머슴 등) 중의 신의 마부 등에서 기원하였다는 설명도 가능하다. 그렇지만 이것은 말뚝이라는 인물의 형성을 아득한 저쪽에서 탐색하는 일이기에, 역사의 이쪽에서 그 구체적인 등장의 모습을 찾아낼 필요가 있다.

말뚝이는 하인이면서 상전과 맞대결을 벌이는 인물로 탈춤에서 설정되어 있다. 이는 이러한 인물관계의 설정이 일정한 역사적 · 사회적 변화를 배경 삼고 나타날 수 있었다는 추정을 가능하게 한다. 탈춤이 왕성한 장르적 생명을 누렸던 조선조후기는 신분제사회가 동요되면서 구체제를 안정시키려는 상층부와 새로운 사회변화의 추세를 이용하려는 하층부의 긴장된 관계가 조성되었던 시기였다. 이런 상황이 설화를 비롯한 탈춤 등에 반영되어 나타날 수 있고 말뚝이란 인물도 이런 변화에 힘입어 나타날 수 있었다.[35]

탈춤은 설화와 함께 구비전승의 통로에서 전승되어 왔기에 상호영향을 주고받을 수 있을 터이다. 설화에 등장하는 인물로 말뚝이라는 인물과 연관을 지을 수 있는 것은 상전을 골리거나 속이는 하인이나, 유명관료의 부인과 성적 관계를 맺는 건달 등이 있다. 이들은 어리석은 상전을 속여 자신의 이득을 챙기는 인물이거나 안방까지 대담하게 들어가서 욕망을 성취한다는 점에서 말뚝이의 언행과 상통하는 모습을 보인다. 이것은 이들 이야기 속에 등장하는 인물의 유형이 탈춤에서 말뚝이라는 인물이 형성되는 데에 긴밀한 연계를 지니고 이바지했다는 추정을 가능하게 만든다.

---

35) 말뚝이란 인물의 유형이 그 전승지역에 따라서 방자형, 마부형, 노비형, 시정자배형으로 나누어진다는 분석이 있어(김성룡, 앞의 논문, 75-79면 참고.) 흥미롭다. 그러나 여기서는 이러한 유형이 탈춤의 발전과 완전 동일한 것이 아니라는 유보(위의 논문, 77면.)를 전제로 하고 분석한 것이기에 논의에 참고를 삼을 수 있을 뿐이다.

농촌탈춤에서 도시탈춤으로 전환되면서 말뚝이라는 인물이 구체화될 수 있었다. 농촌탈춤에서 말뚝이로 전성될 수 있는 인물을 추적할 수가 있는 바, 하회탈춤의 초란이와 이매나, 북청사자탈춤의 꼭쇠(꼽새)가 그렇게 추정할 수 있는 인물들이다. 이들은 상전과의 관계에서 종복으로 머물러 있었지만, 도시탈춤에서는 말뚝이로 전환되면서 양반사대부와 대결을 벌이며 이들을 희극적으로 몰락시키는 데 주도적인 인물로 변화한다.[36)]

판소리에 등장하는 인물에서 방자형 인물이 탈춤의 말뚝이와 견주어 볼 수 있는 인물이다. 방자형 인물은 상대편을 희화화하는 데에 일정한 몫을 하지만, 말뚝이에 비해서는 그 몫이 크지는 않다. 이것은 판소리와 탈춤의 장르적 경향성, 담당주체의 성격 등에서 그 차별성을 설명해낼 일이긴 하다. 구비전승의 통로에 서로 인접하면서 서로 영향을 주고 받으면서도 독자적 존립방식을 구축해 나간 측면을 보여주는 일이기도 하다.

---

36) 탈춤의 탈의 모습이 지리적으로 인접하고 있는 경우에도 양반탈의 경우에는 동질화의 현상을, 말뚝이의 경우에는 차별화의 현상을 보인다는 지적(박진태, 「영남지역 탈놀이의 표현매체와 역사성」, 『우리말글』 23, 우리말글학회, 2003, 23면.)이 있는데, 여기에서 우리는 탈춤에 등장하는 양반의 인물 유형은 고정성을 지니는 반면에 말뚝이는 유동성을 지니는 인물 유형이라는 점을 알아차릴 수 있다. 이것은 말뚝이란 인물의 역사적 변모와 성장이 탈모양의 변화에도 반영되었다는 점을 내보이는 일이다.

충노형 이야기와 반노형 이야기의 다툼 2

1. 머리말

구비전승되는 설화는 여러 가지의 의미를 담고 있기 마련이다. 멀리는 우주가 어떻게 생성되고 인간이 어찌하여 창조되었는가 하는 이야기부터 가까이는 근래의 역사와 사회에 대한 생각을 엿볼 수 있는 이야기에 이르기까지 다양한 이야기가 분포되어 있다. 여기서 우리는 일정한 세계관과 역사와 사회에 대한 관점 등을 찾아볼 수 있다.

겉으로는 흥미로운 담론으로 엮어진 설화에는 그 바탕에 그것을 향유하던 사람들의 생각과 경험이 깔려 있는 법이다. 따라서 그것에 근거하여 설화의 이모저모가 설명되기도 한다. 설화가 담고 있는 의미를 그것을 향유하던 사람들의 생각에 초점을 맞추어 살피게 되면, 그것은 천상의 어떤 것과 결부되는 것으로 이해되기 십상이다. 특히 신화의 경우에는 이러한 경향이 두드러지게 마련이다. 이와 달리 사람들이 겪어온 바에 견주어 설화의 의미를 해명하고자 한다면, 그것은 지상의 어떤 것과 연계되어 있는 것으로 설명되게 마련이다. 전설의 경우에는 이러한 설명이 그럴듯하게 전개되기 쉽다. 민담의 경우에는 이러한 경향성이 분명하게 나타나기 어려운 것이 아닌가 한다. 민담의 주인공이 과업 수행에 성공하는 것은 신화에서처럼 이미 예정된 일처럼 진행되는 경우가 많기에 그것이 현실 경험의 법칙을 벗어나는 것으로 보이게 만든다. 그런데 어떤 경우, 우리는 지상의 현실이 담겨 나타나는 것으로 보이는 민담을 종종 만나게 되기도 한다. 그럴 경우에 그 이야기가 담고 있는 내용과 현실을 대응시켜 그 의미가 설명되기란 어려운 일은 아닐 터이다.

필자는 설화가 지니고 있는 내용을 지상의 어떤 것과 현실 경험의 장 안에서 이해하려는 시각이 필요하다고 생각한다. 모든 설화가 그렇게 설명될 수 있을 지에 대해서는 확언할 수 없지만, 상당한 부분이 그렇게 이해될 수 있다고 본다. 필자는 신화나 전설, 그리고 민담에 있어서도 동일한 시각으로 온당한 이해에 도달할 수 있다는 관점에 선다. 본고에서 살펴 보려고 하는 민담의 경우에는 이러한 시각에서 가장 잘 이해될 수 있는 사례에 속하는 것이다.

구비전승되는 이야기 중에서 상하의 관계를 축으로 해서 일어나는 사건과 인물에 관한 민담은 생산적으로 소통되어 온 이야기의 한 유형이다. 구체적으로는 원님과 이방, 노승과 상좌, 상전과 하인 사이로 설정된 상하관계에서 빚어지는 이야기 등이 여기에 속한다. 대체로 이런 이야기에는 상하가 뒤집어지는 상황이 자아내는 웃음을 유발하는 소화담에 속하는 것이 대부분을 차지하고 있다.

한편 문헌에 기록된 이야기 중에서 상하관계를 다루고 있는 이야기들은 주인과 노비의 관계를 다루고 있는 것이 큰 비중을 차지하고 있다. 이들은 주로 소화담의 성격보다는 교훈이나 경계의 의미를 전달하려는 의도를 담아내고 있는 것으로 보인다. 여기서 기록자는 매우 진지하고 엄중한 어조로 이런 이야기를 전달하고 있는 경우가 많다.

구전되는 이야기든, 문헌에 기록된 이야기든 상전과 하인 이야기에는 '충성스러운 종복과 그 상전에 관한 이야기'와 '배반한 종복과 그 상전에 관한 이야기'로 나눌 수 있게 하는 두 흐름이 발견된다. 더욱이 이러한 양상이 구전설화의 경우와 문헌설화의 경우에 현저한 차이를 보이고 있는 점은 주목되어야 할 일이다. 따라서 본고에서는 충노형 이야기와 반노형 이야기가 구전설화와 문헌설화에서 각각 어떠한 양상으로 나타나고 있는지를 점검하고, 이 두 유형이 어떠한 의미망을 형성하면서 전승되거나 향유되었는지를 살펴보고자 한다.

구전설화와 문헌설화의 특징적 경향은 이를 향유하는 사람들의 경험과 세계관을 반영한 결과로 보이게 한다. 따라서 이 작업에서는 설화가 지닌 의미를 수용자의 의식과 관련시켜 이해함으로써 그 해석의 폭을 넓힐 수 있다고 본다. 이에 따라 이러한 연구는 설화가 제시하는 주제적 의미에 입체적으로 접근하여 전체적인 조망을 획득할 수 있도록 만든다는 점에서 그 의의를 지닐 수 있을 터이다.

2. 충노형 이야기와 반노형 이야기의 실제

우리 설화에는 대립적인 사회적 관계를 이야기로 엮어내는 경우가 있다. '충성스러운 종의 이야기'와 '상전을 배반한 종의 이야기'가 그것이다. 이러한 두 가지 이야기는 구비전승의 통로에서 폭넓게 전승되고, 더러는 문헌에 기록되어 전해지고 있다.

먼저 구전설화에서 상전에게 충성을 바치기보다는 이를 속여서 자신의 이득을 취하는 하인의 언동을 그 주된 내용으로 하고 있는 '똑똑한 하인과 바보 상전 이야기'가 활발하게 전승되었는데, 이는 넓은 의미에서 반노형 이야기에 속한다고 볼 수 있다. 이런 이야기들은 추노담[37]이 그 유형을 폭넓게 펼치면서 나타난 것이라 할 수 있는데, 여기에는 종복이 상전을 배반하고 멀리 도망가서 유족한 생활을 누리다가 이를 찾아낸 상전을 죽이려다 그 딸이 목숨을 구해준다든지, 많은 재산을 바쳐 속죄하게 된다는 등의 이야기가 다양하게 펼쳐진다. 이런 이야기는 구비전승되거나 문헌에 기록되어 전하는 것으로 보아서 광범위하게 향유된 것으로 보인다.[38]

문헌설화에서 더욱 다양하게 나타나는 충성스러운 종의 이야기로는 대개 주인의 생명을 구하거나 어려운 생활환경을 극복하도록 적극적으로 도운 충노의 이야기가 주류를 이루고 있다. 이런 종류의 이야기는 충노형 이야기로 분류하게 된다. 이와는 다르게 추노담의 경우에 주인을 죽이고 그 재산과 딸을 차지하는 이야기도 나타나는 바 이는 '똑똑한 하인과 바보 상전 이야기'와 함께 반노형 이야기로 분류된다.

이러한 이야기의 전승양상과 그 실제적인 모습은 우리의 흥미를 이끌어내는 일이다. 먼저 생각할 수 있는 바는 전승양상과 실제적 모습의 차별성이 그것을 향유하는 집단의 의식을 보여주는 일은 아닐까 하는 점이다. 이야기는 이야기하는 사람과 그 이야기를 듣는 사람들 사이에서 의식을 공유하게 만드는 구실을 맡고 있는 것은 아닌가. 그렇게 볼 때에 충노형 이야기와 반노형 이야기가 구비전승의 통로에서와 기록전달의

---

37) 한문단편으로 기록된 추노담에 관한 연구는 다음의 것이 그 선편을 쥐고 나타났다.
　　김석배, 「추노계 한문단편 연구」, 『문학과 언어』 7, 문학과 언어연구회, 1986.
38) 각 시대에 따라서 반노에 대한 기록과 상황을 살필 수 있겠으나(김순진의 「한국 노비설화연구」, 1989, 이화여대 박사논문에서 이에 대해서 광범위한 논의가 이루어졌다), 여기서는 이러한 현상이 현저해진 조선조 후기를 상정하여 논의하기로 한다.

통로에서 분포되는 양상이 달리 나타나는 현상은 이와 관련되는 어떤 징표를 드러내는 일은 아닌가. 그리고 실제적 모습이 보여주는 이모저모는 어떻게 해석될 의미를 지니는가. 이와 같은 문제 제기는 당연하게 제시될 터이다.[39)]

우선은 이 이야기의 전승양상이 어떠한가에 대해서 알아 볼 필요가 있다. 이에 따라 먼저 구전설화에 나타나는 충노담의 양상을 살펴보고, 문헌설화에서는 이 이야기들이 또 어떻게 나타나고 있는지 검토해 볼 것이다.

1) 구전설화로 전승된 충노담

1)-가(기본형)
① 하인이 신랑 구한 이야기[40)]
② 문둥이 남편을 살린 종의 딸[41)]
③ 죽서루 내력과 충노[42)]
④ 충노비[43)]
⑤ 주인 도령 반쪽이를 장가보낸 하인[44)]
⑥ 주인댁 후손 보게 한 충노[45)]
⑦ 칠십 상전을 장가들인 충노[46)]

---

39) 충노형 노비담과 반오형 노비담의 존재양상과 그 의미지향에 대한 논의(정준식, 「주노관계형 노비담의 유형과 의미」, 『한국문학논총』 32, 한국문학회, 2002.)에서 잘 검토되었지만, 이런 방향까지 나아가지는 못 하였다.

40) 조희웅, 『한국구비문학대계(이하 대계라 함) 1-4 경기 의정부시 양주군편』, 1981, 376-379면.

41) 서대석, 『대계 2-7 강원 횡성군편(2)』, 1984, 103-107면.

42) 김선풍, 『대계 2-3 강원도 삼척군편』, 1981, 182-185면.

43) 김선풍, 『대계 2-3 강원도 삼척군편』, 1981, 327-329면.

44) 최래옥, 『대계 5-2 전북 전주시 완주군편』, 1981, 95-96면.

45) 박순호, 『대계 6-4 전남 승주군편』, 1985, 857-861면.

1)-나(변이형)
　① 주인 살린 도둑종[47]
　② 이정승 아들 살린 머슴[48]

　위의 1)-가 자료는 전형적인 충노담에 속하는 것이고, 1)-나 자료는 변형된 유형의 이야기이다. 대체로 보아서 이 이야기는 전국에 걸쳐 넓게 분포되어 전승되어 온 것으로 보인다. 그런데 이 이야기들이 내보이는 구체적인 모습에서 우리는 일정한 공통점을 발견할 수 있다. 그것은 상전이 정상적인 상태에 놓여 있지 않은 점과 이를 하인이 충족시키거나 극복시킨다는 점이다. 이 이야기에 등장하는 상전은 신체적인 결함 1)-가의 ②, ⑤, 후손 없음과 늙음 1)-가의 ⑥, ⑦, 죽음의 위기에 처함 1)-나의 ①, ② 등의 상태에 놓인다. 다만 1)-가 자료에서 ③과 ④의 경우에는 문헌 자료에 나타나는 충노형 이야기의 전형과 상통하는 바가 있다.

2) 문헌에 정착된 충노담

2)-가(기본형)
　① 전쟁에서 상처가 난 지도 모르고 주인의 시체를 수습한 충노[49]
　② 임진왜란 때 초가를 불태워 주인을 건너게 한 종[50]
　③ 종의 꾀로 죽음을 면한 구수영[51]
　④ 권가술의 노비 수석[52]

46) 임재해, 『대계 7-9 경북 안동시 안동군편』, 1982, 351-355면.
47) 조희웅, 『대계 1-1 서울 도봉구편』, 1980, 547-569면.
48) 최정여·강은혜, 『대계 8-6 경남 거창군편(2)』, 1981, 711-714면.
49) 이희준, 『계서야담』, 국학자료원, 2003, 88-91면.
50) 위의 책, 572-573면.
51) 『기문총화』, 아세아문화사, 1996, 37-39면.

⑤ 도적을 만나 꾀로 주인을 살려낸 사노비 윤양[53]

⑥ 김예봉이 말을 길들여 주인을 구한 이야기[54]

⑦ 꾀 많은 종이 주인을 구한 이야기[55]

2)-나(변이형)

① 선비로 하여금 자기 상전 원수를 갚게 한 충비[56]

② 우형하를 출세시킨 급수비[57]

③ 옛 주인의 원수를 갚게 한 갑이[58]

④ 이시백 처가의 충복 언립[59]

⑤ 열녀 박씨와 충복 만석[60]

⑥ 노복 김의동의 출세[61]

위의 자료에서 우리는 문헌에는 구전으로 전승되는 충노담보다 훨씬 풍부하고 다양하게 상전에게 충성을 바치는 노비의 이야기가 기록되어 있다는 사실을 확인할 수 있다. 그런데 구전되는 충노담과 달리 여기서 상전은 위기에 처하지만 결손된 모습을 보이지 않는다는 점이 주목된다. 구전되는 충노담에서 노비는 상전의 결손을 회복하는 데에 그 화제의 방향이 놓이는 데에 반하여 문헌에 기록된 충노담에서는 이와 함께 상전의 복수를 수행하는 이야기 등에서 사회적 관계를 복구하는 방향으로 그 지향점을 드러내는 경우가 나타나고 있다.

---

52) 이월영 역주, 『어우야담』, 한국문화사, 2001, 61-62면.

53) 위의 책, 62-63면.

54) 김성언 역, 『대동기문 하』, 국학자료원, 2001, 139-140면.

55) 서거정, 박경신 역주, 『태평한화골계전』, 국학자료원, 1998, 573-575면.

56) 이희준, 『계서야담』, 국학자료원, 2003, 313-317면.

57) 위의 책, 318-325면.

58) 김동욱 역, 『기문총화 5』, 아세아문화사, 1999. 312-313면.

59) 『기문총화 4』, 313-319면.

60) 『기문총화 2』, 250-255면.

61) 이월영 역주, 『어우야담』, 한국문화사, 2001, 63-64면.

　　다음으로 반노담 계열에 속하는 이야기가 구전되는 양상을 살펴보기로 한다. 먼저 도망간 노비를 추적하는 과정에서 일어나는 일을 이야기하는 경우가 있다. 일반적으로 이런 이야기를 추노담으로도 명명하고 있다. 이러한 이야기가 구전으로 전승되면서 여러 면모를 보여 주는 바, 이를 다음에서 알아보기로 한다.

3) 구전되는 반노담의 경우

　　3)-가(기본형)
　　　① 종을 찾아간, 망한 집의 아들[62]
　　　② 종의 딸과 결혼한 곽진사의 아들[63]
　　　③ 상전을 죽인 종과 상전의 아들[64]
　　　④ 정문재[65]
　　　⑤ 가산 잃고 종 찾아간 양반(1)[66]
　　　⑥ 가산 잃고 종 찾아간 양반(2)[67]

　　3)-나(변이형)
　　　① 배반한 종과 쫓겨난 상전[68]
　　　② 상전을 배반한 노비를 다스린 박문수[69]
　　　③ 선비의 기지[70]
　　　④ 기지로 목숨 건진 영감[71]

---

62) 조동일,『대계 7-1 경북 월성군편』, 1980, 557-560면.
63) 임재해,『대계 7-9 경북 안동시 안동군편』, 1982, 1063-1073면.
64) 임재해,『대계 7-10 경북 봉화군편』, 1984, 447-460면.
65) 인권환,『대계 4-1 충남 당진군편』, 1980, 458-461면.
66) 최정여,『대계 7-8 경북 상주군편』, 1983, 976-979면.
67) 위의 책, 980-981면.
68) 최정여 · 천혜숙 · 임갑랑,『대계 7-16, 경북 구미시 선산군편(1)』, 1987, 23-25면.
69) 조동일 · 임재해,『대계 7-7, 경북 영덕군편(2)』, 1981, 66-74면.
70) 최내옥,『대계 6-10 전남 화순군편』, 1987, 315- 318면.

이야기의 내용을 검토해 보면 자료 3)-가(기본형)가 본격적인 추노담의 유형을 보여주고 있는데 비하여 3)-나(변이형)는 앞의 이야기가 변형된 형태로 전승되어 왔다는 점을 분명하게 드러내고 있다. 위의 자료에서 우리는 반노담의 한 유형인 추노담의 유포가 일정한 특징을 지니고 있다는 점을 알아차릴 수 있다. 우선 이런 이야기가 전승되는 지역이 광범위하게 편재되어 나타나지 않고 특정지역에 편중되어 분포되어 있다는 점이 우리의 눈길을 이끈다. 또한 변이형에서는 위기에 처한 상전을 구하는 데에 조력자가 등장하게 된다는 점도 눈여겨 볼 일이다. 특히 암행어사 이야기에서 등장하는 인물의 전형으로 알려진 박문수가 조력자로 등장하는 3)-나의 ②와 같은 사례는 이들 이야기의 의미 지향을 가늠하게 하는 이야기의 하나로 주목할 수 있겠다.

반노담의 향방을 가늠하게 하는 이야기로는 '똑똑한 하인과 바보 상전 이야기'의 유형이 있다. 이들 이야기는 매우 생산적이었을 뿐만 아니라, 다양한 변이형을 확대재생산하며 일정한 의미를 지향하면서 향유되었다고 본다. 이들은 반노담이 조선조후기의 역사적 변화와 정신사적 추이를 덧입으면서 변화를 겪어가는 모습을 내보인다는 점에서 광의의 반노담에 속하면서도 독자적인 의미망을 형성해 내었다. 이점을 살펴보기 위해서는 이들 이야기의 면모를 살펴볼 필요가 생긴다.

---

71) 지춘상, 『대계 6-1 전남 진도군편』, 1994, 75-81면.
　　이와 유사한 이야기가 『청구야담』에 劫舊主 叛奴受刑이란 이야기로 실려 있다.(이우성·임형택, 『이조한문단편』 중, 일조각, 1978, 154-156면 참조.)

4) 변화를 내보이면서 구전된 반노담

4)-가(기본형)
① 꾀쟁이 하인의 사기행각 ─ 鄭平九 일화-72)
② 상전을 속인 하인 ─ 엠한 유기장사-73)
③ 꾀쟁이 하인 ─ 유월삼-74)
④ 하인 방학중이의 출세75)
⑤ 상전을 욕보인 하인 떠거리76)
⑥ 상전을 골려준 방학중(1)77)
⑦ 상전을 골려준 방학중(2)78)
⑧ 사기꾼 종놈79)
⑨ 막동이80)

4)-나
① 바보 원님을 속인 이방81)
② 바보 원님과 꾀보 이방82)
③ 하인에게 빼앗긴 명당83)
④ 왕과 거짓말장이 사위84)
⑤ 아전인 정만쇠와 원님85)

---

72) 조희웅, 『대계 1-1 서울 도봉구편』, 1980, 513-552면.
73) 조희웅, 『대계 1-1 서울 도봉구편』, 1980, 522-533면.
74) 위의 책, 763-770면.
75) 김선풍, 『대계 2-3 강원도 삼척군편』, 1981, 135-138면.
76) 임재해, 『대계 7-9 경북 안동시 안동군편』, 1982, 1017-1021면.
77) 임재해, 『대계 7-10 경북 봉화군편』, 1984, 39-41면.
78) 위의 책, 41-43면.
79) 정상박 · 유종목, 『대계 8-2 경남 거제군편』, 1980, 505-508면.
80) 정상박 · 유종목, 『대계 8-7 경남 밀양군편』, 1983, 109-112면.
81) 조희웅, 『대계 1-1 서울 도봉구편』, 1980, 167-168면.
82) 위의 책, 491-494면.
83) 김승찬, 『대계 6-3 전남 고흥군편』, 1984, 231-235면.
84) 김승찬, 『대계 8-14 경남 하동군편』, 1986, 765-767면.

⑥ 양반 욕보인 하인[86]

위의 자료에서 드러나는 바와 같이 '똑똑한 하인과 바보 상전의 이야기'는 다른 이야기보다도 그 전승이 풍부하다는 것이 확인된다. 또한 이러한 이야기의 전형적인 유형과 그 변이형[87]까지를 포함하여 이러한 이야기는 전국적으로 소통되었다는 점을 보여준다. 또한 이러한 이야기가 구비전승의 통로에서 매우 활성화되었으리라는 점은 이 이야기의 다양한 전개가 증명해주고 있다. 똑똑한 하인이 건달형 인물과 결합한다든지, 상하의 사회적관계가 뒤집히는 상황 설정이 다양하게 제시되면서 여러 가지의 변형을 유발하였다는 점 등이 이를 잘 나타내고 있는 셈이다.

이러한 다양성은 완강한 조선조 지배구조가 해체되는 역사적 변화를 반영하는 동시에 이러한 변화가 생성시키는 세계인식을 담아내는 결과로 이해될 일이다. 왜냐하면 '똑똑한 하인과 바보 상전 이야기'와 그 변이·확장형들은 본격적인 반노담의 하나인 추노담에서 내보이는 의미지향과 미적 성향과는 상당히 다른 방향으로 나아가고 있기 때문이다. 본격적인 반노담에서 화자와 청자들은 신분질서 자체에 신뢰를 상실하지 않지만, '똑똑한 하인과 바보 상전 이야기'와 그 변이·확장형들에서 화자와 청자들은 상전과 노비라는 관계 위에 선 중세적 신분질서에 대한 신뢰를 상실하게 만드는 분위기 속으로 들어가기 때문이다. 이는 장중하고도 진지한 미적 성향을 경박하고도 유희적 미적 성향과 연결시켜 이해

---

85) 조동일, 『대계 7-1 경북 월성군편』, 1980, 107-156면.
86) 위의 책, 156-157면.
87) 예컨대, 건달형 인물이 똑똑한 하인으로 나오는 이야기를 포함하여 다양한 변이형이 존재한다. 이 때문에 이런 이야기를 건달형 이야기의 하위 유형에 넣어 살펴본 논의(김헌선, 「건달형 인물이야기의 존재 양상과 의미」, 『경기어문학』8, 1990, 102면.)도 나오게 되었다.

할 일이기도 하다. 특히 시정의 건달과 같은 인물이 등장한다든가, 이들
이 상전으로부터 신분적 표지를 획득하기보다는 경제적 이득을 쟁취하
는 점은 이러한 이야기가 변모되어 나아가는 지향점이 어떤 쪽으로 향하
고 있는가를 이해하는 데에 주요한 지표가 될 터이다.

　문헌에 기록된 반노담은 그 사례가 구전으로 전승되어온 이야기보다
는 양적으로 빈약한 편이다. 이를 다음에서 살펴보기로 한다.

5) 문헌에 정착된 반노담의 면모

　　5)-가(기본형)
　　① 반노 최기남[88]
　　② 김덕령이 처가의 노비를 추쇄하러 가서 그들을 처단하고 돌아옴[89]
　　③ 추노를 나간 주인이 죽을 위기에 처하자 관의 도움을 청해 목숨을 구
　　　함[90]

　　5)-나(변이형)
　　① 김덕령이 사냥하다 길을 잃고 유숙한 집의 노비가 주인을 죽인 것을
　　　알고 처단함[91]
　　② 김선비가 과거를 보러 가다가 유숙한 집에 노비가 주인을 죽인 것을
　　　알고 처단함[92]
　　③ 장비랑이 강릉에서 유숙한 집의 노비가 주인을 죽인 것을 알고 처단
　　　함[93]
　　④ 집단으로 주인을 살해할 것을 공모한 노비들을 처단한 유응부[94]

---

88) 『계서야담』, 691-692면.
89) 『동패락송』에 실린 〈김덕령〉의 일화이다.
90) 『난실만필』, 『청구야담』에 실려 있다.
91) 정명기 편, 『한국야담자료집성12』, 보고사, 1992, 468면.
92) 『기문총화』에 실린 것이다.
93) 정명기 편, 『동야휘집』, 보고사, 1992, 90-91면.

위의 자료에서 살펴본 바는 다음과 같이 정리될 수 있을 터이다. 문헌 설화에 기록되어 있는 반노담은 도망간 노비를 추쇄하러 가서 이들을 응징하는 형태로 나타난다. 또 이러한 이야기가 변형되어 주인을 죽인 노비를 과객이 처단하는 형태로 나타나기도 한다. 문헌에 기록된 충노담에서도 상전의 원수를 갚는 이야기가 등장하는데, 이러한 이야기들이 조선조 신분질서의 위기에 대응하려는 양반사대부의 세계관적 지향성을 담아내고 있는 점은 분명한 일이다.[95]

다른 유형의 노비담에서도 제한적이지만, 노비의 능력을 인정하고 이들이 등용되지 못한 현실을 안타까워하는 시각을 보인다든지, 신분해방의 가능성을 짚어냄으로써 경직된 지배계급의 관점을 벗어나고 있는 점도 보이긴 한다.[96] 그렇지만, 문헌에 실린 노비담에서는 지배질서 자체를 부정하는 시각을 내보이지는 않는다.[97] 오히려 그것을 강화하는 논리를 기본으로 삼고 있으면서 이 문제를 보는 데에 약간의 개방적 시선을 덧붙이고 있는 정도이다.

3. 충노형 이야기와 반노형 이야기 형성의 배경

우리가 설화를 이해하는 데에는 두 가지의 상반된 관점을 지닐 수 있

---

94) 『동야휘집』, 94면.

95) 정준식, 「주노관계형 노비담의 유형과 의미」, 『한국문학논총』 32, 한국문학회, 2002, 102, 110면 참고.

96) 정준식, 「'박언립 이야기'의 변이양상과 의미」, 『한국문학논총』 29, 한국문학회, 2001.

97) 반노 최기남의 이야기(5)-가 ① 반노 최기남)에서도 최기남의 주인이 자신을 버린 종에 대해서 '叛奴叛其主者 當時君主之禍也 是以失國 豈可追責於一賤隷哉'라 하여 체제 안의 일시 비정상적인 사건으로 인식하는 관점을 보인다.

다. 하나는 설화는 아득한 옛날부터 우리의 내면의 어떤 것을 담아내었던 그릇의 구실을 했다는 관점이다. 그러한 관점은 이 세상의 처음과 끝을 설명하는 신화를 이해하는 데에 곧잘 활용되기도 하였다. 이러한 관점은 설화가 그 구체적인 국면에서조차도 매우 추상적인 의미를 담아내는 구조 위에 서 있다는 믿음에 나아가게 만든다. 신화비평이나 구조주의적 방법론은 이러한 관점이 이론화된 것임을 우리는 잘 알고 있다. 다른 하나는 설화란 우리의 삶의 구체적인 현실을 전하는 방식이라는 관점이다. 각 개인이든지 집단이든지 겪어나가는 현실은 일정한 이야기의 소재로 사용되기 십상이다. 이러한 관점에 서면 설화는 실제의 삶이나 세상살이를 반영하지 않은 게 없을 터이다. 문학사회학적 방법론이 이러한 관점을 토대로 삼아 이루어진 것이고 설화의 이해에도 이러한 관점은 매우 유용한 해명이 가능하도록 해준다.

여기에서 우리가 살펴보려고 하는 이야기들은 그 속성상 문학사회학적 관점 위에서 더 잘 이해될 성싶은 것이라 볼 수 있다. 왜냐하면 이런 이야기들은 조선조 사회의 한 단면이 설화로 전성되면서 당대 사회의 이모저모를 반영하였기 때문이다.[98] 잘 알려진 바와 같이 조선조 사회를 지탱하던 신분제 계급구조는 임진왜란과 병자호란이라는 외침과 거듭되는 사화 등의 권력 투쟁의 와중에서 그 견고한 구조적 안정성을 상실하고 만다. 사실상 조선조의 지배계급이었던 양반사대부가 관리로 등용되거나 재야에 있거나 간에, 그들의 신분적 특권을 유지하는 경제적 토대는 그들이 소유하는 토지와 이의 경작을 담당했던 노비들의 노동력에 근

---

98) 예컨대 추노담 생성에는 추노하는 과정에서 도망하는 노비가 상전을 살해하는 사례(김용만, 『조선시대사노비연구』, 집문당, 1997, 345면 참고.) 등이 그 형성 배경이 될 수 있다.

거하고 있었던 것이다. 이들의 특권적 지위는 세습되지만 실제적인 생활은 그러한 경제적 토대가 없이는 유지하기 어려운 사정에 처하게 된다.[99] 두 차례의 전란과 잦은 사화 등의 정치적 변동은 이들의 경제적 토대를 심각하게 훼손하는 계기를 마련하게 되었던 셈이다. 그 중에 가장 심각한 일은 노비가 그들의 살길을 찾아 상전을 섬기지 않고 도망가는 사건이 빈번하게 일어나고 있었던 추세가 이 시기에 지속되었다는 점이다.

이러한 설화 생성의 배경은 먼저 충노담 형성 배경에서 찾아볼 수 있다. 충노의 존재는 실제로 문헌을 통하여 확인되는 일이기도 하다. 그런데 그런 경우에도 대개는 상전이 위기에 처하거나 몰락하는 국면에서 노비가 충실하게 그 의무를 수행하는 사례들이 문헌에 수록되는 경우가 많다는 점은 이미 살펴본 바 있다. 실제적 측면에서 이런 사례는 지배계급에 속하는 양반사대부의 몰락과 고난을 보여주는 일이 대부분이라는 점을 보여준다. 이는 조선조 후기 사회의 변동—신분제의 붕괴와 몰락양반의 증가라는 역사적 현실을 반영하고 있는 셈이다. 이를 배경으로 구비전승의 통로에서 소통되어온 충노담도 이러한 국면을 담게 마련이다. 대개의 이야기는 망해버린 상전 집의 제사 모시기나 절손 위기에 처한 상전 집 후손 잇기, 첫날밤에 간부 손에 죽을 상전 구하기, 몹쓸 병든 상전 고치기 등을 내용으로 하고 있다. 이러한 구체적인 상황 설정을 통하여 양반사대부의 몰락과 위기, 그리고 고난을 나타내고 있는 셈이다. 이것은 현실적으로도 이러한 상황에 처한 양반사대부의 현실을 반영하고 있

---

99) 몰락한 양반사대부의 일부가 그들이 습득한 지식을 밑천 삼아 유랑지식인으로서 곳곳에 서당의 훈장으로 지내면서 생계를 꾸려갔던 것도 그 대표적 사례로 볼 수 있는 것이다(정석종, 『조선후기사회변동연구』, 일조각, 1983, 17-18면 참고.).

는 셈이다. 그런데 이러한 이야기들은 한결같이 노비가 상전의 위기에 절대적인 버팀목 구실을 하게 되는 것으로 설정되고 있다는 점이 주목된 다. 이점은 이런 이야기가 위기에 처한 양반사대부층의 대응방식을 이야 기를 통해서 전달하려는 게 아닌가 하는 생각을 들게 만든다. 문헌에 보 이는 충노담의 생산적인 전개는 양반사대부들이 이러한 이야기를 확대 재생산하여 흔들리고 있는 신분제질서를 안정화시키려는 의도를 확실하 게 보여주고 있다.[100]

이처럼 전체적으로 혼란스러운 사회현상 중에서도 가장 심각한 일은 노비가 상전을 섬기지 않고 그들의 살길을 찾아 도망가는 사건이 빈번하 게 일어났던 추세였다.[101] 도망가는 노비가 증가하고 있었던 추세가 추 노담(구전 설화의 경우 : 3)-가의 ① ② ③ ④ ⑤), 3)-나의 ① ② ③ ④) 문헌설화의 경우 : 5)-가의 ① ② ③), 5)-나의 ① ② ③ ④)을 형성 하는 데에 직접적인 원인을 제공한 점은 분명한 일이다.

문헌에도 풍부하게 전해지는 이 이야기[102]는 구비문학의 전승통로에 서는 매우 치우친 길을 통하여 소통되어 왔다는 점이 앞에서 개략적으로 검토된 바 있다. 가장 활발하게 전승되었을 것으로 추정되는 이야기는 '똑똑한 하인과 바보 상전에 관한 이야기'라는 점도 앞에서 개략적으로

---

100) 구전되는 충노형 이야기보다도 문헌에 기록된 충노형 이야기의 변이형이 풍부하 게 등장하는 점이 이를 잘 알려주는 것이다.

101) 조선조후기에 들어서 도망한 노비를 추쇄하러 갔다가 반노들에게 죽음을 당하 거나, 지방수령이 향리들에게 죽음을 당하는 사건이 실록에 빈번하게 나타나는 것은 이러한 현상이 매우 광범위하게 나타나고 있다는 점을 보여주는 일이다. (정석종, 앞의 책, 33-34면 참고.)

102) 앞서 살펴본 이야기 외에도 『청구야담』 권 6(栖碧外史 海外蒐佚本)의 宋窮班 途遇舊僕이라는 제목으로 실린 이야기 역시 그 전형의 하나로 보인다. 도망간 노비가 몰락한 옛 상전을 우연히 만나서 은혜를 갚고, 이를 폭로하려는 옛 상전 집안의 망나니를 처리하는 이야기는 흥미로운 구성을 보이고 있다.(이우성 · 임 형택 역편, 『이조한문단편』 중, 일조각, 1978, 140-153면.)

확인된 바 있다. 이러한 이야기의 형성 배경에는 붕괴하기 시작한 조선 조 신분사회의 변화가 도사리고 있었다고 판단된다. 양반사대부의 권위 는 명분과 실제를 다 갖추었을 때에 온전하게 유지될 수 있는 법이다. 피지배계급의 눈으로 볼 때에 현실 타개의 능력을 상실한 조선조 지배계 급은 무능한 압제자일 뿐이다. 이러한 인식은 문학적 형상화의 과정에서 상전의 능력보다 뛰어난 하인의 모습을 창출하게 마련이다. 구체적으로 이런 하인의 모습은 상전과의 관계에서 직접적인 힘으로는 열세에 놓이 지만 지략과 언변에서 우위에 놓인 하인으로 등장하는 것이다.[103]

그런가 하면 신분해방을 위한 노비들의 이러한 열망과 그 실현의지가 반영된 설화들은 문헌설화에서는 그 기록자들인 양반사대부에 의해서 소거되게 마련이다. 따라서 문헌설화에서는 당시 노비들의 현실적 열망 과 실현의지를 지닌 인물들을 다루기보다는 비범한 인물들의 무용담을 들려주는 형식을 취함으로써 서사에 내재된 문제를 비켜나가고 있다. 또 한 상전을 해치려한 반노에 대해 무자비한 응징을 내리는 서사물이 문헌 설화에서 확대재생산되는 점도 이러한 흐름을 보여주는 일이다.[104] 그렇 다 하더라도 이러한 소재를 소용한 점을 통하여 조선조후기 신분질서 동 요에 대한 양반사대부들의 우려가 어느 정도였던가를 짐작할 수 있으며 기존 신분질서를 고수하려는 그들의 대응에 대한 노비들의 신분해방 의

---

103) 탈춤에서 상전을 말로써 제압하는 말뚝이의 형상도 이와 관련을 맺는다. 이런 이야기를 기반으로 말뚝이라는 인물이 형성되었을 가능성을 짚어본 논의(서종 문,「말뚝이형 인물의 형성」,『국어교육연구』37, 국어교육학회, 2005.)도 이런 배경을 설명하려는 노력을 보였다.

104) 반노형 이야기가 소설에 수용되면서 노비의 주인 살해와 주인의 노비 살해가 극 단적인 모습으로 형상화되는 점을 전통적 신분제를 고수하려는 조선조 양반사 대부의 고착된 관념과 통속적 흥미의 결합을 보여준다는 견해(정준식,『추노계 소설의 형성과 전개』, 세종출판사, 2004, 287-288면 참고.)는 이러한 흐름에 대 한 유용한 해석의 하나로 보인다.

지 또한 만만치 않았음을 알 수 있다.

이러한 문제를 다루는 일은 설화가 생성되어 나오는 사회적 기반을 점검하는 데에 머물러서는 작업의 의의가 크다고 평가받을 수는 없게 된다. 이들 이야기가 전달하고자 하는 메시지는 어떤 의미망 속에서 이해되어야 하는가를 깊이 있게 해명할 때에 그 성과가 만족스럽게 획득될 수 있을 터이다. 이러한 작업의 성과를 잘 획득하기 위해서는 이러한 이야기들이 전달하고자 하는 의미가 무엇인가, 그것은 구비전승의 소통과정에서 어떻게 이해되었을까, 또한 이들 이야기들이 공존하면서 어떤 다툼을 벌이면서 이러한 의미를 전달하게 되었는가 등등의 물음에 대한 해답이 획득되어야만 한다. 이것은 다음 장에서 성취되어야 할 일이다.

4. 다툼의 실제와 그 의미

충노형 노비와 반노형 노비는 상전과의 관계에서 상반된 태도를 보여주거나 행위를 하는 인물이다. 이런 형태의 노비의 존재와 상관없이 이를 이야기하고 듣는 사람은 그러한 인물의 태도와 행위를 중심으로 이야기의 초점을 맞추게 된다. 따라서 충노형 이야기와 반노형 이야기는 이러한 인물에 대해서 이야기하는 사람과 그것을 듣는 사람의 반응에서 주요한 의미를 내보이게 마련이다. 이를 통하여 이 이야기들이 크게는 노비와 상전이라는 사회적 관계에 대한 상반된 견해를 드러내고, 작게는 이야기 안에서 설정된 관계와 상황에 대한 인식을 나타내면서 그것의 다름에 대해 일정한 의견을 드러낼 수 있을 터이다. 말하자면 이런 이야기를 통하여 다툼이 일어나게 되는 법이다.

우선은 기록물에서 나타나는 바와 구전되는 설화에서 나타나는 것 사이에서 드러나는 차별성이 어떠한 다툼을 보여주는가에 대해서 살펴 볼 필요가 있다. 전체적인 분포에서 우리가 유의할 것은 '똑똑한 하인과 바보 상전에 관한 이야기'는 앞서 살펴보았듯이 문헌에서 찾아보기 힘들다는 점이다. 간혹 어리석은 주인을 속이고 그의 첩과 사통하는 하인의 이야기 등이 문헌에 등장하지만, 문헌에서는 구전되는 이야기에서 풍부하게 유통되었던 '똑똑한 하인과 바보 상전의 이야기' 유형은 확인된 바가 없다.105) 이것은 문헌에 이러한 이야기를 기록하는 주체인 지배계급에 속하는 지식인들의 거부감이 반영된 것이라고 볼 수 있을 것이다. 따라서 문헌설화에서 충노담과 반노담, 두 유형의 이야기는 모두 주노관계를 공고하게 하려는 지배계급의 통제적 이데올로기를 강화하는 구실을 할 따름이며 이에 따라 구전설화에서 보이는 바와 같이 다양한 변이양상도 보이지 않았다. 주인을 의(義)로써 섬긴 이야기(충노담)에는 한결같이 노비의 신분이 명확하게 나타나면서도 당당하게 주체적인 삶을 영위해나가는 노비의 모습이 작품의 저변에 깔려 있다. 그러나 이들은 자신의 신분적 처지가 향상되었을 경우라도 끝까지 주인을 섬겨 기존 신분관계의 사회적 그물망에서 이탈하지 않는다. 또 주인을 배반한 반노의 경우(반노담)에는 제 3의 인물이 등장하여 처단을 받거나 혹은 추쇄에 나선 주인에 의해 처벌받게 되는 결말로 구성을 마치게 되는 경우가 많다. 문헌설화에서는 이렇게 충노에 대한 그럴듯한 보상과 반노에 대한 준엄한 처벌을 대비적으로 보여줌으로써 무너져 내리는 신분질서를 바로 잡으려는

---

105) 이런 이야기의 변이형으로 원님과 이방, 노승과 상좌 사이에 희극적 전도가 일어나는 이야기들이 문헌에 기록되어 있는 사례가 확인된다. 이는 구전되던 '똑똑한 하인과 바보 상전 이야기'의 다양한 변이형의 하나로 이해될 수 있다. 이것은 이런 이야기의 영향이 매우 컸다는 점을 보여주는 일이기도 하다.

양반사대부들의 소망적 사고를 드러내고자 하였던 것이다. 동시에 이를 통해 조선시대 양반사대부의 노비에 대한 기대치가 현실에서 얼마나 어긋나고 있는가를 보여주고 있는 셈이다.

이에 반해서 구전되는 이야기를 향유하는 사람들[106]은 이러한 이야기를 수용하고 그 이야기가 전하는 메시지에 호감을 느끼고 있었다고 판단할 수 있을 터이다. 이점은 향유층의 인식과 태도에 따라 이야기의 수용과 전파가 영향을 받게 된다는 점을 보여주는 일이기도 하다. 즉 여기서는 이러한 이야기를 수용하는 사람들의 인식과 태도 사이에서 다툼이 일어났다고 말할 수 있겠다.

이를 좀더 구체적으로 살펴보도록 한다. 충노형의 이야기의 전승에도 유의할 점이 나타난다. 구전되는 충노형의 이야기에서 상전은 불구나 노령 등의 신체적 결함이나, 몰락과 위기에 처하는 등의 결정적인 결함을 지니고 있는 데에 비하여 노비는 이를 돕는 능력을 지니거나 정신적·신체적 우위를 내보이고 있다는 점이다. 이는 문헌에 전해지는 충노형 이야기에 비해서도 일정한 차별성을 보이는 특징이라 하겠다.

문헌에 전해지는 충노형 이야기에서도 상전이 처한 위기나 곤궁한 처지를 노비가 돕는 경우로 서사적 전개가 설정된다는 점은 구비전승에서의 충노형 이야기의 서사적 전개의 일반적 구조와 크게 다르지는 않다. 그러하나 구체적 국면에서는 차이를 드러내는 바가 있다. 문헌에 전해지는 충노의 상전은 곤궁한 처지에 처하거나 위기에 몰려도 그 형상에서는 정상적이거나 상전의 품위를 지키고 있고 있는 모습을 유지한다.

---

106) 문헌으로 기록하고 이를 독서하였던 사람들과 구비문학에 속하는 설화를 이야기하고 들었던 사람들과는 사회적인 성격이 다르다는 것은 상식적으로도 이해할 수 있는 점이다.

다만 충노의 상전들은 현실극복 의지가 소극적으로 드러나고 있다든지 현실대응에 무능력한 존재로 그려지고 있을 뿐이다. 그러나 구전되는 충노형 이야기에서 상전은 신체적 결함, 질병, 노약 등으로 왜소화되거나, 희화화되는 모습으로 형상화된다. 이는 문헌에서 이러한 이야기를 기록물로 전달하고 독서하는 사람들과 구전되는 충노형 이야기를 말하고 듣는 사람들이 상전과 하인의 관계에 대해서 서로 다른 생각으로 다투고 있다는 점을 구체적으로 보여주는 것이라 판단할 수 있는 일이다.

반노형 이야기의 전승에서는 더욱 주목할 점이 도드라진다. 구전되는 반노형의 이야기가 전승되고 있는 지역이 특정화된다는 점이 가장 눈에 띄는 특징이라 하겠다. 즉 이들 이야기는 모두 다 경상북도 지역에서 전승된다는 점이 확인되었다. 전통적이고 보수적인 세계인식에 뿌리내리고 있는 지역문화가 구비전승의 통로에도 이러한 이야기를 소통시키게 만들었다고 볼 수 있겠다. 이는 문헌에서 상전이 추노하는 과정에서 이에 대응하는 반노들의 이야기가 폭넓게 전해지는 것과는 대조되는 일이다. 이런 이야기가 구비전승의 통로에서는 매우 위축된다는 점을 보여주면서 한편으로 문헌 쪽에서는 신분적 동요를 억제하는 반노형 이야기의 전파에 관심을 보여 주었다는 점을 동시에 드러내어 준다. 문헌에 전하는 반노형 이야기에도 추노하러 간 상전이 위기에 처해서 겨우 목숨을 구하는 상황이 설정되어 있는 경우가 많은 점[107]은 이런 이야기가 생성되고 유포되었던 사회적 배경이나 역사적 변화가 이런 이야기의 핵심에 놓여 있었음을 짐작할 수 있게 해준다. 결국 이 이야기는 문헌을 통해서 전달하고 수용하는 사람들과 구비전승의 통로에서 이러한 이야기를 전

---

107) 경상북도에서 6편이, 전라남도에서 2편이, 충청남도에서 1편이 채록되었다.

하고 듣는 사람들 사이에서 가장 치열한 다툼이 일어났다는 점을 보여주고 있는 것이다. 이것은 소통통로에 벽을 쌓을 만큼이나 서로 등을 돌리고 있는 것으로 보인다.

이와 함께 이들 이야기가 전달되는 데서 사용된 화법이나 어조의 차별성도 우리가 관심을 기울여 살펴야 할 점이다. 문헌에 기록된 충노담이나 반노담의 경우에 기록자는 이를 매우 진지하고 엄중한 화법과 어조로 진술하고 있다. 이는 이야기를 채록하여 기록하는 사람들이 지배질서의 빈틈을 용납하거나 이의 훼손을 방치할 수 없다는 시각을 내보이는 의도 때문에 이러한 화법과 어조가 사용된 것으로 판단하게 만든다. 이에 반하여 구비전승되는 충노담이나 반노담의 경우에 일부에서는 사실 전달의 진지한 화법과 어조가 유지되고 있지만, 일부 이야기에서는 이러한 화법과 어조가 흐트러져서 가볍게 유희적 분위기를 조성하는 화법과 어조로 기울어져 있다. 이는 지배질서가 해체되는 사회적 변화를 객관적으로 인식하거나 비판적 거리를 유지하면서 이런 이야기를 전달하려는 화자와 이를 수용하는 청중의 태도가 결합되어 나타나는 결과로 보이는 일이다.

5. 마무리

설화에 담긴 의미는 여러모로 해석될 수 있다. 필자는 하늘 아래에서 나타나는 현상은 땅과 관련이 있다는 관점으로 설화의 의미를 이해하고자 한다. 상전과 하인의 관계를 이야기의 소재로 삼는 이야기는 역사적 변화에 대한 이해와 사회적 관계에 대한 함의를 담고 있으리라는 점은 누구라도 수긍할 수 있을 터이다. 이런 이야기의 무리 가운데서 충성스러운 노비에 관한 이야기와 배반한 노비의 이야기는 이러한 함의가 논쟁적으로 전개되어 왔다는 점을 보여주고 있다. 충노형 이야기와 반노형 이야기는 대립적인 사회적 관계에 놓인 인물들이 벌이는 사건을 이야기하는 설화 중에서 향유자들의 의식과 태도를 확연하게 드러내면서 논쟁을 벌이는 담론의 대립항을 이루고 있다. 문헌에서는 이들 이야기가 무너져 내리는 조선조 신분사회를 재결속하려는 지배계급의 의식과 태도를 보여주고 있다면, 구전되는 이야기는 피지배계급이 이에 대해 어떠한 의식과 태도를 보였는가를 나타내고 있다고 볼 수 있다.

실제에 있어서 구비전승에서는 '똑똑한 하인과 바보 상전 이야기'가 조선조 신분사회의 상층부를 구성하는 지배계급의 무능을 희화적으로 형상화하면서 이들을 속여서 작은 이익에서 큰 기득권까지 챙기는 피지배계급의 모습을 긍정적 · 중립적으로 전달한다. 문헌과 구비전승에서 '충노형 이야기'와 '반노형 이야기'는 그 전달 국면과 유포 양상을 달리하면서 이를 전달하고 수용하는 사람들의 인식과 태도가 달랐다는 점을 내보이고 있다. 문헌에서는 상전의 모습을 의연하게 설정하거나 노비의 충성과 불충을 선명하게 부각시키고, 불충자의 패배를 확인시킨다. 그런데 구비전승에서는 상전의 모습에 결함을 보이거나 유포의 통로를 위축시키는 등의 변화를 입힘으로써 문헌에서 환기시키는 의미망에 훼손이 일어나게 만든다. 이것은 문헌 전달자들의 강한 이념적 순화, 또는 교훈적 위협에도 불구하고 끊임없이 이에 이의를 제기하거나 무력화시키려는 구비전승 유통자들의 의도가 개입되어 왔다는 점을 보여주고 있는 셈이다.

설화는 향유자가 경험한 현실에 대한 이해를 표명하거나 삶의 긴장을 이완시키고자 하는 유희적 본능을 발휘하는 세계로 기능한다. '똑똑한 하인과 바보 상전의 이야기'에서는 후자의 기능이 더 두드러지고, '충노 형 이야기'와 '반노형 이야기'에서는 전자의 기능이 더 두드러진다. 문헌 에서는 전자의 기능이 후자의 기능을 압도하지만, 구비전승에서는 후자 의 기능이 전자의 기능을 포섭한다. 이것은 삶에 대한 인식이라는 차가 운 눈매로 세계를 압제적으로 지배하려한 관점과 삶을 향유하려는 의지 로서 뜨거운 마음으로 세상을 감싸안으려는 태도의 차이이기도 하다.

제2부
고전문학 생성토대의 사회·역사적 이해

박인로 문학세계의 현실적 토대와 세계인식 1

1. 문제의 성격

상식적으로 생각하면 한 작가가 창작해낸 문학작품을 살펴보는 작업은 작가론과 작품론으로 나누어질 것이다. 이러한 연구는 개별적인 성격을 띠게 마련이다. 그런데 우리는 그러한 연구의 성과가 단편적인 사실의 확인이나 부분적인 의미의 추출에 그치는 경우를 자주 보아왔다. 한 작가의 작품세계는 그것을 창작한 작가를 고려하지 않을 때는 전체적인 모습이 드러나지 않는다. 또 작품세계를 분리하여 작가를 살펴볼 때에는 역사나 사회의 한 구성체의 부분으로 이를 이해할 수밖에 없어서, 문학 생산자로서의 작가를 파악할 도리가 없게 된다.

작가와 작품을 함께 살피면서 작가론과 작품론을 전개시키더라도 그 성과가 온전하기를 보장받기 힘들다. 미시적인 측면에서 볼 때 작품 생산현상은 작가라는 개인을 통해 잘 관찰되고, 작품의 개별적 세계는 작가와의 관계 속에서 잘 설명될 수도 있을 것이다. 그러나 거시적인 측면에서 볼 때 작가의 삶은 한 시대의 역사적 경과에 따라 연속되는 한 부분으로 관찰될 수 있고, 그가 생산한 작품도 사회의 전체적 생산물 중의 하나로 인식될 수 있을 뿐이다. 따라서 한 작가와 그의 작품은 그 작가의 삶이 위치했던 역사와 그 작품이 생산되었던 사회의 전체상 속에서 고찰되어야만 그 총체적 성격이 파악될 수 있을 것이다.

우리 문학사에서 박인로(朴仁老)는 주목되는 작가의 한 사람으로 자리잡고 있다. 그는 정철(鄭澈)과 윤선도(尹善道)와 함께 시조와 가사 작가로 손꼽혔던 사람에 든다. 우리는 이러한 기존의 평가 때문에 박인로가 살아간 시대에 그가 남긴 작품세계에 접근하는 것은 아니다. 오히려 박인로가 살아간 시대의 역사적 경과가 중요한 역사적 시기란 점이 그의 삶과 작품을 비중 있게 다루어야 할 이유가 되는 것이다. 이렇게 보면 그가 남긴 작품세계는 이러한 시대와 당대의 사회를 잘 반영하고 있으며, 그 자신의 외부세계에 대한 의식이 형상화되고 있는 구체적 세계로 우리 앞에 다가서는 셈이다.

구체적으로는 임진왜란 전투에 직접 참가하여 왜적과 싸웠던 박인로를 통하여, 일찍이 없었던 역사적 충격을 받고 사회적 격변을 경험하였던 그가 그러한 체험을 작품 속에서 어떻게 형상화시켰던가를 살펴보는 일이 우리 앞에 놓여 있는 과제이다. 이와 더불어 박인로가 작품을 통하여 외부의 대상과 사태에 어떠한 인식과 반응을 보이고 있으며, 그 바탕을 이루는 의식의 성격은 어떠했는지를 밝히고자 한다. 이것은 그의 세계인식의 문제를 해명하는 작업이라 할 수 있다.

이러한 작업을 진행하면서 다음과 같은 생각을 강조하고 싶다. 한 개인의 삶은 그것이 위치한 역사와 사회 전체상의 비례적 축소물로 재단될 수 없다는 점도 충분히 고려해야 하겠지만, 아무리 한 개인의 삶이 독자적이고 예외적인 성격을 지니는 경우라도 그것이 그 시대와 사회의 맥락 속에 놓인다는 점을 부인할 수는 없는 일이다. 이점에 있어서는 작가가 창작한 문학작품도 마찬가지이다. 문학작품이 한 작가의 정신 속에서 창출되는 독창적인 소산이라는 사실을 두고 볼 때에는 작가의 삶이 경과했던 시기와 위치했던 사회의 전체상 속에 직접적으로 환원될 수 없다는 점에 유의해야 하지만, 문학작품이 지닌 독자적인 세계가 작가의 삶이나 그 외부적 현실과 전연 유리된 별세계의 것이라는 생각도 극복되어야 할 터이다.

앞으로 미리 밝혀둔 방향에 따라 박인로의 삶과 그의 작품세계를 상호 조명하면서 살펴나가게 될 것이다. 이 작업이 문학연구인 만큼 작품 생성의 현실적 토대에 대한 고찰보다도 작품세계의 성격 규명에 더 비중을 두게 된다. 또한 박인로 문학세계의 총체적 성격을 더 깊이 이해하기 위하여 작품세계에 드러나 있는 그의 세계인식 문제를 곰곰이 따져보게 될 것이다.

2. 박인로 삶의 사회적 성격

어떤 사람도 그가 속한 사회와 완전히 절연된 상태에서 살아갈 수는 없다. 비록 어떤 사람이 누렸던 삶이 매우 고립적이었다 하더라도 그의 삶이 당대의 다른 사람이 누렸던 삶의 일반양상과 전연 다르게 특별하고 독자적인 성격을 지녔다고만 설명할 수 없는 일이다. 달리 말하면 한 개인의 삶은 어떤 경우에도 사회적·역사적 상황의 특수한 반영에 지나지 않는다고 볼 수 있는 법이다. 이러한 삶을 초래한 요인이 개인적 동기에서 연유되었다 하더라도, 그것은 결국 당대적 사회와 역사의 특수한 단면이 개별화되어 나타나게 되었다는 점에 대해서는 이의를 제기할 수가

없다.108)

박인로 삶의 사회적 성격을 살펴보자면 우선 다음과 같은 사실에 먼저 관심을 보여야 할 것이다. 즉 그의 삶의 명목적 표지(名目的 標識)와 실제적 내용(實際的 內容)이 일치하는가 하는 문제를 염두에 두지 않으면 안 된다는 점이다. 겉보기에는 박인로의 사회적 성격과 박인로가 누린 삶의 사회적 기반은 일치하는 것으로 이해할 수 있다. 그러나 꼼꼼하게 따져볼 때 그 둘은 동일한 성격을 지니고 있는 것이 아니라는 점이 밝혀진다. 이점에서 우리는 박인로의 명목적 사회적 지위와 실제적 삶의 사회적 기반이 달랐다는 점을 분간해낼 수 있는 시야를 마련할 수 있을 것이다.

그의 사회적 성격은 가계(家系)를 검토함으로써 분명하게 밝혀낼 수 있다. 시조를 박혁거세에 두고 있는 신라의 왕손임을 첫머리에 쓰고 있는 세계도(世系圖)109)에 박인로는 고려 말기의 문신이었던 박진록(朴晋祿)의 십세손(十世孫)으로 기록되어 있다. 그의 9대, 8대, 7대 선조에서는 대광보국숭록대부(大匡輔國崇祿大夫), 대제학(大提學), 대사헌(大司憲) 등을 역임한 벌족(閥族)에 속하였으나, 후대로 내려오면서 현감(縣監)과 교수(敎授), 참봉(參奉) 등의 하위관직으로 점차 하강하는 가문의 형세를 이 세계도는 보여주고 있다. 그의 부친은 종팔품의 무반인 승의부위(承議副尉)라는 관직에 그쳤고 그 자신이 임진왜란에 참전한 공으로 무과에 급제하여 조라포 만호(助羅浦 萬戶)를 지냈으며,110) 그의 둘째

---

108) 예컨대 고려 무신란 이후 은둔생활을 한 오세재(吳世才), 임춘(林椿) 등의 죽림고회(竹林高會)의 삶도 무신의 집권이라는 당대적 상황이 빚어낸 특수한 단면이 개별화되어 나타난 현상의 하나로 이해할 수 있는 것이다.

109) 이 부분은 『蘆溪集』의 서문과 목록에 나와 있다.(慶北大本 『蘆溪集』 乾 17-22면 참조. 이하 인용되는 『蘆溪集』은 경북대 소장본임.)

110) 이것은 『永川郡志』의 '朴仁老 萬曆 己亥登武科'라는 기록과 그의 行狀의 '己

아들이 효성으로 천거되어 창능 참봉(昌陵 參奉)에 나아간 것을 끝으로 그의 집안에서는 관직으로의 진출이 마감된다. 이상과 같은 사실을 검토해볼 때, 박인로는 권력의 중심부에서 점차 주변부로 이동하는 지배계층에 속하였다는 사실이 명백하게 확인된다.

잘 알려진 바와 같이 임진왜란은 우리 역사에 엄청난 충격을 던졌던 외침이었다. 이 충격은 견고한 신분제사회와 중앙집권적 관료체계의 존립기반을 허물어뜨리는 동인을 제공하였다 하여도 지나친 말은 아니다. 달리 말하면 임진왜란은 무력한 지배층의 실상을 잘 보여주는 계기를 마련하였다고 할 수 있겠다. 임금이 서울을 버리고 피난길에 오르자 격노한 민중들이 공사노비(公私奴婢)의 문적(文籍)을 불태워버렸고,[111] 개성을 통과하는 동안에는 개성 민중이 왕에게 돌을 던졌고, 다시 평양을 떠나려 하자 군민(軍民)들이 창과 검을 들어 이를 막으려 했던 행동을 보였던 사안[112]은 이를 집약화한 사건이라 할 수 있다. 임진왜란은 양반사대부들의 경제적 토대였던 농토를 황폐화시키고 주요한 생산수단이었던 노비를 흩어지게 하는 등의 후유증을 야기함으로써 양반사대부의 사회적 기반까지 붕괴시켰던 것이다.[113]

이런 소용돌이 속에서 명문의 문벌집안에서 한미한 향반으로 하강해

亥登武科 除守門將 旋授宣傳官 秩滿陞助羅萬戶'라는 기록(『蘆溪集』 乾, 31-34면 참조)에 의거한 것이다. 그런데 世系圖에는 그가 어떤 관직에도 나아가지 않은 것으로 기록되어 있는 점이 흥미롭다. 세계도에서는 다만 '十世 仁老 號蘆溪 墓南大良山乙坐 享道溪書院'이라고 그의 호와 묘의 위치, 서원에 제향된 사실만 나타나 있다. 이는 다른 인물의 관직 기록과는 대조되는 일이다.

111) 최영희, 『임진왜란중의 사회동태』, 한국연구원, 1975, 20-21면 참고.

112) 위의 책, 31-37면 참고.

113) 임진왜란이 일어난 16세기의 말기 이후에 노비의 도망이 증가되어 양반지주계급의 경제적 토대가 붕괴되거나 급속하게 재편되는 과정은 농업경제사 측면에서 자세하게 고찰된 바 있다.(이호철, 『조선전기농업경제사』, 한길사, 1986, 452-458면 참고.)

가고 있던 가문 출신인 박인로는 임진왜란 후에 사회적 혼란과 경제적 타격을 더욱 심각하게 겪게 되었으리라는 점은 짐작하기 어렵지 않다. 그는 임란 이전에도 그리 넉넉한 삶을 누리지 못했던 것으로 보인다. 이러한 사정은 그의 궁핍한 삶을 노래한 〈누항사〉(陋巷詞)에 잘 나타나게 된다.

> 닷홉 밥 서홉 粥에 煙氣도 하도 할샤 / 언매만히 바든 밥의 懸鶉稚子들은 / 쟝긔 버려 졸 미덧 나아오니 / 人情天理에 춤아 혼자 먹을넌가 / 설더인 熟冷애 뷘 빈 속일 뿐이로다[114]
>
> (띄어쓰기 및 연 구분 : 필자, 이하 동일함)

위의 부분은 그가 임진왜란에 출전하기 전의 삶의 모습을 보여주는 서사(序詞)에 속하는 것이다. "언매만히 바든 밥의 懸鶉稚子들은 / 쟝긔 버려 졸 미덧 나아오니"란 표현 속에는 밥을 다투는 가족의 헐벗은 모습을 통해서 그의 어려운 생활의 형편이 적나라하게 묘사되고 있다. 이렇게 어려운 형편에도 불구하고 왜적과의 전투에 자비(自費)를 들여서 참가했음을 은근하게 자부하는 태도를 다음 부분에서 살필 수 있다. 여기서도 그의 궁핍한 삶과 나라를 걱정하는 충성스러운 마음을 대조하여 노래하고 있는 곳에서 그의 생활상은 숨김없이 드러나게 되었다.

---

114) 〈누항사〉의 앞머리에 속하는 한 부분이다. 일반적으로 널리 유포된 판각본 『노계집』에 나타나지 않은 부분이 古寫本에 들어있는데(김문기, 「노계집 고사본의 고찰」, 『동양문화』 7, 경북대 동양문화연구소, 1980, 23면.), 위에 소개된 이러한 부분은 그의 궁핍한 삶의 모습을 더욱 사실적으로 그려내고 있다. 참고로 『노계집』이 판각될 때 芝山 曺好益의 輓詞를 삽입하는 등의 의도적인 개편이 이루어진 사실(이상보, 『노계시가연구』, 이우출판사, 1980, 51-58면 참고.)에 유의할 필요가 있다.

貧困흔 人生이 天地間의 나뿐이라 / 飢寒이 切身하다 一丹心을 일질는
가 / 奮義忘身ᄒ야 죽어야 말녀 너겨 / 于槖于囊의 줌줌이 모아 녀코 / 兵
戈五載예 敢死心을 가져 이셔 / 履尸涉血ᄒ야 몃 百戰을 지너연고[115]

위에 인용된 부분에서도 그는 자신의 가난한 생활형편을 "貧困흔 人
生이 天地間의 나뿐이라"고 서술하였다. 이러한 궁핍한 현실과 올바른
도리를 지키기 위해서는 자신을 돌아보지 않아야 된다는 생각의 대립은
"飢寒이 切身하다 一丹心을 일질는가 / 奮義忘身ᄒ야 죽어야 말녀 너
겨"라는 부분에서 비장한 자세로 전환되어 나타난다. 곧 이어서 임진왜
란에 참전하여 용감하게 전투를 치렀던 그의 체험이 노래 속에 가득 차
드러난다.

박인로는 임진왜란 중에 경상좌우도 절도사였던 성윤문(成允文)[116]의
참모로 활약하면서 이 전란을 체험했던 것으로 알려져 있다.[117] 부하를
다루는데 지나치게 혹독하고 크게 지략도 갖추지 못한 성윤문[118] 밑에서

---

115) 『蘆溪集』 坤, 7면 참조.
116) 문헌상 성윤문이 경상좌우절도사도 활동했던 것은 선조 30년 기록에서 찾아볼
수 있다.(『선조실록』 89권 30년 6월, 『조선왕조실록』 23권, 242면 참조.)
117) 이러한 그의 행적은 행장에 다음과 같이 적혀 있다. "戊戌 江左節度使成允文
聞公名 檄召佐幕 公論賊情 允文擊節稱善 是年冬 賊遁去海上 公作太平詞
以勞士卒"(『蘆溪集』 乾, 29-30면 참조.)
118) 성윤문은 甲山府使(선조 24년), 咸鏡道節度使(선조 26년), 慶尙右道兵使(선
조 27년), 慶尙左右道節度使(선조 30년), 濟州牧使(선조 33년), 忠淸水使(선
조 37년), 平安兵使(선조 38년) 등을 지내면서 거느리던 군사와 다스렸던 지방
민들을 엄한 형벌에 처하여 조정에서 자주 물위를 일으켰던 인물(선조 26년 5
월, 『조선왕조실록』 21권, 707면; 선조 27년 2월, 『조선왕조실록』 22권, 225면;
선조 31년 12월, 『조선왕조실록』 23권, 549면; 선조 34년 5월, 『조선왕조실록』
24권, 258면; 선조 40년 3월, 『조선왕조실록』 25권, 313면 참조.)이다. 그의 인
물됨에 대해서 史官은 욕심이 많고 사나워서 졸병에서 장교, 백성에서 하급관
리에 이르기까지 원한을 품지 않은 사람이 없었다는 평을 특별히 기록해 두었
다.(선조 40년 4월, 『조선왕조실록』 25권, 322면 참조.)

박인로는 어려움을 참고 견디는 인내력을 더욱 길렀을 것이고, 이것은 임진왜란 이후에 더욱 궁핍해진 삶을 이겨낼 수 있는 훈련과정의 하나로 생각할 수 있는 체험이었을 것으로 판단된다. 이 기간 동안에 그는 〈태평사〉(太平詞)를 지어 동요되는 군사들의 마음을 안정시키기를 바랐던 성윤문의 욕구를 충족시켜주기도 하였다.119)

임진왜란 이후의 사회·경제적 상황에 비추어볼 때 박인로가 전란 이전보다도 더욱 궁핍하게 생활을 꾸려나가야 했으리라는 점은 미루어 짐작할 수 있는 일이다. 이러한 궁핍한 그의 삶의 모습은 〈누항사〉라는 가사작품 이외에 그가 남겼던 한시(漢詩)작품 곳곳에서도 나타난다.

늙은 몸 가난한 집에 손님도 오지 않누나.120)

몸 위에 걸친 헌솜도포는 누덕누덕 기운 옷이네.121)

그가 지은 칠언절구 한시작품에서 대강 뽑아본 시구에서는 가난한 그의 삶의 이모저모가 잘 드러나 있다. 가난해서 손님도 잘 찾아오지 않는다고 서술하는 점이나 누더기 옷을 걸친 모습을 묘사하는 점122)은 청빈한 삶을 지향하는 태도를 표명하는 결과로 받아들여서는 아니 될 것은 다른 자료를 검토하면 분명해진다. 즉 영남순찰사 이명(李溟)이 박인로를 포상해주기를 조정에 추천한 청포계장(請褒啓狀)에서 "집안에 한 섬

---

119) 성윤문이 글을 잘 알지 못한다는 기록(선조 38년 8월, 『조선왕조실록』 25권, 110면 참조.)을 보아서는 박인로가 성윤문의 공문서 작성과 문서수발 등을 보좌하면서 이 작품을 짓지 않았을까 하는 생각도 해 보게 된다.
120) 年老家貧客不來(謾興 七言絶句), 『蘆溪集』 乾, 4면 참조.
121) 身上縕袍百結衣(述懷 七言絶句), 의의 책, 6면 참조.
122) 이러한 표현은 〈安分吟〉이란 칠언고시의 '百結懸鶉而已矣'라는 구절에서도 찾아볼 수 있다.(『蘆溪集』 乾, 15면 참조.)

의 벼도 없다"[123)고 그 가난한 살림살이의 모습을 서술하고 있는 사실에서도 확인되는 일이다.

우리는 지금까지 박인로의 사회적 성격을 살펴왔다. 그 결과 그의 명목적 사회적 지위는 양반사대부에 속했지만, 그의 실제적 삶의 내용은 몰락해가는 가문과 궁핍한 경제적 토대를 지닌 향반으로 장차 노동에 직접 참여할 수밖에 없어서 양민의 삶에 접근해나가는 조건을 지닌 성격을 지니는 것으로 판단할 수 있다. 넓게 보자면 이것은 임진왜란이라는 역사적 충격을 받아 해체되기 시작한 조선조 사회구조의 한 단면을 개별적으로 보여주는 것이며, 이와 함께 양반사대부의 경제적 토대 붕괴과정의 특수한 사례를 보여주는 셈이다. 그의 사회적 성격을 보다 더 구체적으로 규정하자면, 그의 삶은 사회적으로는 하강하는 몰락양반(沒落兩班)의 전형적인 모습을 띠고 있으며 경제적으로는 자영(自營)을 해야 했던 소농토소유지주(小農土所有地主)[124)의 성격을 지니게 된다고 말할 수 있겠다.

3. 문학세계 생성과 현실적 토대

박인로의 작품세계가 그가 누린 삶의 사회적 성격이나 현실 체험의 바

---

123) ……至家無甑石之資 云云(위의 책, 27면 참조.)
124) 행장에는 그가 소유했던 토지의 규모를 나타내는 구절이 들어 있다. 즉 '일찌기 밭 수백무를 경작했다.(嘗治田數百畝'라는 구절에서 그가 소유한 토지의 규모가 나타난다. 토지의 등급에 따라 다르긴 하지만 위의 기록을 근거로 해서 평균적으로 계산해 보면 그가 소유한 토지 규모는 약 1만 평에서 2만 평 사이로 규정된다.(이호철, 앞의 책, 154-160면 참고.) 임진왜란 후의 사정을 고려하면 이 정도면 대지주 범주에서는 벗어나서 중소지주에 속한다고 판단할 수 있다.

탕 위에서 생성되었음은 자명한 사실이다. 그의 작품 중에는 자신의 현실 체험을 통하여 당대의 사회 · 경제적 상황의 단면을 보여주고 있는 것들을 찾아볼 수 있다. 이러한 작품들은 그 자신의 사회적 성격이나 경제적 처지를 함께 드러내고 있게 마련이다.

이제 우리는 그의 작품세계를 생성시킨 현실적 토대와 작품의 관계를 잘 보여주는 사례를 찾아 살펴볼 수 있다. 〈증최상공기남〉(贈崔上公起南)이란 오언절구를 짓게 된 경위를 설명하고 있는 다음 자료는 그러한 점을 살펴볼 수 있는 자료이다.

> 무오년에 어떤 사람이 그의 밭을 침범해서 갈아버렸다. 공은 한 번도 따지지 않고 그 밭을 넘겨주고는 그 뜻을 보이고자 이 시를 지었다. 사람들은 박모의 마음 씀씀이가 얼음같이 맑고 옥같이 깨끗하다고 하였다.[125]

위의 자료에서 우리는 박인로의 경작지가 침범당하고 있는 사실이 그대로 드러나고 있는 점을 주목할 필요가 있다. 이 사건으로 사람들이 그의 고결한 마음씨를 높이 사게 되었다는 후반부의 설명에도 불구하고, 이것은 그의 경제적 토대와 사회적 기반이 흔들리고 있다는 사실을 보여주는 일이 아닐 수 없다. 즉 다른 사람이 토지를 침범해 와도 이를 묵인할 수밖에 없는 그의 처지가 은연중에 위의 자료에 내비치고 있는 셈이다. 다른 한편으로 이 기록은 토지 경영의 영세화와 경지 활용의 극대화를 보여준다는 점에서 흥미를 불러일으키는 것이다. 즉 한 뼘의 땅이라도 더 일구기 위해서 남의 밭의 경계를 허물어버리고 이를 갈아서 자기

---

125) 戊午年間 人有侵耕其田者 公不一辨 擧而讓之 作此詩以見志 人謂 朴某心事 氷淸玉潔(『蘆溪集』 乾, 2면 참조.) 이러한 사실은 행장에도 기록되어 있다.(같은 책, 32면 참조.)

밭에 붙이는 침경자(侵耕者)의 모습이 이를 잘 보여준다고 하겠다. 이러한 현실에 대한 체험은 다음과 같은 한시 작품을 생성시키게 된다.

> 세상사람 귀하게 여기는 것 귀하지 않게 여기고
> 세상사람 탐내는 것 욕심내어 탐내지 않는다네.
> 가람과 뫼이며 바람과 달,
> 이것이 내가 백년이라도 탐내는 것이라네.126)

위의 작품에서는 이러한 현실 앞에 소극적 대응을 할 수밖에 없는 그의 처지가 잘 나타나 있다. 즉 현실적 관심에서 벗어나서 청빈한 삶을 즐기고 자연을 벗하고자 하는 심경을 이 작품에서 노래하게 된다. 그런데 그런 가운데서 그가 그의 현실적 문제를 계속해서 한시 작품 곳곳에 의식하고 있는 점은 주목을 요한다. 〈경전가십운〉(耕田歌十韻)이란 칠언절구에서 그가 "요새 사람들은 무슨 일로 남의 땅을 서로 침범해 갈아버리는가"127)라고 이러한 현실을 구체적으로 예시하면서 한탄하고 있는 점에서도 그의 현실체험이 작품 생성의 바탕이 되고 있음을 확인하게 된다.

우리는 현실에 그리 얽매이지 않는 듯한 그의 현실 대응태도에도 불구하고 그가 처한 경제적 여건이 악화되고 사회적 지위가 훼손당하는 현실128)이 그의 앞에 놓여 있다는 사실을 거듭 확인할 수 있다. 그가 소유했던 토지가 다른 사람에게 침범 당했다는 점은 이미 앞에서 살펴본 바

---

126) 不貴人所貴 不貪人所貪 江山風與月 是我百年貪(『蘆溪集』乾, 2면 참조.)
127) 이 구절이 들어 있는 작품은 다음과 같다. 上古民心遜畔耕 今人何互侵耕 草來耕者知無數 未見長沮傑溺耕(『蘆溪集』乾, 11면 참조.)
128) 목판으로 출간되기 전에 그의 手稿를 그대로 베껴둔 것으로 보이는 『蘆溪集』의 고사본에는 '相鬪年年事奪耕'이라는 구절이 나오는데(김문기, 앞의 논문, 15면 참고.), 이것은 해마다 땅이 침범당하여 다투는 일이 늘어나고 있는 박인로의 사정을 알려주는 자료라 하겠다.

있거니와, 그가 소중하게 여겼던 말채찍이 술 취한 불량배에게 탈취 당했던 일[129]에서도 이러한 사정은 잘 알 수 있는 법이다.

조선조시대의 양반사대부의 경제적 기반은 토지뿐만 아니라 노비에게 근거하고 있었다는 점은 상식에 속한다. 박인로가 거느렸던 노비의 규모나 상태는 그의 사회 · 경제적 기반의 붕괴를 보여주는, 또 하나의 사례로 판단할 수 있게 만든다. 이점은 다음과 같은 한시 작품에서 살펴볼 수 있다.

> 늙은 사내 종 하나 달아나 돌아오지 않고
> 헐벗은 계집종 하나 붉은 다리를 드러낼 뿐이네.
> 처량한 빈 방엔 아무도 없어 적막하고
> 어린 제비만 쌍쌍이 날아다닐 뿐이라네.[130]

그의 생활과 심경을 비교적 길게 노래하고 있는 이 작품 속에서 우리는 흥미있는 사실을 알아차릴 수 있다. 늙은 종 하나조차 도망가 버릴 수밖에 없는 그의 궁핍한 생활형편과 계집종을 헐벗게 내버려 두어야만 하는 그의 집안사정을 확연하게 살필 수 있는 셈이다. 결코 그의 삶의 모습이 과장되게 표현되었다고 볼 수 없는[131] 이 작품은 임진왜란 이후에 도망노비가 증가하고, 이에 따라 양반사대부의 경제 · 사회적 기반이

---

129) 행장에는 그의 밭이 침범 당한 사실과 함께 말채찍이 탈취 당한 사건이 기록되어 있다.
少日携寶鞭一隻 老遇賤丈夫 乘醉掠去 公不顧而往(『蘆溪集』乾, 32면 참조.)
130) 〈安分吟〉이라는 칠언고시의 한 부분에 이런 정상을 '一奴長鬚走不還 一婢赤脚而已矣 凄凉虛室寂無人 乳燕雙飛而已矣'라고 절실하게 그리고 있다.
131) 이 부분은 〈누항사〉의 '一奴長鬚눈 奴主分을 이젓거든 告余春及을 어늬사이 생각ᄒ리'(『蘆溪集』坤, 7면.)라는 구절과 직접 대응되기 때문에, 이런 내용은 박인로가 처한 현실생활의 구체적 표현이라고 판단할 수 있다.

허물어지는 과정을 단면화하고 있는 것이다.132) 박인로의 곤궁한 삶은 바로 이러한 역사적 맥락에 놓인다 하겠다. 임진왜란 때문에 전국적으로 기근현상이 일반화되었고, 이 현실은 경기도와 경상도 지역에서 더욱 심화되어 나타나서, 심지어 굶주린 사람들이 사람의 고기를 다투어 베어 먹고 흩어진 군사들이 도적떼로 변하는 지경에 이르게 된다.133) 이러한 사회 · 경제적 변화가 박인로 삶을 규정하는 주요한 조건이 되고, 이 조건에 의해 개별화된 그의 체험은 위에 인용한 작품을 생성시키는 밑바탕을 이루고 있는 것이다.

박인로 삶을 떠받쳤던 사회 · 경제적 조건과 그 조건이 구체화되는 현실체험은 〈누항사〉에서 매우 사실적인 형상을 획득하게 된다. 아래에서 〈누항사〉 작품의 한 부분을 골라서 이러한 형상화 문제를 살펴보기로 한다.

> 西疇 놉흔 논애 잠깐 긴 널비예 / 道上無源水를 반만간 딕혀 두고 / 쇼 흔 젹 듀마 ᄒ고 엄섬이 ᄒᄂᆞᆫ 말삼 / 親切호라 너긴 집의 달 업슨 黃昏의 / 허위허위 다라가셔 구디 다든 문 밧긔 / 어득히 혼자 서셔134)

위의 부분에는 잠깐 지나가는 비를 천수답(天水畓)에 급히 끌어들여서 논갈이를 하기 위해 남의 집에 소를 빌러 가는 박인로의 모습이 매우 사실적으로 묘사되어 있다. 이어서 그는 기름진 꿩고기와 좋은 술대접을 받고 다른 사람에게 소를 빌려주기로 약속했다는 소 주인의 대답에 빈손

---

132) 임진왜란이 일어난 16 세기 말기 이후에 노비 도망이 증가되고, 이것이 양반지주계급의 경제적 토대를 어떻게 변모시키는가는 농업경제사 측면에서 자세하게 고찰된 바 있다.(이호철, 앞의 책, 452-458면 참고.)
133) 최영희, 앞의 책, 94-100면 참고.
134) 『蘆溪集』 坤, 7면 참조.

으로 돌아서야만 했다는 사실을 주인과의 대화형식으로 노래하였다. 소를 빌러 가는 그의 외모가 "달 업슨 黃昏의 허위허위 다라가셔"라는 구절에서 사실적으로 표현되고, 말을 어떻게 꺼내면 좋을까 하고 망설이는 그의 내면이 "구디 다든 문 밧긔 어득히 혼자 서셔"라는 부분에서 매우 구체적으로 형상화되고 있다. 이러한 표현의 핍진성은 소를 빌리지도 못하고 돌아서 나오는 모습을 노래하는 곳에서 거의 절정에 도달하게 된다.

> 헌 먼덕 수기 스고 / 측 업슨 짚신에 설피설피 믈너오니 / 風采 저근 形容에 긔 즈츨 뿐이로다135)

위에서는 헐어빠진 농립(農笠)을 쓰고 다 떨어진 짚신을 신고 힘없이 물러나는 박인로 자신의 모습이 그림으로 그린 듯이 표현되어 있다. 동네 개 짖는 소리와 그의 무능하고 무력한 모습을 교묘하게 병치(竝置)시켜서 그의 당면한 현실을 적나라하게 보여주고 있다. 연속되는 부분에서 "蝸室에 드러간들 잠이 와사 누어시랴"는 구절에 이르면 궁핍한 현실을 드러내는 외부세계와 자존심의 훼손을 보여주는 내부세계가 극명하게 대립되는 작품세계가 생성되어 나오는 바를 목격할 수 있다.

임진왜란은 박인로의 문학세계를 생성시킨, 또 다른 현실적 토대였다. 이것은 민족적 고난이라는 집단적 경험을 바탕삼아 나타난 것이다. 〈태평사〉라는 가사 작품은 그가 이러한 집단경험의 공유부분을 문학세계로 구현화한 대표적인 사례라 할 수 있다. 이를 자세히 살펴보기 위해 그 작품의 한 부분을 인용해 본다.

---

135) 위의 책, 8면 참조.

島夷百萬이 一朝애 衝突하야 / 億兆驚魂이 칼빗츨 조차 나니 / 平原에 사힌 쎄는 뫼두곤 노파 잇고 / 雄都巨邑이 豺狐窟이 되얏거늘[136)]

위에 인용한 〈태평사〉의 한 부분은 전란의 피해를 바탕으로 생성된 것이다. 비록 임진왜란 참상의 문학적 형상화는 "平原에 사힌 쎄는 뫼두곤 노파 잇고 雄都巨邑이 豺狐窟이 되얏거늘"이라는 전형적이고 관습적인 표현 때문에 그 구체성을 상실하게 되었지만, 여기에는 민족적 고난을 함께 떠메면서 공유하게 된 체험이 튼튼하게 자리 잡고 있다는 점을 부인할 수 없다.

고난에 찬 현실 앞에서 박인로는 이를 극복할 있는 전망을 획득할 수 있게 되기를 노래하였다. 이는 다음 부분에 잘 나타나 있다.

江左一帶예 孤雲 갓흔 우리 물이 / 偶然時來예 武候龍을 幸혀 만나 / 五德이 불근 아래 獵狗몸이 되야뼈가 / 英雄仁勇을 喉舌에 섯겨시니[137)]

이 부분에서는 이 땅을 초토화시키고 있는 왜적세력을 한꺼번에 소멸시켜줄 수 있는 영웅을 기대하는 소망을 "偶然時來예 武候龍[138)]을 幸혀 만나"로 표현하고, "五德이 불근 아래 獵狗몸이 되야뼈가"에서는 전란의 평정을 갈구하는 심정과 전란 전의 세계로 복귀하고자 하는 지향이 나타난다고 하겠다. 이러한 염원에도 불구하고 전란이 지나간 현실은 참

---

136) 『蘆溪集』 坤, 1면 참조.
137) 위의 책, 같은 면 참조.
138) 영웅을 가리키는 이 말이 구체적으로 이여송을 가리킨다는 논의(박성의, 『노계가사통해』, 1957, 백조서점, 4-5면 참고.)도 있으나, 이것은 일반적인 전망을 특수하게 축소시킨다는 점에서나, 타당한 근거가 없다는 점에서나 설득력이 없는 견해이다.

혹한 모습을 드러낼 뿐이었다.

전란이 끝났으나 박인로를 기다리고 있는 세계는 황폐하게 허물어진 모습을 지닐 뿐이었다.

> 嶺南 千里外에 壬辰變後 百姓 / 賊路初頭에 어늬 世業 가질넌고 / 遺墟蕪沒흔듸 草屋數間을 디어두고 / 陳荒薄田을 가다 얼믜 갈린넌고 / 又득 多事흔듸 賦役이나 적을넌가 / 朝夕도 못내 이어 飢寒애 늘거신들 / 戀主丹心이야 어늬 刻애 이즐넌고[139]

임진왜란에 입은 피해는 오랫동안 복구되기 어려웠다. 박인로의 만년에 영남안절사(嶺南按節使)로 내려온 이근원(李謹元)의 다스림을 기리기 위해 지은 가사 작품인 〈영남가〉(嶺南歌)[140]의 첫 부분에서 그는 임진왜란 이후에 황폐해진 농토와 궁핍한 생활상부터 노래하고 있다는 점에서 이 사실을 확인하게 된다. 임란 이후의 황폐해진 삶의 터전은 '陳荒薄田'이란 어구와 '遺墟蕪沒'이란 말에 잘 나타나 있다. 끼니도 못 이어 나가는 참혹한 생활상태는 "朝夕도 못내 이어 飢寒애 늘거"간다는 구절 속에 선명하게 드러나게 된다. 이러한 상황을 악화시키는 것은 부역이라는 사실이 지적된다. "又득 多事흔듸 賦役이나 적을넌가"라는 구절은 이러한 문제를 거론하고 있는 셈이다. 이는 박인로가 임란 이후의 현실문제를 개인적 관심에서 사회적 문제로 확대하여 파악하는 현실인식 위에서 생성시킨 결과로 파악할 수 있는 일이다. 이러한 문제에 대한 인식은 "戀主丹心이야 어늬 刻애 이즐넌고"란 구절에서 보는 바와 같이 일정한

---

139) 『蘆溪集』 坤, 17면 참조.
140) 이 작품은 박인로가 75세가 되던 乙亥(인조 13년, 1635년)에 지은 것으로 임진왜란이 끝난 지 37년이 지난 때에 창작된 것이다.

한계 속에 놓이지만, 그가 현실문제를 사적이고 개별적인 차원에서 공적이고 공동체적인 차원으로 확대·심화시키고 있다는 점을 확인하게 만든다.

우리는 박인로의 작품세계를 생성시켰던 현실적 토대가 임진왜란의 체험과 전란 전후의 사회·경제적 상황이라는 점을 확인해 왔다. 그의 작품에는 이러한 토대가 직접 대응되어 형상화되기도 하고, 그의 의식을 통하여 간접적으로 표출되기도 한다. 또한 현실에 대한 태도와 인식이 작품 속에서 단편적으로 구현되는데, 이것은 개인적 관심으로 수렴되어 나타나기도 하고, 사회적 문제 제기로 확산되어 나타나기도 한다.

4. 박인로의 세계인식 문제

어떤 대상을 어떻게 인식하는가, 또는 어떤 사태에 어떻게 대처하는가를 살펴보면, 그 밑바닥에는 한 시대를 살아가는 사람들의 인식과 행동을 결정짓는 의식이 관통하고 있음을 알게 된다. 이 의식이 전체적인 전망과 체계를 획득할 때, 우리는 그것을 세계인식의 바탕을 이루는 세계관이라 부를 수 있다. 그것은 개인적인 성향을 보이거나, 집단적인 경향을 보이거나 간에, 일정한 사회·문화적 상황에 뿌리를 내리고 있는 법이다. 한 작가의 작품에는 이러한 세계인식이 드러나게 마련이다. 박인로의 작품에서도 그의 세계인식 문제를 따질 수 있을 것이다.

일반적으로 박인로의 작품 속에는 전고(典故)나 고사(故事) 등으로 이루어진 표현구(表現句)[141]들이 자주 등장한다. 이러한 표현구들이 자주 등장하는 그의 작품들은 정철이나 윤선도의 작품보다 시적 형상력이 뒤지는 것으로 평가되기도 했다. 그러나 우리는 이렇게 두드러지게 징표를 드러내는 것이 무엇을 뜻하는가를 유의해서 알아볼 필요가 있다. 어떤 문학세계이든지 작가의 삶이나 작가가 처한 현실과 무관하게 생성되지 않는다는 사실은 이미 앞에서 확인한 바가 있다. 이러한 점으로 볼 때, 문학작품에 나타난 표상물(表象物)[142]은 작가의 현실체험이나 현실인식의 반영물로 판단할 수 있고, 이것은 빈번하게 반복 사용되는 표현구와 함께 작가의 세계인식을 검출해낼 수 있는 지표가 되는 것이다.

우리는 박인로의 세계인식 문제를 따지기 위해서 자연에 대한 그의 인식이 어떤 양상을 보여주고 있는가를 살펴보아야 할 터이다. 왜냐하면 조선시대를 살아간 작가의 세계인식은 자연인식문제를 통하여 집중적으로 드러나기 때문이다. 이점을 깊이 있게 살필 수 있는 부분을 아래에 인용해 본다.

가) 臺下蓮塘의 細雨 잠깐 지나가니 / 碧玉궃흔 너분 입혜 흐치ᄂ니 明珠로다 / 이러흔 情景을 보암즉도 ᄒ다마ᄂ / 濂溪가신 後에 몃몃 히를 디닌게오 / 依舊淸新이 다만 혼자 남아고야[143]

나) 南山 느린 긋히 五穀을 가초 심거 / 먹고 못 남아도 긋지나 아니ᄒ면 / 내 집의 내 밥이 그 맛시 엇더ᄒ뇨 / 採山釣水ᄒ니 水陸品도 잠깐 궃다[144]

---

141) 일정한 관념이나 지식을 전제로 하여 이루어지는 관습적 표현물을 가리키는데, 고전작품에서는 빈번하게 마주치는 것이다.
142) 문학작품에서 찾아볼 수 있는, 특수하고도 개별적인 표현구나 관념의 형상물을 가리킨다. 이들은 일회적 표출시현양상 때문에 반복적으로 나타날 수 있는 표현구와는 구별되는 것이다.
143) 『蘆溪集』 坤, 14-15면 참조.
144) 『蘆溪集』 坤, 6면 참조.

위의 가)의 경우는 경주 옥산의 독락당(獨樂堂)을 둘러보고 그 경치와 이언적(李彦迪)의 학문을 함께 생각하며 노래한 〈독락당〉의 한 부분이다. 나)는 이덕형(李德馨)이 은퇴해 살던 곳을 노래한 〈사제곡〉(莎堤曲)의 일부분이다. 우리는 이 두 작품에서 박인로의 자연인식을 검토해 볼 수 있을 터이다.

우선 가)에 나타나는 자연인식을 살펴보자. 여기에 표현된 자연은 조화롭고 균제 잡힌 질서를 갖춘 아름다운 세계로 드러나 있다. 누대 아래의 연꽃과 가늘게 내리는 비는 벽옥(碧玉)과 명주(明珠)와 같이 밝고 빛나는 미적인 형상으로 표출된다. 이것은 조화와 균제가 잘 빚어져 완벽한 미적 세계로 전환되며 우아한 미감(美感)을 조성한다. 흔히 말하는 강호가도(江湖歌道)에 드러나는 자연인식과 상통하는 바가 여기에서 조성되고 있는 셈이다. 따라서 여기에 형상화된 자연은 양반사대부의 자연인식의 한 전형을 잘 보여주는 것이라 하겠다.[145]

그런데 문제는 위와 같은 자연인식이 나)에서 동질적인 세계인식으로 연속되어 나타나지 않은 데에 놓여 있다. 나)에서 표현된 자연은 양반사대부의 자연인식의 전형과는 이질적인 세계로 드러난다. 여기서 자연은 삶을 지속시켜주는 생산의 토대로 인식되고 노동의 대상으로 파악되어 나타나고 있는 것이다. 따라서 나)에 나타난 자연인식은 자연에 대한 순수한 미적 체험[146]에서 일정한 거리를 만들고 있는 셈이다. 자연의 구체

---

145) 이점은 서양의 바로크 예술에 나타난 자연인식과 비교될 수 있다. 예컨대 Giorgione 그림의 잠자는 양치기 묘사와 Goya의 우아한 포도수확 묘사까지 귀족이 인식했던 자연이 잘 표현되고 있었다. 그것은 잘 다듬어지고 고상한 분위기를 풍기는 세계였으나, 실재하는 세계라기보다는 이상화된 세계라 할 수 있다.(에른스트 피셔, 김성기 역, 『예술이란 무엇인가』, 돌베개, 1984, 143-144면 참고.)
146) 아도르노에 의하면 자연에 대한 순수한 미적 체험은 "자연을 단지 현상으로 대

적이고 개별적인 모습인 남산(南山)은 온갖 곡식을 갖추어 심을 수 있는 토지의 터전인 대지를 특수화한 표상물로 설정된다.

그것은 가)의 둘째 행에서 핵심적인 표현구를 이루는 벽옥(碧玉)이나 명주(明珠)처럼 삶의 장식적 요소로 나타나는 바가 아니다. "내 집의 내 밥이 그 맛시 엇더ᄒ뇨"에서 볼 수 있듯이 남산은 주거(住居)와 의식(衣食)을 제공해주는 삶의 기본적 토대로 드러나게 된다. 그것은 가)의 "廉溪 가신 後에 몃몃 히를 디닌 게오"에서 자연이 조선조의 유학자들이 신봉한 성리학의 대가147)를 생각하게 만드는 관념의 매개항으로 나타나는 바와 대조를 이룬다. 즉 나)에서 드러나는 자연은 우리의 삶을 누리게 해주는 터전으로 인식되고 있는데 이는 "採山釣水ᄒ니 水陸品도 잠ᄭᆞᆫ ᄀᆞᆺ다"는 구절에서도 거듭 확인되는 바이다. 산과 들과 강에서 채취하고 수렵한 것까지 제공하여 우리의 삶을 채워주는 남산은 풍요로운 대지의 유두(乳頭)처럼 나)에서 형상화되어 있는 것이다.

이와 같이 박인로라는 동일한 작가에 의해 쓰여진 가)와 나)의 작품에서 서로 다른 자연인식이 나타나는 것은 무슨 까닭인가? 분열된 세계인식이 이와 같이 이질적인 자연인식을 야기하고 있는가. 또는 그 중의 하나가 그의 자연인식의 본질을 보다 더 잘 드러내고 있는 것인가. 이러한 문제 제기 또는 질문에 대해서 그 해답을 얻어내기란 쉽지 않은 일이다. 그런데 주의 깊게 박인로의 작품을 살펴보면 그의 자연인식은 가)에서 나타난 것보다는 나)에서 드러나는 것 쪽으로 기울어지는 경향을 보인다

할 뿐이며, 그것을 노동이나 삶의 재생산을 위한 소재로서 대하지 않는"(T. W. 아도르노, 홍승용 역 『미학이론』, 문학과지성사, 1984, 112면.)데서 생기는 것이다.

147) 염계(濂溪)는 북송의 유학자인 주돈이(周敦頤)의 호이기에 여기서는 성리학의 맥락을 드러내고 있는 셈이다.

는 점을 알아차릴 수 있다.

가)를 좀 더 자세히 살펴보면 가)는 크게 두 개의 표상물로 나누어진다는 점을 밝혀낼 수 있다. 하나는 독락당의 누대 아래에 놓인 연못과 연잎 위에 내리는 빗방울을 형상화한 부분이요, 다른 하나는 주돈이(周敦頤)와 그의 학문이 새롭게 조명되어야 한다는 작자의 생각이 표출된 부분이다. 이 두 개의 표상물은 의구청신(依舊淸新)이라는 표현구에 의해 묶여 있지만, 그 연결고리가 그리 튼튼하거나 접합상태가 긴밀해 보이지는 않는다. 이른바 물아일체(物我一體)로 표현되는 자연인식[148]이 분열되어 나타나는 조짐을 보인다고 하겠다. 이 때문에 자연은 관념의 외피를 덧입고 나타나지만, 자연과 관념의 융화가 속속들이 이루어진 양태로 드러나지는 않는다. 이러한 인식의 분열 조짐을 일으키는 동인은 바로 나) 쪽으로 기울어지고 있는 자연인식 태도에서 찾을 수 있을 듯하다.

우리는 이러한 자연인식을 다음 자료에서 더욱 분명하게 확인할 수 있다.

어즈러온 鷗鷺와 數업슨 麋鹿을 / 내 혼자 거느려 六畜을 삼아거든 / 갑업슨 淸風明月은 절로 己物되야시니 / 놈과 다른 富貴는 이 흔몸애 フ자소야[149]

〈사제곡〉의 한 부분인 위의 인용문에서 미록(麋鹿)과 육축(六畜) 사이

---

148) 정극인의 〈상춘곡〉의 "칼로 물아낸가 붓으로 그려낸가 / 造化神功이 物物마다 허스롭다 / 수풀에 우는 새는 春氣를 뭇내 계워 소릐마다 嬌態로다 / 物我一體 어니 興이이 다를소냐"(원본영인, 『孤山外 五人集』, 대제각, 1972, 138면 참조.)에 나타나는 자연인식을 말한다.
149) 『蘆溪集』 坤, 6면 참조.

에 일어나고 있는 전화과정(轉化過程)을 주목할 필요가 있다. 미록이 화
제의 중요한 소재로 등장하고 있는 것은 맹자와 양혜와의 대화 속에서이
다.150) 온 백성과 함께 동고동락해야 할 통치자의 자세를 문왕(文王)의
정원인 영대(靈臺)와 영소(靈沼)를 중심으로 논의한 맹자와 양혜왕의 대
화 속에 나타나는 미록(麋鹿)은 통치자가 지녀야 할 덕목을 구체화한 것
이다. 따라서 이 대화 속에서 미록은 이상군주의 통치행위를 상징하는
동물로 나타난 것이기 때문에 그 실재성 여부는 문제가 되지 않는다. 그
런데 박인로는 그의 작품 속에서 이 미록을 우리가 길러서 그 살과 가죽
을 이용하는 육축으로 전환시켜 나타내었던 것이다.

미록을 육축으로 전환시키는 박인로의 문학적 상상력은 앞에서 살펴
본 나)에 나타난 자연인식의 바탕 위에서 조성될 수 있는 바가 아닐 수
없다. 이런 맥락에서 보면 '갑업슨 淸風明月'이란 관습적 표현구가 '富
貴'라는 단어를 통하여 사물화되는 현상도 그의 자연인식이 빚어낸 결과
물로 파악할 수 있을 터이다. 소동파(蘇東坡)의 〈적벽부〉(赤壁賦)의 끝
부분에 나오는 '값없는 청풍명월'151)은 본래 도교와 불교의 신비적 자연
인식을 엿보게 하는 표현구152)이지만, 박인로는 현실적 풍요를 뜻하는
부귀란 말과 이 표현구를 결합시킴으로써, 자연은 생산물을 무한하게 제
공하는 터전이라는 생각을 내보이고 있다. 이러한 자연인식을 보여주는
한시 작품을 그의 문집에서 자주 접할 수 있다는 점153)에서도 우리는 그

---

150) 文王 以民力爲臺爲沼 而民歡樂之 謂其臺曰靈臺 謂其沼曰靈沼 樂其麋鹿
魚鼈 古之人 與民偕樂 故能樂也(『孟子』 梁惠王 章句 上)
151) 〈적벽부〉에서 청풍명월은 가져와도 금하지 않으며 써도 다하지 않은 자연의 본
질을 표상하는 대상으로 표현되어 있는 부분은 다음과 같다. 惟江山淸風與山
間之明月 耳得之爲聲 目遇之而成色 取之無禁 用之不竭 是造物者之無盡
臟也
152) 차상원, 『중국고전문학평론사』, 범학도서, 1975, 299-300면 참고.

의 자연인식이 나) 쪽에서 그 본질을 드러내고 있다고 결론지을 수 있는
법이다.

　박인로의 세계인식은 그가 자연을 어떻게 이해하였는가 하는 문제와
더불어 그가 처한 현실에 대해서 어떤 대응방식을 지니고 있었는가 하는
문제를 함께 해명할 때에 그 총체적인 성격을 내보일 것이라고 생각된
다. 우리는 앞서의 작업을 통해서 그가 현실에서 유리된 자연인식에서
현실과 밀착된 자연인식으로 나아가고 있었다는 사실을 알게 되었다. 이
것은 거의 같은 시대를 살아간 윤선도(尹善道)의 자연인식과 비교할 때,
그 특징을 더욱 선명하게 드러낸다. "인간을 돌아보니 머도록 더옥 됴
타"154)에서 볼 수 있는 바와 같이 윤선도에 있어서 자연은 현실에서 멀
어질수록 아름다워지는 세계로 나타나 있다. 그러한 자연인식은 현실적
문제에 초연해지고자 하는 현실대응방식 위에서 가능해진다. 155) 이러한
자연인식과 현실대응방식은 생활문제에 구애받지 않은 대지주 출신 양
반사대부156)의 세계인식을 구체적으로 보여주는 것이라 하겠다. 이것은
자연을 관념의 물화로 전이시키면서157) 정관적 삶의 태도를 초래하게

---

153) 밭갈 경(耕)자를 운으로 삼아 칠언절구 열 작품을 연작으로 엮은 〈경전가십운〉
　　(耕田歌十韻)은 이러한 자연인식을 보여주는 대표적인 사례이다.
154) 윤선도의 〈어부사시사〉 중의 秋詞(원본영인, 『孤山外 五人集』, 대제각, 1972,
　　24면.)에 이런 구절이 나온다.
155) 물론 〈어부사시사〉에 나타나는 윤선도의 자연인식이 그의 세계인식을 전일적으
　　로 관통하는 성격의 것이라는 생각은 다소 유보적으로 해두고 싶다. 여기서도
　　개인과 자연과의 조화가 사회에서 이루어지기를 갈망하는 정서를 깔고 있다는
　　논의(성기옥, 『고산시가에 나타난 자연인식의 기본틀』, 도서출판 심미안, 2006,
　　41면, 49면 참고.)가 논란의 소지를 남기고 있기 때문이다.
156) 윤선도가 대지주출신의 양반사대부였다는 점은 그의 世居地였던 해남과 임진왜
　　란 때 피란했던 보길도를 답사하면서 충분하게 확인할 수 있었다.
157) 자연이 관념의 물화로 전이된 대표적인 예는 윤선도의 〈오우가〉에서 찾아볼 수
　　있다.

된다.

이에 반하여 박인로는 자연을 관념의 물화로 전이시키는 자연인식에서 자연을 생산의 현장으로 파악하는 자연인식으로 전환하는 과정 속에 그의 현실인식이나 현실대응방식을 변화시키고 있다. 이것은 점차 몰락해나가는 양반사대부의 삶을 누려야 했던 박인로에게서 찾을 수 있는 특징158)이라 할 수 있다. 그의 현실인식과 현실대응방식을 알아보기 위해서 아래의 자료를 검토해 보자.

다) 時時로 멀이 드러 北辰을 ㅂ라보며 / 傷時 老淚를 天一方의 디이ᄂ다 / 吾東方 文物이 漢唐宋애 디랴마ᄂ / 國運이 不幸ᄒ야 海醜凶謀애 萬古羞을 안고 이셔159)

라) 一千年 新羅와 五百載 高麗에 / 賢人君子들이 만히도 지닌마ᄂ / 天慳地秘ᄒ야 我先生씌 기치도다 / 物各有主어든 ᄃ토리 이실소냐160)

인용문 다)는 〈선상탄〉(船上嘆)의 일부로서 임진왜란에 참전하여 나라의 참담한 현실을 슬퍼하는 박인로의 심정을 드러내고 있는 곳이다. 글 라)는 〈독락당〉의 앞부분으로서 이언적의 학덕을 기리고 있는 부분이다. 다)와 라)를 얼핏 살펴보면 그는 여전히 양반사대부의 인습적인 현실인식의 테두리 안에 머물고 있는 것처럼 보인다. 왜적에게 침략당한 현실을 극복할 수 있는 그루터기를, 우리 문물이 한당송의 문물에 견줄

---

158) Lukács는 일상적 삶을 누리는 과정 속에 자연스럽게 부딪치는 일의 운동과 관계 속에서 세계인식이 생겨날 수 있음을 이야기한 바 있다.(Lukács, Ästhetik, Sammelung Luchterhand, 1972, S. 241.)

159) 『蘆溪集』 坤, 12면 참조.

160) 위의 책, 13면 참조.

수 있는 수준이라는 자부심 위에 세워두고 있는 것은 그의 의식이 중국 문화를 지향했던 양반사대부의 일반적인 의식을 그대로 답습하고 있다는 점을 보여준다고 하겠다. 즉 역동적 역사의 체험을 정태적 문화공간 속에 추상화시키고 있다는 점을 지적할 수 있는 것이다.

그런데 주의깊게 살펴볼 때, 라) 글에서는 미세하지만 약간의 변화를 찾아낼 수 있다. 이언적의 학덕을 찬양하는 기준이 중국의 역사 쪽에 서 있는 것이 아니라, 우리의 역사 쪽에 서 있다는 관점을 내보이는 점이 그것이다.[161] 물론 다)와 라)에 나타난 현실인식이 역사를 피상적으로 파악하고, 더 나아가서 이를 추상화함으로써 결과적으로는 현실대응능력을 약화시키게 된다는 점을 지적할 수 있다. 그렇지만 박인로가 신라와 고려라는 역사적 시간표지(時間標識)와 물각유주(物各有主)란 표현구를 결합시켜 형상화함으로써 추상화되기 쉬운 이언적의 학덕을 역사적 사건으로 구체화시키고 있다는 점을 주목해야 할 터이다. 이점에서 미루어 생각해볼 때, 그의 현실체험이 추상화되기 쉬운 관념적 사실을 구체적인 역사적 사건과 결합시켜 생생하게 파악하게 만드는 현실인식을 생성시켜준 게 아닌가 한다. 여기서 우리는 다)와 라)에 나타나는 역사인식이 세계인식과 서로 상통하는 세계인식 위에 서 있지만, 어떤 분열의 조짐을 보이기 시작하는 것이 아닌가 하는 생각도 든다.

이러한 점을 검토해본 결과 우리는 박인로가 윤선도 등의 대지주 출신의 양반사대부 작가보다 훨씬 능동적이고 적극적인 현실인식 및 현실대응방식을 드러내고 있지만, 여전히 일정한 한계 안에 맴돌고 있다고 판

---

161) 이는 같은 작품의 뒷부분에서 "오동방(吾東方) 문헌(文憲)이 한당송((漢唐宋)애 비긔로쇠"(『蘆溪集』坤, 16면 참조.)라고 거듭 강조하고 있는 점에서도 확인된다.

단하게 된다. 이것을 몰락해가는 박인로의 삶과 그 자신이 지향하는 세계 사이에서 그의 의식이 일정한 분열을 보이고 있는 징후로 파악해야 할 점인지 분명하지는 않다. 그가 처한 현실은 그를 양반사대부적 삶의 조건에서 벗어나게 하였지만 그 자신은 양반사대부적 세계로 끊임없이 복귀하려고 부단하게 노력했기 때문에162) 어떻게 세계인식이 분열되는가, 아니면 그 자신이 처한 사회의 성격이 통일된 세계인식을 획득하게 어렵게 만드는가163)는 계속 따져봐야 할 과제로 남는다.

우리는 박인로의 세계인식이 현실과 유리된 쪽에서 현실과 밀착된 쪽으로 변화해나가고 있음을 알아보았다. 자연이 조화와 균제를 갖춘 이상 세계일 뿐만 아니라 삶을 지속시켜주는 생산현장으로 인식되는 점이나, 역사를 문화적 공간 속에서 추상화시키기도 하고 동시에 역사적 공간으로 구체화시키기도 하는 점은 그의 세계인식이 분열하고 있다는 점을 보여주는 일이다. 그런데 잘 따져보면 그의 세계인식은 전자에서 후자 쪽으로 전이해나가는 것이 아닌가 하는 판단이 들게 한다. 이것은 그의 삶과 의식 사이의 균열과 갈등을 반영한 결과일 것이라고 추측해 본다.

---

162) 박인로가 몰락해나가는 가문을 일으키고자 애쓴 점과 그것이 잘 성취되지 않아 고민했던 점은 〈安分吟〉을 통하여 얼마간 엿볼 수 있다. 즉 '이 노인이 마음에 무엇을 쌓았던가 충과 효 두 글자뿐이로다. 마음은 커 앞서나 재주가 짧아 하나도 행하지 못하고 강호에 헛되이 늙을 뿐이로다. 나라 위해 먹은 마음 끝내 이룬 것 없이 헛되어 버렸으니 서쪽을 바라보고 눈물 흘릴 뿐이네(此翁胸中何所蓄 忠孝二字而已矣 心長才短一未售 盧老江村而已矣 保國初心竟歸空 西望涕淚而已矣(『蘆溪集』乾, 15-16면 참조.))

163) 인간의 의식이 그가 살았던 사회의 성격에 의해 규정된다는 논의가 있을 수 있다. 봉건사회는 그 사회적 관계 전체가 여러 가지로 자연적 성격을 지니기 때문에 통일된 현실인식(세계인식)을 획득하기 어려웠다는 논의(게오르그 루카치 지음, 박정호·조영만 옮김, 『역사와 계급의식』, 거름, 1986, 76면 참조.)가 그러한 논의의 하나로 참고가 된다.

5. 논의의 요약과 전망

박인로 문학세계의 현실적 토대와 세계인식을 그의 삶과 문학작품을 상호 조응시키면서 살피는 일은 문학의 생성 토대를 사회·역사적 측면에서 이해하는 일이다. 박인로는 임진왜란의 역사적 충격이 사회·경제적 토대를 급속하게 변화시키는 시기를 살아가면서, 그 자신의 사회적 지위와 경제적 기반의 붕괴를 체험하였다. 그는 이러한 현실의 체험을 작품에 반영하기도 하고, 현실체험에서 형성된 세계인식을 문학세계에 투영하기도 하였다.

박인로 가문의 형세를 검토해본 결과, 그는 명문 가계의 후예였지만 사회적 지위가 하강하고 경제적 기반이 축소되는 과정을 통하여 궁핍한 삶을 꾸려갔던 점이 확인되었다. 그의 삶은 사회적으로는 몰락해나가는 양반사대부로 파악될 수 있고, 경제적으로는 자영을 하는 중·소농토 소유의 지주로 규정될 수 있다. 이러한 점은 작품 생성의 토대로 작용하게 된다.

작품세계를 생성시키는 일차적 소재는 작가의 현실체험이다. 그의 작품세계는 임진왜란의 체험, 사회적 지위의 훼손, 경제적 기반의 붕괴 등의 현실체험을 바탕으로 생성되어 나왔다는 점을 보여주고 있다. 전란에 참여하여 왜적을 성토하고 그 피해를 그리는 〈태평사〉나, 그가 소유한 토지가 침범당해 경작된 사건을 노래한 한시작품이나, 늙은 종이 도망가버려서 직접 농사를 지어야 하는 형편을 서술하고 있는 작품들은 이를 구체화한 것이다. 특히 〈누항사〉라는 가사작품은 이러한 현실적 토대 위에서 생성되어 나올 수 있는 전형적인 작품세계를 드러내었다. 여기에서 우리는 그의 현실체험이 더할 나위 없이 사실적으로 형상화되어 나타나 있음을 확인하였다.

박인로의 세계인식은 그의 자연인식을 통해 구체적으로 드러난다. 그에게는 자연을 조화롭고 균형 잡힌 이상세계의 원형으로 이해하는 대지주 출신의 양반사대부들의 자연인식과 인간의 삶을 영위하는 생산현장의 토대로서 인식하는 자영 중·소지주 출신 몰락양반의 자연인식이 공존해 있음이 밝혀졌다. 그런데 이것은 두 개의 자연인식이 대립되어 있는 현상이라기보다는 전자 쪽에서 후자 쪽으로 전이하는 변화의 결과로 나타나는 것으로 보인다. 다른 한편으로 그의 현실인식이나 현실대응 태도를 통해서 세계인식 문제를 따져보았다. 여기서도 그는 양반사대부들의 인습적인 세계인식과 여기서 벗어나고 있는 세계인식의 두 측면을 보여주었다. 이점은 역사를 정태적인 문화공간에 가두어놓고 추상화시켜 인식하는 경향과 함께 문화를 동태적인 역사 공간 안에 끌어들여 구체화시키는 태도가 공존하는 데서도 확인되었다. 이러한 세계인식의 분열은 매우 역동적인 역사적 충격과 이에 뒤따른 사회적 해체와 경제적인 변화과정에서 그가 겪게 된 현실체험이 빚어낸 것이라고 추정해 보았다.

이것으로 박인로의 삶과 문학세계, 그 시대를 함께 살펴보는 일이 끝나는 것은 아니다. 그의 작품세계에 대해 보다 자세하고 더 개별적인 분석 작업이 요청된다. 여기서는 작품의 개별연구와 형식에 대한 탐구 등이 다 이루어지지 않았다. 이러한 작업이 함께 이루어질 때에 앞에서 이루어진 논의의 결과와 연계되어 박인로 문학세계에 대하여 깊은 이해가 가능해질 터이다.

이와 함께 조선조 후기 문학사의 전개를 관찰하면서 박인로의 삶과 작품세계의 위상을 자리매길 필요가 있다고 생각한다. 여기에서 우리는 문학사의 전개가 단선적이 아니라는 점을 유의하고 싶은 것이다. 우리의 시각이 지금까지 문학사를 지배층과 피지배층의 문학이 병립하여 전개한다는 도식에 매몰되어 온 적도 있었다. 어느 시대와 사회에서나 지배층과 피지배층 사이에 중간층이 존재해 왔고, 이들이 때로는 역사 전개에서 매우 중요한 주체로 등장한다는 사실을 알고 있다. 프랑스 혁명 때의 시민의 역할을 상기할 필요가 있다. 조선 후기의 문학사에서 몰락양반, 역관, 서리, 향리, 서얼 등의 중간층이 어떤 역량을 발휘하였는지 주목해야 된다는 말이다. 박인로는 이러한 논의를 시작할 때 조선조 후기 문턱에서 발에 차이는 걸림돌이자 동시에 딛고 넘어야 할 디딤돌이 되는 셈이다. 이 문제는 앞으로 더욱 논의해야할 과제로 남긴다.

〈홍길동전〉 '율도국'의 생성과 그 의미 **2**

1. 서론

〈홍길동전〉에 대한 수많은 논의와 다양한 접근이 있음에도 불구하고 작가의 규명, 작품의 생성 토대 천착, 의미 해석, 이본 간의 관계 검토 등의 문제는 아직 완결되지 않았다. 그러므로 보다 심화된 논의를 전개해 나가기 위해서는 각론적 연구가 필요하다는 판단이 선다.

작품에 대한 연구는 작품으로부터 출발해야 한다는 것이 가장 원칙적인 전제가 되어야 한다. 작가가 밝혀진 경우에도 작품을 통해서 작가론을 펼칠 수 있지만, 작가에 대한 논란이 제기된 경우에는 작품을 통해서 이 문제에 접근하는 것이 바른 길을 찾아가는 일일 것이다. 〈홍길동전〉의 작가가 허균(許均)이라는 설명이 통설로 굳어졌지만, 여기에 이론을 제기한 논의[164]에 대해서도 확실하게 응답할 필요가 있다. 이 문제는 여기에서 벌이는 작업의 부차적인 성과에 의해서 해명할 수 있으리라 기대

---

164) 〈홍길동전〉의 작가가 許均이 아니라는 주장은 다음 논의에서 제기되었다.
　　李能雨(1965), 「許均論」, 『論文集』 5, 淑明女大.
　　金鎭世(1969), 「洪吉童傳 作者考」, 『敎養學部 論文集』 1, 서울대.

한다.

〈홍길동전〉에서는 일찍이 작품의 전반부와 후반부의 구성적 연계성과 그 의미망의 통일성 문제가 제기되었던 바, 이는 작품 내부에 대한 깊이 있는 탐색이 여전히 필요한 작품으로 우리 앞에 놓여 있다는 것을 의미한다. 이 탐색이 튼튼한 기반 위에서 이루어지기 위해서는 먼저 〈홍길동전〉 형성의 서사적 기반165)을 알아 보아야 한다. 〈홍길동전〉의 주인공이 서사문학사에서 신화적 인물 유형의 전승으로부터 형상화되어 나왔다는 사실은 여러모로 밝혀진 바 있다.166) 이 작품의 구체적인 국면에 따라 등장인물과 사건을 살펴보면 이 작품이 뿌리내렸던 서사적 기반은 매우 광범위하고 다양한 문화적 토양과 역사적, 사회적 토양으로 구성되어 있다는 사실에 직면하게 된다.

작품의 서사적 기반은 문헌과 구비전승의 자료에서, 그 상응되는 부분을 찾아냄으로써 구체적으로 확인할 수 있다. 널리 알려져 있는 자료에서 〈홍길동전〉의 각 부분이 개별적으로 대응되는 자료를 가려 뽑는 일이 기초적이고도 중요한 작업이 된다. 작품에 채택된 자료는 작품의 전체적 구조의 한 요소를 이루고 또한 작품의 의미망의 한 부분을 차지하면서 의미공간을 형성하고 있다. 또한 의미공간에 자리잡은 작품구조의 내용과 성격에 따라 전체의 의미망에서 그것이 생성시키는 의미와 차지

---

165) '서사적 기반'이란 소설 작품이 형성되어 나온 서사문학적 기반을 가리킨다. 이 경우에는 문학사적 토양뿐만 아니라 관련된 역사적, 사회적 토양을 포괄한다. 이 기반은 작품의 배경이 되기도 하지만, 작품 속에 소재로 차용되어 의미망을 형성하는 구체적 요소가 되기도 한다.
166) 아래의 업적에서 깊이있게 검토된 바 있다.
조동일, 「영웅의 일생, 그 문학사적 전망」, 『동아문화』 10, 서울대 한국문화연구소, 1971.
김열규, 『한국민속과 문학연구』, 일조각, 1971.

하는 위상이 달라진다.

우리가 주목하고자 하는 부분은 〈홍길동전〉의 후반부이다. 후반부의 핵심적 서사세계는 주인공이 해외에 진출하여 율도국을 세우고 최고통치자가 되는 서사전개 부분에 놓여 있다. 이 부분은 〈홍길동전〉 전반부의 갈등이 해소되는 부분이면서도 독자적 서사세계를 이루는 부분이 된다.167) 이 부분이 어떻게 생성되어 나왔으며, 그 의미가 무엇인가를 따지는 일이야말로 〈홍길동전〉의 작품 해석에 매우 중요한 성과를 획득할 것이 기대되는 작업이 될 것이다.

2. 율도국 서사세계 생성의 기반

2.1. 역사적 경험과 서사적 형상화

율도국의 생성기반은 조선조 중기 이후 빈번하게 목도되는 군도의 출현과 신분제 사회의 갈등 요인의 하나가 된 적서차별문제라는 역사적 · 사회적 토양에 뿌리내리고 있다. 〈홍길동전〉의 주인공이 역사적으로 실존했던 군도의 지도자였던 홍길동에 그 소재적 근원이 맞닿아 있다168)는

---

167) 이는 〈홍길동전〉의 서사구조가 통일성을 지니는가 그렇지 않은가 하는 논의를 불러일으키는 서사적 성격을 지니고 있다.

168) 〈홍길동전〉의 주인공이 세종 때의 洪逸同의 동생 洪吉童을 모델로 했을 것이란 추정(金台俊 著(1939), 朴熙秉 校注(1990), 『증보조선소설사』, 한길사, 88면./ 鄭金主 東(1961), 『洪吉童傳研究』, 文豪社, 153면.)이 있은 후에 연산군 때에 온 나라를 소란하게 만든 群盜의 우두머리였던 洪吉同이라는 검토(김동욱(1968), 「홍길동전의 국내적 溯源」, 이숭녕박사송수기념논총 / 李能雨(1969), 「홍길동전과 許均의 관계」, 국어국문학 42 · 43, 국어국문학회 / 林熒澤(1976), 「洪吉童傳의 新考察」, 창작과 비평 42~43, 창작과 비평사)에 이르기까지 상

논의가 설득력있게 우리에게 다가오는 것도 이러한 방향의 탐색을 요청
하는 근거가 된다. 이러한 작업은 문헌적 검토와 함께 현지 답사를 통한
입체적인 접근을 필요로 하고 있다.

　크게 보면 〈홍길동전〉의 서사세계는 구체적이고 실제적인 사실 위에
서 형성되었지만, 한편으로는 이것이 문자로 기록된 독서물로 읽히고,
다른 한편으로는 입에서 입으로 전해지면서[169] 이들 사이의 상호 교섭이
이루어지면서 이 작품의 서사세계가 형성되어 나왔다고 말할 수 있다.
이는 허균이 〈홍길동전〉을 지을 때 작품의 서사적 토대를 어디에서 마
련했는가를 해명할 때에도 필요한 관점이면서 동시에 〈홍길동전〉의 이
본의 형성을 설명해 줄 수 있는 말이기도 하다. 이 서사세계를 생성시켰
던 역사적 경험의 밑바탕에는 성종(成宗) 때 김막동(金莫同) 또는 김일동
(金一同)이 이끌었던 군도(群盜)와 연산군 때 홍길동이 이끌었던 군도가
일으켰던 사건이 놓여 있다.[170] 김막동을 우두머리로 삼았던 군도들은
"떼를 지어 갑옷을 입고 관찰사를 포위하여 활을 쏘아 위협하여 장물(臟
物)을 모두 빼앗기고 군수의 공아(公衙)에 이르러 꾸짖고 욕하고 노래를

당한 논의와 성과를 쌓았다.
169) 홍길동에 대한 구비전승이 활발하게 이루어졌다는 사실은 한국정신문화연구원
　　에서 낸 한국구비문학대계(이하 '대계'라 함)에 여러 편의 '홍길동 설화가 채록되
　　어 보고된 점에서도 확인된다.
　　서대석(1980), 대계 1-2 경기도 려주군편, 178-179면. / 성기열(1982), 대계 1-7
　　경기도 강화군편, 838-839면. / 성기열(1984), 대계 1-8 경기도 인천시 · 옹진군
　　편, 162-168면. / 조동일 · 임재해(1980), 대계 7-3 경상북도 경주 · 월성군편,
　　597-602면. / 현용준 · 김영돈(1980), 대계 9-1 제주도 북제주군편, 66-69면. /
　　현용준 · 김영돈(1983), 대계 9-3 제주도 서귀포시 · 남제주군편, 718-720면 참조.
170) 이들 활동과 〈홍길동전〉의 성립의 대응에 대해서는 임형택(1976)의 논의가 있
　　다. 또 임꺽정의 활동이라는 역사적 사실이 이 작품 성립의 배경이 되었다는 점
　　에 관하여서는 이문규(1992) 「〈홍길동전〉의 창작에 미친 '林巨正 사건'의 영향
　　에 관한 고찰」(『蘭臺 李應百 博士 古稀紀念論文集』, 한샘출판사), 참고할 수
　　있다.

부르면서 돌아가는"[171] 대담한 행동을 보였는데, 이들의 행동은 〈홍길동전〉에서 길동이 이끄는 무리가 함경감영을 습격할 때의 행동과 대응을 이룰 수 있는 양상을 보이는 것이다.

실제로 연산군 때의 홍길동이 이끌던 군도의 무리가 보여 주었던 행동은 〈홍길동전〉의 서사적 전개에 직접 대응될 수 있는 양상을 보인다. "강도 홍길동이 옥정자와 홍대 차림으로 첨지라 칭하며 대낮에 떼를 지어 무기를 가지고 관부에 드나들면서 기탄없는 행동을 자행"[172]한 점은 완판본 〈홍길동전〉에서 홍길동이 "이후로난 길동이 혹 쌍교를 타고 단의며 슈령을 츌쳑ᄒ고 혹 창고를 통기ᄒ여 빅셩을 진휼ᄒ며"[173] 관권을 두려워 하지 않고 정의를 실현하고 도탄에 빠진 백성을 구제하기 위해 오히려 이들의 권위를 훼손하는 서사전개 부분을 생성시키는 역사적 경험이 되었을 터이다. 〈홍길동전〉의 주요 서사전개를 형성하는 바탕이 되었을 것으로 추정되는 군도의 출현은 허균이 이 작품을 짓기 전까지의 시기에서도 몇몇 사례를 찾을 수 있다.

명종(明宗) 때 임꺽정은 황해도를 근거지로 삼아 큰 무리를 이끌면서 온 나라를 뒤흔들어 놓을 정도의 군도 활동을 벌였다.[174] 이들은 대낮에도 관문을 포위하여 나졸을 사살할 정도로 대담하게 활동하면서 탈취한 재물을 공연히 개성부(開城府)에 내다 팔기도 하고 서울 장안에 거점을

---

171) 成宗實錄 卷30, 세종대왕기념사업회, 1985, 237면.
172) 국역 연산군일기 권5, 민족문화추진회, 1974, 97면.
173) 金東旭 편(1973), 『影印 古小說板刻本全集 三』, 연세대 인문과학연구소, 463면. 이하 이 자료를 '완판본'이라 하고 총 71면 중 해당 면수를 밝히기로 한다. 〈홍길동전〉의 이본을 다루는 자리에서 구체적으로 제시할 다른 자료의 인용 방법도 이와 같다.
174) 임꺽정의 활동에 대한 자료는 임형택·강영주 편(1988), 『벽초 홍명희「林巨正」의 재조명』(사계절출판사)에 잘 정리되어 있다.

마련하기도 했던 것이다. 이와 같은 심각한 사태에 직면하여 조정에서는 임금이 봉서(封書)를 내려 비밀 대책회의를 열고 이를 의논하기도 했다.[175] 이 사건은 당시에 있어서 뿐만 아니라 후대에까지 대단한 역사적 충격을 던져 준 사건이었을 터이다.

이보다 앞선 시기의 중종(中宗) 때에는 순석(順石)을 우두머리로 전라도, 충청도, 경기도 및 서울에서 100여 명이 활약하다가 그 중 39명이 용인현(龍仁懸)에서 잡힌 사건이 있었고,[176] 명종 때에는 임꺽정이 활약하기 전부터 임송(林松), 손석동(孫石同), 김헌동(金獻同) 등의 60~70여 명이 전라도 고산현(高山縣)의 한둔산(漢芚山)에 진을 치고 당상관의 의장(儀章)을 갖추고 군도(群盜) 활동을 벌인 사건이 일어났다.[177] 이러한 군도의 활동은 선조(宣祖) 때 일어난 임진왜란에 궐기한 의병의 활동이 변질되어 나타남으로써 더욱 심각한 사회 문제로 대두하였다. 이들은 관아를 제압하여 관고(官庫)를 열어 창곡을 탈취하기도 하고 부민(富民)의 재산을 약탈하기도 하였다. 이들 가운데 서얼 출신의 송유진(宋儒眞)은 지리산, 속리산 등에서 2000여 명의 무리를 모아 서울을 치려는 대담한 시도를 도모하기도 했다.[178]

이러한 사건은 〈홍길동전〉을 지은 허균이 여러 경로를 통하여 전해 듣거나 알 수 있었던 일로서 이 작품을 쓸 때 제재적 근원이 될 수 있었을 것이다. 실제 그가 〈홍길동전〉을 짓게 된 유력한 동기의 하나로 지목

175) 『明宗實錄 卷 5』, 명종 14년 3월 13일(乙酉) / 明宗實錄 卷 26, 명종 15년 10월 22일(甲寅), 명종 15년 12월 1일(壬申) /明宗實錄 卷 27, 명종 16년 10월 28일(甲申), 記事 참조.
176) 『국역 中宗實錄 35』, 민족문화추진회, 1978, 151면. 중종 25년 12월 1일(丁巳) 기사 참조.
177) 『明宗實錄 卷6』, 明宗 6년 8월 30일(乙酉), 기사 참조.
178) 崔永禧(1975), 『壬辰倭亂中의 社會動態』, 韓國硏究院, 140면, 154-156면 참고.

되는 박응서(朴應犀), 서양갑(徐羊甲) 등의 서류 칠인(庶流 七人) 사건은 이미 언급한 송유진 사건과 함께 이 작품을 형성시키는 밑바탕을 이루는 주요한 원천의 하나로 판단할 수 있다. 즉 선조(宣祖) 41년 봄에 박응서를 비롯한 서얼 일곱 명이 서얼에게도 벼슬길을 열어달라고 상소를 올렸으나 받아 들여지지 않자, 경기도 여강(驪江)에 은밀한 은신처를 마련하고 장차 큰 일을 꾀하기 위해 광해군(光海君) 5년 봄에 박응서는 조령(鳥嶺)에서 은상(銀商)을 습격하여 재물을 탈취한 후에 체포된다. 이 일은 이이첨(李爾瞻)이 이끄는 대북파(大北派)에 의해 광해군으로 하여금 永昌大君을 몰아내어 죽여버리도록 만드는 정치적 목적에 이용된다.[179] 이로 미루어 볼 때 허균의 〈홍길동전〉 형성의 바탕에는 계속된 군도들의 활동이라는 반체제적 사회문제와 서얼들의 사로 허통(仕路 許通) 운동이라는 체제 내적 사회문제가 깔려 있다는 점이 분명해진다.

그런데 〈홍길동전〉의 한 부분을 이루고 있는 '율도국'의 서사단위를 생성시키는 역사적 경험은 무엇인가를 알아볼 필요가 있다. 〈홍길동전〉에서 길동이 국내 활동을 마치고 바다로 나아가 제도를 거쳐 율도국을 건설함으로써 이 작품의 서사세계는 마무리된다. 이러한 해상활동의 공간적 배경을 형성하였을 것으로 보이는 지역이 역사기록에 나타나고 있다. 삼봉도(三峰島)라는 섬이 바로 그러한 공간적 배경에 대응되는 곳이다. 백성들에게는 세금도 내지 않는 자유로운 땅으로 부역을 피하고 나라를 배반한 무리들이 무려 1천여 명이 넘게 살고 있었다는 실록의 기록이 보인다.[180] 역사기록에 따르면 이 섬은 청명한 날에는 경흥(慶興)에

---

179) 이에 대한 자세한 논의는 鄭鉒東(1961), 27-40면에서 이루어져 있어 참고할 수 있다.
180) 이에 대한 논의는 다음의 논지에서 구체적이고 실증적으로 이루어졌다.
   정석종(1994), 『조선후기의 정치와 사상』, 한길사, 75-93면.

서 바라보이고 회령(會寧)에서 동쪽으로 배를 타고 이레 밤낮으로 항해
해야 도착할 수 있는 곳이다.[181] 이러한 기록을 통해 볼 때 이 섬은 나라
에 큰 죄를 지은 사람들이 피신하는 것으로 알려져 온 셈이다.

동해에 실재했던 삼봉도가 〈홍길동전〉에서 길동이 국외로 나가 바다
위의 제도라는 섬을 거점으로 삼아서 율도국을 건설하는 이야기를 담고
있는 서사단위를 생성시키는 역사적 경험의 근거가 될 수 있는가에 대해
서는 보다 진전된 논의를 통해서 따져봐야 할 일이다.

2.2. 서사적 형상의 전승과 수용

충격적인 사건이나 대단한 사실은 사람들의 입에 오르내리게 되고, 그
것이 하나의 줄거리로 엮어지면서 서사적 세계로 형상화된다. 더구나 사
회적 관심을 크게 불러 일으켰던 역사적 사실은 서사적 세계로 전환되기
십상이다. 이렇게 형상화된 서사세계는 입에서 입으로 전해지기도 하고,
글로 쓰여 읽히면서 전달되기도 한다. 때로는 이것이 구비전승(口碑傳
承)과 기록전달(記錄傳達)의 방식을 두루 택하면서 후대의 사람들의 귀
와 눈을 통하여 수용되기도 한다.

우리는 앞에서 〈홍길동전〉의 서사세계를 형상화시킨 역사적 사건을
살펴보았다. 이제는 이것이 어떻게 〈홍길동전〉의 서사단위로 전환되었
는가를 살펴볼 차례가 되었다. 크게 볼 때에는 〈홍길동전〉의 서사적 골
격을 이루는 서사 전승은 주몽(朱蒙) 신화(神話)에서 추출할 수 있는 '영
웅의 일생' 또는 '전기적 유형'[182]까지 거슬러 올라가 탐색해 볼 수 있다.

---

181) 『成宗實錄 卷4』, 成宗 4년 정월 9일(庚子), 기사 참조.
182) 趙東一(1971)에서는 '英雄의 一生', 金烈圭(1971)에서는 '傳記的 類型'이란 용

문제는 대부분의 고전소설의 서사적 골격이 이와 같은 서사 전승에 대응될 수 있다는 데에 놓여 있다. 따라서 〈홍길동전〉에서는 이러한 서사 전승이 특정한 역사 공간에서 구체화되는 과정을 거치면서 이 작품의 서사세계를 구성하는 요소로 이바지하게 되었다는 이해 위에서 이 문제가 해명되어야 할 터이다.

역사적 사실이 서사세계의 한 부분으로 채택되면서, 그 실체적 사실은 서사구조 안에서 변용되거나 해체되어 새로운 모습으로 전환되기도 한다. 이 때문에 역사적 사실이 문학작품에 수용되면서 실제와 어긋나거나 다르게 변화되는 현상에 대해 그 정당성 여부를 따지는 것은 부질없거나 의미 없는 일이 되는 법이다. 역사적 사실이 서사 구조의 한 요소가 되면서 서사세계의 의미공간에 알맞게 위치하고는 작품의 의미 생성에 이바지하는 방향으로 변화를 겪게 되는데 이러한 현상은 문학적 차원에서 따질 일이지 역사적 실상에 비추어 따질 일은 아니다. 예컨대 〈임진록〉의 경우에도 역사적 사실이 역사적 실상에 어긋나게 변용되면서 작품 구조의 한 요소로 수용되었다는 점이 확인된다. 즉 김응서(金應瑞)와 강홍립(姜弘立)이 임진왜란을 야기시킨 침략세력을 응징하기 위해 일본 본토를 정벌하러 가는 이야기를 담은 서사단위가 나타난다. 이는 임진왜란과 병자호란이 던진 역사적 충격을 복합적으로 흡수하여 상상적 경험을 통해서 역사적 극복력을 키우게 하는 기능을 지니는 것이다.[183] 여기에서 역사적 사실이 변용되었다는 점이 이 작품을 낮게 평가하는 근거가 될

어를 쓰고 있으나, 이것은 Lord Raglan이 'The Hero of Tradition'이란 용어로 정리한 개념에 대응시킬 수 있다. (Lord Raglan, "The Hero of Tradition". edited by Alan Dundes(1965). The Study of Folkore. Prentice-Hall, Inc.. Englewood Cliffs. N.J..

183) 서종문(1979). 「漢陽五百年歌와 壬辰錄의 關係와 그 意味」 『관악어문연구』 4, 서울대 국어국문학과, 113면.

수는 없다. 오히려 작품의 의미망 형성에 크게 기여하는 현상의 하나로 평가될 수 있는 일인 것이다.

이와 같은 영웅은 〈홍길동전〉의 바탕을 이룬 역사적 경험이 어떻게 서사적으로 형상화되어서 작품 속에 수용되는가를 따질 때 지표석(指標石)으로 삼을 일이다. 〈홍길동전〉의 서사세계는 홍길동이 영웅적인 능력으로 국내에서는 군도 활동을 통해서 체제에 도전하여 체제 내부로 들어가는 이야기와 국외에 나아가서 독자적인 지배세계를 세우는 과정을 보여주는 이야기로 구성된다. 이 양쪽의 이야기의 한 복판에 길동이 바다로 나아가는 이야기가 전개된다. 우리는 이 부분을 형성시켰을 것으로 추정하게 되는 변산반도의 군도 이야기에 주목하고자 한다.

역사적으로 볼 때 이 지역은 삼국시대부터 여러 가지의 이유로 중앙정부의 지배권역에서 계속 이탈하려는 경향을 보였던 곳이다. 변산반도와 가까운 고창(高敞)지방의 경우에는 방등산과 벽오봉에 도둑성이 있었고, 장성(長城) 쪽에는 만보성이라는 곳이 도둑성으로 알려졌다. 이런 거점을 중심으로 이미 삼국시대가 끝날 때쯤 백제 유민들이 무리를 지어 백제 부흥운동을 하다가 결국 군도가 되어 의적 활동을 벌였던 것이다. 〈방등산가〉의 지리적 배경이 되기도 하는 갈재 부근에는 조선조까지도 이들의 활동이 계속되었던 것이다. 이들 군도들은 유배가는 죄인을 포송하는 관인들을 습격하여 죄인들을 풀어주었다는 이야기가 전승되는 것으로 보아서 이들의 활동은 반체제적인 성격을 띠기까지 하였다.[184] 변산반도는 산골짜기가 깊숙하고 큰 소나무가 우거져 고려 때부터 궁실의 재목감을 벌채하러 사람들이 많이 꾀었던 곳으로 알려졌다.[185] 고창에서

---

184) 이 부분에 대한 증언은 고창 문화원 李起華 원장의 증언(1995년 2월 22일)에 의한 것이다. 이원장은 오랫동안 도둑성에 대한 여러 자료를 수집해 왔던 분이다.

장성으로 넘어가는 고개인 갈재에 터잡았던 군도 무리가 유배 죄인을 풀어주면 이들이 변산반도로 숨어들었다는 현지 증언[186]은 여러 산이 큰 것은 도읍이 될 만하고 작은 것은 고사(高士)와 은사(隱士)가 숨어 살 만하다는 택리지(擇里志)의 변산반도 기술 내용과 일치한다.[187]

이러한 변산반도 군도들의 활동은 다른 지역 군도들의 활동과 함께 〈홍길동전〉에서 길동의 국내적 활동을 이야기하는 서사세계의 밑바탕을 이루게 되는데, 변산반도를 중심으로 활약한 군도들의 이야기는 박지원(朴趾源)의 〈허생전〉(許生傳) 속에 하나의 서사단위로 채택될 정도로 널리 유포된 것으로 보인다.[188] 국내의 군도 활동과 이들의 해외 진출의 이야기를 담고 있는, 이와 같은 서사단위는 〈홍길동전〉에서 주인공인 길동의 국내 활동과 국외 활동을 연결하는 서사세계를 형성하는 주된 서사적 자산이 되었던 것으로 판단할 수 있다. 왜냐하면 이 이야기의 주인공은 돈을 모은 다음에 도둑의 무리를 모아서 바다로 나아가 무인도를 개척하여 독자적인 세계를 경영하고자 했기에, 〈홍길동전〉에서 길동이 도둑의 무리를 이끌고 국내에서 힘을 기른 다음에 바다로 나아가서 율도국을 세운 이야기와는 유형적으로 상응하는 서사구조를 보여 주고 있기 때문이다.

---

185) 扶安 문화원의 尹甲哲 원장은 변산반도에서 좋은 재목이 났기 때문에 고려 때부터 나라에 쓸 나무를 벌채하는 일꾼들이 몰려와서 그들의 일용 그릇을 굽기 위해 가마터까지 만들었다고 증언했다.(1995년 2월 23일)

186) 고창 문화원장 이기화씨의 증언의 한 부분이다.

187) "所謂諸山大則爲都邑 小可爲高人隱士栖遯之地" 노도양·이석호 역(1973), 『擇里志·北學議』, 대양서적, 193면.

188) 〈허생전〉에서 허생이 변산반도의 군도 무리를 이끌고 해외로 나아가 독자적인 나라를 세우고자 했던 이야기는 동야휘집에 실려 있는 嬴萬金夫婦致富 등과도 유사한 바 있어서 이러한 이야기가 널리 유포되어 있었다는 점을 보여 주고 있다. 이우성·임형택 역편(1973), 『이조한문단편집』上, 일조각, 100-105면 참고.

　어떤 서사적 형상물은 그와 관련을 맺는 거대한 서사세계에 뿌리내리고 있는데, 〈홍길동전〉의 경우에도 이점은 마찬가지라고 말할 수 있겠다. 즉 이 작품에는 전국적으로 분포되어 있는 군도의 이야기가 그 거대한 서사세계를 엮어짜고 있는 셈인데 예컨대 지하대적퇴치설화,[189] 의로운 도적,[190] 고이리 적왕,[191] 도둑 소굴에 들어간 식대장군[192]) 등의 이야기는 어떤 지역이라도 비슷한 내용으로 전해질 수 있는 일반적인 것이지만 한 냥 고개의 도적,[193] 의적 강목발이,[194] 의적 갈봉이,[195] 도둑 임걸영,[196] 도술 부리는 도둑 문과일,[197] 영남대적 이칠손이,[198] 남향수와 의적 맹개목[199]) 등의 이야기는 특정한 지역을 중심으로 전해지는 것이다. 이런 설화에 등장하는 인물이 일정한 이름으로 불리고 한정된 지역 안에 그 이야기가 분포되는 것으로 보아서 특정한 시기에 활약하면서 당대인에게 의적으로 인식된 큰도적의 이야기가 전승되어 나타난 것으로 볼 수 있다. 이 가운데서 '한 냥 고개의 도적' 이야기처럼 〈홍길동전〉이

---

189) 이런 설화는 산세가 험한 지역을 중심으로 보다 활발하게 유포되어 나간 듯하다. 예컨대, 평안도의 경우에 지하대적퇴치설화의 각편으로 볼 수 있는 '신랑과 怪賊', '怪賊을 치다', '特才있는 의형제' 등의 이야기가 평북의 博川, 朔州, 宣川, 龍川, 定州, 鐵山 등에서 집중적으로 수집된 점으로 보아서(임석재(1988), 『한국구전설화』, 평민사, 79-110면 참조.) 이런 이야기는 군도들의 근거지가 될 만한 지역에 널리 퍼질 수 있다고 판단할 수 있다.
190) 김선풍(1986), 『대계 2-8』, 강원도 영월군편(1), 774-780면.
191) 최덕원(1985), 『대계 6-6』, 전라남도 신안군편(1), 329-33면.
192) 최정여·천혜숙·임갑랑(1987), 『대계 7-16』, 경상북도 구미시·선산군편(2), 621-628면.
193) 김영진·맹택영(1981), 『대계 3-2』, 충청북도 청주시·청원군편, 531-544면.
　　　　　(1981b), 『대계 8-4』, 경상남도 진주시·진양군편(2), 61-66면.
195) 정상박·유종목(1981a), 90-92면.
　　　　　(1981b), 75-76면.
196) 정상박·유종목(1981a), 142면.
197) 정상박·유종목(1981a), 144-148면.
198) 정상박·유종목(1983), 『대계 8-7』, 경상남도 밀양군편, 573-581면.
199) 정상박·유종목(1984), 『대계 8-10』, 경상남도 의령군편(1), 105-110면.

지닌 의미 공간을 채우기에 적합한 의미를 지니는 것도 있고 '도술 부리는 도둑 문과일 이야기'처럼 〈전우치전〉의 서사세계와 상응하는 서사단위를 지니고 있는 경우도 있다.

이로 미루어 볼 때 〈홍길동전〉은 이러한 서사세계의 전승의 통로에서 생성되어 나올 수 있었다는 이해에 이르게 된다. 즉 군도들의 활동이라는 역사적 사실과 이에 대한 경험이 새겨진 서사적 형상이 구전되거나 기록으로 읽히는 가운데 허균이 〈호민론〉과 〈유재론〉에서 내보인 바와 같은 현실인식이 결합하면서 이 작품은 세상에 그 모습을 드러낼 수 있었던 것이다. 이것을 매개한 것은 허균이 교유한 것으로 알려진 심우영(沈友英), 박응서(朴應犀) 등의 서류 칠인(庶流 七人)이 일으킨 사건이었을 것으로 보인다. 이를 보다 구체적으로 점검하기 위해서는 율도국을 중심축으로 전개되는 서사세계가 어떻게 생성되었는가를 알아 볼 필요가 있다.

2.3. 율도국 서사세계의 생성

〈홍길동전〉에서 율도국을 중심으로 전개되는 서사세계는 이 작품 후반부의 핵심을 이루는 부분이 된다. 이 부분에서 주인공인 길동이 국내에서 벌인 군도 활동이 양적으로 팽창하여 질적인 상승을 이끌어내면서 완결을 맺게 되는 셈이다. 따라서 이 부분의 생성은 이 작품의 전반부와 긴밀하게 연계되어 이루어진다고 보아야 할 것이다. 이점에서 율도국의 서사세계는 작품 전반부에서 그 생성의 거점을 찾아 나아가야 할 터이다. 〈홍길동전〉의 전반부에서 작품의 주제 형성에 가장 무거운 비중을 차지하는 의미를 지니고 있는 전개부는 임금의 체포 명령을 받은 포도대장 이흡200)이 홍길동을 잡기 위해 문경새재 방향201)으로 출동하는 부분이다. 이것을 길동이 이끄는 군도가 대표하는 호민(豪民)과 임금이 지배하는 조정이라는 관권(官權)과의 대결을 의미하는 일이다.202) 즉 길동이 '가중 천대(家中 賤待)'를 이기지 못하여 가출하는 근본원인은 적서차별이라는 사회제도에서 비롯된 것이며, 그가 만나서 우두머리로 앉게 되는 도둑의 무리는 토지에서 유리되거나 이탈할 수밖에 없었던 백성들의 집단적 삶의 문제에서 야기된 것이기에 이 작품의 전반부에서 길동과 이흡이 대결을 벌이는 서사단위는 조선조 사회 전체 문제를 놓고 지배층과 피지배층이 벌이는 갈등을 형상화해내고 있는 것으로 해석할 수 있다.

작품의 공간적 배경이 작품의 의미 형성에 주요한 거점으로 설정되는 경우가 있는데, 〈홍길동전〉의 공간적 배경의 하나인 문경새재의 경우도 매우 의미있는 징표로 주목할 곳이다. 포도대장 이흡이 이곳으로 내려와 그 인근의 주막203)에서 잡혀가는 것으로 보아서 작품에는 길동이 이끄는 군도 무리의 산채가 문경새재의 어느 산골짜기에 위치하고 있는 것으로

---

200) 89장본 〈홍길동전〉에는 포도대장 이흡으로, 경판본 계열에는 우포장 이흡으로, 완판본 계열에는 포도대장 이업으로, 한문 필사본에는 李協으로 되어 있으나, 이것이 의미있는 차별성을 지니지는 않는다.

201) 이 점을 주목하여 실재했던 홍길동 부대가 문경새재를 중심으로 충청도 일대를 활동무대로 삼았으리라는 견해(임형택(1976), 「홍길동전의 재고찰」, 『한국문학사의 시각』, 창작과 비평사, 1984, 127면.)가 제시된 바 있다.

202) 길동이 대표하는 豪民과 임금이 대표하는 官權의 대결은 〈홍길동전〉의 곳곳에서 나타나는데, 힘으로나 명분으로나 길동이 판판이 승리하게 된다. 이것이 무엇을 의미하는가를 올바르게 따져낼 때 이 작품의 주제에 대해 정당한 이해에 도달할 수 있는 법이다.

203) 지금도 문경새재에는 옛날의 주막을 복원시켜 놓고 관광객을 불러들이고 있지마는 예로부터 문경새재 인근의 주막이 대단히 번성했다는 점은 과거길에 다니던 아버지와 아들이 한 주막집에서 같은 주모와 동침했다고 해서 '요강원'이라는 지명이 생겼다는 증언(이것은 1995년 6월 18일에 문경시 삼북면 회룡리의 김삼룡씨(80세)가 들려준 것이다.)에서도 확인되는 일이다.

설정되어 나타난다. 문경새재에 홍길동의 산채가 있었는데 관군들이 토벌하러 갔다가 욕을 당했다든가, 홍길동의 산채에 여러 부인을 두고 길동이 이리저리 다니면서 활동했다는 이야기가 이곳에 전해지고 있는 점204)도 이것이 구비전승의 통로에서 이어내려 왔음을 보여 주는 일이다. 설화 전승의 밑바닥에 이 지역을 근거로 활동한 군도들의 존재에 대한 경험이 도사리고 있다는 점에서도 이러한 공간적 설정의 의미를 놓칠 수 없는 것이다. 예컨대 '문경새재 도둑 잡은 이야기'의 서두에서 설화 구연자가 '옛날에 그 문경새재에는 도둑이 심해……'라고 말을 시작하고 있는 것205)이 그 좋은 보기이다.206) 또 문경새재에 인접한 산북면 회룡리에는 4년마다 도둑을 막기 위해 별신굿을 벌이는 것207)은 이러한 사정을 잘 보여 주고 있다. 문경새재와 같은 산줄기에 삶의 터전을 자리잡고 있는 예천군 용문면 상금곡 등에서 '마적때를 물리친 어린 아이의 지혜'라는 이야기가 전해내려 오는 점208)도 이 지역에서 군도들의 활동이 두드러졌다는 사실을 보여 준다. 이런 사실은 〈홍길동전〉에서 길동의 국내적 활동의 공간적 배경이 문경새재로 설정된 이유를 설명하기에 충분

---

204) 이는 위와 같은 날에 김삼룡씨가 들려 준 '문경새재와 홍길동'이란 이야기의 뼈대만 추려서 요약한 것이다.
205) 김영진(1984), 『대계 3-4』, 충청북도 영동군편, 781-782면.
206) 동야휘집 4권에 실린 '鶿蛇角綠林修貢'이란 이야기에 군도의 근거지의 하나로 문경새재가 나타난다. 이우성·임형택 역편(1978), 『이조한문단편집』 하, 일조각, 12면 참조.
207) 임재해(1984), 『대계 7-14』, 경상북도 봉화군편, 644-646면 참조. 현지 조사(1995년 6월 18-19일) 결과 현재 이 지역에는 이러한 별신굿이 거행되지 않고 있었다. 그러나 현지조사에서 산북면 금룡리를 비롯한 여러 지역에서는 최근까지도 별신굿이 거행되었다는 사실을 확인할 수 있었다. 지금도 호계면 부곡리 오야골에는 10년마다 별신굿을 드리고 있는 사실(『문경지』, 점촌시·문경군 1994. 1248-1250면.)은 이 지역이 별신굿의 본고장으로 인식하게 하는 일이다.
208) 임재해(1988), 『대계 7-17』, 경상북도 예천군편(1), 569-571면.

한 것이다.

이 지역의 군도들의 활동은 체제내적 동요를 불러일으킬 정도로 충격을 던진 듯하다. 문경새재가 자리잡은 산줄기가 뻗어내린 산골짜기 곳곳에 상전을 배반하거나 상전을 죽인 이야기가 전해내려 온다는 점209)은 이점을 미루어 짐작하게 만든다. 그런데 이런 이야기는 단순하게 군도가 횡행한 지역의 분위기를 내비치는 데에 그치지 않는다. 도망한 노비가 돈을 모아서 발붙일 곳 없는 무리를 모아서 군도의 우두머리 노릇을 한 이야기가 한문으로 채록되어 전하는 사실210)을 눈여겨볼 일이다. 이는 상전과 대립하는 종의 이야기와 군도의 이야기는 이웃하는 의미를 지닐 수도 있다는 점을 보여 주는 본보기의 하나이다.

〈홍길동전〉에서 문경새재가 길동의 국내 활동의 공간적 배경으로 작품의 주제를 형성하는 의미망의 한 켠을 짜올리는 데 기여한다면 율도국은 길동의 해외 활동의 공간적 배경으로 주제를 형성하는 의미망의 다른 한 켠을 짜올리는 데에 이바지하는 곳으로 나타난다. 그런데 길동의 국내 활동공간은 문경새재와 같이 실재하는 곳에 설정된 반면에 해외 활동공간으로 설정된 율도국은 실재하는 어떤 곳에 대응하기 어렵게 드러나 있다. 〈홍길동전〉의 이본 가운데에는 율도국이 안남국과 같은 곳으로 설정되어있는 경우가 있으나,211) 대부분의 경우에는 확인되지 않은 공간

209) 예컨대 '상전을 죽인 종과 상전의 아들'과 '원수가 된 종의 아들' 이야기(임재해 (1984), 447-460면, 677-691면.)나 '상전을 배반한 노비를 다스린 박문수' 이야기 (조동일 · 임재해(1981), 『대계 7-7』, 경상북도 영덕군편(2), 66-74면.)를 들 수 있다.

210) 주 206)에 소개된 작품의 내용(이우성 · 임형택 편저(1979), 11-14면.)을 참고할 것.

211) 지금까지 알려진 이본 가운데서 가장 서술량이 많은 89장본 〈홍길동전〉에서는 길동이 율도국을 정벌하여 왕위에 등극한 다음 조선국왕에세 表文을 올리면서 안남국왕(安南國王)으로 자칭하고 있다. (권영철 · 이윤석 역주(1991),「〈홍길동전〉 89장본」, 『한국전통문화연구』 7, 효성여대 한국전통문화연구소, 337면

적 배경으로 설정되어 있다. 이점은 후속되는 논의[212]에서 논의될 것이어서 여기서는 율도국을 중심축으로 삼아 전개되는 서사세계가 어떻게 생성되었는가하는 쪽에 논의의 초점을 모아가기로 한다.

여기서도 〈홍길동전〉의 서사세계를 형성했던 토대에는 군도들의 활동과 이것이 초래한 사회적 충격으로 덧쌓인 역사적 경험이 깔려 있다는 전제아래에서 율도국을 공간적 배경으로 전개되는 서사세계 형성의 밑바탕을 점검해 볼 필요가 있다. 역사 기록에 따르면 조선조에는 내륙에 근거를 둔 군도뿐만 아니라 해상에서 무리를 지어 활동한 해적에 관한 자료가 적지 않게 나타난다. 해적(海賊),[213] 해랑적(海浪賊)[214]이라는 명칭으로 지칭된 이들은 해상을 누비며 군도 활동을 벌인 무리였다. 이들

참조.)

[212] 이 문제는 '3.1. 서사전승과 율도국의 서사세계'에서 논의될 것이다.

[213] 다음은 해적에 대한 기사가 보이는『朝鮮王朝實錄』(국사편찬위원회, 1969, 이하 '실록'으로 줄여 쓴다.)의 목록이다. 魯山君日記 권 13. 端宗 3년 乙亥 正月, 실록 7, 2면./ 成宗大王實錄 권 55. 成宗 6년 乙未 五月, 실록 9, 228면./ 成宗大王實錄 권 104, 成宗 11년 庚子 二月, 실록 10, 213면./ 明宗大王實錄 권 22. 明宗 12년 丁巳 五月, 실록 20, 392면./ 明宗大王實錄 권 26. 明宗 15년 庚申 十二月, 실록 20, 474면./ 明宗大王實錄 권 27. 明宗 16년 辛酉 十月, 실록 20, 604면. 605면. 60면7./ 明宗大王實錄 권 30 명종 19년 甲子 十月, 실록 20, 705면. / 宣宗大王實錄 권82, 선조 29년 丙申 十一月, 실록 23, 116면. / 宣宗大王實錄 권207, 선조 40년 丁未 正月. 실록 25, 303면, 314면. / 宣宗大王實錄 권214, 선조 40년 丁未 七月, 실록 25, 351면. / 宣宗大王實錄 권216, 선조 40년 丁未九月, 실록 25, 363면. / 光海君日記 권20, 光海君 元年 己酉 正月, 실록 31, 391면. / 肅宗大王實錄 권40, 숙종 36년 丙寅 十一月, 실록 40, 375면. / 肅宗大王實錄 권40 숙종 40년 甲午 三月, 실록 40, 528면. 등.

[214] 海洋島 作賊(中宗大王實錄 권62, 중종 23년 戊子 八月, 실록 17, 20면.), 海西 水賊(宣宗大王實錄 권209 선조 40년 丁未 三月, 실록 25, 314면.) 등의 사건 기록 외에 海浪賊에 관한 기사는 다음에서 확인할 수 있다. 광해군일기 권78, 광해군 6년 甲寅 五月, 실록 28, 242면. / 광해군일기 권124, 광해군 10년 戊午 二月, 실록 29, 427면. / 광해군일기 권61, 광해군 4년 壬子 十二月, 실록 32, 146면. / 顯宗大王實錄 권7, 현종 4년 癸卯 九月, 실록 36, 382면. / 현종대왕실록 권9, 현종 4년 癸卯 九月, 실록 36, 343면.

의 활동이 구비전승의 통로에 소통될 경우에 '해적들의 퇴치'[215) 이야기처럼 사실 전달에 충실하려는 유형과 '강철이 굴'[216) 이야기처럼 설화세계[217)로 전환된 유형이 존재한다. 율도국이라는 서사단위는 설화세계로 전환된 유형의 이야기에서 생성되어 나온 것으로 볼 수 있겠다.

실제로 〈홍길동전〉 율도국의 서사세계와 대응되는 서사구조를 지닌 이야기는 청구야담(靑邱野談)의 '語消長傗兒說富客'[218)이란 제목으로 실린 야담에서 찾아내게 된다. 영남의 한 지방이 공간적 배경으로 설정된 이 이야기에는 지방의 부유한 향반(鄕班)의 집을 상행(喪行)을 가장한 해적이 재물을 털어가는 내용이 전개된다. 이들의 우두머리가 교리(校理)라는 관직을 사칭하고 그 부하들이 무관의 복장을 한 점이나, 이들이 동원한 인원을 천여 명이 넘게 설정하고 있는 점이나, 이들의 근거지가 바다 속의 한 섬이라는 점이나, 주인의 종이 추격하자 혼쭐을 낸 다음에 보낸 편지에서 길동이 조선을 떠나면서 군량미를 얻어가는 대목과 상응하는 내용을 찾아 볼 수 있는 점[219)이 〈홍길동전〉의 율도국 서사단위의 내용에 대응된다.

이로 미루어 보건대, 율도국이라는 서사세계는 삼봉도에 관한 역사 기록에서 나타나는 바와 같이 바다 한 가운데에 있는 도피처에 대한 인식 위에 바다를 무대로 군도 활동을 벌였던 해적에 대한 역사적 경험이 복

---

215) 崔德源(1985), 611-612면.
216) 曺喜雄(1981), 『대계 1-4』 京畿道 議政府市·南楊州郡篇, 146-148면.
217) Axel Olik이 'sagenwelt'란 용어로 설화의 독자적인 세계와 그것을 지배하는 법칙을 논의하면서 쓴 것을 우리말로 풀어 본 것이다(Axel Olik, "Epic Law of Folk Narrative", edited by Alan Dundes(1965), 129-141면 참고.).
218) 李佑成·林熒澤 역편(1978), 3-9면.
219) 그 편지의 한 부분에서 다음과 같은 내용이 들어 있다.
以執事三百馱輕寶 輪之海島中一年之糧 多謝多謝 (靑邱野談 卷 六, 栖碧外史海外蒐佚本) 李佑成·林熒澤, 위의 책, 331면 재인용.

합되면서 생겨났다고 생각할 수 있겠다. 〈홍길동전〉에서 율도국의 서사 단위는 길동의 국내적 활동을 이야기하는 서사단위와 연계되어 있으나, 이 작품의 여러 이본에 따라 그 내용의 차이를 보여 주고 있다. 이는 율 도국의 서사단위가 이러한 서사적 원천에서 형성되어 나왔지만 독자들 에게 수용되면서 그 의미 공간을 확대해 나간 결과로 판단할 수 있는 일 이다. 이 문제는 〈홍길동전〉의 여러 이본에서 율도국의 서사세계가 어 떻게 전개되고 있는가를 따지면서 살펴봐야 할 과제로 남는다.

3. 율도국 서사세계의 양상

3.1. 서사전승과 율도국의 서사세계

서사 전승의 영역에서 가장 폭넓게 자리잡고 있는 설화는 현실세계와 다른 원리와 법칙에 의해 형상화되어 나왔다. 이 때문에 우리가 겪는 일 상의 삶이나 집단적인 생활의 경험이나 기억이 이 세계로 흘러 들어가서 는 독특한 이야기로 재구성되어 나오기도 한다. 우리는 서사 전승의 통 로 안에서 율도국의 서사세계를 탐색할 때 이점을 염두에 두어야 할 것 이다.

앞에서 살핀 바와 같이 율도국의 서사세계는 일차적으로 백성들이 세 금도 내지 않고 부역도 피할 수 있는 삼봉도(三峰島)와 같은 섬에 대한 박문(博聞)에서 생성되어 나왔다고 추정할 수 있다. 그런데 동해상에 위 치했다는 이 섬에 대한 이야기가 어떻게 길동이 율도국을 향하는 항해한 서해[220] 쪽에 위치한 것으로 설정된 서사단위에 수용될 수 있었는가 하

는 의문이 생길 수 있다. 설화는 현실적 경험을 자료로 삼지만 설화세계
를 구축하는 독자적 원리와 법칙에 따라 이것이 재구성되어 나타나는 법
이다. 역사 · 지리적인 측면에서 볼 때 우리나라 사람들은 동해보다는 서
해 쪽으로 항해하는 일이 훨씬 더 많았을 것인데, 여기에서 겪었던 남다
른 체험이 이야기로 전해졌을 터이다. 이는 바다에 표류한 현실적 경험
의 이야기[221]에서 거타지(居陀知) 설화나 오딧세이 설화와 같은 괴물퇴
치설화의 유형[222]에 편입되는 이야기로 전환되게 마련이다. 이와 같이
서사세계의 성격이 변화를 일으키는 과정에서 동해에 있는 이상향의 섬
인 삼봉도가 서해의 이상적인 공간으로 전화되어 설화세계에 들어오게
된 것이라고 설명할 수 있을 듯하다. 전해지는 이야기 가운데서 서해상
에도 '임금이나 윗사람이 없고 조세와 공납을 바치는 것도 없는' 섬[223]에
관한 것이 채록되어 있다. 여기에서 등장인물들은 대동강에서 주인없는
배를 타고 놀다가 서해로 표류하여 이 섬에 닿은 것으로 이야기된다.

　우리는 지금까지 서사 전승의 통로 속에서 역사적 경험과 설화세계가
결합하여 〈홍길동전〉 율도국의 서사세계를 구성하는 자료가 될 만한 이
야기를 탐색해 오고 있다. 그런데 보다 더 구체적으로 이에 대응되는 이

---

220) 길동이 율도국을 빼앗는 곳은 '삼천 적당을 ᄂ려 딕히의 써 남경 ᄶ 제도섬으로
　　드러가'(어청교본, 29)는 쪽이며, '졍조를 셔강으로 슈운할 ᄉᆡ 강상으로셔 선척
　　두리 써오더니 졍조 슴쳔셕을 빅의 실고 가'(완판본, 50)는 쪽이며, '朝鮮을 ᄒ
　　즉ᄒ고 망망 大海向ᄒ여 順風의 돗실 달고 南京 近處 諸도섬 즁의 무ᄉ이 드
　　러가'(김동욱 본, 128)는 쪽인데 이는 모두 서해 방향이다.
221) 『靑邱野談』 卷 六(栖碧外史 海外蒐佚本)에 실린 '赴南省張生漂大洋'과 『동
　　야휘집』 卷七에 실린 '漂萬里十人全還'이란 이야기가 그런 유형이다. 이우
　　성 · 임형택 역편(1973), 340-352면 참조.
222) 『동야휘집』 卷六에 실린 '落小島砲匠攫貨'와 『海東樂府』에 실린 '大人島商
　　客逃殘命'(위의 책, 120-127면.) 이야기는 해상괴물퇴치설화 유형에 속하는
　　것이다.
223) 島名曰義島 無君長 無所屬應稅貢(위의 책, 456면 참조.)

야기를 찾아낼 수는 없는 것인가. 여기에서 유념할 것은 우리가 찾아야 할 것은 그 과정이지 결과물은 아니라는 점이다. 우리는 이미 앞에서 변산반도에 근거지를 두고 활동한 군도의 행적을 〈홍길동전〉 율도국의 서사세계 밑바탕에 견주어 보려고 애썼던 셈이다. 박지원의 〈허생전〉의 서사단위의 하나로 채택된 변산반도의 군도이야기는 박장각(朴長脚)이라는 인물의 이야기[224]에서 그 모습을 드러내었다. 여기에서 이 인물이 우두머리로 있는 군도들은 부안의 변산에 근거를 두고 삼백여 명의 규모로 전라도와 충청도를 오가며 지략을 써서 재물을 탈취하는데 벼슬아치의 복색을 하고 관천에 상납하는 관물까지 터는 활동을 벌이는 것으로 이야기가 전개되고 있어서 〈홍길동전〉에서 길동이 무리를 이끌고 펼치는 활동에 대응되는 내용을 보여 주고 있는 셈이다.

이는 〈홍길동전〉에 바로 대응되는 이야기[225]와 연계시켜 살펴 볼 일이다. 이 이야기에 나오는 록림호객(綠林豪客)들이 근거로 삼은 곳은 홍길동이 산채로 삼은 후 백여 년이나 내려 온 곳이라 설정되는데[226] 〈홍길동전〉에서 군도들이 길동을 우두머리로 맞아들인 것처럼 이 이야기에서도 녹림호객들은 서울 사는 심진사(沈進士)을 우두머리로 맞아들인다. 또 〈홍길동전〉에서 길동이 지략을 써서 합천 해인사와 함경감영의 재물을 턴 것과 마찬가지로 이 이야기에서도 심진사가 지략을 써서 합천 해인사와 함경 읍내와 감영의 재물을 털어가는 내용이 전개된다. 다른 점이 있다면 이 이야기에서는 군도들이 약탈한 재물을 운송하기 위해 해상의 선척으로 운항할 뿐,[227] 〈홍길동전〉에서와 같이 무리들이 해상으로

---

224) 이우성·임형택 역편(1978), 75-79면.
225) 『靑邱野談』卷 六(栖碧外史 海外蒐佚本)에 실린 '綠林客誘致沈上舍'라는 이야기를 가리킨다. 위의 책, 30-34면 참조.
226) 頭領曰 此柵自洪主帥吉同 于今百有餘年(위의 책, 338면 참조.)

나아가서 율도국을 건설하는 서사단위는 나타나지 않는다는 점이다.

이러한 서사 전승의 현상은 무엇을 의미하는가. 여기에서 우리가 보다 진전된 이해에 도달하기 위해서는 과감하게 발상의 전환을 꾀하지 않으면 안된다. 〈홍길동전〉과 직접 대응되는 이야기에서 율도국의 서사세계가 나타나 있지 않은 까닭은 무엇인가. 이에 대한 해답은 허균(許筠)의 손을 떠난 〈홍길동전〉에서 율도국의 서사세계는 개작자의 기능을 겸한 독자의 손을 거치면서 그 내용이 다양하게 생성되어 나왔을 가능성에서 발견될 수 있을 듯하다. 이는 〈홍길동전〉에서 길동의 국내 활동과 해외 활동을 연결시키는 서사 전승의 하나로 판단할 수 있는 변산의 군도 이야기가 비교적 후대에 한문으로 기록되거나 작품화되었다는 점과 결부시켜 논의할 수 있을 터이다.

그렇다면 율도국의 서사세계는 〈홍길동전〉에 어떻게 생성되어 나올 수 있었다는 것인가. 작품이 작가의 손을 떠나서 독자에게 읽히게 될 때, 하나의 작품의 형성세계[228]가 열린다. 여기서는 작가가 작품을 통하여 전달하려는 의미가 확대되고 심화되는 의미 공간이 마련되는 것이다. 특히 고전소설의 경우에는 작품의 형성세계가 매우 개방적이어서 독자는 주어진 작품을 그대로 받아들이는 것이 아니라 독자가 지향하는 의미를 추가하면서 고쳐나가거나 덧붙이거나 빼거나 줄일 수도 있는 법이다. 이 경우에 독자는 이미 개작자의 작업을 벌이는 것이다. 하나의 작품에 여러 이본이 존재하는 것은 이 작업의 결과물로 남아 있는 셈이다. 〈홍길

---

227) 이에 관한 서술 부분은 다음과 같다. 都數掠奪 竝運于海 海船己遵約艤待矣 揚帆中流 晝宵催程 迫于山寨(위의 책, 341면 참조.)
228) 작품의 '형성세계'에 대한 개념은 다음 논문을 참고할 수 있다.
서종문(1985), 「장승 民俗의 文學的 形象化(Ⅰ)」, 『국어교육연구』 17, 국어교육연구회, 14면.

동전)의 경우에도 이점은 마찬가지로 설명할 수 있을 터이다. 허균의 손을 떠난 〈홍길동전〉은 독자의 손을 거치면서 작품세계의 변이를 지닌 여러 이본을 파생시켰다. 그중에 가장 주목할 부분이 율도국의 서사세계이다. 이어서 각 이본의 이 부분이 어떤 양상으로 전개되는가를 살펴 보겠지만, 내용이 단순하고 간단하여 서술량이 적은 것이 있는가 하면 내용도 풍부하고 복잡하여서 서술량이 많은 것도 있다.

앞에서 〈홍길동전〉 율도국의 서사세계와 대응되는 서사 전승물로서 '語消長傔兒說富客'이란 제목으로 청구야담(靑邱野談)에 실려 있는 이야기를 살펴 본 바 있다.[229] 이는 관원을 사칭한 해적 무리가 영남 지방의 한 부유한 향반의 집을 털어가는 이야기란 점에서 〈홍길동전〉 율도국의 서사세계의 밑바탕을 이룬 서사 전승물로 추정할 수 있다. 또 청구야담에 실려 있는 '諭義理群盜化良民'이란 이야기[230]와 계압만록(鷄鴨漫錄)에 실린 이야기[231] 중에 이완(李浣) 대장의 입을 빌어 '절해의 아무 섬에 적굴이 있어 무리가 수천이 넘는다.'라고 서술하고 있는 것[232]을 보면 이런 유형의 이야기가 폭넓게 전승되어 온 사실이 확인된다.

〈홍길동전〉을 읽었던 독자들의 마음 속에서 길동의 국내 활동을 마무리짓는 이런 서사 전승이 친화력을 발휘하여 이 작품의 후반부에 추가할 서사단위로 쉽게 수용되어 작품의 후반부를 형성할 수 있었을 터이다. 독자들은 동해상에 존재한다는 삼봉도라는 섬과 서해상에 있다고 전해지는 의도(義島)라는 섬이 내보이는 이상향적 공간에 대한 지향의식과 새

---

229) 이는 '2.3. 율도국 서사세계의 생성' 각주 219)와 관련된 논의 부분에 나타나 있다.
230) 李佑成·林熒澤 역편(1978), 57-61면 참고.
231) 위의 책, 68-74면 참고.
232) 그 부분은 '某絶島中 有賊窟 而衆黨數千'(위의 책, 351면 참조.)으로 서술되어 있다.

로운 지도자의 출현을 바라는 마음을 투사시킬 수 있었던 진인(眞人)[233]에 대한 기대감이 결합하여 이 작품 후반부의 생성을 추동했던 것이다. 서사 전승통로에서 홍길동이 울릉도에 가서 왕이 되었다는 이야기가 발견되는 점[234]은 율도국의 공간적 배경이 설화세계의 공간으로 전이되어 나타날 수 있었다는 사실을 보여 주고 있는 것이다.

요컨대 조선조 후기에 들어 소설 독자층이 확대되는 현상과 사회체제에 대한 불만 심리가 맞물려 진인 설화가 쉽게 전파되는 분위기에 힘입어, 변산의 군도 이야기와 해상의 이상향 이야기가 복합되어 율도국의 서사세계는 〈홍길동전〉 후반부에 형상화될 수 있었다. 또 이 작품과 관련을 맺고 있는 서사 전승의 공간적 배경이 문경새재라는 공간으로부터 변산이라는 공간으로 이동하면서 율도국의 서사세계는 〈홍길동전〉에 수용될 서술공간을 확보한 셈이다. 변산에 가까운 전북 장성군에서 홍길동의 고향이라는 구비전승이 확보된 점[235]과 길동이 제도에 들어가 요괴로부터 구해낸 여자의 아버지인 백용과 동일한 이름을 가진 도둑의 우두머리가 남원의 우둔산과 숙성이치 사이에서 활동했다는 이야기가 전해지는 점[236]은 이와 관련시킬 수 있는 구비전승의 거점적 사실이 될 터이다.

---

233) 주로 조선조 후기에 광범위하게 전파되었을 것으로 보이는 眞人에 관한 설화와 기록에 대해서는 다음 업적에서 자세하고 깊이있게 살피고 있다.
조동일(1992), 「진인출현설의 이야기 구조와 기능」, 『민중영웅이야기』, 문예출판사.
234) 이 이야기에서 홍길동이 울릉도 왕이 되었다는 부분은 다음과 같이 전개된다. '그래가주구 나라에서 이 울능도 그때는 울능도가 그러니깐 그저 뭐 울능도 왕으로 보냈다든가 그때 도지사로 보냈던 모양이지, 그래 울능도로 갔어요 홍길동이가.' (徐大錫(1980), 『대계 1-2』 京畿道 驪州郡篇, 179면.)
235) 全北 長城郡 黃龍面 阿谷里(아치실)의 탑골터에 홍길동의 태무덤이 있고 이 마을에 홍길동의 부친인 홍판서가 살았다는 서사 전승이 그것이다. 張德順(1986), 『한국문학의 연원과 현장』, 집문당, 511-513면 참고.
236) 李佑成 · 林熒澤 역편(1978), 19면 참조.

3.2. 이본에 나타나는 율도국의 서사양상

여기에서는 〈홍길동전〉의 이본[237]에 따라 율도국의 서사적 전개양상이 어떤 차이를 지니면서 나타나고 있는가를 집중적으로 논의하게 된다. 이 작업에서는 서술량이나 서사적 긴밀도 등을 그 잣대로 적용할 수 있다. 〈홍길동전〉 전체 중에서 율도국 서사전개 부분이 차지하는 서술량을 측정하여 그 비중에 따라 나눈 각각의 이본이 어떤 특징을 드러내는지 살펴 볼 필요가 있다. 또 내용 검토를 통하여 서사적 긴밀도를 측정하고, 각 이본이 어떤 차이를 가지고 있는지 알아볼 것이다.

〈홍길동전〉의 이본은 표기 문자에 따라 국문본과 한문본으로, 표기 수단에 따라 판각본과 필사본, 활자본으로 그 계열을 나눌 수 있다. 표기 문자가 국문인가 또는 한문인가 하는 문제는 〈홍길동전〉의 문학사적 위상을 좌우할 만큼 중요하기 때문에 매우 심각하게 다루어야 할 일이다. 표기 수단이 무엇인가 하는 점은 형식상의 문제에 그치므로 사소하게 취급할 수도 있다. 그러나 작자 또는 개작자, 독자의 문제에까지 관심을 확대한다면 결코 사소하게 다룰 일이 아니다.

〈홍길동전〉의 다양한 이본에 대한 검토[238]는 논쟁거리로 남아 있기는

---

237) 율도국이 생성되는 과정을 천착하려는 본고의 목적을 달성하는 데에는 〈홍길동전〉의 모든 이본을 다룰 필요는 없다. 뚜렷이 변별되는 몇몇 이본만으로도 소기의 목적을 달성하기에 충분하기 때문이다. 따라서 본고는 경판24장본(이하 '한남본'이라 함)과 경판30장본(이하 '야동본'이라 함), 경판23장본(이하 '어청교본'이라 함)과 경판20장본(이하 '송동본'이라 함), 완판본, 안성판19장본, 안성판23장본, 김동욱 소장의 국한문 필사본(이하 '김동욱본'이라 함), 박순호 · 정우락과 숭실대학교 도서관 소장의 국문 필사본(이하 '숭실대본'이라 함), 서강대학교 도서관에 소장되어 있는 한문 필사본(이하 '한문본'이라 함)을 주요한 대상으로 삼는다.

238) 홍길동전의 이본에 대한 검토는 最善本 또는 最先本을 확정하려는 작업으로 이어진다고 할 수 있다. 그 논의의 결론이 한남본이었다가 한문본이란 반론과

하지만 일정한 성과를 거두었다고 할 수 있다. 지금까지 드러난 〈홍길동전〉 이본 논의의 결론은 다음과 같다. 경판본 계열은 완판본 계열보다 내용이 소략하여 서사전개에 있어서 세세한 부분이 생략되거나 축약되면서 불분명한 곳이 더러 나타나고 있다. 길동의 군도부대가 해인사를 습격하거나 길동의 병판(兵判) 제수 후 서울에서 경화자제(京華子弟)나 중들을 징치하는 부분에서 경판본 계열에서는 이 부분이 생략되거나 그 이유를 서술하지 않아서 이 작품의 주제 해석에 일정한 한계를 긋게 하고 있으나, 완판본 계열은 이러한 부분이 밀도있게 제시되면서 그 이유까지 밝히고 있는 등의 차이를 보이고 있는 것이 그 좋은 보기이다. 김동욱본 필사본의 경우에는 경판본과 완판본의 복합적인 성격이 나타나서 이 필사본이 원본에 가까울 것이라는 추정239)이 제기되기도 하였다. 한문본은 한문을 통하여 문학 활동을 하는 계층을 위하여 마련된 것으로 최선(最善) · 최고본(最古本)이라는 견해240)에도 귀를 기울일 만하다. 이들은 표기 문자로는 한문본, 국한문 혼용본, 국문본 등으로 표기 수단으로는 판각본과 필사본 등으로 분류할 수 있어 양은 제한되어 있다 하더라도 다양한 이본의 모습은 갖추고 있는 셈이다.241) 한문본은 제목부터 우리의 주목을 끈다. 표지와 본문 앞에 〈위도왕전〉(韋島王傳)이라 붙인 한문본은 〈위도왕전〉으로 볼 수 있는 바, 율도국의 생성 문제를 다루는 우리로서는 각별하게 살펴볼 이본으로 판단한다. 율도국 이야기가 다른 이본에 비해 확대된 박순호본도 주의깊게 살필 만하다.

맞서 있는 형편이다. 그러나 양쪽이 함께 가지는 한계는, 가장 먼저 이루어진 이본과 가장 좋은 이본이 일치한다는 생각에 있다.

239) 이윤석(1990), 「〈홍길동전〉 필사본 89장본에 대하여」, 『애산학보』 9, 애산학회.

240) 이종주(1988), 「한문본 홍길동전 검토」, 『국어국문학』 99, 국어국문학회.

241) 활자본은 비교적 후대에 이루어진 것이고, 그 저본이 판각본이나 필사본일 것이므로 대상에서 제외해도 좋을 것으로 여기기 때문이다.

먼저 각 이본이 율도국 삽화를 어떻게 설정하고 있는지 살펴보기로 한다. 널리 알려진 이본, 예컨대 모든 경판본이나 완판본 대부분의 필사본에는 율도국 삽화가 있다. 그 때문에 율도국 설정은 모든 〈홍길동전〉에 두루 적용될 수 있는 특징으로 이해되어 온 것도 사실이다. 그러나 율도국 삽화가 없는 이본이 있다는 지금까지의 논의를 반추해 보아야 한다. 율도국 삽화가 애초부터 존재하던 것이 아니라 후대에 첨가되었을 가능성[242]을 입증하기 때문이다.

완판본 〈홍길동전〉[243]의 율도국 서사세계를 구성하는 삽화[244]를 기술 순서대로 정리하면 다음과 같다.

　㉠ 율도국의 소개
　㉡ 율도국 정벌 의논
　㉢ 율도국 침공
　㉣ 율도국왕에게 격서(檄書) 전달

---

242) 첨가가 아니라 삭제 또는 축약의 가능성을 배제하기는 어렵다. 이런 가능성은 오늘날까지 전하는 이본만을 대상으로 할 때에는 타당할 수도 있다. 그러나 고전소설 작품의 생성과 소멸 과정은 저작권이나 판권이 법률적으로 보호받는 오늘날의 소설 작품의 사정과는 구별해야 한다. 이것을 좀더 적극적으로 표현하면, 고전소설은 다양한 이본이 존재하지만 현대소설은 이본의 개념을 적용시키기 어려운 경우가 대부분이다. 그러므로 이른 시기의 작품일수록 서술량은 적고 구성은 단순하며, 후대의 작품일수록 서술량이 늘어나고 구성은 복잡해진다고 할 수 있다. 상업성을 고려하여 삭제하거나 축약하는 일은 비교적 후대의 일임도 기억할 필요가 있다.

243) 완판본을 택한 이유는 율도국 삽화가 완판본에서 비교적 구체적으로 전개되어 논의하기에 유리하기 때문이다.

244) '율도국 삽화'란 두 가지 범주로 볼 수 있다. 하나는 홍길동이 율도국을 정벌하여 왕위에 오르는 이야기만을 지칭하는 경우이고, 다른 하나는 왕위에 오른 뒤의 이야기까지를 포함하여 지칭하는 경우이다. 그런데 후자의 경우는 율도국이란 공간적 제약과 무관하게 존립할 수 있으므로 율도국 생성과 그 의미를 논의하는 이 글에서는 전자의 경우를 따르더라도 무방할 것 같다. 율도국 삽화를 가지지 않은 이본과 함께 논의하는 데에도 이런 생각이 훨씬 생산적일 수 있다.

ⓜ 율도국 조정(朝廷)의 대응책

ⓗ 홍길동의 작전 하달

ⓢ 홍길동의 무리와 율도국의 전투

ⓞ 홍길동의 승리와 율도국왕의 자결(自決)

ⓩ 홍길동의 등극(登極)과 왕가(王家) 형성

이런 내용은 대부분의 이본에 두루 적용될 만큼 일반적이다. 김동욱본이나 정명기본, 박순호본, 정우락본 등의 필사본, 야동본이나 어청교본 등의 경판본은 이와 매우 가깝지만, 한남본은 축약되어 있어[245] 이와 일정한 거리가 있다.[246] 홍길동과의 전투에서 패한 율도국왕이 대부분의 이본에서는 자결하는 것으로 되어 있으나 한남본에서는 항복하여 의령군에 봉해진 것으로 결구하여 대조를 보인다. 그러나 여전히 각 이본의 율도국 삽화는 친연성을 유지한다. 다음의 예에서 이 점을 확인할 수 있다.

(가) 남중의 율도국이란 나리이 잇스니 옥냐 슈천니의 진짓 쳔부지국이라 길동이 미양 유의ᄒᆞ든 비라 계인을 불너 왈 닉 이졔 율도국을 치고져 ᄒᆞ는니 그딕등은 진심ᄒᆞ라 하고 즉일 진군홀식 길동이 스스로 션봉이 되고 마슉으로 후군댱을 스마 졍병 오만을 거느려 율도국 쳘봉산의 드드라 ᄊᆞ홈을 도도니 틱슈 김현츙이 난딕업는 군미 이르믈 보고 딕경ᄒᆞ여 일변 왕의게 보ᄒᆞ고 일지군을 거느려 닉다라 ᄊᆞ호거늘 길동이 ᄆᆞ즈 ᄊᆞ화 일홉의 김현츙을 버히고 쳘봉을 엇더 빅셩을 안무ᄒᆞ고 명쳘노 쳘봉을 직희오고 딕군을 휘동ᄒᆞ여 ᄇᆞ로 도셩을 칠식 격셔을 율도국의 보닉니 (한남본,

---

245) 경판본 계열의 축약은 〈홍길동전〉 이외의 다른 작품의 경우에도 두루 나타나는 현상으로 확인되었다. 이런 사정에 대해서는 김석배(1992), 「춘향전 이본의 생성과 변모 양상 연구」(경북대 박사논문)를 참고할 수 있다.

246) 특히 경판 계열의 축약은 군담(軍談)이 펼쳐지는 부분이다. 이 부분은 독립된 삽화로 분리될 가능성이 있기 때문에 축약이 용이하였을 것이다.

46-7)

(나) 근쳐의 흔 나라이 잇스니 일홈은 율도국이라 중국을 셤긔지 아니ᄒ고 슈십ᄃᆡ를 젼ᄌᆞ젼손ᄒ야 덕화 유힝ᄒ니 나라이 틱평ᄒ고 빅셩이 넉넉ᄒ야 날 길동이 졔군과 의논 왈 우리 엇지 이 도즁만 직키여 셰월을 보ᄂᆡ리요 이졔 율도국을 치고져 ᄒ나니 각각 소견의 엇더ᄒ뇨 졔인이 즐겨 원치 아니ᄒ리 업난지라 즉시 틱일 츌ᄉ홀ᄉᆡ 삼호걸노 션봉을 숨고 김인슈로 후군쟝을 숨고 길동 스스로 ᄃᆡ원슈 되야 즁영을 총독ᄒ니 긔병이 오쳔이요 보졸이 이만이라 금고ᄒᆞᆷ셩은 강산이 진동ᄒ고 긔치검극은 일월을 ᄀᆞ앗더라 군ᄉᆞ을 직쵹ᄒ여 율도국으로 향ᄒ니 이른바 당홀 ᄌᆡ 업셔 단ᄉ호쟝으로 문을 여러 항복ᄒᆞᄂᆞᆫ지라 슈월지간의 칠십여 셩을 졍ᄒ니 위염이 일국의 진동ᄒᆞᄂᆞᆫ지라 도셩 오십니 밧긔 진을 치고 율도왕ᄋᆡ게 격셔를 젼ᄒ니 그 글의 ᄒᆞ엿시되 (완판본, 64-65)

(다) 元來 諸島 셤 近處의 흔 나라니 니시되 일홈은 律島國리라 地方니 數萬里요 道伯은 十二 員리라 本ᄃᆡ 밧긔 닛셔 大國을 셤긔지 아니ᄒ고 代代로 傳位ᄒ녀 닌졍을 行ᄒ이 나라니 요부ᄒ고 百姓이 平安ᄒ야더라 且說 吉童이 大意을 두고 日日 練習ᄒ니 武藝 整肅ᄒ여 馬軍 十萬이요 步軍이 十萬일너라 一日은 질동 諸將을 모아 니로ᄃᆡ 우리 니졔 天下의 橫行ᄒ여도 對敵ᄒ리 업실지라 엇지 조고만 諸島의 닛셔 天時을 바라이오 내 드르니 律島國니 요부ᄒ고 國勢 大國나나 다르니 업다ᄒ니 諸軍의 쓰지 엇더ᄒ요 諸將이 應聲왈 소장의 平生 所願이로소니다 大丈夫 엇지 니곳ᄃᆡ셔 區區磣磣히 늘글니오 ᄲᆞᆯ니 出師 成功케 ᄒ옵소셔 질동니 모든 議論伊 歸一홈을 보고 卽時 軍士을 니를식 副將 无通으로 先鋒을 숨고 馬軍으로 前軍을 숨고 步軍으로 後軍을 숨아 吉童니 中軍니 되야 吉日 良辰의 曰 十萬 雍兵을 操發ᄒ여 甲子 秋 九月 望日의 日氣 和烈ᄒ여 菊花 滿發ᄒᆞᄃᆡ 劍戟은 森列ᄒ고 旗幟는 嚴肅ᄒ여 녯날 楚나라 周亞夫의 風彩가더라 吉童 行軍ᄒ여 江邊의 니르러 軍士와 軍糧을 빅예 실고 順風의 돗실 다러 홀이 져어 浩浩湯湯이 行船ᄒ여 大軍을 모라 물미듯 쳐드러 가니 所向의 無格일너라 却

說 律島國이 本디 亂을 격지 못ᄒ여다가 不意예 亂을 當ᄒ미 對敵홀 길니 업서 數月만의 七十餘 城을 降伏밧고 律島國王의게 檄書을 傳 ᄒ니라 니젹의 律島王 守門將이 檄文을 바다 올니거늘 律王이 써러보 니 ᄒ여시되 (김동욱본, 155-158)

(라) 近處 有一國 國名曰律島國 地方千里 國富兵强 本是海外之國也 不 事天子焉 厥王繼繼承承 國泰民安 四方無事矣 此時 吉童春秋組練 兵馬 軍卒三萬步卒七萬矣 吉童會諸軍議論 我輩自少至老周遊四方 會無敵我者 豈碌碌守輥島空老也 吾聞律島國 地肥饒民富饒 云欲爲 擧兵一擊之 諸君意何如耶 諸將喜 此事小將平生之願也 豈區區留於 此乎 諸送行軍 吉童擇日起兵 以馬寵爲先鋒大將 李秀爲後軍將 李 寵爲中軍將 出師向聿島 旋旗蔽日劍戟如霜 行軍一朔得達于聿島國 十萬大軍浩浩蕩蕩如水推入 所過州縣皆望風歸順 黎民以簞食壺漿 出迎于界 不數日受降七十餘城 威振韋島國 此之民 不知兵亂 忽當 不意之變 一國 遑遑奔走矣 漸추軍兵 抵黑帝城 此處 王都不遠矣 山 川險惡 城郭堅固未何輕伐 於城外三十里 留陣而傳檄于韋島王 (한 문본, 53-54)

(가)-(라)에서 특히 주목할 것은 서술량은 서로 다르더라도 매우 유사 하게 전개되는 내용이다. 율도국이 어떤 나라인지 소개하고, 홍길동이 율도국을 침공할 것을 제안하며, 군진(軍陣)을 배치하고 전황(戰況)을 제 시하며, 율도국 왕에게 격서(檄書)를 올리는 일 등이 그것이다. 이것은 네 이본의 친연성을 보여줌과 동시에 율도국 삽화의 생성과 변모를 보여 줄 단서가 된다. 즉 이들이 서로 다른 점은 축약 또는 부연에 의해 야기 되었겠지만 여전히 유사한 골격을 가지고 있다는 것은 동일한 근원에서 생성되었을 가능성을 담고 있는 셈이다.

숭실대본이나 안성판 19장본은 율도국 삽화를 설정하지 않고 있다. 이것만으로 두 이본의 상관관계를 규정하기는 어렵다. 그러나 율도국 삽화의 있고 없음을 기준으로 할 때 이 두 이본은 다른 이본과 구별되어 주목할 만하다. 이것을 어떻게 해석할 것이냐에 따라 율도국 삽화의 위상이 좌우되기 때문이다.

안성판 19장본은 상업적 목적이 우선되는 판각본이므로 저본을 축약하거나 삭제했을 가능성이 있다. 실제로 야동본과 비교해 보면 그런 사정이 분명하게 드러난다.[247] 필사본인 숭실대본이 안성판 19장본과 친연성을 가지는데, 이들의 선후관계를 엄밀히 고증할 필요가 있다. 안성판 19장본이 숭실대본을 저본으로 하였거나 그 반대의 경우를 상정할 수 있기 때문이다. 안성판 19장본의 초판이 1917년에 나왔으니 후자의 경우라면 숭실대본은 그리 오래되지 않은 필사본인 셈이다. 특히 숭실대본은 안성판 19장본과 표기법의 차이 정도밖에 없어 그런 추정의 설득력을 강화한다.[248]

---

247) 안성판19장본은 야동본을 저본으로 삼아 삭제 또는 축약에 의해 파생시킨 이본이라 할 수 있다. 다음의 예가 이런 사정을 잘 보여준다.
"길동왈 형쟝은 조곰도 놀나지 마로쇼셔 ᄒ고 시각을 기다려 하관ᄒ 후 즉시 승의 복식을 고쳐 최복을 닙고 싀로이 이통ᄒ니 인형과 츈낭이 아모란 줄 모로고 이통ᄒ더라 장녜를 맛친 후 ᄒ가지로 길동의 쳐쇼로 도라가니 빅씨와 됴씨 즁당의 니리 마ᄌ 죤고와 슉슉을 뫼시고 비로소 예ᄒ니 좌랑이며 츈낭이 반기며 길동의 신긔ᄒ물 칭샤ᄒ더라 이러구러 여러 날이 되믹 길동이 그 형다려 일너 왈 이졔 친산을 니곳의 뫼셔시니 딕딕로 장상이 씬치지 아일 거시니 형쟝은 밧비 고국의 도라가쇼셔 형쟝은 야야 싱시의 만히 뫼셔시니 쇼졔ᄂ 야야의 샤후의 뫼셔 향화를 극진이 ᄒ오리니 죠곰도 념여 마르시고 쏘흔 일후 만날 ᄶ 잇스리니 금일 발힝ᄒ여 딕부인의 기다리미 업게 ᄒ쇼셔"(야동본, 47)
"길동왈 형쟝은 조곰도 놀ᄂ지 마르쇼셔 ᄒ고 시각을 기다려 하관ᄒ 후 승의 복식을 고쳐 최복을 닙고 싀로이 이통ᄒ더라 장녜를 맛친 후 ᄒ가지로 길동의 쳐쇼로 도라가니 빅씨와 됴시 즁당의 이르러 죤고와 슉슉을 마ᄌ 예ᄒ니 좌랑이며 츈낭이 반기ᄂ지라 니러구러 여러 ᄂ이 되믹 길동이 그 형드려 일너 왈 친산을 이곳의 뫼셔 향화를 극진이 ᄒ오려니와 딕딕로 장상이 씬치지 아닐 거시니 형장은 밧비 도라가 딕부인의 기다리미 업게 ᄒ쇼셔"(안성판19장본, 37)
248) 그런데 숭실대본에는 안성판19장본의 "빅를 두다리고 눈을 실녹이며 소릭를 지르더니 두어번 쒸놀다가 죽ᄂ지라"(안성판19장본, 34)라는 부분을 "빅를 두다리

그러나 율도국 삽화가 숭실대본과 안성판 19장본에는 존재하지 않는다는 점은 그것의 첨삭이 쉽사리 이루어질 수 있다는 것을 의미한다.[249] 율도국 삽화가 〈홍길동전〉의 통일성을 깨뜨리거나 불필요한 사족이 아님은 널리 알려진 사실이고, 특히 군담이 개재되어 있어 독자 확보에 유리하였을 가능성도 배제하기 어렵기 때문이다.

3.3. 전체 서사체계와 율도국 서사단위

이 절에서는 〈홍길동전〉의 전체 서사체계를 살펴보고 이 체계 안에서 율도국 서사단위의 위치를 알아보게 된다. 〈홍길동전〉 전체란 개별 작품의 처음부터 끝까지를 일컬을 수도 있고, 작품군을 지칭할 수도 있다. 앞의 경우는 개별 작품이 이본으로서의 자격을 갖추게 하고, 뒤의 경우에는 〈홍길동전〉이 아닌 다른 작품과 변별되게 한다. 율도국 생성의 문제는 앞의 경우만으로도 검토가 가능하다.[250]

고 눈을 실눅이며 소리 쌕쌕 지르며 다리를 발발 쓸고 턱을 가불가불ᄒ더니 쌍을 두 손으로 두어 질 파며 이를 복복 갈고 숨어 쑤염흔 바탕의 틱츔믹이 쓴어지고 두 눈의 동즈가 쳥보침을 쏫고 길을 지쵹ᄒᄂ지라"(숭실대본, 32)로 하고 있다. 숭실대본의 이 부분이 야동본에도 없는 것이라 필사자가 첨가했을 가능성이 짙다. 그러나 이것은 숭실대본의 저본이 안성판19장본이 아니라 다른 것이 존재했을 가능성과 함께 야동본이 안성판19장본을 저본으로 삼아 확대했을 가능성을 배제할 수 없게 만든다.

249) 박순호본의 율도국 삽화는 다른 이본에 비하여 훨씬 확대되어 있다는 점을 고려해 봄직하다. 율도국 삽화가 시작되는 부분에서는 큰 차이를 보이지 않지만 군담을 서술한 부분에서 장수의 수가 늘어나고 양 진영의 전술이 다양해지는 사정은 첨가나 삭제, 축약이나 확대가 자연스럽게 일어날 수 있음을 보여주는 예가 된다.

250) 영웅의 일생을 살아가는 주인공을 중심으로 작품군을 이루거나 주제의 동일성에 따라 작품을 덩이짓는 등의 노력은 〈홍길동전〉에서의 율도국 생성을 다루는 본고의 과제와는 일정한 거리를 유지하고 있다. 그러나 박지원의 〈허생전〉을 〈홍길동전〉과 견준다면 율도국 삽화와 이어질 수 있다. 이런 사정은 본고의 방향을

〈홍길동전〉이 다양한 모습으로 존재하는 점은 이미 살펴 보았다. 서로 다른 모습을 가지고 있지만 〈홍길동전〉이라 아우를 수 있는 까닭은 다음과 같은 내용을 공통적으로 갖추고 있음에서 찾아야 할 것이다.

> (가) 홍길동은 서자(庶子)로 출생하였다.
> (나) 홍길동은 비범한 능력의 소유자이다.
> (다) 홍길동은 문제 해결 의지가 강하다.
> (라) 홍길동의 신분이 점점 상승한다.

이들은 지금까지 알려진 〈홍길동전〉 직품군의 최대공약수이다. 다른 말로 하면, 이런 내용을 갖추지 않은 작품은 〈홍길동전〉이라 할 수 없다. 아동을 주요 독자로 삼아 개작하거나 소설이 아닌 다른 장르로 전환하더라도 이런 내용만은 필수적으로 담아야 〈홍길동전〉이란 표제를 달 수 있다.[251]

(가)는 홍길동의 신분을 드러내주는 항목이다. 홍길동의 신분은 "딕딕 명문거족으로 쇼년 등과ᄒᆞ여 벼살이 니죠판셔의 니르미 물망이 됴야의 읏듬이오 츙효겸비ᄒᆞ기로 일홈이 일국의 진동ᄒᆞ"(한남본, 1)는 부계(父系)와는 무관하게 결정된다. 모계(母系)를 따르는 신분 구조상 홍길동은 신분의 결함을 가지고 태어났다. 홍길동은 "대감 졍긔로 당당ᄒᆞ온 남지되"(한남본, 4)었다고 여기지만 "그 부친을 부친이라 못ᄒᆞ옵고 그 형을 형이라 못ᄒᆞ"(한남본, 4)는 한을 가지고 살아가야 한다. 〈홍길동전〉이 생산되어 향수되던 시기에는 이런 신분을 가진 인물이 적지않게 있고, 이들

짐작하는 데 도움을 준다.
251) 주인공의 이름과 도술 모티프만 빌려 이루어진 개작본을 〈홍길동전〉이라 할 수는 없다. 고전의 현대화는 권장할 일이기는 하지만 왜곡시키는 일은 용납할 수 없다.

에게는 여러 가지 굴레가 지워져 있었다. 이런 형편은 신분 구조가 와해
되는 조선조 후기나 봉건 사회가 해체되는 20세기초는 말할 것도 없고
최근까지도 여전히 남아 있다.[252]

(나)는 홍길동이 신분적 제약에도 불구하고 비범한 능력을 타고 났음
을 보여준다. 홍길동은 "총명이 과인ᄒ여 흔아흘 드르면 빅을 통ᄒ"(한남
본, 2-3)고, 뛰어난 검술과 도술까지 갖춘 인물이다. 그러나 홍길동에게는
(가)와 같은 문제가 있기 때문에 삶의 방향을 다른 길로 잡을 수밖에 없
다. (가)와 같은 처지에 있었던 대부분의 사람들은 현실에 순응하면서 살
았을 터이나 홍길동은 그가 가진 비범한 능력 때문에 '문제적 개인'이 된
셈이다. 비범한 능력을 소유한 홍길동은 그것을 통하여 신분적 제약이나
신체적 위기를 극복해 나간다. 문제 해결을 위해 〈홍길동전〉에는 초월
적 존재의 등장이나 우연의 일치 등을 통한 방법은 쓰지 않고 오직 홍길
동 자신의 능력을 통해 해결하도록 결구하고 있어서 그의 비범성을 강조
한다.

비범한 능력을 가진 홍길동은 자신이 처한 환경에서 야기되는 모든 문
제를 해결하려는 강한 의지를 가지고 있다. 홍길동에게 주어진 문제는
적서차별이란 개인적 문제와 부정부패가 만연한 사회적 문제이다. 이 문
제들은 결국 불평등성으로 집약된다. 적자와 서자, 가진 자와 못 가진 자
사이에서 발생하는 불평등성을 홍길동은 문제로 인식하고 그것을 해결
하고자 한다. 결국 홍길동은 가정에서는 호부호형을 허락받는 것으로,

---

252) 〈홍길동전〉은 신분의 변동이 불가능하다고 전제할 때 더욱 값진 작품으로 평가
받을 수 있다. 신분 변동에 관한 역사학의 연구 성과를 통해 〈홍길동전〉의 신분
문제를 살핀다면 작품의 형성 과정에 미치는 역사의 영향을 짐작할 수 있다. 서
얼 신분의 변동에 관한 다음의 성과를 참고할 만하다.
李鐘日(1987), 「朝鮮時代 庶孼身分變動史 研究」, 동국대 박사논문.
裵在弘(1994), 「朝鮮後期 庶孼 許通과 身分地位의 變動」, 경북대 박사논문.

나라에서는 병조판서를 제수받는 것으로 불평등을 평등으로 전환시킨다.

홍길동의 신분은 살아가는 과정에 따라 점점 상승한다. 홍길동은 가정 내에서는 서자의 신분으로 천대를 받았고 그 때문에 집을 나갈 수밖에 없는 처지에 이른다. 그러나 그는 호부호형을 허락받으면서 적자와 동일한 신분을 획득하고 군도 무리의 우두머리가 되며 병조판서를 제수받게 되었다. 이것은 길동이 군도 무리에 투신하여 우두머리가 되고, 이들 무리의 활동의 결과로 획득되는 일이다. 이런 신분 상승의 과정은 그의 비범성과 문제 해결 의지에 따른 귀결이므로 부분과 전체는 굳게 결속된다.

이렇게 보면 〈홍길동전〉은 홍길동의 비범성과 문제 해결 의지에 따라 이루어지는 신분 상승 과정을 그린 작품인 셈이다. 이렇게 보면 〈홍길동전〉은 홍길동이란 개인의 문제를 해결하는 데 머물고, 홍길동으로 대표되는 계층의 문제로 확대시키지는 않은 것으로 보일 가능성도 있다. 함경감영을 털어 재물을 탈취하는 일이나 초인을 만들어 팔도에 횡행케 하는 일에 분명한 명분이 제기되어 있지 않은 이본도 있기 때문이다. 이것을 작자의식의 한계라고 하거나 봉건제도 하에서는 최선책이라는 식으로 이해하고 말 일은 아니다. 애초의 〈홍길동전〉은 개인의 문제 해결에 서사의 초점이 맞추어졌을 것이란 추정을 통해 작품 이해의 실마리를 찾아내는 일도 가능하다는 쪽으로 이끌 필요가 있다.

홍길동이 자신의 신분적 제약을 벗어나야 할 과제로 인식하는 데에는 그의 비범성과 문제 해결 의지가 결정적 요인으로 작용하였다. 실제로 홍길동은 부형으로부터 호부호형을 허락받고 왕으로부터 병조판서를 제수받는 깃만으로도 자신에게 주어진 과제는 해결한 셈이다. 그런데 홍길동은 적서차별이란 신분적 제약을 자신의 문제로만 받아들이지 않았다. 그것이 조선조의 사회 체제를 변혁시키지 않으면 근본적으로 해결되지 않는 문제임을 홍길동의 활동을 통해서 나타내고 있다. 적서차별이 가정 내적 문제로 머물지 않고 사회 전체의 문제로 확대되고, 그것을 해결하는 일이 조선이라는 공간 내에서는 불가능하다는 사실을 알기 때문에 홍길동은 새로운 공간을 마련하여야 할 필요성을 느낀다. 율도국의 설정은 이런 시각을 통하여 접근할 필요가 있다.

율도국 삽화의 내용은 홍길동이 전쟁을 통하여 왕위를 장악하는 과정임을 앞에서 살핀 바 있다. 그로 미루어 보면 홍길동의 최종 목표로 삼는 신분은 왕이다. "길동이 ᄆᆡ양 이곳을 유의ᄒᆞ여 왕위를 앗고져 ᄒᆞ"(야동본, 28)는 것에서 확인할 수 있다.[253] 일반 백성이 왕이 되려는 꿈을 가진다는 것은 혁명적 발상이라 할 만하다.[254] 그런 발상을 실현시키는 데에는 조선의 왕을 그 대상으로 삼을 수는 없다.[255] 율도국을 정벌하려는 이유로 중국을 섬기지 않는 나라라는 점을 들거나 조선의 왕에게 표문을 보내는 것은 애초의 의도를 완곡하게 표현하려는 의도라 할 수 있다. 그러므로 조선을 전제하지 않은 율도국의 존재는 상정하기 어렵고, 그런 사정은 율도국 생성의 바탕이 되었을 법하다.[256]

---

253) 어청교본도 이와 같지만 한남본은 "길동이 ᄆᆡ양 유의ᄒᆞ든 비라"로 되어 이와 다르게 설정되어 있다. 이것은 율도국 왕이 항복하여 의령군으로 봉해지는 것과 논리적으로 이어진다.

254) 〈홍길동전〉과 '아기장수 설화'를 연결시키는 것은 불가능할 것 같지만 왕권에 대한 도전이 흔히 있을 수도 있었음을 알려준다는 점에서 설득력을 가진다. 아기장수의 비극적 말로(末路)는 설화의 전파력을 더욱 강화시켰을 가능성도 있다.

255) 작자 허균이 소설이란 허구적 장치를 이용하였지만 근본 의도마저 허구는 아니었을 것이란 점은 여러 모로 검증되었다. 그 때문에 李植은 허균이 〈수호전〉을 모방하여 〈홍길동전〉을 지었다 하고, 〈수호전〉의 작자가 삼대 벙어리가 된 것처럼 허균도 그러하리라고 극언을 서슴지 않고 있다. "世傳 作水滸傳人 三代 聾啞 受其報應……筠又作洪吉同傳……此甚於聾啞之報也" 澤堂別集 卷 15, 雜著.

256) 홍길동은 율도국 왕이 된 뒤에도 계속 조선과의 관계를 유지하므로 신화의 주인공, 예컨대 주몽이나 탈해와는 다르다는 논의를 다음 연구에서 펼치고 있다.

홍길동은 이른바 '영웅의 일생'에 부합하는 인물이다. 홍길동은 고귀한 혈통을 지녔지만 서자라는 신분적 제약을 타고 났고, 탁월한 능력을 지녔으면서 여러번의 위기를 투쟁으로 극복해서 승리자가 된다. 홍길동을 구출하거나 양육하는 이가 나타나지 않아 그의 비범성이 더욱 강조되고 더욱 영웅답게 된다. 홍길동이 투쟁의 대상으로 삼는 것에는 인간이나 요괴뿐만 아니라 중세적 가치관에 의해 형성된 사회 제도까지 포함된다. 자신에게 적대적인 인간이나 요괴는 물리적 힘만으로도 제압할 수 있었지만, 사회 제도라는 적은 그럴 수 없었다. 그렇다고 홍길동이 영웅이기를 포기하지는 않았다. 결국 홍길동은 투쟁 목표를 바꾸는 쪽으로 선회(旋回)한다. 그것은 투쟁의 대상이 더 이상 존재하지 않는 이상국(理想國)을 세우는 일이다.

이상국을 건설함으로써 홍길동은 영웅적 과업을 완수한다. 홍길동이 사회 제도와의 투쟁에서 승리한 것은 당대의 사회 체제를 긍정하면서 이루어지므로 부분적이요 제한적이다. 따라서 온전하고 무제한적인 승리를 이룩하기 위해 사회 제도에 의해 평등권을 상실한 무리를 이끌고 공간 이동을 전개한다. 율도국은 홍길동의 침공을 받기 이전에도 "즁국을 셤긔지 아니ᄒ고 슈십 ᄃᆡ를 젼ᄌᆞ젼손ᄒ야 덕화유힝ᄒ니 나라이 틱평ᄒ고 빅셩이 넉넉ᄒ"(완판본, 63)였으니 조선과는 여러 모로 대조적인 나라이었다.[257] 그러니 홍길동으로서는 그 나라를 빼앗는 일이 곧 이상국을 건설하는 일이 된다. 이런 점에서 율도국 삽화는, 〈홍길동전〉의 전체 맥락과 연계된다.

趙東一(1981), 「'영웅의 일생'과 홍길동전」, 신동욱 편, 『許筠의 문학과 혁신사상』, 새문사, 24~25면.

257) 조선과 율도국은 공통점과 함께 차이점을 가진다. 이런 사정을 천착하면 율도국의 생성과정과 위상을 점검하는 데 긴요한 잣대로 쓸 수 있을 것이다.

요컨대 율도국 삽화는, 〈홍길동전〉이 홍길동의 비범성과 문제 해결 의지에 따라 이루어지는 신분 상승 과정과, 영웅의 일대기, 또는 영웅의 전기적 유형의 순차적인 전개에 조선조 역사와 사회 현실 및 작가의 체험이 감싸 이루어진 작품이라 할 수 있는 근거가 된다.

4. 율도국 서사세계의 의미와 기능

4.1. 율도국 서사세계의 위상

여기에서는 〈홍길동전〉 전체 서사구조에서 차지하는 율도국 부분의 위치와 비중을 따지게 된다. 앞에서 〈홍길동전〉 '전체 서사체계와 율도국 서사단위'를 통하여 일차적으로 검토하였지만 여기에서는 다른 서사단위와의 관계를 살필 것이다. 〈홍길동전〉의 서사체계 전체에서 다른 서사단위,[258] 예컨대 홍길동의 가출, 함경감영의 습격, 왕의 홍길동 체포 방안, 요괴 퇴치, 결혼 등의 이야기와 율도국 이야기의 관계와 비중을 살피고, 각각이 어떻게 일정한 의미를 산출하는지 따져 보는 일이 여기에서 이루어진다.

이 작업을 통하여 우리는 그간에 학계에서 논란이 되었던 〈홍길동전〉 서사체계의 유기성의 문제, 즉 서사구조의 통일성과 불통일성 논의 등에서 거론되었던 문제에도 새로운 접근의 가능성이 트일 것으로 예상할 수 있다. 〈홍길동전〉에서 율도국은 별개의 서사세계로 존재하는 것이 아니

---

258) 일정한 의미망을 형성하는 이야기 단위를 이렇게 부르도록 한다. 이 이야기 단위들은 독립성이 강하여 있고 없음에 따라 이본의 특성을 드러낸다.

라, 길동의 국내활동과 연계선상에서 존재하는 서사체계의 한 부분으로 위치하는 것임을 밝힐 것이다. 여기에서 드러날 율도국 서사세계의 위상이 의미하는 바는 주제를 논의하는 자리에서 깊이있게 검토될 것이다.

〈홍길동전〉의 서사단위는 다양한 기준에 따라 분류할 수 있다. 문자로 기술된 순서에 따라 의미 단락을 가르거나 시간의 흐름과 공간의 이동에 따라 가를 수 있다. 또 머릿속에 재구성되는 이야기를 중심으로 이야기 단위를 고려할 수도 있다. 그 때문에 기존 연구에서는 세 단계[259] 또는 네 단계,[260] 다섯 단계[261] 등으로 나누어 고찰하였다. 같은 대상을 두고 여러 가지 단위로 나눌 수 있다는 것은 기존 연구들이 연구의 편의성을 고려하여 임의로 나누었다는 혐의(嫌疑)를 피할 수 없다. 그럼에도 불구하고 기존의 연구가 타당성을 가지는 것은 분류 기준을 공정하게 적용하였기 때문이다.

율도국 삽화를 논의하기 위해서는 〈홍길동전〉을 두 부분으로 나누어도 무방할 듯하다. 조선을 국내라 한다면 율도국은 국외라 할 수 있겠기 때문이다. 홍길동의 활동 무대는 크게 보아 국내와 국외로 구분된다. 이것이 국내의 경우에는 가정·사회·국가로, 국외의 경우에는 해외와 우주로 세분된다.[262] 홍길동의 활약은 국내를 범위로 할 때 최대값에 이르

---

259) 정주동(1961)이 가정편, 국내편, 국외편 등으로 나눈 것이 대표적이다.
260) 김일렬(1972), 「홍길동전의 불통일성과 통일성」(『어문학』 27, 한국어문학회)에서는 가중 천대, 부자간의 마찰 및 모해자와의 대결, 길동의 의적 행위, 어전 친국 및 병판 제수, 해외 진출 및 이상국 건설 등 네 단계로 나누었다. 같은 필자의 다음 업적에서는 가정에서 일어난 사건, 사회(국내)에서 일어난 사건, 해외에서 일어난 사건 등으로 세 단계로 나누어 고찰하였다.
   김일렬(1988), 「홍길동전의 구조와 의미」, 『국어국문학』 99, 국어국문학회.
261) 윤성근(1973), 「홍길동의 신분상승-완판본 〈홍길동전〉의 구조와 주제」(『문맥』 1, 경북대 국어교육과)에서는 5단계-32삽화-158사건으로 나누었다.
262) 김열규(1981), 성현경(1994) 참조.

렀다. 서자이면서 호부호형을 허락받고 병조판서를 제수받은 것이 그것이다. 홍길동의 능력을 보아 부형을 인질로 삼아 체포하려는 술책쯤은 제거할 수 있고, 조선의 왕이 되는 것도 어렵지는 않아 보인다. 그러나 부모와 왕의 권위를 무너뜨리는 데까지 나아가지는 않는다. 〈홍길동전〉이 유교적 충의관(儒敎的 忠義觀)에 입각하여 전개되는 작품이기 때문이다. 여기에서 홍길동이 활동 범위를 국외로 넓히는 이유를 찾을 수 있다. 국외에서는 부모와 왕의 권위에 맞서지 않고도 자신의 신분 상승 의지를 펼칠 수 있기 때문이다. 율도국의 위상은 여기에서 구체적으로 드러나는 셈이다.

국내에서 이미 해결한 문제가 국외에서까지 연장될 필요는 없다. 국내에서 이미 홍길동은 그의 비범성과 개혁의지를 통하여 영웅적 삶을 성취한다. 홍길동의 능력으로 보아 어떤 경쟁에서라도 승리할 수 있었지만 국왕과의 대결에서는 우회적인 승리를 쟁취해낼 수밖에 없다.[263] 그것은 이 작품이 읽힌 시대적 상황으로 보아 길동과 임금의 대결에서 이러한 우회적 승리를 획득하는 것으로 나타낼 수밖에 없었을 것이기 때문이다. 이것은 율도국을 정벌하는 것과 뚜렷하게 대조된다. 이런 설정은 〈홍길동전〉의 작자로 알려진 허균의 생각과도 일정한 거리가 있다. 허균이 〈유재론〉(遺才論)에서 주장한 것은 국내 활동을 통해서 관철되었으나 〈호민론〉(豪民論)에서의 주장이 여기에서 관철되지는 않았다. 또한 허균의 사고방식이나 행동양식이 〈홍길동전〉에 반영되어 있다고 한다면 어떤 투쟁에서라도 승리하는 홍길동으로 그렸을 것이다. 허균의 현실 개혁

---

263) 홍길동이 국왕에게 정조 삼천석을 요구하면서 눈을 가리고 뜨지 않은 채 "신이 눈을 쓰오면 놀녀실ᄀ ᄒ여 쓰지 아니"(완판본, 50) 한다는 설정을 주목할 만하다. 이것은 홍길동이 국왕의 우위에 있음을 보여주는 것이기 때문이다.

의지가 홍길동을 통하여 구체화된다고 한다면 국외로까지 공간을 확대할 필요가 없다. 이런 사정은 율도국 삽화의 생성 문제와 직결된다.

율도국이 조선과 어떤 관계를 가지고 있는지 검토함으로써 율도국 위상을 정립할 수 있다. 율도국은 홍길동 무리의 침공을 당하기 전에는 "중국을 섬기지 아니ᄒᆞ고 슈십디를 젼ᄌᆞ젼손ᄒᆞ야 덕화유힝ᄒᆞ니 나라이 틱평ᄒᆞ고 빅셩이 넉넉ᄒᆞ"(완판본, 63)였지만, "각읍의 디ᄉᆞᄒᆞ고 죄인을 다 방송ᄒᆞ며 창고를 열어 빅셩을 진휼"(완판본, 68)한다고 했으니 여전히 사면하여 방송(放送)할 죄인이 있고 진휼할 백성이 있는 나라이었다. 그러나 홍길동이 왕이 된 뒤에는 "시화녀풍ᄒᆞ고 국틱민안ᄒᆞ여 ᄉᆞ방의 일이 업고 덕화디힝ᄒᆞ여 도불십유"(완판본, 69)하는 나라로 바뀌었다.

이에 비하여 조선은 중국을 섬기지 않을 수 없는 나라이고, 임진왜란이나 병자호란과 같은 외침을 당하고 그에 따라 나라의 경제가 흔들리고 민심은 안정되지 못했다. 견고한 신분구조가 수많은 소외층을 만들어내고, 소외층은 지배계층의 무능과 전횡에 대해 심한 반발을 보였다.[264] 작품의 문맥으로 보아 조선은 홍길동이 정벌하기 전의 율도국보다도 하위에 놓인 나라이다. 그러므로 홍길동이 율도국을 정벌하여 조선과는 다른 이상국을 건설하는 일은 정당화된다. 홍길동이 율도국을 이상국으로 건설한 원동력은 그의 비범성이나 문제 해결 의지에서 나왔고, 이것은 곧 율도국 삽화가 작품 전체와 긴밀하게 이어지게 한다.

율도국 삽화는 〈홍길동전〉 전체의 한 부분이면서 독립될 수 있는 서사적 독립성을 가지고 있다. 그러므로 이것은 반드시 필요한 것이라기보다 없어도 되는 부분으로 볼 수도 있다. 실제로 율도국 삽화가 없는 안

---

264) 이런 사정에 대해서는 '2. 율도국 서사세계 생성의 기반'에서 구체적으로 살폈다.

성판 19장본이나 숭실대본도 〈홍길동전〉임은 분명하기 때문이다. 그러나 율도국 삽화가 〈홍길동전〉 작품군의 보편성으로 이해될 때 〈홍길동전〉 이해의 새로운 지평이 열린다. 전체의 한 부분이면서 전체로 기능하는 율도국 서사단위가 홍길동의 국내 활동과 국외 활동으로 나누는 지표가 되고, 국내·외 활동은 과정과 목표가 판이하게 전개된다는 점을 주목하여야 한다.

율도국 삽화가 〈홍길동전〉 후반부의 핵심 서사단위로서 상당한 서술량을 확보하고 독자들에게 결정적 메시지를 전달하고 있는 점에 관심을 기울일 만하다. 이 메시지가 작품 의미망의 핵심 고리로서 작품 전체 의미를 묶고 있다는 점에서 이 서사단위의 중요성을 파악해야 한다는 말이다. 율도국의 왕이 된 홍길동은 더 이상 적서차별의 문제에 대해 언급하지 않는다. 이것은 율도국 설정이 새로운 문제를 제기하는 것으로 볼 단서이면서 국내에서와는 다른 새로운 문제를 제기하는 것으로 보도록 만든다.

율도국 삽화는 이른바 '영웅의 일생' 중에서 '위기를 투쟁으로 극복해서 승리자가 되었다'는 항목에 포함된다. 〈홍길동전〉에서 대부분의 서술은 이 항목에 집중되어 있다. 실제로 〈홍길동전〉에서 홍길동에게는 어떤 위기도 극복할 만한 능력이 부여되어 있다. 집을 나가는 부분에서 당한 위기, 관군에게 체포되어 당하는 위기, 요괴를 만난 위기 등은 홍길동을 극복 불가능한 위기로까지 이끌어가지는 못하고 있다. 다만 홍길동의 힘으로도 극복할 수 없는 위기는 군신관계와 부자관계밖에 없는 셈이다.

〈홍길동전〉이 생산되어 향수되던 시기에는 서얼 신분에게 여러 가지 사회적 제약이 가해졌고, 그에 따른 불만의 표현이 다양한 형태로 나타났다. 이런 문제는 당사자들뿐만 아니라 제삼자에 의해서도 제기되었다.

이들이 제기하는 문제는 길동의 국내 활동을 통하여 극명하게 표출되고, 해외 활동을 통해서는 확실한 해결의 전망을 획득하게 된다.

4.2. 주제 형성과 율도국 서사세계의 의미

한 작품의 주제는 작품의 부분적 의미가 집적되어 추상화되는 과정에서 드러난다. 구체적으로는 독자가 작품을 읽어 나가면서 작가가 작품의 의미 공간에 갈무리해 둔 메시지를 전달받고 이를 연결해서 하나의 통일된 의미망을 짜올리게 되는 것이다. 이런 이해의 과정에서 독자들은 작품의 주제에 도달할 수 있는 법이다. 작품의 부분은 균일하게 일정한 의미를 발생하는 것이 아니고, 각기 비중이 다른 의미 공간을 지니게 마련이다. 따라서 우리는 작품의 주제 형성에 가장 크게 기여하는 의미 공간을 찾고, 이 거점 위에서 주제적 의미를 엮어 짜는 의미망을 마련해야할 터이다.

〈홍길동전〉의 주제를 설명하는 일도 이와 같은 과정을 통해 성취할 수 있을 것이다. 작가 허균은 이 작품의 초두에 길동의 출생 때부터 그가 부여받은 영웅적 능력과 이를 발휘할 수 없는 사회제도 사이의 갈등을 준비해 두었다. 여기에서부터 독자들은 앞으로 이로 인한 심각한 사태가 일어날 것이란 예감을 느끼게 될 것이다. 이는 독자들에게 서사적 추이에 대한 흥미를 불러일으키는 기대감과 긴장감을 동시에 안겨 줄 터이다. 이어서 작가는 길동이 집을 나서서 군도의 무리에 몸을 의탁하는 행동을 감행하는 이야기를 이어 나간다. 독자들은 이 과정에서 길동이 자신의 운명을 예언하고[265] 초란의 모의에 가담한 상녀와 금전을 받고 자신의 목숨을 앗아가려 했던 특재를 죽이는 부분에서는 복수담에서 느끼는 쾌감을 맛보는 동시에 뒤이어 길동이 망명도생하여 군도의 무리에 몸을 맡길 수밖에 없다는 점에 동의하는 공감대를 공유하게 마련이다.

이후로 길동이 벌이는 군도 행위는 심각한 문제 제기로 볼 수 있는 것이다. 이 부분은 길동이 가출하게 되는 동기와 분리하여 논의할 수 없는 성격을 지닌다. 왜냐하면 길동이 부여받은 영웅적 능력이 적서차별이라는 사회제도적 장애 앞에서 좌절될 수밖에 없었기에, 주인공은 가출하여 군도 생활을 통하여 영웅적 능력을 마음껏 발휘할 수 있었기 때문이다. 끝내는 병조판서를 제수받음으로써 체제내적 문제를 해결하게 된다. 이는 길동이 자신의 능력을 펼칠 수 없게 만드는 사회적 장애를 그의 위력으로 극복하여 신분상승을 성취하고 율도국왕의 자리에 오르는 발판을 마련한 일로 받아 들이게 만든다.266)

이 작품을 통하여 독자들은 작가가 길동의 조선왕조의 최고 권력자인 임금과의 대결에서도 실제적인 위력에서나 명분상의 논리에서 분명한 우위를 보여 주려고 했다는 점을 이해할 수 있을 것이다. 작품의 초반에서 길동은 합천 해인사와 함경 감영을 습격함으로써 그가 지닌 위력을 보였지만, 조선 팔도로 횡행하여 관명을 사칭하면서 탐관오리를 숙청하

---

265) 비록 초란의 모의에 가담하는 과정의 하나이나 상녀가 길동의 관상을 보고 "흉 중의 조홰 무궁ᄒ고 미간의 산천졍긔 영농ᄒ오니 진짓 왕후의 긔상이라"(한남본, 8) 말한다든지 "공ᄌ의 ᄂᆡ두ᄉᆞᄂᆞ 여러 말삼 발이옵고 셩즉 군왕지상이요 픽즉 층양지 못홀 환이 잇ᄂᆞ이다"(완판본 10 참조.)라고 한다든지 "萬古英雄니나 眉間에 江山 精氣를 暗藏ᄒ여ᄉᆞ오니 니는 眞實노 奇니한 相이오ᄆᆡ 敢히 바로 告치 못ᄒ여ᄉᆞ오나 大抵 朝鮮은 小國이라 王子의 氣像이 쓸ᄃᆡ 업습고 말일 壯成ᄒ여 放蕩無忌ᄒ오면 滅門之患이 當ᄒ니리 上公은 그윽키 防備ᄒ오소셔"(김동욱본, 23-24)라고 매우 구체적으로 말하게 하는 것은 길동이 전개한 행동을 예시하려는 복선으로 기능하는 것이다.

266) 이러한 서사전개를 두고 율도국 건설 부분과 함께 길동의 신분상승의 성취라고 보거나(윤성근, 앞의 글), 비극적 영웅의 권력지향의지의 극대화로 보기도 한다 (李文奎(1990), 「洪吉童傳」, 김진세 외, 『韓國古典小說作品論』, 集文堂).

고 불의한 재물을 탈취함으로써 위력과 함께 명분을 확보한다.[267] 임금
을 정점으로 구성된 조정에서는 길동의 부친을 잡아들이고 형으로 하여
금 길동을 체포하도록 한다. 이는 조선왕조를 지탱시키는 지배이념인 삼
강오륜(三綱五倫)을 파괴하여 이를 길동 체포를 위한 수단으로 삼았다는
점을 보여 주는 일이다. 길동은 이런 기도조차 판판이 좌절시킨 후에 임
금 앞에 나타나 다음과 같이 당당하게 말함으로써 조정은 물리적 위력과
윤리적 명분의 양쪽에서 길동에게 패배하였다는 사실을 분명히 밝히게
된다.

> 신의 팔주 무상ᄒ와 홍모의 천비의 빅를 비러 낫ᄉ오미 아비와 형을 임으
> 로 임으로 부르지 못 ᄒ옵고 겸ᄒ여 ᄀ중의 시긔ᄒᄂ 지 잇ᄉ와 보젼치 못ᄒ
> 오미 몸을 산임의 붓쳐 초목과 함긔 늑ᄌ ᄒ엿더니 ᄒ날이 믜이 녀기ᄉ 적당
> 에 ᄲᅥ져ᄊᆞ오나 일즉 빅셩의 직물은 츄호도 취ᄒ 빈 업ᄊᆞ고 슈령의 뇌물과 불
> 의ᄒ 놈의 직물을 아셔 먹ᄊᆞ고 혹간 나라의 곡식을 도적ᄒ여ᄊᆞ오나 <u>군뷔일쳬
> 이오니 ᄌ식이 아비 것 먹기로 도적이라 ᄒ오릿ᄀ 어린 ᄌ식 어미 졋먹ᄂ 일
> 쳬로소이다</u> 이ᄂ 도시 조졍 쇼인이 쳔춍을 가리와 무쇼ᄒ 죄요 신의 죄ᄂ 아
> 이로소이다 (완판본, 42-3)

위의 인용문에서 길동은 임금 앞에서 자신이 가출하여 군도 활동을 하

---

267) 경판본 계열의 〈홍길동전〉에서는 합천 해인사와 함경 감영의 습격이 길동의 위
력을 과시하고 군도 무리의 활동 자금을 마련하기 위한 행동으로 이해하게 만든
다. 그러나 완판본 계열의 〈홍길동전〉에서는 이러한 행동의 명분을 "불도라 ᄒ
옵난 거시 셰상을 소긔고 빅셩을 혹게 ᄒ여 갈지 아니ᄒ고 빅셩의 곡식을 취ᄒ
며 쓰지 아니ᄒ고 빅셩의 의복을 쇼겨 부모의 발부를 상ᄒ야 오랑키 모양을 숭
상ᄒ며 군부을 ᄇᆞ리고 부셰를 도망ᄒ오니 에 더ᄒ 불의지ᄉ 업ᄉ오며 군긔를 ᄀ
져 ᄀ옵기ᄂ 신등이 산중에 쳐ᄒ야 병법을 익키다ᄀ 만일 난셰를 당ᄒ옵거든 시
셕을 무릅써 임군을 도와 틱평을 일위고져 ᄒ미오며 불을 노ᄒ되 능노의난 아니
ᄀ게 ᄒ여"(완판본, 43)라고 하고 있다.

게 된 동기와 명분을 당당하게 밝히고 있다. 즉 가출의 동기가 적서차별이라는 사회제도의 문제에 놓여 있으며, 군도 활동의 명분이 부패한 관인사회의 혁파를 겨냥하고 있다는 뜻을 분명히 하고 있는 것이다. 이는 길동이 자신을 우두머리로 맞은 군도의 당호를 활빈당(活貧黨)이라 하고 "빅셩의 지믈은 츄호도 탈취치 말고 각읍 수령과 방빅의 준민고틱ᄒᆞᆫ 지믈을 노략ᄒᆞ야 혹 불상한 빅셩을 구졔홀"(위의 책, 463면.) 것이라는 행동강령을 임금 앞에서 공식화하고 있는 셈이다. 특히 주의깊은 독자들은 인용문의 밑줄친 부분268)의 의미를 꼼꼼히 새겨 볼 터이다. 우리는 활빈당이 나라의 곡식을 도적질한 것은 자식이 부모의 것을 가져다 먹는 일로서 이는 젖먹이가 어머니의 젖을 먹는 것처럼 자연스러운 것이라고 설명하는 주인공의 발언에서 무엇을 읽어낼 것인가. 여기에서는 하늘이 나라의 곡식을 내릴 때 임금을 우두머리로 하는 지배계급은 부모가 자식을 키우듯 백성에게 공평하게 분배되도록 해야 할 터인데 그 일이 제대로 실행되지 않아서 백성은 배고픈 어린 자식이 젖도둑질하듯이 나라의 곡식을 도적질할 수밖에 없다는 작가의 생각이 갈무리되어 있는 것이다. 이를 바꾸어 보자면 적서차별로 자연스러운 인륜관계가 왜곡된 점과 지배계급의 독점으로 생산물의 분배가 균형을 잃은 점을 결합하여 조선조 사회의 근본적 모순을 날카롭게 부각시켰다고 말할 수 있는 셈이다.

　작가는 임금이 이끄는 조정에서 길동을 잡기 위해 그 부친과 형을 그물로 만들어 버림으로써 조선왕조를 지탱시키는 지배이념인 삼강오륜을 스스로 파괴하게 서사전개를 이끈 뒤에 잘못된 통치상태를 바로 잡기 위

---

268) 밑줄친 이 부분은 완판본 계열의 특징을 보여 주는 것이다. 89장본 필사본 〈洪吉童傳〉에는 이와 유사한 부분이 나타난다.(권영철·이윤석, 앞의 교주 자료, 318면 참조.) 또 한문 필사본 韋道王傳에서도 "君父一體也 身爲國民食國之物 與子食父之物一例也"라는 유사한 부분이 보인다.

해 길동이 의적 활동을 벌이면서 지배세력을 공격하는 행동을 설정한다. 이와 같은 대조적인 서사의 형상화는 주인공의 행위가 조선왕조의 사회적 모순과 부정적인 측면을 드러내는 효과를 지닌다. 이 과정에서 임금은 직접적인 공격의 대상이 되지 않는다. 길동의 군도 행위를 부당하게 보는 임금의 시각은 "조정 쇼인이 쳔춍을 フ리와 무쇼흔" 탓으로 돌리는 서술 부분에서도 이점은 분명해 보인다.

그러나 이와 관련된 부분의 의미를 연관시켜 짜올리는 의미망에서는 임금조차 간접적인 공격의 대상이 되어 〈홍길동전〉이 나타내고 있는 문제에 책임의 일단을 지우고 있는 관점을 찾아낼 수 있다. 길동이 이끄는 활빈당의 무리는 길동을 체포하러 문경새재에 잠행한 포도대장 이흡을 납치하여 "네 감이 활빈당 쟝슈 홍길동을 슈이 보고 좁기를 즈당홀다 홍쟝군이 하날의 명을 바다 팔도의 단이며 탐관오리와 비리로 취흐는 놈의 지물을 아셔 불샹흔 빅셩을 구휼흐거날 너희놈이 느륵를 소긔고 임군의게 무고흐여 스름을 히코져 흐민"(완판본, 32-33)라고 꾸짖는 대목에서 이점을 살필 수 있을 터이다. 이 대목의 뒷부분은 표면적으로는 임금의 권위를 인정하고 국정의 잘못됨이 임금을 보좌하지 못한 신하에게 있는 것으로 받아 들이게 한다. 그런데 앞부분을 자세히 보면 이와는 전혀 다른 의미를 지니고 있다는 사실을 알게 된다. 길동 자신이 천명을 받아 부패한 관료들이 착취한 재물과 비리와 부정으로 부유해진 자들의 재산을 탈취하여 불쌍한 백성을 구제한다는 말을 하는 것은 천명을 빌어 왕조를 세우고 대대로 왕위를 전손(傳孫)해온 임금이 하늘의 뜻을 제대로 펼치지 못했다는 점을 겨냥하고 있는 것이다.[269]

---

269) 천명에 의해 나라를 맡을 수 있다는 공자의 사상을 이어 받은 맹자도 왕위에 오른 자가 백성을 돌보지 않고 괴롭히는 폭군이 되면 이는 왕이 아니라 잔적(殘

길동의 국내적 활동이 임금을 정점으로 하는 지배세력의 통치능력에 의문을 제기하는 작가의식을 반영하고 있다면, 길동의 해외활동은 이 문제제기에 응답하는 해결전망을 보여 주는 것이다. 왜냐하면 길동이 이끄는 군도의 무리는 조선왕조가 지배하는 공간 안에서는 용납될 수 없는 세력이었으나, 해외에 나가서는 그들이 지닌 위력으로 새로운 사회를 건설하는 집단이 되었기 때문이다. 바꾸어 말하자면 이들은 조선왕조의 통치세력에게는 범죄 집단으로 규정되었지만, 율도국에서는 새로운 주체세력이 되었던 것이다. 즉 이들은 율도국이라는 공간에서 나라를 이끌 주도세력으로 등장할 뿐만 아니라, 조선왕조가 지배하는 공간에서는 해결할 수 없었던 사회문제를 해결할 전망을 획득한 셈이다. 길동은 왕위에 오름으로써 그가 하늘로부터 부여받은 영웅적 능력을 가로막는 사회적 장애를 제거하고 그 권능을 마음껏 펼칠 수 있게 되고, 그를 따르는 무리들은 율도국의 주도세력이 됨으로써 사회적 질곡에서 해방되어 일상의 생활을 편안하게 누릴 수 있게 되었던 것이다.

우리는 이 과정에서 길동이 제도라는 섬의 망탕산에서 율동이라는 괴물[270]을 퇴치하고 장차 그의 배필이 될 여인들을 구출하는 부분을 읽게 된다. 이 부분이 지하대적퇴치설화를 기반으로 삼아서 생성된 것이라는 데에는 이론의 여지가 있을 수 없다. 여기서는 이 부분이 〈홍길동전〉의 주제적 의미 형성의 어떤 측면에 이바지하고 있는가에 대한 논의를 심화

賊)인 바, 어질고 현명한 자가 천명을 받아 왕위에 오를 수 있다는 생각을 梁惠王에게 이야기하였다. (孟子, 梁惠王章句下 聞誅一夫章)

270) 완판본 계열의 이본에서는 섬 이름이 성도라 되어 있으나, 대부분의 이본에서는 제도로 되어 있다. 또 괴물의 이름을 울금이라고 명명한 이본도 있으나(李胤錫 校註(1993), 「〈洪吉童傳〉 77張本」, 『韓國傳統文化研究』 8, 曉大 韓國傳統文化研究所, 550면 참조.), 대부분의 이본에서는 율동 또는 울동이라고 부르고 있다. 명칭의 차이가 작품적 의미 생성에 기여하는 바는 뚜렷하지 않다.

시킬 필요가 있다. 이 문제에 대한 기존의 논의는 율도국 서사세계의 의미 해석에 올바른 방향을 가리키고 있으나,[271] 더욱 확실하고 분명한 의미의 추출이 요청된다. 이 부분에 대한 정당한 해석은 길동과 그가 이끄는 무리가 국내에서 임금을 정점으로 구성된 통치세력과의 대결에서 위력과 명분에서 승리하고서도 제도 섬의 망탕산에 설정된 설화세계를 거쳐서 율도국을 건설하게 되는 까닭이 무엇인가를 따지는 데서 나올 수 있는 법이다. 이는 길동이 임금과의 대결에서 결정적인 우위를 보였는데도 불구하고 현실적인 충돌을 피하고 비현실적 세계에서 왕조를 건설하는 마무리로 보이게 한다.[272]

그렇다면 제도라는 섬은 길동이 대표하는 반체제적인 세력과 임금이 대표하는 기존의 통치세력 사이에서 벌어지는 대결을 완화시키거나 우회시키는 공간으로 기능하고 있다는 말인가. 우리는 제도에 설정된 설화세계에서 첨예한 대결국면이 우회되기는 하지만 회피되지는 않는다고 보는 것이다. 길동은 이 공간에서 괴물들을 퇴치하고 납치된 인간을 구출함으로써 독자들에게 어떠한 존재와의 대결에서도 승리할 수 있고 폭압에 피해를 입는 사람은 누구라도 구출할 수 있는 영웅상과 구원자상을 강하게 심어 준다. 이어서 율도국 정벌에 나서서 치열한 전투[273] 끝에 율도국을 정복한다. 우리는 길동이 국내 활동에서도 군도의 무리를 이끌

---

271) 李注衡(1979), 「主人公의 變身을 中心으로 본 〈洪吉童傳〉」, 『韓國學報』 17, 일지사.

272) 徐鍾文(1981), 「〈홍길동전〉에 나타난 現實認識 문제」, 『許筠의 문학과 혁신사상』, 새문사, 19면.

273) 한남본·경판본을 제외하고는 길동의 율노국 성벌 과정에서 율도국왕은 자결한다. 이는 전투의 치열함을 보여 주는 일이다. 완판본과 77장본, 89장본 필사본 등 서술량이 많은 이본일수록 율도국 정벌의 전투 장면이 박진감있게 전개되어 부분적으로는 군담소설적 경향을 보이고 있다.

고 임금을 우두머리로 삼은 통치세력과의 대결에서 위력과 명분에서 판판이 우위를 차지하였다는 점을 상기할 필요가 있다. 이에 견주어 길동과 율도국왕의 대결은 길동과 조선왕조의 임금과의 대결이 제도라는 설화세계를 매개로 우회적으로 전이(轉移)되어 나타났다고 볼 수 있는 것이다. 이 작품이 주로 읽혔던 시기에는 길동이 조선왕조의 임금에게 도전하여 승리한다는 서사적 설정을 명시적으로 표출한다는 것은 불가능한 일이다.[274] 따라서 조선조 사회의 총체적 문제를 형상화한 길동과 그의 무리와 조선조의 기득권을 수호하고자 하는 지배세력을 형상화한 임금과 그의 조정이 대결하는 국면은 제도라는 설화세계를 우회통로로 삼아서 길동과 율도국왕의 대결과 그 결말을 통해 마무리되는 셈이다.

요컨대 우리는 〈홍길동전〉의 주체적 의미는 길동의 국내적 활동과 해외의 활동을 연계시켜 통일된 의미망을 구성할 때 올바르게 파악할 수 있다는 말을 하고 싶은 것이다. 그렇게 할 때라야 이 작품의 성격이 올바르게 규명될 수 있는 법이다.

4.3. 율도국 의미의 생성과 수용

우리의 고전소설이 독자들에게 읽히면서 수많은 이본을 파생시켰다는 점은 주지의 사실이다. 이것은 독자들이 주어진 서사세계를 수동적으로 받아들이지 않고 능동적으로 이에 개입한 결과이다. 이때 독자들은 개작자의 기능을 지니게 마련이다. 따라서 〈홍길동전〉의 이본들은 수많은

---

274) 그 좋은 보기가 아기장수 설화이다. 이 이야기에서 비범한 영웅이 태어나자 나라에 반역할 가능성이 있다는 이유만으로 살해되는 단락이 나타나는 것은 이점을 분명히 하는 일이다.

개작자들이 고치고 덧입히거나, 빼고 줄인 흔적이 집적되어 나타난 것이다. 엄격한 의미에서 허균이 지은 〈홍길동전〉이 나타나지 않는 한, 최선본이 무엇인가를 따지는 일은 무의미한 작업이 될지도 모른다. 특히 율도국의 서사세계가 나타나지 않은 이본에서부터 상당히 복잡한 서사양상을 보이는 이본까지 두루 존재하는 현상을 해석하는 데에 있어서 최선본을 따지는 일은 작품 의미의 생성과 수용에 개작자인 독자가 수행한 일을 무시하는 불합리한 태도를 낳는 법이다.

여기서는 〈홍길동전〉의 이본 문제를 따지는 데에 작업의 목표가 놓여 있는 것은 아니지만, 율도국 서사세계의 의미가 이본에 따라 어떻게 생성되고 수용되었는가를 살펴보기 위한 최소한의 작업은 요청되는 것이다. 결론적으로 말하여 우리는 방각본을 대상으로 〈홍길동전〉의 원본, 또는 최선본을 찾는 일은 재고되어야 한다고 보는 것이다. 왜냐하면 허균이 이 작품을 지은 때부터 방각본 〈홍길동전〉이 인쇄되어 나온 시기까지는 어림잡아 이백년이 넘는 기간이 있기 때문에 방각본으로부터 원본 또는 최선본을 찾으려고 하는 일은 의심스러운 성과를 초래할 것이기 때문이다.

필사 연도가 불분명한 문제를 안고 있긴 하지만 다양한 서사양상을 보여 주고 있는 필사본이 그 이백년이란 공백을 메울 수 있는 거점적 자료가 될지도 모른다는 생각이 드는 것이다. 왜냐하면 작가적 기능[275]이 활

---

275) 지금까지 우리는 〈홍길동전〉의 작가가 허균이라는 전제 아래 논의를 전개해 왔다. 여기서는 작품의 독서행위와 개작행위를 동시에 수행한 개작자를 광의의 작가군에 포함시키고 이들이 작품에 개입하여 일으키는 변이에 주목하여 이를 작가적 기능에서 바라보고자 하는 것이다. 고전소설의 수많은 이본을 살피는 데 있어서 이런 관점은 필수적이다. 앞에서도 '우리', '독자', '작가'라는 용어가 쓰일 때 이점이 고려되었다. 여기서부터는 율도국 서사세계의 의미가 광의의 작가를 통해 생성되고 수용되면서 그 내용이 풍부해졌다는 관점에서 논의를 전개해나

발하게 작용되는 이본이 바로 필사본 계열이기 때문이다. 우리의 잠정적인 견해는 이렇다. 방각본 이전에 허균의 손에서 떠난 〈홍길동전〉은 수많은 개작가의 손을 거치면서 많은 필사본을 생산하였을 터이고, 이를 토대로 목판으로 인쇄한 방각본 이본이 출간되었을 것이 당연히 유추되는 일이다. 방각본이 출간된 뒤에도 필사본은 인쇄된 작품을 베끼거나 그 이전에 필사된 이본을 베끼거나 고쳐 쓰는 과정에서 계속 나타날 수 있었던 것이다.[276] 따라서 이본들은 단선적으로 연결되지 않고 복선적으로 연결될 수도 있는 것이다. 다만 방각본이 유일의 원본의 연계선상에 놓이거나 최선본(最先本)은 아니라는 점은 분명해진 셈이다.

다른 측면에서 살핀다면 방각본 가운데 경판본이 작품적 의미 생성에 가장 잘 기여하는 이본인가 하는 문제도 한번 짚고 넘어갈 필요가 있다. 길동의 국내적 활동을 대표하는 합천 해인사 약탈 행위와 함경감영의 습격 사건이 경판본과 완판본에서 어떻게 서술되고 있는가를 중심으로 이 문제에 접근해보자. 경판본 계열에는 길동이 합천 해인사와 함경감영을 습격하여 재물과 병장기를 탈취하는 이유와 그 명분이 서술되어 있지 않다. 이로 인해 〈홍길동전〉의 주제적 의미의 형성에 큰 공백이 생기게 된다. 이에 반하여 완판본에서는 그 이유와 명분이 분명하게 서술되어 있다. 아래 부분에서 이점이 확인된다.

(가) 상이 진로ᄒᆞ스 ᄀᆞ로ᄉᆞᄃᆡ 네 무고흔 직믈은 취치 아니타 ᄒᆞ면 합쳔 ᄉᆞ즁을

가기 때문에 작가라는 용어는 이에 걸맞는 개념을 지닌다는 점을 밝혀 두고자 한다.
276) 예컨대 숭실대에 갈무리된 〈홍길동전〉은 안성판본과 밀접한 대응관계에 놓여 있는 것이 그 좋은 보기이다. 숭실대본이 안성판본의 저본(底本)이 되었는지, 아니면 숭실대본이 안성판본을 필사한 것인지에 대해서는 판단을 보류한다.

소고고 그 직믈을 도젹ᄒ고 ᄯᅩ 능쇼의 블을 노고 군긔을 도젹ᄒ니 이만
큰 죄 ᄯᅩ 어ᄃᆡ 잇ᄂᆞ야(완판본, 43)

(나) 길동이 복쥬 왈 불도라 히옵난 거시 세상을 쇼긔고 빅셩을 혹게 히여 갈
지 아니 히고 빅셩의 곡식을 취ᄒ며 ᄡᅳ지 아니 히고 빅셩의 의복을 쇼겨
부모의 발부를 상ᄒ야 오랑키 모양을 숭샹히여 군부을 ᄇᆡ리고 부셰를 도
망ᄒ오니 이예 더흔 불의지ᄉᆞ 업ᄉᆞ오며 군긔을 ᄀᆞ져 ᄀᆞ옵긔ᄂᆞᆫ 신등이 산
즁의 쳐히야 병법을 익키다ᄀᆞ 만일 난셰을 당히옵거든 시셕을 무릅쎠 임
군을 도와 틱평을 일위고져 히미오며 블을 노ᄒ되 능소의난 아니 ᄀᆞ게 히
엿ᄉᆞ오며(완판본, 43)

위에 인용된 (가)는 부자와 형제 사이의 윤기(倫紀)를 끊어서라도 길
동을 잡겠다는 임금이 스스로 잡혀온 길동에게 해인사와 감영을 습격한
명분을 힐책하는 발언을 서술하고 있는 부분이고, (나)는 길동이 이에 대
해 그 명분을 분명하게 밝히는 내용을 담고 있는 대목이다. 이 부분에서
작가는 주인공의 군도 활동이 평상시에는 나라를 바로 세우고 위기를 당
하여는 이를 지키기 위한 길을 걷는 의적 활동의 성격을 지니고 있다는
생각을 명확하게 표명하는 것이다. 앞에서부터 살펴온 바 있지만, 길동
이 국내적 활동을 통하여 그 위력과 명분에서 조선왕조의 임금보다 우위
에 서 있다는 점이 완판본 계열에서는 더욱 명확하게 서술되어 나타나는
바, 이 인용문들은 명분에서 분명한 우위를 보인다는 점을 뒷받침하고
있다. 이는 길동과 그가 이끄는 무리가 함경감영을 습격한 뒤에 애매한
백성이 용의자로 체포되어 고통을 당할까 염려하여 '함경감영의서 군긔
와 곡식을 일코 우리 종젹은 아지 못ᄒᆞ미 져간의 이미흔 ᄉᆞ름이 허다히
상홀지라 니 몸의 죄을 지허 이미한 빅셩의게 도라보니면 ᄉᆞ름은 비록
아지 못ᄒᆞᄂᆞ 쳔벌이 두렵지 아니ᄒᆞ랴 ᄒᆞ고 즉시 감령 븍문에 쎠 붓치되
창곡과 군긔 도젹 ᄒᆞ긔난 활빈당 장슈 홍길동이라'(완판본, 28)라고 그 활

동의 주체를 만천하에 공개하고 있는 부분에서도 확인되는 일이다.

완판본 계열의 〈홍길동전〉이 경판본 계열보다 길동의 국내 활동과 해
외 활동을 더 잘 연계시키면서 율도국 건설에 이르기까지 주제적 의미
형성의 의미망을 보다 유기적으로 긴밀하게 짜올렸다는 점은 다음 부분
에서도 살펴낼 수 있다.

(다) 일일은 동ᄃᆡ문 밧긔 유벽쳐의 ᄀ셔 육갑신쟝을 호령ᄒ야 진세를 일위라
ᄒ니 이윽고 두 집ᄉ 공중으로셔 ᄂᆡ려와 국궁ᄒ고 좌우의 셔니 난ᄃᆡ업ᄂ
쳔병 만마 아모 곳즈로 좃ᄎ 오는 줄 모르되 일시의 진을 일위고 진중의
황금단을 ᄉᆞᆷ층으로 뭇고 길동을 단상의 모시니 군용이 졍졔ᄒ고 위엄이
츄샹ᄀᆺ더라(완판본, 46)

(라) 이졔로 각ᄉ의 ᄀ 혹세무민ᄒᄂ 즁놈을 일졔이 ᄌᆞᄇ오고 쏘흔 쟝안 지샹
ᄀ의 ᄌᆞ식이 셰를 ᄭᅵ고 고잔흔 빅셩을 쇼겨 직물을 취ᄒ고 불의흔 일이
만ᄒ여 마음이 교만ᄒ되 구중이 집퍼 쳔일이 복분의 빗초오지 못ᄒ고 간
신이 나라의 좀이 되어 셩샹의 총명을 ᄀ리우니 ᄀ히 흔심흔 일이 허다흔
지라 쟝안의 호당지도를 낫낫이 ᄌᆞᄇ드리라(완판본, 47-48)

위의 인용문 (다)는 길동이 병조판서를 제수받고 해외로 진출하기 전
에 국내를 숙청하기 위해 신장(神將)과 신병(神兵)을 부리는 대목이고,
(라)는 그 구체적 내용과 당위성을 서술하는 부분이다. (다)에서 길동을
모시기 위해 황금으로 삼층단을 쌓는 것[277])은 주목할 내용이다. (다)와

277) 하늘에 황금 대들보를 올리라고 임금에게 요구하는 것은 〈전우치전〉에서도 나
타나는 서사단위의 하나이고, 설화에서도 '도술 부리는 도둑 문과일' 이야기(2.2.
서사적 형상의 전승과 수용의 각주 197번 참고.)에서는 은대들보를 요구하는 이
야기가 핵심화소가 되어 있다. 두 가지의 서사물에서 임금에게 이를 요구하는
점이 〈홍길동전〉과 관련 있어 보인다. 그러나 〈홍길동전〉에서는 공중에 황금단
삼층을 쌓는 점이 길동의 율도국왕 즉위를 암시하는 서사적 복선 구실을 한다는

(라)를 연결해서 살펴보면 그 의미가 분명해진다. 더욱이 길동이 조선을 떠나 해외로 나가기 위해 군량미 삼천 석을 얻으려고 임금을 만나러 올 때, 임금이 '네 고기를 들나 얼골을 보고져 ᄒ노라' 하자 '얼골을 들고 눈을 쓰지 아니 ᄒ여 왈 신이 눈을 쓰오면 놀리실ᄀ ᄒ여 쓰지 아니 ᄒᄂ이다'(완판본, 50)라고 말하는 부분과 연계시키면 훨씬 더 명확한 의미를 알아낼 수 있을 터이다. 즉 길동이 위력에 있어서나 정당성에서 조선조의 임금보다 못하지 않다는 작가의 생각이 드러나 있는 셈이다. 이 작품이 읽혔던 시기에는 임금이 하늘같은 존재로 인식되었다는 점을 고려할 때 이런 생각의 표출은 놀라운 일이 아닐 수 없다. 길동이 임금보다도 더 위력적인 힘을 소유하고 임금도 해결할 수 없었던 나라의 해악을 제거한 서사단위를 설정한 것은 길동이 한 나라를 세워 임금의 자리에 나아갈 능력과 정당성을 지니고 있다는 작가의 관점을 보여 주는 일이라 하겠다. 이런 관점은 〈홍길동전〉이 허균의 손을 떠나 개작자와 독자의 역할을 함께 수행한 수많은 작가의 손을 거치면서 강화되었을 것으로 판단된다.

  길동이 조선을 떠나 제도라는 설화적 공간을 통과하면서 그 위력을 극대화한 후에 율도국을 건설하는 서사세계가 펼쳐지는데, 이 부분은 이본에 따라 그 전개 내용이나 서술량의 차이를 보이고 있다. 이런 차이는 독자이면서 주어진 작품세계에 만족하지 않고 작품 안의 세계에 개입하여 이모저모로 손을 대어 개작했던 작가의 수용활동에 따라 나타난 결과물인 셈이다. 안성판 19장본이나 숭실대본에는 율도국의 서사세계가 나타나 있지 않다.[278] 반면에 완판본 계열이나 정명기본, 김동욱본, 한문본

  점에서 이러한 화소가 소설적 구조의 한 요소로 전환되었던 점을 잘 보여주고 있는 것이다.

등에는 율도국의 서사세계가 독자적인 서사단위로 독립되어도 좋을 정
도로 확대적 전개가 이루어져 있다. 이에 비하면 경판본 계열의 〈홍길동
전〉에서는 상대적으로 수축되어 나타난다.

이들 사이에는 서술량의 차이 이상의 차별성을 지니는 징표가 곳곳에
서 드러나 있다. 예컨대 경판본 계열에서는 길동이 율도국을 정벌하자
율도국왕은 쉽게 무너진다.[279] 이에 비하여 완판본 계열과 국문 필사본
및 한문 필사본 〈홍길동전〉에는 율도국이 정복되는 과정에 길동이 이끄
는 정복군과 율도국 국왕이 지휘하는 방어군 사이에는 치열한 전투가 전
개되는 것으로 나타난다.[280] 또 경판본 계열에는 길동이 율도국의 왕에
즉위한 후에 조선왕조의 임금에게 표문(表文)을 올림으로써 중국을 중심
축으로 하는 지배질서에 편입되는 것으로 되어 있으나, 완판본 계열과
필사본 계열에서는 율도국이 중국에서 독립된 나라라는 서술을 통하여
길동이 세우는 국가의 독자성과 독립성을 강조하고 있다.[281] 이는 율도
국의 공간적 배경이 불분명하다는 점과 관련시킬 수도 있고, 제도라는
공간이 설화세계의 공간적 배경으로 나타난다는 점과 관련시켜 이해할

---

278) 안성판 19장본은 '홍길동이 부친 산쇼를 졔 짜히 뫼시고 조석 졔젼을 지셩으로
　　지니니 졔인이 탄복 아니리 업더라 셰월이 여류ᄒ여 습상을 맛치고 무녜를 연습
　　ᄒ며 농업을 힘쓰니 슈년지니의 병졍 양죡ᄒ여 뉘 알니 업더라'로 마무리 되어
　　율도국 서사세계는 나타나지 않은 채 끝난다. 숭실대본이나 야동본과의 관계에
　　대해서는 앞에서 살핀 바 있다.
279) 이것은 길동이 보낸 격서를 보고 율도국왕이 자결하거나 항복하여 쉽게 허물어
　　지는 모습을 보이는 것을 말한다.
280) 완판본 계열과 정명기본, 김동욱본, 한문본, 박순호본 등에서는 길동이 이끄는
　　정복군이 침입하자, 율도국왕은 신하들의 만류를 뿌리치고 직접 전투를 지휘하
　　다가 패전하자 자결을 하는 서사전개가 이루어지고 있다.
281) 경판본 계열에는 길동이 율도국왕에 즉위한 뒤에 장인인 백룡으로 조선 임금에
　　게 표문을 올리자 조선의 임금은 그의 형으로 위유사를 보내는 것으로 되어 있
　　다. 이에 비하여, 완판본 계열에는 표문을 올리지 않는 것으로 되어 있고, 김동
　　욱본 및 한문본에는 율도국이 중국을 섬기지 않은 나라라는 점이 서술되어 있다.

수 있는 일이다. 즉 길동이 임금으로 즉위한 율도국의 서사세계가 국내 활동의 완결편이 되게 하기 위해서 취한 서사적 장치로 이해할 일이란 뜻이다. 이에 따라 구체적인 역사·지리적 배경을 설화적 공간에서 지워 버리고 사실상의 범법행위인 군도 활동을 미화시키면서 그것을 완성시키고자 하는 작가 의식의 소산으로 볼 수 있는 것이다.

　이러한 징표는 우리로 하여금 율도국 부분이 생성되어 독자를 겸한 개작자를 거치면서 독서하는 재미를 지속시킬 수 있는 흥미소가 강화되고, 작가의식의 지향성을 겨냥하는 의미소가 심화되어서,[282] 서사단락과 의미공간이 연계되고 중첩되는 서사전개가 이루어졌다고 판단하게 만든다. 그 수용과정에서 독서의 재미를 지속시키는 흥미소는 군담적 서사양상을 이끌어 냈고, 작가 의식은 길동의 국내 활동이 발생시키는 의미소를 보완하는 서술부분을 덧붙였다고 말할 수 있겠다. 즉 길동이 국내 활동을 통해 조선왕조의 임금보다 그 위력과 정당성에서 우위에 선다는 작품적 의미를 완성시키고자 한다면 길동이 율도국 왕위에 오르는 과정을 통해서 이에 걸맞는 서사적 전개는 반드시 마련되어야 할 터이다. 즉 율도국은 조선왕조에서 제기되는 문제의 궁극적인 해결 대상인 임금의 교체를 실현시키는 공간으로 기능하고 있는 것이다. 여기에 덧붙인다면 조선이라는 서사공간과 율도국이라는 서사공간 사이의 제도라는 서사공간은 이 작품이 주로 읽혔던 시기에는 절대 금기시되었던 조선왕조의 임금의 교체라는 발상을 매개하는 공간으로 기능하였다고 볼 수 있는 것이다.

---

282) 이런 문제에 관심을 보인 논의는 다음과 같다.
　　李鉉國(1987),「〈洪吉童傳〉에 있어서 율도국의 位相과 性格」,『文學과 言語』 8, 문학과 언어연구회.
　　金鎭英(1990),「〈韋島王傳(吉童傳)〉 연구」,『古典文學硏究』 5, 韓國古典文學硏究會.

율도국 정벌 과정에서 군담적 전개양상이 확대·강화된 것은 길동의 위력을 강조하는 서사적 형상의 결과물이라면, 길동이 율도국 정벌에 나서자 온 나라 백성이 기뻐 맞으며,[283] 길동이 치국하자 온 나라가 이상적 국가로 변모된다는 서술은 길동의 정당성을 확보하는 부분이 될 것이다. 여기에서 우리는 조선왕조의 공간을 통해 제기되었던 문제가 율도국의 정벌과 길동의 왕위 즉위로 해결된다는 의미를 읽어낼 수 있게 된다.

요컨대 〈홍길동전〉에 드러난 율도국의 서사세계는 독자와 개작자를 겸한 사람들의 손을 거치면서 그 의미가 심화되고 다양한 서사전개가 진행되었다고 볼 수 있다. 이런 변화는 〈홍길동전〉의 주제적 의미를 확대·심화시키면서 소설사에서 이 작품적 형성세계를 더욱 주목할 위상으로 끌어 올렸던 것이다.

5. 결론

〈홍길동전〉이 '영웅의 일생'이라는 서사 유형의 전승 속에 그 터를 잡았지만, 그 구체적인 모습은 실존했던 군도의 우두머리였던 홍길동(洪吉同)이라는 역사적 체험이 이 서사전승의 통로 안에 들어 와서 작가 허균의 〈호민론〉과 〈유재론〉에서 내보인 생각과 같은 문제의식에 몸입고 나타날 수 있었던 것이다. 그밖에도 허균이 살았던 시기 이전에 활발하게 전개되었던 군도들의 활동상이 이 작품의 주요한 소재적 원천이 되었을

---

283) 이는 한문 필사본에 분명하게 서술된다. 길동이 율도국 정벌에 나서자, 백성들이 음식을 들고 환영한다는 "黎民以簞食壺漿出迎于界 不數月受降七十餘城"이란 구절에서 확인된다.

터이고, 이본이 파생되는 과정에는 그 이후의 군도들의 활동상[284]과 이에서 생겨난 서사적 자산이 내용을 풍부하게 만드는 데 이바지했을 것으로 보인다.

대개의 고전소설 작품이 그러하듯이 〈홍길동전〉의 경우에도 수많은 이본이 파생되어 나왔다. 그것은 이 작품이 허균의 손을 떠난 후에 개작가를 겸한 독자들의 손을 거치면서 작품의 형성세계가 다양하게 이루어진 결과물로 우리 앞에 나타난 것이다. 여기서 우리는 주인공이 국내 활동을 끝내고 해외에 진출하여 율도국왕에 즉위하게 되는 부분을 주목할 필요가 있다. 소재적인 측면에서 볼 때, 변산반도에 근거지를 둔 군도의 활동이라는 역사적 경험과 삼봉도 등의 해상 이상향에 대한 요망적 인식과 진인 출현에 대한 기대심리가 복합되어 〈홍길동전〉 율도국의 서사세계를 생성시키는 추동 요인으로 작용하였을 터이다. 율도국 서사세계의 구체적인 양상으로는 이 부분이 나타나지 않은 이본에서부터 하나의 서사세계로 독립되어도 좋을 정도로 확대되는 전개를 지니는 이본에 이르기까지 다양한 양태를 보여준다.

이러한 전개 양상은 〈홍길동전〉에서 제기된 문제를 보다 폭넓고 깊이 있게 해결하는 전망을 획득하면서 독서의 흥미를 지속시키는 기능을 지니는 것으로 판단할 수 있다. 즉 적서차별이라는 사회제도 때문에 하늘이 내린 영웅적 능력을 펼치지 못하는 주인공이 사회제도로부터 유리되

---

284) 예컨대, 경판본 계열이나 필사본 등에서 길동이 가중천대와 곡산모의 흉계의 기미에 집을 가출하고자 그 어머니에게 그 결심을 말하는 중에 "길산"을 본받으려고 한다는 구절이 나오는 바, 이는 숙종(肅宗) 때 마상(馬商)을 가탁하여 기병 5천명과 보병 1천명을 거느리고 운산(雲山)에서 관군의 군기고를 습격하는 등 나라를 횡행하다가 끝내 체포되지 않은 장길산(張吉山)의 활동을 반영한 것이다. 여기서 장길산은 정진인(鄭眞人)을 해도(海島)에서 모시고 거사를 꾀하는 것으로 되어 있다는 점이다(정석종(1994), 123-124면.).

어 군도 활동을 벌일 수밖에 없는 무리를 이끌고 부정부패를 자행한 탐관오리와 불의를 저지른 부호들의 재물을 빼앗아 가난하고 의지할 길 없는 백성에게 나눠주며, 힘을 길러서 국가의 위기가 닥쳤을 때에 이를 구원하기 위해 목숨을 걸겠다는 이 작품 전반부의 핵심적인 의미는 율도국 서사세계를 중심축으로 하는 작품 후반부와 연결되면서 통일된 주제적 의미망에 통합될 수 있었다. 즉 길동이 율도국을 정벌하기 전에 제도라는 설화세계에서 그 위력을 과시하고 율도국 왕과의 대결에서 승리하고 그 나라를 이상적인 국가로 전환시킴으로써 작품 전반부에 제기되었던 문제를 해결할 전망을 획득할 수 있었던 셈이다. 이런 점으로 미루어 보아 〈홍길동전〉에서 길동의 국내 활동과 해외 활동은 주제적 의미망을 짜올리는 서사전개로서 통합되는 것이다.

〈홍길동전〉의 주인공인 길동은 이미 국내 활동을 통해서 조선왕조 지배 세력의 정점에 놓인 임금과의 대결에서 그 위력과 명분의 우위를 확보하고서도 국외로 나가서 율도국의 왕위에 오르게 된다. 이는 길동이 조선왕조의 임금과의 대결에서 간접적이고도 우회적인 회로를 통하여 승리를 쟁취하게 된다는 사실을 보여 주는 일이다. 실제로 이 작품이 널리 읽혔던 시기에는 임금이 될 수 있을 만큼 유능하고 참신한 영웅이 무능하고 부패한 통치세력을 대표하는 임금을 교체할 수 있다는 생각은 금기시 되었던 분위기[285]가 팽배해 있었다. 이런 사정을 비추어 볼 때, 작

---

285) 그럼에도 불구하고 일부의 이본에는 이런 금기를 과감하게 깨뜨리는 시각을 드러내고 있는 부분을 지니고 있는 점이 주목된다. 즉 완판본에서 관상을 본 상녀가 '왕후장상이 엇지 씨 잇스릿マ'라고 말한다든지(완판본, 10 참조.) 정명기본에서 왕후장상의 씨가 따로 없다고 말한다든지(李胤錫 교주(1993), 463면 참조), 김동욱본에서도 '王侯將相니 寧有種乎아'라고 말한다든지(김동욱본, 24 참조) 하는 부분이다. 이는 길동이 장차 왕위에 오를 것을 암시하는 서사적 복선 구실도 하는 것이다.

가는 이 작품의 전반부에 제기된 문제의 궁극적 해결 전망을 제시하기 위해서는 길동이 해외에 있는 율도국이라는 국가의 왕위를 쟁취하여 새로운 나라를 여는 마무리를 이끌어낼 수밖에 없었을 터이다.

이로 보면, 율도국은 무능하고 부패한 통치세력이 지배하는 조선왕조의 공간을 제도라는 설화공간을 매개로 삼아 전위(轉位)시키면서 유능하고 참신한 세력이 나라를 맡아야 된다는 생각을 담아내는 공간으로 기능하고 있는 셈이다. 여기에서 작가가 내보이는 의식은 하늘 아래에는 두 임금이 없고, 땅 위에는 임금 것이 아닌 것이 없다는 관습적인 사고를 해체하고, 하늘 아래에는 언제든지 새 임금이 나타날 수 있고 새 임금은 백성이 제대로 사는 나라를 열어야 된다는 메시지를 작품의 의미망으로 짜올리게 했던 것이라 하겠다.

이제까지 우리가 문제삼고 따져 왔던 과제가 그 해답을 만족스럽게 얻게 되지는 않았다. 다만 〈홍길동전〉을 바라보는 시각에 새로운 관점을 보태면서 율도국 서사세계의 의미와 그 기능을 새롭게 해석하려는 자세를 보이고자 애썼을 따름이다.

제3부
고전문학과 사회·역사적 사실의 소통

〈한양오백년가〉와 〈임진록〉의 관계와 그 의미 1

1. 서언

인간은 시간을 의식하는 존재이어서 체험한 것을 시간적 질서 속에 체계화 할 수 있다. 우리 인간은 이것을 집합하고 계속적인 연쇄를 만듦으로써 역사의 지평을 여는 실마리를 잡게 된다. 그런데 매우 충격적 역사 경험의 장에서는 역사의 사실성을 파괴하고 여기서 벗어나려는 격렬한 정신적 작용이 일어나게 된다. 즉 역사적 사실을 해체하여 그것을 재구하는 현상이 나타나게 되는 것이다. 이 현상이 언어를 몸 입고 문학작품으로 구현된다 하겠다.286)

역사적 사실이 기술될 때 역사적 실재에 대한 인식의 타당성이 역사기술에서 가장 중요한 준거가 될 수 있겠으나,287) 문학에서는 역사적 실체

---

286) Hegel은 그의 미학강의에서 문학에서 그 내언(內言)을 문학적으로 만드는 예술적 상상(die künstlerliche Phantasie)에 관해 논급하면서 그것은 사상의 추상적 보편성과 감각적 구상성 사이에 나타난다고 말했다. 이것은 역사적 사실이라는 구체적 소재를 인간 정신의 추상적 작용 속으로 끌고 들어오는 데서 문학작품의 세계가 성립된다는 특수한 논의를 뒷받침해 주는 말일 수 있다. (G.W.F. Hegel: Vorlesungen über die Ästhetik Ⅲ, suhrkamp Verlag, 1970, S. 230~231면 참조.)

287) E.H. Carr는 역사 기술에 있어서 이용할 수 있는 자료의 한계성, 역사이해와 인

의 해체와 재구에 작용된 상상력과 이 상상력의 동인이 매우 중요한 문
제로 부각된다. 더 나아가서는 동질의 역사적 체험이 반복될 때, 이것은
역사 기술에서보다 문학 창출 쪽에서 훨씬 강도 있게 재현된다고 할 수
있다. 그러한 구체적 사례를 우리 문학사에서 찾아 볼 수 있는바 〈임진
록〉과 〈한양오백년가〉가 바로 그러한 사례가 될 수 있다. 이 둘은 우리
역사에 계속적으로 커다란 충격을 던졌던 왜적의 침략과 이들에 의한 망
국의 사실(史實)을 문학작품화한 점에서 동질적 역사체험 위에 뿌리 내
린 작품들로 주목된다.

본고에서는 임진왜란의 역사적 충격이 문학작품으로 구현된 〈임진록〉
과 이의 확대·심화적 계승 작품인 〈한양오백년가〉의 관계[288]를 다음과
같이 살피고자 한다. 우선 〈임진록〉에서 역사적 체험이 상상력에 의해
문학작품화되면서 외침(外侵)에 대한 민족적 저항의지가 어떻게 형상화
되고 있는가를 논의하게 된다. 이와 같은 논의는 동질적 역사체험이 심
화되어 이것이 문학적인 전승으로 확대 계승되는 문제를 고찰하기 위한
기초적인 탐색에 머물게 될 것이다. 다음으로 동질적 역사 체험의 반복
을 모태로 하여 성립되었던 〈한양오백년가〉에 있어서 〈임진록〉의 수용
과 확대 재현의 의미를 해명하는 일이 이루어질 것이다. 끝으로 〈임진
록〉이 〈한양오백년가〉의 작품구조 속에서 어떻게 형태적·구조적 변모
와 변화를 일으키면서 접합되는가를 분석해 볼 것이다.

본고에서 채택되는 자료는 다음과 같다. 〈한양오백년가〉[289]의 경우에

식의 타당성 문제에 관해 논의한 바 있다.(E.H. Carr: What is History?, Pelican
Books, 1968, 22~24면 참조.)

288) 「임진록」과 「한양오백년가」를 같은 자료로 삼은 논문은 있으나(조동일, 「임진
록에 나타난 김덕령」, 『李在秀博士還曆紀念論文集』, 1972. 임철호, 「임진록
군연구」, 연대 대학원 석사학위논문, 1977.), 이 둘의 관계를 구체적으로 논의
한 작업은 이루어지지 않았다.

는 세창서관본 및 이의 저본(底本)으로 보이는 한남례본290)으로 한다. 〈임진록〉의 경우에는 〈한양오백년가〉에 영향을 주었으리라 추정되는 여러 이본을 자료로 취택한다. 〈한양오백년가〉의 자료를 한정하는 이유는 다음과 같다. 첫째, 〈한양오백년가〉와 〈임진록〉의 관계를 각 이본마다 다루자면 각이본 사이의 영향관계는 두 본 사이의 이항(二項) 조합(組合) 만큼이나 많을 것이어서 그 작업량이 매우 방대하게 된다. 따라서 본고의 작업량으로 감당할 수 있는 일이 아니다. 둘째, 세창서관본은 인쇄되어 널리 읽혀졌다는 점에서 다른 이본에 비할 수 없이 많은 독자들을 확보했으므로 본고에서 제기하고 있는 역사체험의 문학사적 전승 문제 해명에 적절한 자료로 생각되기 때문이다. 셋째, 세창서관본은 작가 의식을 선명하게 드러내고 있는 사공씨본을 저본으로 했기에291) 작가의 관점이나 서술태도를 추출하는데 있어서 자료적 결함을 내보이지 않으리라 생각되기 때문이다.

본고의 한계는 이렇다. 〈한양오백년가〉의 모든 이본과 〈임진록〉의 모든 이본 간의 영향관계를 추적하지 못하기 때문에, 논술의 성격이 개괄적인데서 벗어 날 수 없게 된다. 이는 앞서의 여러 이유 때문에 불가피한 한계에 속한다. 후고에서 이 한계를 허물고자 기약할 뿐이다.

---

289) 한양가류의 명칭에는 한양가, 한양풍물가, 한양태평가, 이조오백년사화, 한양오백년가, 한양가 등 여러 가지의 이름이 있으나 그 내용상 한양의 도성, 풍물, 문물을 서술한 향토 한양가와 조선조의 역사를 서술한 왕조한양가로 대별(大別)된다. (최강현, 「한양가 연구」, 고대 대학원 석사학위논문, 1964, 17면 참조.) 본고에서는 조선조의 역사를 서술한 장편가사체의 작품명을 '한양오백년가'로 사용한다.

290) 필자가 입수한 한남례본 「한양가사」는 세로 19cm×가로 20cm, 44매, 양면 필사한 국한문 필사본이다. 소장자인 한남례여사의 말에 따르면 작성년대는 70년 이상 거슬러 올라 갈 수 있는 것으로 세창서관본과 거의 일치한다.

291) 박성의 교주, 『농가월령가 · 한양가』, 민중서관, 1978, 18면 참조.

2. 역사적 체험과 상상적 극복의 문학적 형상화

충격적인 역사적 체험과 사실은 사실(史實)을 소재로 하는 문학작품을 창출시킨다.[292] 우리 문학사에서 이러한 구체적인 사례를 찾아내기는 어렵지 않다. 임진왜란이 우리 민족에게 준 충격은 〈임진록〉과 〈남윤전〉 등을 창출시켰고, 병자호란은 〈박씨부인전〉과 〈임경업전〉을 창출케 했다는 것은 주지의 사실이다. 이 충격파가 전쟁과 영웅의 이야기인 군담소설류를 대량으로 생산하게 간접적으로 자극하는 요인이 되었음은 널리 인정된 일이다. 〈임진록〉의 이본은 여러 가지가 전해 오는데,[293] 역사적 사실을 충실하게 보고하는 내용으로 된 계열과 허구적인 재편을 일으킨 흔적을 보이는 계열로 나눌 수 있다.[294] 두 계열 사이의 선후관계를 간단히 따질 수 있는 것은 아니지만, 사실의 허구적인 재편은 역사적 체험의 구전물이나 사실의 기록물을 근거로 하여 이루어졌으리라는 추정은 가능하다. 〈임진록〉의 여러 이본이 전해져서 일제 때 금서로 수난을 받았음에도 불구하고 10여 종의 이본이 학계에 소개되고 있음[295]은

---

292) A. Fleishman은 역사를 소재로 하는 문학은 특정한 역사적 대상에 대한 상상적 활동의 소산이며 역사의 상상적 묘출(描出)이라는 말을 하고 있다.(Avrom Fleishman : The English Historical Novel, The Johns Hopkins press, 1972, 4면.)
293) 〈임진록〉의 이본에 관한 연구는 다음과 같은 논문이 대표적인 것이다.
　　소재영, 「〈임진록〉 연구」, 『숭전어문학』, 1972.
　　소재영, 「〈임진록〉 논고」, 『단국대 국문학논집』 제5,6합집, 1972.
　　박철호, 「〈임진록〉군 연구」, 연대 대학원 석사학위논문, 1977.
　　본고에서 기술되는 〈임진록〉의 이본의 차이에 관해서는 위의 논문들의 도움에 크게 힘입고 있음을 밝힌다.
294) 대부분의 〈임진록〉 이본들에는 사실(史實)이 허구적으로 재편되어 있으나, 김동욱본 〈임진왜란록〉(〈금화사태평연몽유록〉과 합본)은 사실을 충분히 기록하여 허구적 재편의 흔적을 보이지 않은 이본으로 확인된다. 이외에도 영남대본 〈희동문견록〉 중 '임진왜란' 부분도 역사적 사실을 충실히 보고하고 있는 것으로 확인된다.

이 작품이 매우 널리 읽힌, 인기 있는 독서물의 하나임을 증명해 준다. 그런데, 대부분의 〈임진록〉의 이본에서 사실(史實)을 허구화하고 있음은 무슨 까닭인가? 또 그러한 허구적 사실이 즐겨 읽힌 이유는 어디에 있는가?

임진왜란은 역사적 사실로 기억하기엔 지나치게 참혹한 일이므로 과거화된 역사적 체험 자체를 해체해 버리고자 하는 강렬한 충동이 일어났으리라 생각된다. 이러한 열망은 사실을 허구화하여 새로운 세계를 창조하는 원동력이 되었다. 새롭게 창조된 세계는 과거에 일어났던 일을 순차적으로 나열하는 데 충실하지 않았으나, 상상적인 역사 경험을 하도록 짜여진다. 예컨대, 김응서와 강홍립의 왜국 정벌이 〈임진록〉에 나타나는데, 이는 병자호란 전의 사실을 차용한 것이다. 대부분의 이본에서 이러한 차용이 확인되는데296) 김응서와 강홍립은 작품 내에서 상당한 기능을 수행하는 인물로 부각되어 나타난다. 이러한 사실(事實)은 사실(史實)을 오인한 결과로 나타난 오류라고 단순하게 생각해 버릴 순 없다. 오히려 의도적인 착각적 견인작용에 의한 차용으로 보아야 할 것이다. 즉 임진왜란이 던진 역사적 충격과 병자호란이 던진 역사적 충격을 복합적으로 흡수하여 상상적 경험을 통해 극복하려면 대외출정의 역사적 체험을 재생시켜 이를 변용해야 하기 때문이다. 이외에도 김덕령의 부각,297) 이여

---

295) 김동욱은 〈임진록〉의 이본 10 여종을 소개한 바 있다. 소개된 고소설 중 이본이 10종 이상 되는 것은 아홉 작품에 지나지 않았다. (김동욱, 「서민문학의 대두」, 『국사편찬위원회 한국사』 14, 집문당, 1975, 382-383면 참조.)

296) 김응서와 강홍립의 왜국 정벌 부분이 나타나지 않은 이본은 고대본 한문필사본과 권영철본 국문필사본 등이고 대부분의 이본은 김응서와 강홍립의 왜국 정벌 부분을 보유하고 있다.

297) 김덕령이 민중적·민족적 영웅으로 부각되고 있음은 이미 아래 논문에서 주목된 바 있다.
조동일, 앞의 논문 참조.

송의 수욕, 사명당의 활약 등에서 우리는 외침에 대한 전민족적(全民族的) 응전의지의 형상화를 넉넉히 찾아 볼 수 있다.[298]

　요컨대, 〈임진록〉에서 찾아 볼 수 있는 이러한 현상은 〈임진록〉이 단순히 역사적 경험을 재구하는 데 머물지 않고, 사실(史實)을 재경험하면서 바람직하지 않은 과거적인 것을 극복할 수 있게 하기 위해 허구적 재편을 꾀한 작가의 산물이란 점에서 이해되어야 한다. 허구적으로 재편되어 열리는 새로운 차원의 역사의 장은 단순히 과거의 것이 아니라 현재적인 것으로 생생하게 살아 나오게 된다.[299] 또 이것은 과거적인 사실(事實)의 퇴적에 뿌리 내렸지만 현재적 열망을 향해 잎을 내어 바람직스럽지 못했던 과거적인 것을 비교삼아서 상상의 세계를 열매 맺는 일이다.

　민족적 감정의 응어리를 역사 허구물(historical fiction)에서 찾는 서양의 한 연구가의 눈[300]을 빌리지 않더라도, 〈임진록〉은 임진왜란에 대한 민족적 응전의식과 저항의지의 소산이라는 점을 명백히 볼 수 있으리라 믿는다. 민족적 응전의식과 저항의지는 동일세력에 의해 외침이 반복적으로 자행될 때 더욱 강화되고 이에 따라 피침(被侵)의 역사적 체험을 극복하고자 하는 열망도 강렬해질 수밖에 없다. 우리는 이러한 역사적 체험의 심화와 이의 문학적 전승과 확대 현상을 〈한양오백년가〉와 〈임진록〉의 영향관계에서 목도할 수 있다. 이것을 살펴보는 일이 다음 차례의 과제다.

---

298) 이와 같은 논의는 본고의 논지 전개에 파행(破行)을 가져올 것이므로 자세한 논술은 후고를 따로 마련해 개진할 필요가 있다.

299) G. Lukács는 이 점에 관해 매우 시사적인 언급을 하고 있다. 역사소설에서 문제가 되는 것은 거창한 역사적 사건을 반복해서 이야기하는 것이 아니라, 그러한 것을 마음에 떠올리는 사람들의 시적 각성 문제라는 말이 바로 그것이다.(Ceorg Lukács, 『The Historical Novel』, Penguin Books, 1976, 44면 참조.)

300) Avrom Fleishman, 앞의 책, 27-28면 참조.

3. 역사적 체험의 심화와 이의 문학적 전승과 확대

일제에 의해서 조선조가 붕괴되고 우리 민족이 망국의 비운을 체험하게 되자, 임진왜란을 일으킨 동일외침세력이 재차 우리에게 준 역사적 체험은 더욱 심화되고 그 충격은 가중되어 갔다. 이러한 역사적 체험은 문학작품으로 구현되기에 이른다. 〈한양오백년가〉는 〈임진록〉과 함께 왜적의 침략행위와 일제의 조선조 강점 때문에 우리 민족이 겪어야 했던 역사적 충격을 작품화한 것이다. 〈한양오백년가〉에서는 심화된 역사적 체험을 효과적으로 표출시키기 위해서 〈임진록〉을 자료로 차용하여 망국의 통한을 역사적 회고에 의해 더욱 처절하게 느끼게 했을 뿐만 아니라 당대적 현실을 극복할 수 있는 내면적 갈구를 충족시키고 있음은 매우 주목되는 일이다.

〈한양오백년가〉에서 임진왜란의 기술 부분에 〈임진록〉이 차용되면서 이 부분은 전체작품구조에서 중요한 비중을 차지하게 된다. 〈한양오백년가〉에서 〈임진록〉의 차용 부분이 전체 서술량의 1/3에 가깝다는 점이 이것을 증거한다. 〈한양오백년가〉는 조선조의 멸망 후에 성립된 것이기에 임진왜란의 서술 부분에 선행하는 〈임진록〉의 여러 이본이 두루 차용되었으리라는 점을 짐작하기 어렵지 않다. 그 증거를 간략히 들어 보면 다음과 같다. 명의 이여송의 출병과 여러 가지 어려운 요구 제시는 〈임진록〉의 모든 이본에 나타나는 바, 이것이 〈한양오백년가〉에도 그대로 차용된다. 또 신병(神兵)이나 도사(道士)가 나타나 왜병을 격퇴하는 것은 대부분의 〈임진록〉의 이본에 나와 있는데, 이것 역시 〈한양오백년가〉에 차용된다. 뿐만 아니라, 왜국에 입국한 사명당의 신이로운 행적과 왜왕의 항복하는 부분도 대부분의 〈임진록〉의 이본에 나와 있는 것으로

〈한양오백년가〉에 그대로 차용되고 있다. 사명당의 이적(異蹟)이 소개되어 있지 않은 〈임진록〉의 이본[301]에서 찾아볼 수 있는 것으로 평양기생 화월과 김덕령의 합심으로 왜장을 암살하는 대목이나 명으로 청병(請兵)가는 우리 사신이 선녀의 도움으로 이여송의 화상을 얻어 가는 대목도 〈한양오백년가〉에 그대로 차용된다. 〈한양오백년가〉가 〈임진록〉의 모든 이본에 두루 나타나는 것뿐만 아니라, 몇몇 이본에만 나타나는 특수한 부분까지 다 차용했다는 사실은 〈한양오백년가〉가 〈임진록〉의 모든 이본의 영향 하에 있었다는 얘기가 된다.[302]

상술한 바와 같이 〈한양오백년가〉가 〈임진록〉을 전승하여 이를 확대 계승한 작품이란 점은 단순히 자료의 차용이란 면에서만 주목될 일은 아니다. 〈임진록〉을 전체작품의 구조 속에서 비례적으로 축소시키지 않고, 전체 구조의 균형을 깨뜨리면서 까지 그대로 수용했다는 점을 중시해야 한다. 〈한양오백년가〉의 작가는 작품내에서 매우 객관적이고도 비판적인 관점을 보이고 있다. 예컨대, 다음과 같은 구절들이 바로 그런 관점을 드러내 보인다.

효종대왕 가진 마음
연태자와 다를소냐 북벌도 신기찬코
그때에 북벌트면 큰일나고 말었으리
　　　(세창서관본, 〈한양오백년가〉, 85면. 이하 '세창본 한가(漢歌)'라 칭함)

---

301) 권영철본 국문필사본 〈임진녹〉과 고대본 한문필사본 〈임진록〉과 이명선본 한문 필사본 〈임진록〉에는 사명당의 왜국 입국과 신이한 행적이 나타나 있지 않다.
302) 〈임진록〉의 몇몇 이본(주293 참조)에서만 나타나는 대목이 〈한양오백년가〉에 차용되었다고 해서 〈한양오백년가〉가 이들 몇몇 이본의 영향을 집중적으로 받았다고 단정할 수는 없다. 왜냐하면, 〈임진록〉의 몇몇 이본(주293 참조.)에 나타나지 않은 다른 이본의 부분도 〈한양오백년가〉에 차용되기 때문이다.

　상감님이 이나라를 일본이 와서치니
　상감님이 먼저처서 옛 말삼 그르던가

　망할줄 모르고서 내 나라를 망케하니
　한갈같이 조심없이 어이그리 애달픈고 (세창본 한가, 160면.)

위의 인용문에서 작가가 객관적 관점과 비판적 안목을 보인 점을 미루어 볼 때, 〈한양오백년가〉에서 전체작품구조의 균형을 파괴할 정도로 〈임진록〉을 그대로 차용하고 있다는 것은 작가의 의도적 조처라 하지 않을 수 없다. 이 점은 〈한양오백년가〉에서 서술량의 부분적 팽창이 일어나고 있는 곳을 살핀 다음에 논의하고자 한다.

　〈한양오백년가〉에는 전체 서술량의 부분적 비례 균형을 깨뜨리는 부분적 팽창이 곳곳에 일어나고 있는 바, 상당한 팽창이 일어난 부분을 찾아보면 아래와 같다.

　　① 조선조의 창업과 태조와 태종사이의 갈등(12/119)
　　② 세조의 등장과 사육신의 저항 파동(17/119)
　　③ 선조(宣祖)의 등장과 임진왜란(37/119)
　　④ 병자호란과 북벌 계획(5/119)
　　⑤ 숙종(肅宗)의 등장과 장희빈 사건(6/119)
　　⑥ 사도세자와 정종(正宗)의 효심(4/119)
　　⑦ 대원군의 실정(失政)과 망국(16/119)[303]

위에서 부분적 팽창이 일어난 곳을 살펴보면, 충격적 역사적 사건이

---

303) 괄호 안의 분수는 세창서관본의 총 면수에 대한 해당부분의 면수의 비율을
　　나타낸다.

일어난 시기를 서술하는 것임을 알 수 있다. 팽창이 일어난 부분에는 설화적 요소가 가미되어 있는 경우가 흔한데,[304] 이는 이들 부분이 양적인 팽창을 일으키면서 동시에 질적인 변화도 함께 겪은 것을 나타낸다 하겠다.

여기서 다시 음미하고 넘어가야 할 문제는 우리 민족이 조선조에서 겪은 양대전란(兩大戰亂)을 서술함에 있어서 임진왜란 서술부분은 병자호란 기술 부분보다 엄청나게 서술량이 증가되어 있다는 점이다. 임진왜란이 병자호란보다 외침의 규모나 피해가 훨씬 더 커서 우리 민족에게 준 충격이 더 강렬하기 때문에 서술량이 보다 더 증가했다고 말할 수는 없다. 병자호란 때는 국왕이 항복했다는 점에서 임진왜란보다 더 충격적일 수 있다. 그렇다면 왜 임진왜란 기록부분에서 전체적으로 보아서도 가장 많이 서술량이 불어났으며, 같은 성질을 지닌 병자호란 기록부분보다 서술량이 더 증가했는가. 이 점은 임진왜란 서술부분이 병자호란 서술부분의 성격과는 달리 허구적으로 재편되어 있다는 사실과 관련시켜 함께 논의해야 할 것이다.

전승에 있어서 어떤 명백한 목적을 성취하기 위해 자료제공자는 전달 자료를 의도적으로 오류화 시킨다[305]는 일반이론을 굳이 빌릴 필요 없이도 임진왜란 서술부분의 서술량의 팽창과 서술 성격의 변화는 작가의 의도에 의한 것이라고 분명하게 말할 수 있다. 〈한양오백년가〉의 작가가

---

304) 조선조의 창업 부분에는 정몽주의 혈흔설화와 무학대사와 정도전 사이의 도성택지논쟁설화가 들어있고, 세조의 등장과 단종의 죽음 및 사육신의 저항에는 문종비의 현몽과 영험에 관한 설화가 들어있으며, 임진왜란 기술 부분에는 헤아릴 수 없는 설화의 파편이 삽입 또는 변용되어 용해되고 있다. 이 밖에 조선조의 멸망 부분에는 민영환의 자결 후의 혈죽생기설화 등을 들 수 있겠다.

305) Jan Vansina: 「Oral Tradition」, 『A Study in Historical Mythology』, Penguin Books, 1965, 112면 참조.

임진왜란 서술부분에 〈임진록〉을 차용하여 전체적인 서술량의 비례적 균형을 깨뜨리는 데는, 작가의 객관적 서술구조를 흩트리게 하는 격발적인 동기가 있었을 것이다. 작가는 "가사짓난 이사람도 탕패하야 가던살림 부영에 걸렷거늘 농우팔아 원납하니 그해농사 폐농했소"(세창 한가 103면.)라고 대원군에 대한 개인적 감정을 표명하면서도 고종이 대원군을 임종하지 않았던 행위를 비판306)할 만치 객관적이고도 냉정한 안목을 지닌 것으로 판단된다. 그리고 〈임진록〉을 차용하면서 명백한 사적 오류라 생각되는 부분을 삭제307)할 만큼 합리적 관점을 견지했던 작가가 사명당이 왜국에 들어가서 초인간적 능력과 신이한 행적으로 왜왕의 항복을 받아 산 사람의 가죽을 연년이 삼백 장씩 조공하도록 요구하는 부분을 그대로 차용한 것은 무슨 까닭인가? 또 관운장(關雲長)과 신병의 원조, 명 청병 때의 노구(老嫗)의 조력, 김덕령과 화월의 왜장 모살, 이여송과 김덕령의 왜장 격파, 이여송의 단맥과 산신에 의한 봉욕(逢辱) 등은 설화적 처리로 비현실적 세계를 창조하므로 가능해진 부분인데, 이러한 부분이 그대로 차용되어 있다. 이들 세계의 비현실성과 그 존립을 가능케 하는 비합리적 발상은 작가의 합리적인 관점과는 어긋나는 일인데도 작가가 이 부분을 그대로 차용한 까닭은 무엇인가? 이에 대한 해답은 쉽지 않으나, 다음과 같은 설명으로 대치되리라 생각된다. 작가의 관념적

---

306) 다음과 같은 부분에서 그 점은 잘 드러난다.
　　만승천자 되기전에 부모봉양 하시거던 역산에 밭을 가라 어찌하야 우리상감 중전말삼 드러시고 어찌아니 보섯으며 어마님 운명할제 대원군 임종시에 조가신하 말만듣고 어찌아니 보섯난고(세창본 한가 112면.)
307) 〈임진록〉의 여러 이본에는 김응서와 강홍립의 왜국 정벌 부분이 들어있다. 이 부분이 〈한양오백년가〉에 차용되지 않았는데, 이는 명백한 사실의 오류라 생각한 작가가 삭제한 것으로 보인다. 즉 이 부분은 설화적인 처리에 의해 허구화되어 있으나, 지나치게 사실과 어긋나 있으므로 삭제해 버린 것이라 생각된다.

서술태도와 냉정한 안목을 허물어뜨리는 부분은 대체로 역사적 충격을 받을 수 있는 부분이다. 그러한 부분은 서술량의 팽창이 일어나고 서술 성격도 변화한다는 점은 이미 살펴보았다. 특히 작가는 임진왜란을 기술 하는 부분에서 망국의 비분을 해소하려는 강한 욕구를 느껴 임진왜란을 우리 민족이 승전(勝戰)한 것으로 허구화시킨 〈임진록〉을 채택하였을 것 이다. 〈임진록〉 전체의 성격이 작가의 안목을 흩트리는 것이었으나, 망 국이라는 당위적 현실에 격발된 작가는 비현실적인 세계에서 비합리적 방식으로라도 이를 극복하고자 했던 것 같다. 다시 말하면, 당위적 현실 에 대한 작가의 비통한 심정이 합리적인 관점과 객관적 서술태도를 굴절 시켜 상상력의 수검(收歛)작용에 의해 임진왜란 부분의 사실성(史實性) 을 분해하고 〈임진록〉을 수용한 것이라 볼 수 있다. 이에 대한 자세한 논의는 다음에 계속될 것이다.

4. 〈한양오백년가〉에 있어서 〈임진록〉의 수용과 확대재현의 의미

이미 살펴 본 바와 같이 〈한양오백년가〉는 〈임진록〉을 중심축으로 하 여 조선조의 역사를 회고하면서 조선조의 멸망을 비감하게 노래한 것이 다. 〈한양오백년가〉에는 작가가 충격적으로 받아들이는 역사적 사실이 상대적으로 확장되어 서술되고 있다는 점은 앞에서 지적한 바 있다. 이 러한 현상이 임진왜란의 서술부분에서 더욱 이상적(異狀的)으로 확대되 고, 이와 함께 대원군의 등장과 망국을 서술하는 곳도 크게 확대되고 있 음은 주목해야 할 사실이다. 이를 간단한 도표로 나타내면 아래와 같다.

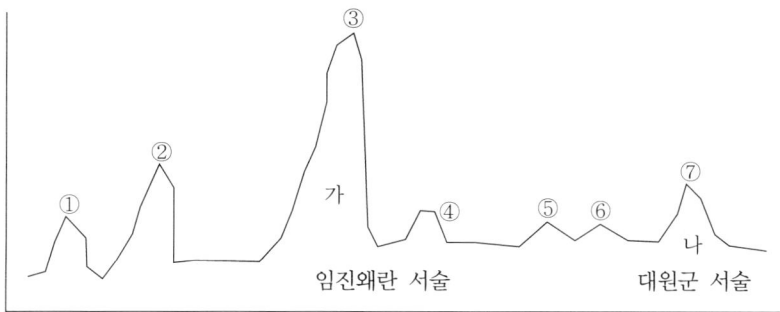

서술구조의 전개

위 도표에서 "가"부분은 〈한양오백년가〉에서 임진왜란의 서술량이 전
체서술량에 차지하는 비중이 얼마나 편중되어 있는가를 잘 보여주고 있
다.308) "나"부분은 "가"부분보다는 크지 않지만, 〈한양오백년가〉의 작가
가 대원군의 실정과 이의 결과인 망국을 크게 강조하는 서술태도에 따라
서술량의 증대가 두드러지게 이루어졌음을 보여주고 있다. 그런데 이 두
부분의 팽창이 다른 부분보다 크게 확장되어 있다는 점도 주목되는 바
있겠지만, 특히 이 둘의 서술성격이 서로 다르다는 점은 매우 흥미 있는
문제를 제기한다.

앞서 검토한 바와 같이 "가"부분은 〈임진록〉을 차용한 곳이다. 〈임진
록〉이 역사적 사실을 허구화한 작품임은 이미 알려진 바다. 이에 반하여
대원군의 실정과 망국을 서술하는 "나"부분은 〈한양오백년가〉의 대부분
의 다른 부분과 같이 사실(史實)을 정확하게 전달하는 방법으로 서술되
어 있다. 이 두 부분의 서술내용의 성격이 어떻게 다른가를 아래에서 살

---

308) 위의 도표에 붙인 번호는 〈한양오백년가〉의 내용을 ①~⑦로 나누어 요약한 번
호이다. 그 내용은 155면 하단부를 참고할 수 있다.

펴보기로 한다.

　아) 사명당의 거동보소

　　왜왕다려 하난말이 어진덕을 닥근고로
　　우리나라 임금님은 하나님이 감동하야

　　강원도 낙산사에 삼년에도 하나나고
　　생불을 점지하니 오년에도 하나난다

　　다시한번 생불오면 삼백장 인피빗겨
　　너의나라 멸망한다 년년이 조공하라

　　인피를 벗긴대도 산사람 벗겨오라
　　죽은사람 가죽말고

　야) 만고역적 윤택영이 임군의 옥쇄뺏아
　　부원군 명색되고 일본통감 갓다주고

　　저의빗을 갓다주고 나라일은 어찌되나
　　처참맛당 이놈이오 삼천리 좋은강산

　　금포단에 도장찍어 흥덕군 제방안에
　　문서째로 만을주고 적막히 홀로앉아

　　한갑이 언제든지 세월없이 다지내니
　　진갑이 무엇인가 백수군왕 가련하다　　　　　　　(세창본 한가, 114면.)

　아) 부분은 임진왜란을 마무리하는 과정을 서술하고 있는 곳으로 사명

당이 왜왕의 항복을 받고 침략국에게 가차 없는 징치를 내리는 대목이다.[309] 왜왕의 항복을 받아내기 위하여 사명당은 팔만대장경문(八萬大藏經文) 말달려 외우기, 물 위에서 쇠방석 타기, 불에 달군 구리집 안에 서리 끼우기, 불에 달군 쇠말 식히기 위해 홍수 나게 하기 등의 신이로운 활약을 벌이는 것으로 되어 있다. 이러한 내용은 참혹한 침략행위를 상상 속에서 응징함으로써 침략에 의한 현실적 피해의식을 극복하려는 의도에 따라 허구적 창작이 이뤄진 결과다. 야) 부분은 대원군의 실정과 조선조의 멸망을 분노와 비감을 섞어가며 서술하고 있으나, 사실을 허구적으로 재편하지는 않고 있다.[310] 그러면 이러한 차이는 무엇을 의미하고 있는가?

첫째로 생각해 봐야 될 일은 임진왜란과 조선조의 멸망을 서술하고 있는 부분이 전체적으로 보아 지나치게 확대되어 있다는 점일 것이다. 왜 이 두 부분이 이렇게 팽창되어 있는가? 이러한 문제는 다음과 같은 점을 인식할 때야 풀릴 수 있으리라 생각된다. 임진왜란이 병자호란과 함께 매우 심각한 역사적 충격을 일으킨 외침이었지만, 임진왜란을 야기한 세력에 의해 다시 망국되었다는 역사의 반복적 체험이 그 충격을 심화시켰기 때문에 이러한 서술량의 증가 현상이 일어났다고 봐야 할 것이다. 즉 임진왜란과 망국은 동질의 역사적 체험을 심화시킨 역사의 축이었으므로, 서술량의 증가는 이와 같은 역사 체험의 축에 달린 바퀴처럼 상승적으로 가속화될 수 있었던 것이다.

---

309) 아)는 앞의 도표 ③부분의 한 예문이고, 야)는 도표의 ⑦부분의 한 예문이다. 기호를 달리해서 구체적 예문을 표시하였다.

310) 조선조 멸망 부분에는 민영환의 자결에 따른 '혈죽생기설화'가 들어있다. 이는 작가가 의심할 수 없는 신빙성을 지니고 유포되었으리라 생각된다. 그렇기 때문에 작가는 사실로 받아들일 수 있었을 것이다.

둘째, 임진왜란을 서술하는 부분은 사실이 해체되어 허구적인 재편이 이뤄져 있고, 조선조의 멸망을 서술하는 곳은 사실을 충실하게 서술하고 있다는 점을 주목해 볼 필요가 있다. 임진왜란 서술부분에서 일어난 허구적 재편은 〈임진록〉의 차용 때문이라고 간단하게 지나쳐 버릴 수 있는 일인가? 그렇다면 사실을 정확히 전달하고 있는 〈한양오백년가〉의 전반적인 성격에서 임진왜란 대목만이 크게 일탈하고 있는 이유는 없겠는가? 또 동질의 역사적 체험이 반복되면서 더욱 심화되었음에도 불구하고 망국을 서술하는 부분에서는 허구적 재편을 통해 현실적 상황을 상상적으로 극복하지 않는 까닭은 무엇인가? 이러한 문제는 보다 심층적인 해석을 통해서 해명될 수 있으리라 생각된다. 〈한양오백년가〉의 작가는 망국이라는 당대적 역사 상황을 충격적으로 받아들이지 않을 수 없었을 것이다. 더구나 그것이 임진왜란을 일으킨 주체에 의해 이뤄졌다는 사실은 더욱 통한할 일로 느껴졌을 것이다. 그렇다고 해서 이미 실현된 역사적 상황을 부인할 수도 없는 일이다. 이에 시간적으로 과거 속으로 멀리 떨어져 있는 임진왜란을 상도(想到)할 때, 부인할 수 없는 당대의 현실은 더욱 견디기 어려웠을 것이다. 견디기 어려웠던 작가의 심정은 사실(史實)을 충실하게 서술해 왔던 일관된 서술태도를 허물어 버리고 임진왜란 부분에 허구적 서사인 〈임진록〉을 정확한 사실과 대치시켜 버렸던 것 같다. 부정할 수 없는 현실을 도저히 수정할 수 없었던 작가는 현실에 대해 분노하게 만든 주체를 상상의 세계 속에서나마 징치하고자 했던 것이며, 이러한 욕구가 〈임진록〉을 차용케 하여 외침세력을 상상의 세계 속에서 무력화시키고자 했던 것이다. 아무리 그렇지만, 대면하고 있는 당대의 현실까지 허구화하여, 부인하고 싶은 역사적 상황을 해체하는 세계를 창조할 수는 없었던 것이다. 당대적 상황의 현실성을 파괴할 수 없기 때문에 이러한 조작은 불가능하였을 것으로 생각된다.

셋째로, 〈한양오백년가〉의 전체적 성격이 임진왜란 부분에 차용된 〈임진록〉의 허구적 성격을 감추어 버린다는 점을 주목해야 한다. 바꾸어 말하면, 〈한양오백년가〉의 전체적인 성격이 사실을 정확히 전달하는 역사기록물적인 특징을 지니고 있는데, 이에 힘입어 차용된 〈임진록〉의 허구적인 내용은 진실 된 사실(史實)처럼 보여 지게 된다는 이야기다.[311] 이는 작가의 의도와 상관없이도, 독자가 〈한양오백년가〉를 독파할 때나 이 작품이 낭독되는 것을 들을 때 일어나는 효과다. 이러한 허구물이 진실 된 역사 기록물로 착각되는 순간, 망국을 야기 시킨 세력에 대한 심리적 보복이 이뤄지게 된다. 이는 부인할 수 없는 당대적 역사상황을 극복할 수 있는 자신감과 자존심을 강화시키는 결과를 가져오는 것이다. 역사적 사실 속에 끼어 넣음으로써 역사 극복의 힘을 불러일으키는 일은 문학의 본질과 가능에 힘입어 기능해 질 수 있다. 이러한 문제는 연구대상을 달리하면서 계속 논의할 수 있을 것이다.

5. 〈임진록〉이 〈한양오백년가〉의 작품구조 속에 연접되는 양상

〈한양오백년가〉중에서 임진왜란 서술부분은 〈임진록〉을 차용한 것이라는 점은 앞서 밝혀졌다. 〈임진록〉을 차용하면서 어떤 특정한 이본을

---

311) 이럴 경우 "事實에 더 충실하기보다 知的으로 보다 더 잘 받아들이게 만드는 어떤 效果"(Avrom Fleishman: 앞의 책, 10면 참조.)가 나타난다고 봐야 할 것이다.

저본으로 삼은 것이 아니라, 여러 이본을 두루 참고하였다는 점도 밝혀
졌다. 그럼에도 불구하고 임진왜란을 서술하고 있는 곳은 〈한양오백년
가〉의 다른 부분과 서술성격을 달리하고 있다는 점도 살펴보았으며, 그
렇게 된 까닭과 그것의 기능에 관해서도 알아 본 셈이다. 여기서는 원래
의 〈임진록〉의 형태와 〈한양오백년가〉에 차용된 형태와의 차이에 관해
서 논의하고자 한다.

〈임진록〉이 산문 서사체의 형태를 갖추고 있는데 비해, 〈한양오백년
가〉는 율문 서사체의 형태를 지니고 있다. 〈임진록〉이 〈한양오백년가〉
에 차용되면서 〈임진록〉의 산문적 형태는 〈한양오백년가〉의 율문적 형
태에 이끌려 율문화되었다고 보여진다. 필자가 입수한 〈한양오백년가〉
의 필사본으로 한남례본 〈한양가〉에는 이를 뒷받침해 주는 곳이 나타
나 있다. 다음과 같은 부분이 그것을 증거하는 곳이다.

> 宣祖大王登國한이 그王姓는 뇌시던가
> 나쥬朴氏부인이요
>
> 국운은 참치하나 션치난못하시나
> 忠臣烈士극셩하다 白成은무스트라
>
> 年年이 등풍히야 국틱민안죠흘시고
> 근로민민보국한이 시월리유슈로다.

○ 〈임진록〉

잇썩가어는썩고남진연수월리라국운이쇠진한지빅셩이불힝튼지 날이가나
는구나 …중략… 다시비러흐난말리三白名軍수나와수주리로수오리다그리흐
라 허락흐야동닉읍닉쵸량압픽죠흔집을지어노코 三白名 왜스 드리거개와셔번

을선이그후로지금까지동닉왜관거개로다○ ○ ○

　○ 天地間無경키는 戌甲年二月달릭
　　歲月밧긔쏘잇는가 宣祖大王승하하여
　　春秋가얼마신가
　　五十七리분명하다312)

　위의 부분은 매우 주목할 만한 자료적 가치를 보여주고 있다. 우선 필사자가 〈한양오백년가〉(자료에는 '한양가ㅅ'라 표제되어 있음)를 전사할 때 임진왜란을 서술하는 부분이 임진록의 차용이란 점을 의식하고 이 부분을 다른 부분과 구분하기 위해서 형태상 특이한 편집을 했다는 점을 유의해 봐야 한다. 이 부분을 전후한 부분은 가사체를 표기할 때의 전형적 배열방식을 그대로 답습하고 있는데 반하여, 이 부분에 와서는 소설류를 전사할 때처럼 내리달아 붙여 쓰고 있는 점을 주목해 볼 필요가 있다. 그러나 이러한 차이에도 불구하고 이 부분은 앞뒤부분과 다름없이 3,4음절 혹은 4,4음절의 음량을 가진 2음보의 대구로 이뤄진 4음보로 1행을 구성하고 있어 전형적인 가사의 율격구조를 동일하지 않은 형태로 전사한 까닭은 무엇인가?

　이것은 〈한양오백년가〉에서 임진왜란을 서술하는 부분이 〈임진록〉의 차용이라는 점을 명확히 하는 동시에, 〈임진록〉이 〈한양오백년가〉의 전체적 성질에 동화할 수 없음을 독자나 전사자가 끊임없이 인식하게 된다는 점을 보여 주고 있다. 〈임진록〉은 원래 산문으로 된 서사물인데 율문으로 된 〈한양오백년가〉에 끼어 들어오게 됨으로 형태적으로 율문화되

---

312) 한남례본 : 〈한양가ㅅ〉, 33-34면, 62-63면. ○표시부분은 원문에 표시되어 있어서 형태를 알 수 있게 충실하게 표시를 드러내었다.

어 〈한양오백년가〉의 율격적 질서 속에 배치되었고 그 결과 산문으로
된 서사물의 존재양태로 보다 더 잘 기억되기 시작했던 것으로 보인
다.313) 형태적으로 율문화됨으로써 이 부분이 〈한양오백년가〉의 전체적
서술 성격의 영향을 받아 차용된 〈임진록〉의 초두부분과 말미부분이
〈한양오백년가〉의 서술방식으로 전환되고 있음은 매우 흥미로운 현상이
다. 이본에 따라 양상이 다르긴 하지만 〈임진록〉의 초두부분에는 임진
왜란을 예시(豫示)하는 여러 가지의 징조가 나타나 있다. 선조의 꿈에(이
본에 따라서는 인조의 꿈이라는 오류도 보인다)왜적의 침입이 있을 것이라는
예시를 '倭'자의 파자 해몽에 의해 깨닫도록 만드는 몽중진도가 나타나든
지, 관운장의 현몽으로 왜장의 침입 및 왜간첩 투입의 예시가 있게 된
다.314) 이러한 초두부분은 충격적 역사적 사실을 허구화하는 서사물의
전개상 필요한 사건의 설정이라 보여 진다.

이 초두부분이 〈한양오백년가〉에 이입될 때 허구적 성격이 거세되고
역사기록물의 성격을 되찾고 있는 것은 작가의 단순한 망각으로 일어난
현상으로 보기 힘들다. 왜냐하면 다른 부분에서는 이러한 허구적 성격이
거세되지 않은 채 그대로 이입된 흔적을 뚜렷이 볼 수 있기 때문이다.

---

313) 율문이 산문보다 기억에 훨씬 더 기여한다는 기능상의 논의는 여러 곳에서 찾을
수 있다. 다음과 같은 논의도 그 많은 논의 중의 하나다.
Poetry, for example, tends to be more memorable than prose and tends to
support a great extraordinariness of language. (J. V. Cunning-ham: Tradition
and Poetic Structure, University of Denver Press, 1960, 18면.)

314) 임란 전의 여러 가지 괴변과 선조 몽중의 왜적 침입 예시는 국립도서관본 국문
필사 〈님진녹〉, 김근수편 국문필사 〈흑농일긔〉, 김동욱본 국문필사 〈임진녹〉,
박노춘본 국문필사 〈임진녹〉, 연대본 국문필사 〈임진녹〉, 이명선본 국문필사
〈黑龍錄〉에 나타난다. 관운장의 현몽으로 왜적의 침입 및 왜간첩의 투입을 예
시하는 이본은 고대본 한문필사 〈壬辰錄〉, 권영철본 국문필사 〈임진록〉, 이명
선본 한문필사 〈壬辰錄〉 등이다.(소재영 : 앞의 첫 번째 논문, 138면 참조. 박
철호 : 앞의 논문, 64면 참조.)

이러한 현상을 자세히 살펴보기 위해서 〈임진록〉의 몇몇 이본의 초두부
분과 〈한양오백년가〉의 초두부분을 비교해 보기로 한다.[315]

　ㄱ) 선조대왕 등극하니 그왕비는 누시던고
　　　라주밖시 부인이오

　　　부원군은 누시든고 둘재왕비 누시던고
　　　라주사람 응순이라 연안김씨 부인이오

　　　부원군은 누시든고 국운은 침체하나
　　　연안사람 제남이라 충신열사 극성하다

　　　선치는 못하시되 이때가 어느땐가
　　　백성은 무사허니 임진년 三월이라

　　　국운이 쇠진한가 난리가 나난구나
　　　백성이 불행턴가 난리는 어대난나

　　　일본서 나온난리
　　　삼조팔억 다나온다.

　　　　　　　　　　　　　　　　　　　　　（세창본 한가, 42면.）

　ㄴ) 대명 숭정 임진년 가을 칠월 보름날 선조대왕의 꿈에 한 장군이 칼을 짚
　　　고 갑옷을 입은 채 남쪽으로 들어와 문을 두드리며 크게 외쳤다. "임금께
　　　서는 주무시나이까 주무시지 않으시나이까" "누군가" "한중 관운장이옵니
　　　다. 내일 임금님의 나라에 큰 난리가 있을 것이온데…"[316]

315) 인용문 중 ㄱ)은 〈한양오백년가〉 부분이고, ㄴ), ㄷ), ㄹ), ㅁ)은 이와 비교되는
　　　〈임진록〉 계통의 이본들의 한 부분이다.
316) 大明崇禎壬辰秋七月十五日夜 宣祖大王夢中有將軍杖劍被甲自南而來扣門
　　　大呼曰王宿耶未耶曰阿誰也對曰漢中關雲長也明日君之國內有大患也…(고

ㄷ) 각설이라잇쎠난임진연추칠월기망일에 조션이은조틴왕몬중의흔중군이쳘
갑을입고남틴희로드러와문을쑤틴리며가로틴왕   즈시난잇가승이답왈뉘
가집피무러나야그중군이엿즈오틴소중은   습국시졀틴흔나라션봉중관운중
일넌이명일오시의흔중놈이쥭놓을끼고남틴희로드러올거신이…317)

ㄹ) 잇쎠는 틴명국 순종황졔 말년이요 죠션 선죠틴왕 십일년 시긔라 국운이
잠시불힝ᄒ여 그러ᄒ던지 각쳐에 이상흔 닐이 비일비지라 틴강 긔록ᄒ건
틴 함경도 갑산지방에 요괴한 귀신이 쟉난ᄒ되…318)

ㅁ) 각설 이때 조선대왕게압서 한 몽사를 웃엇시니 엇더한 게집이 지장을 자
루에느어 이고 완연이 드러와 나려 노커날 상이 놀내 개다르신니 일장춘
몽이라…319)

위에서 몇몇 〈임진록〉의 초두부분인 ㄴ), ㄷ), ㄹ), ㅁ)과 〈한양오백
년가〉의 임진왜란 서술부 초두를 비교해 보면, ㄴ), ㄷ), ㄹ), ㅁ)의 허
구적 성격이 ㄱ)에서 거세되고 있음을 알아차릴 수 있다. 〈임진록〉의 이
본 중에는 왜군의 침입을 서술하는 부분이 삼백 명씩 수자리 살러 나오
게 만드는 이야기가 나온다. 이어, 포로로 잡혀간 우리나라 사람들을 구
출하여 나오다가 왜국에 향수를 가진 자들을 따로 뽑아 바다에 버리는
이야기가 계속된다.320) 이 뒷이야기는 〈한양오백년가〉에 이입된 〈임진

대본, 한문필사, 〈壬辰錄〉 1면.)
317) 권영철본, 국문필사, 〈임진록〉 첫 장.
318) 김근수편, 『소설자료집성』(1962), 〈흑뇽일긔〉 단 첫 장.
319) 이명선교정, 한글본 〈黑龍錄〉, 국제문화관, 1948, 9면.
320) 그 부분은 다음과 같다.
ᄉ명당이도닉을 바라고오다가피로인더러왈너의중일본싱각이잇서가기로흔빅셩
은다른빅이오르라ᄒ니 일본원ᄒᄂ직틴반이라ᄉ명당이닉렴의무샹이여겨그빅셩
오른빅룰물에풀고…(김동욱편, 『景印古小說板刻本全集』 2, 연대출판부, 1937,
경판 〈임진록〉, 483면.)

록〉의 차용부분의 말미부분에는 나오지 않는다. 이외에도 김근수편의
〈흑룡일긔〉에는 사명당이 왜왕의 항복을 받아 온 이야기 뒤에 왜적이
다시 침입하다가 하늘의 조화로 대패하여 돌아가는 이야기가 나온다.[321]
이러한 서사적 확장은 소설이기에 가능하다. 이런 확장은 〈한양오백년
가〉에서 수축되어 버리는데, 그 까닭은 앞서 설명한 바와 같다.

요컨대, 〈임진록〉이 〈한양오백년가〉에 차용되면서 형태적으로는 산
문에서 율문으로 바뀌어 〈한양오백년가〉의 작품구조에 외형적으로 연접
되었으나, 서술 성격이 상이한 앞뒤 부분의 구조적 압력에 초두부분과
말미부분이 용해되어 연접하게 되는 양상을 보이고 있다. 그 결과로 〈한
양오백년가〉에서 매우 큰 양적 비중을 차지하게 된 임진왜란 서술부분
이 산문형태의 〈임진록〉보다 더 잘 기억되어지고 〈임진록〉의 허구적 내
용을 진실 된 역사적 사실로 받아들여지게 하는 효과를 나타낸 것이다.
이러한 효과로 역사 극복의 새로운 응전력을 샘솟게 하는 감동의 원천이
마련될 수 있는 것이다.

6. 결언

본고는 〈한양오백년가〉와 〈임진록〉의 상호관계를 살핌으로써 충격적

---

321) 이 부분이 매우 길기 때문에 일부분만 인용한다.
　　잇씩 왜적의 진친 곳마다 밤을 지닉면 군긔를 발이게 되어 쓰지 못ᄒ게 되니
　　이거슨 무삼 년고뇨 도시 ᄒ날의 죠화라 밤이면 난데읍난 쥐가 모여들어 화살
　　에 깃도 죠와 노으며 활시위도 쎠러 노으며 총구멍에도 물이 가득ᄒ야 탄환을
　　다 젹시니 이거시 웃지 죠화옹의 변화가 아니리오 일로좃차 왜적이 딕픠ᄒ여
　　싱환고국ᄒ난 ᄉ람이 업난지라.(김근수편, 앞의 책, 115-116면.)

역사체험이 어떻게 문학작품화되며, 그것이 전승되어 확대 재현되는 현상을 해명해 보고자 하는 노력의 소산이다. 임진왜란의 역사적 사실을 허구적으로 재편한 〈임진록〉은 외침에 대한 민족적 응전의식과 저항의지를 문학작품으로 형상화한 것이라는 점을 살펴보았다. 더 나아가서 임진왜란을 야기하여 우리 민족에게 잊을 수 없는 피침(被侵)의 충격을 던진 침략의 주체가 다시 우리 민족에게 망국의 비운을 경험하도록 강요하는 현실 앞에 〈한양오백년가〉의 작가는 작품 속에 〈임진록〉을 차용하여 당위적 역사 상황을 역사 회고를 통하여 상상적으로 극복하고자 했다는 점도 알아보았다. 구체적인 검증을 하기 위해 〈한양오백년가〉에서 임진왜란을 서술하는 양의 비중과 망국을 서술하는 양의 비중이 작품 전체에서 크게 편중되어 나타난다는 사실을 주목하였고, 두 부분의 서술 성격이 서로 상이함도 눈여겨보았다. 뿐만 아니라 차용한 〈임진록〉이 〈한양오백년가〉의 율문형태에 이입되면서 어떻게 작품구조 속에 연접되는가도 살펴보았다. 그 결과 다음과 같은 설명을 끌어 낼 수 있었다.

1) 〈한양오백년가〉에 〈임진록〉이 차용됨으로써 서술량의 비례적 균형이 깨어지고, 작가의 일관된 서술태도와 합리적이고 객관적 관점을 흩트리는 결과가 초래되었으며, 이것은 작가가 당대 현실에 격발되었기 때문에 일어난 것이다.

2) 산문 서사형태의 〈임진록〉이 율문 서사형태의 〈한양오백년가〉의 작품구조 속에 이끌려 율문화되었고, 그 결과 산문 형태의 〈임진록〉보다 더 잘 전파되고 암송되게 되었다.

3) 이에 따라, 〈한양오백년가〉에 이입된 〈임진록〉의 차용 부분은 〈한양오백년가〉 전체의 서술성격의 영향아래 초두부분과 말미부분이 용해되어 작품구조에 연접된다. 이입된 〈임진록〉의 독자적 성격이 변하지

않았음에도 불구하고, 허구적 〈임진록〉의 내용은 〈한양오백년가〉 전체의 역사기술물적 성격을 덧입고 진실된 사실로 인식되어진다.

4) 망국을 서술하는 부분에 노현(露現)된 작가의 통한은 차용된 〈임진록〉을 통해 해소되면서, 부인될 수 없는 현실은 역사의 발전적 전개에 따라 극복될 수 있으리라는 기대감과 이를 뒷받침하는 민족적 자존·자신의 회복(恢復)으로 승화된다 할 것이다.

5) 결국 이러한 설명은 다음과 같은 원리를 추출한다.

경우 분석	역사경험의 사실	역사적 사실의 허구적 재론	역사적 사실(事實)과 사실(史實)의 역사적 재현의 복합
현상	임진왜란의 역사적 체험과 충격	임란의 역사적 사실의 허구적 재편화	허구화된 역사적 사실과 당대적 현실이 상호 조명됨
구현물	실록 등의 역사 기록물	〈임진록〉 등의 허구적 역사 서사물	〈한양오백년가〉 등의 역사기록과 허구적 역사서사 물의 복합물
본질	역사성의 추구 상상력의 배제	역사성의 약화 상상력의 강화	역사성과 상상력의 상호작용
기능	객관적 역사 인식 실재로서의 역사와의 대면	주관적 역사체험 당위로서의 역사형성 추구	객관적 역사인식으로는 손상 될 수밖에 없는 역사극복력을 상상력에 힘입어 회복시킴

이상과 같은 논의에서 〈임진록〉과 〈한양오백년가〉의 관계와 그 의미를 샅샅이 밝혔다고 볼 수 없다. 〈임진록〉의 이본과 〈한양오백년가〉의 각 이본간의 세밀한 비교로 더 좋은 실증적 작업성과를 기대할 수 있는 바, 이는 후고에서 기대할 수 있는 일이다.

〈한양가〉 계열 작품에 나타난 문학적 형상화의 두 방향 **2**

1. 서언

사람이 사회 안에서 다양한 관계에 놓이는 존재이면서 역사적 공간 안에서 그 삶을 지속해왔던 존재라는 것은 상식화된 규정이라고 할 수 있다. 즉 사람들이 모여 살면서 사회적 관계를 맺게 되고, 그 사회집단의 운명이 역사적 시간의 경과에 따라 달라지는 것을 직접적이든 간접적이든 겪게 마련이다. 따라서 사람들이 어떤 대상을 사회적 · 역사적 범주에서 파악하는 것은 자연스러운 법이다.

'한양'(漢陽)이라는 말은 일정한 지역을 가리키는 뜻을 지니면서 동시에 특정한 시기의 사회와 역사적 현상을 연상시키는 의미를 함축하고 있기도 하다. 이점에서 볼 때 한양을 문학작품화하는 일도 단순히 특정지역 뿐만아니라 이와 관련된 사회와 역사를 대상화시키면서 이를 형상화해 나갔으리라는 점은 자연스럽게 예상되는 일이다.

조선왕조의 500년 도읍지였던 한양의 모습을 노래한 가사는 〈한양가〉(漢陽歌) 계열의 작품으로 나타나고, 한양에 도읍을 두었던 조선왕조의 500여 년간의 역사를 노래했던 가사는 〈한양오백년가〉(漢陽五百年

歌) 계열의 작품으로 전해 온다. 이를 통칭해서 〈한양가〉 계열로 부를 수도 있겠다.[322] 특정한 사회적 공간인 한양의 다면적인 면모와 특수한 역사적 시간의 다양한 변화상은 가사라는 개방적인 장르를 통해서 구체적으로 형상화될 수 있었다.

　두 계열의 작품은 여러모로 대조된다. 이는 작품의 구체적 양상과 일반적 구조를 살펴보면 더욱 분명해지는 일이다. 이것은 이들 작품의 생성토대가 하나는 한양이라는 사회적 공간을, 다른 하나는 한양을 중심으로 전개된 역사적 공간에 기대고 있다는 점에서 우선 그 차별성이 드러날 터이다. 그런데 우리가 이들 작품을 더욱 깊이 있게 이해하고자 할 때, 맨 먼저 할 일은 작품의 양상과 구조를 알아보는 일이 될 터이다. 이런 작업을 통해서 우리는 이 두 계열의 작품세계에 일차적으로 접근하게 되는 셈이다.

　다음에는 작품세계를 보다 깊이 탐색해야 할 일이 우리를 기다리고 있다. 그것은 〈한양가〉와 〈한양오백년가〉가 독자에게 어떤 세계 전망을 내보이고 있는가를 분석하는 일과, 두 계열의 작품이 어떠한 미의식을 전달하고 있는가를 짚어 내는 일이다. 작품의 구체적 양상과 구조가 다르듯이 작품에서 내보이는 세계 전망과 미의식이 차별성을 드러내리란 점도 미리 짐작되는 바이다.

　끝으로는 이들 작품이 우리 문학에서 차지하는 위치를 점검하는 일이 필요할 것이다. 문학작품은 저마다 독자적인 세계를 간직하면서도 다른 작품과 견줄 수 있는 바를 지니게 마련이다. 〈한양가〉는 노랫말로 불렸

---

322) 〈한양가〉 계열의 작품을 두고, 한양의 사회적 공간을 문학적으로 형상화한 작품 계열을 〈鄕土 漢陽歌〉로, 한양 중심의 역사적 공간을 문학적으로 형상화한 작품 계열을 〈王朝 漢陽歌〉로 분류하자는 견해(최강현, 「한양가 연구」, 고려대 석사논문, 1964.)가 있다.

던 작품을 파생시켰고, 〈한양오백년가〉는 특정한 소설작품을 빌어 와서 한 부분을 채웠다는 점에서 이러한 문제가 집중적으로 논의되어야 할 터이다.

2. 작품 양상과 작품 구조

1) 한양 도읍의 공간적 형상화

한양이라는 도시의 사회적 공간을 특정한 시기를 횡단적으로 절단하면서 파노라마적으로 묘사한 모습으로 그려내고 있는 〈한양가〉 계열의 작품은 두 가지로 나누어진다. 하나는 헌종 9년(1844년)의 봄을 맞아 임금이 사도세자의 능인 현륭원(顯隆園)과 정조의 능인 건릉(健陵)에 행차했던 일[323]을 중심으로 삼아서 한양의 다양한 문물과 제도 및 풍속을 묘사한 면모를 이모저모로 노래한 것이고, 다른 하나는 이를 보다 축소하여 헌종의 수원능 행차의 한 부분에 초점을 맞춰 노래한 것이다. 후자가 전자의 한 부분으로 파생되어 나왔을 가능성을 배제할 수는 없지만, 엄연하게 다르게 향수되어온 작품들이라 두 계열로 나눌 수 있다고 본다. 문학작품이 여러 계열의 파생체를 거느릴 때에는 그러한 현상 자체도 주목되어야 하겠지만, 파생되어 나온 여러 개별 대상은 그 나름대로 면밀하게 고찰되어야 할 터이다. 특히 고전문학 작품의 경우에 이점은 더욱 강조되어야 할 일이다. 왜냐하면 이러한 파생체 중에는 단순한 이본(異

---

323) 上詣華城行宮 己未 上詣健陵顯隆園展謁親祭(憲宗實錄 卷十, 九年 癸卯 三月條)

本)적 파생체도 있지만, 독자적 작품세계를 구축하면서 분화된 파생체도 나타날 수 있기 때문이다. 한양의 다면적인 도시적 배경을 노래한 작품의 경우에도 이 두 가지 계열은 함께 주목해야 할 필요가 있다.

이 두 가지 계열은 구체적으로 어떻게 다르게 존재해왔는가. 이를 알아보기 위해 자료에 접근해보기로 한다. 우선 "텬디 개벽ᄒ니 일월이 삼겨셰라"로 시작하여 "우리나라 우리인군 본지빅셰 무강휴를 / 여로쳔지 희로ᄒ게 비ᄂ이다 비ᄂ이다"로 끝나는 가사 작품[324]이 그 대표적인 것으로 특정 시기의 한양도읍을 공간적으로 형상화한 작품을 들 수 있다. 여기에서 파생된 것으로 보이는 다른 부류로는 한양의 문물과 제도 풍습 등을 특정한 시대에 초점을 맞추거나 일정한 사회적 공간의 다면적인 모습을 묘사하지 않고 추상적이고 일반적으로 서술한 작품 계열이 있다. 지금까지 확인된 것으로는 4음보격으로 82행의 길이로 짜여진 〈한양가〉 부류[325]와 4음보격으로 700에서 800행 사이의 길이로 짜여진 〈한양가〉 부류[326]가 있다. 특히 뒤의 부류는 수많은 이본을 거느리고 있는 것이 확인되었다.[327]

다른 하나는 〈수원능행행가〉(水原陵幸行歌)로 명명되어 있는 작품부류이다.[328] "션왕쥬수 능능 거동 협실ᄉ이"로 시작하여 "교련관 되기슈

---

324) 송신용 교주본 〈漢陽歌〉를 가리킨다.(박성의 교주, 『農家月令歌 · 漢陽歌』, 1974, 민중서관, 9-11면, 78-181면 참조.)

325) 김동욱 임기중 편저, 『校合 雅樂部歌集』, 태학사, 1982, 601-606면 참조. 국한문으로 필사된 이 작품은 후반부에 6음보격이 3행 나타나는 것 외에는 4음보격 79행이 중심을 이루고 있다.

326) 이 작품은 4음보격 764행 분량을 지니고 있다.

327) 이들 작품은 〈한양가〉라는 명칭 외에도 〈한양가사〉, 〈한양풍물가〉 등으로 명명되어 있다.

328) 이 작품들은 다음에서 그 면모를 살필 수 있다.
김동욱 임기중 편저, 『校合 樂府 上』, 태학사, 1982, 337면.
김동욱 임기중 편저, 『校合 歌集 二』, 태학사, 1982, 441-442면.

차지 교련관 딕령희소"로 끝나는 노랫말329)로서 헌종이 화성에 있는 정
조대왕의 능에 행차하는 특정 행위에 초점을 맞춘 작품이다. 이 작품은
마무리 부분이 보여주듯이 미완성되었다는 느낌을 주거나, 갑자기 작품
의 전개가 중단되었다는 생각을 들게 만든다. 따라서 이 작품은 문학작
품으로서 독자적 기능을 지니기 힘들다는 판단이 서도록 하는 것이다.
그 까닭은 무엇인가. 이것이 문학작품으로 읽히면서 수용되기보다는 하
나의 노랫말로 소리에 얹혀 향수되었다는 데서 그 이유를 찾을 수 있을
듯하다.

　이것은 경기도 지방의 지명을 단순하게 나열하고 있는 〈경기도〉(京畿
道)란 노래도 읽히는 문학작품보다는 불리는 노래의 가사로 기능하는 현
상과 연결시켜 이해할 수 있는 점이다.330) 대체로 노래의 가사가 그 내
용의 문학성보다는 음악에 실려 정서를 환기시키는 보조적 기능을 수행
하기에 가사의 문학적 완성도는 크게 주목되지 않을 터이다. 〈경기도〉
란 노래도 음악의 선율과 장단의 효과를 입고 경기도 지방의 지명을 열
거하는 것으로서 정서를 환기시키고자 하는 점이 그 좋은 보기이다. 따
라서 〈수원능행행가〉 부류의 작품은 〈한양가〉의 한 부분이 노랫말로 채
택되면서 또 다른 부류로 분화된 결과물로 보인다. 이 작품 부류는 문학
작품으로서의 구조가 음악전개의 구조와 반드시 일치하지는 않는다는
점을 보여주는 본보기의 하나이다.

　한양의 도시적 면모를 특정 시점에서 횡단축으로 공간적 형상화한 작

　　김동욱 임기중 편저, 『校合 雅樂部歌集』, 태학사, 1982, 191-192면.
329) 〈수원능행행가〉의 문학적 형태는 우리가 쉽게 가늠하기 어려워 보인다. 왜냐하
　　면 〈한양가〉 계통처럼 4음보격의 행 구분이 분명하게 나타나지 않기 때문이다.
　　이는 전문 소리패의 노래의 사설로 쓰여지면서 나타난 결과가 아닌가 한다.
330) 이점은 판소리 단가로 불리는 〈호남가〉 등의 경우와 비교하여 이해할 일이기도
　　하다.

품인 〈한양가〉가 몇 부류로 나누어져 다양한 이본을 파생시켰다는 점은
이 작품 계열이 상당한 인기를 누린 작품이었다는 점을 보여주는 일이기
도 하다. 이미 앞에서 〈한양가〉가 독서물로서도 인기를 끌었을 뿐만 아
니라, 노랫말로서도 관심을 불러일으켰다는 점은 확인된 바 있다.331) 이
것은 이 작품 계열이 문학작품을 읽는 독자들에게나, 소리를 듣는 청중
들에게 흥미를 유발시킬 수 있는 요소를 갈무리하고 있었다는 사실을 일
깨워주는 일이다.

   그렇다면 한양 도읍의 풍물과 제도를 노래했던 〈한양가〉의 문학적 성
과가 어떤 점에서 당대의 독자와 청중에게 주목을 받을 만했는가를 따져
볼 필요가 생긴다. 이 작품의 첫머리는 한양의 지세(地勢)를 풀이하고 뒤
이어서 궁궐의 모습을 노래하는 단락으로 연결된다. 궁궐 내 직임을 맡
은 인물들의 치장과 행동이 묘사되고 의정부 수장(首長)과 벼슬아치들
의 명칭과 기능이 열거된다. 작품 내에서 한양 도읍의 공간은 궁성에서
시장의 저자거리로 이동되면서 확대된다. 한양의 시장거리가 생선전, 싸
전, 포목전, 약전, 화상, 생필품전 등과 그곳에 진열된 상품과 더불어 자
세하게 묘사된다. 이러한 전개방식이 정태적인 공간 안에 구성되는 방식
에서 동태적인 공간으로 전환하는 방식을 선택함으로써, 한양의 풍물(風
物)은 더욱 활성화되어 전달될 수 있었다.

   여기에다 여러 가지의 공연물과 이에 동원되는 공연패의 거동과 기생
의 복색이 매우 사실적으로 드러나게 된다. 앞서 전개된 한양 도성의 여
러 면모는 임금의 수원능 행차 이후에 실시한 과거 장면과 연결된다. 이

---

331) 〈수원능행행가〉가 노래로 현재 전승되고 있지 않은 것 같다. 그러나 19세기에서
     20세기 초까지 불린 노래의 가사 집에 수록된 점으로 보아서 그 시기에는 노래
     로 향수된 작품으로 인정할 수 있다.

부분은 다른 부분에 비해서 상대적으로 비중있게 다루어지고 있다. 이 부분에서 임금의 수원능 행차 이후 실시한 과거 장면332)으로 이어지게 만듦으로써 그 비중이 더욱 무겁게 다가서게 만들었다. 마지막으로는 한양 도읍이 무궁할 것을 기원하는 대목으로 끝맺고 있다.

이러한 작품의 구성은 어떤 의미와 효과를 나타내게 되는가. 우리는 이 작품이 한양도읍의 중심축을 조선왕조의 궁궐터와 당대 군왕의 왕릉 행차에 둠으로써 당대 사람들의 관심을 이끌어낼 수 있게 구성되어 있다는 점을 주목할 수 있다. 뿐만 아니라 이 작품은 공간과 공간의 이동이 장면의 전환과 연결되면서 독자나 청중에게 광경을 상기시키는 상상력을 자극하면서 흥미를 상승시켰을 것이라는 판단을 이끌어내게 한다.

이 작품을 구조적으로 분해해 보면 정적인 공간, 동적인 공간의 연결 구조와 근접 관찰 보고 시점, 원거리 서술 시점 등의 서술구조가 나타나고 있다. 즉 궁궐과 저자거리까지가 정적인 공간으로 구성된다면, 이에 이어서 구경거리가 등장하고 임금이 수원능으로 행차하는 마지막 부분까지는 동적인 공간으로 구성되고 있는 것이다. 또한 서두에서는 곤륜산(崑崙山)에서 백두산(白頭山)으로 내뻗은 산맥과 이것이 한양의 주산인 삼각산에 이어지는 모습을 하늘 위에서 내려다보듯이 서술하다가 점차 궁궐 안쪽으로 시점을 이동하여 매우 세밀하게 근접 관찰하는 시점으로 이동하게 된다. 이것은 원거리 서술시점과 근접 관찰 보고시점의 구조로 분해될 수 있는 셈이다. 서두와 종결 부분에서는 원거리 서술시점이, 작

---

332) 조선왕조실록을 보면 헌종의 수원능 행차 후 4월에 과거를 본 것으로 나타난다. 式年文科會試 取安喜壽等三十三人……壬午 上御春塘臺式年文科殿試 文取柳光睦等五十二人 武取金樂文等四百二人(憲宗實錄 卷十, 九年 癸卯 四月條)

품의 실제 내용을 노래하는 부분에서는 근접 관찰 보고시점이 나타나는 점은 마치 촬영자가 카메라를 이동하는 수법과 비교하여 이해할 수도 있을 법하다.

정적인 공간에서 동적인 공간으로의 이동은 한양도읍의 공간적 구성을 평면적인 단면으로서가 아니라 입체적 공간으로 합성하는 효과를 나타내게 된다. 이런 구성방식은 독자들이 수동적으로 한양도읍의 공간을 그림 보듯이 스쳐 지나가게 만드는 데에 그치지 않고, 능동적으로 한양도읍의 한 복판에 들어가서 재현되고 있는 풍광(風光) 속에서 한 요소가 되는 느낌을 불러일으키는 데에 이바지하고 있다. 또한 원거리 서술시점과 근접 보고 관찰 시점을 결합함으로써 독자가 작품 내에서 확보하는 시야가 고정되지 않고 이동되거나 확대, 축소되면서 전체적 조망과 부분적 시각이 교체되거나 연속되는 상상적 체험을 하는 과정을 통하여 다양한 면모와 다채로운 풍물을 손에 잡을 듯이 가까이 하는 느낌을 받도록 하고 있는 터이다.[333]

2) 한양 역사의 시간적 형상화

조선왕조가 한양에 도읍한 뒤에 중앙집권적 관료체제를 완비해갔기 때문에 한양은 정치 중심지가 될 수밖에 없었다. 따라서 한양의 역사라는 것은 조선왕조의 역사라는 등식이 성립될 수 있는 것이고, 이점이 한양 중심의 역사적 전개를 문학적으로 형상화한 〈한양오백년가〉에서도 확인된다.[334] 이 경우에 한양의 사회적 공간을 문학적으로 형상화한 〈한

---

333) 이미 지적한 바와 같이 이러한 시점의 구성은 영화의 기법과 같이 감상자가 서술공간 안에서 상상적 체험에 빠져들게 하는 효과를 지니는 것이다.

양가〉와는 다른 방향으로 한양의 모습이 작품화되어 나타났다고 말할
수 있다. 달리 말하면 통시적 시간의 축이 한양이라는 지역을 꿰뚫어나
가는 방식으로 한양 중심의 역사를 서술한 작품이 〈한양오백년가〉라는
것이다. 이 작품은 이본에 따라 다르지만 그 분량이 4음보격으로 3000행
이 넘는 경우가 많기에335) 독서물로 독자들에게 수용되게 마련이다. 이
는 한양의 풍물을 묘사한 〈한양가〉 계열에서 분화되어 나온 〈수원능행
행가〉가 노랫말로 쓰인 경우와 비교될 수 있는 일이다.

　〈한양오백년가〉 계열의 작품은 한양을 중심으로 세워진 조선왕조의
역사를 나라가 개국한 시기부터 조선왕조가 망국한 시기까지 순차적인
순서로 엮어간 작품이다. 우리는 이 작품이 단순하게 조선왕조의 역사를
노래하는 데에 그치지 않고 역사에 대한 일정한 관점과 특정한 역사적
사건에 격발된 정서적 대응을 드러내고 있다는 점을 주목하게 된다. 또
한 작품의 구성에 이러한 관점과 정서적 대응이 일정한 영향을 미쳐서
서술상의 증폭이 일어났다는 점도 유의해서 살펴보아야 할 일이다. 더
나아가서 특정한 부분에서 나타난 장르적 개방과 복합 현상은 매우 흥미
로운 논의를 이끌어내게 한다.

　작품이 지니고 있는 이러저러한 특징을 살펴보자면 작품에 대한 정확
한 이해가 필요하다. 작품에 대한 정확한 이해는 작품을 철저하게 분석
한 결과 위에서 이루어낼 수 있다. 이러한 점을 유의하면서 〈한양오백년
가〉를 자세하게 살펴보기로 한다. 이 작품은 이렇게 시작된다. "슬푸다

---

334) 여기에는 왕조의 중심에 왕과 통치 집단이 놓인다는 왕조중심의 사관이 엿보이
　　는데, 〈한양오백년가〉를 지은 작자와 창작시기를 고려할 때에 당연히 예상되는
　　관점이라고 하겠다.
335) 서종문, 「〈한양가〉와 〈한양오백년가〉」, 『한국고전시가작품론』 2, 백영 정병욱
　　선생 10주기 추모기념논문집간행위원회, 집문당, 1992, 737면.

친구임닉 가사 드러 보실나요 / 무삼 가사 지엇난고 한양가를 지엇나니 / 이 가사 보와시며 한양 사직 자시 아라 / 오빅연 지닌 사적 흥망성쇠 여기 잇고 / 이십팔왕 치국하신 선불선이 여기 잇소(1)"336)라는 서두 부분에서 이 작품의 주된 내용이 오백년간 지속된 한양 역사의 흥망성쇠라는 점이 드러나 있다. 이 작품은 조선왕조의 역대군왕이 임금 자리에 앉아서 500여 년간 나라를 다스린 사적을 노래하고는 "귀귀이 분한 마음 자자이 원통한 일 / 무어이 분하든가 한양이 망한 후익 / 호국백성 되난 일이 그거이 원통하오 / 팔도이 창싱 빅성 외국 빅성 되단말가 / 자다가 생각해도 칼을 물고 죽을지럭 / 가사짓난 이 사람도 임자연 정월달익 / 충청도 진천 ᄯᅵ익 글 갈치고 잇다가서 / 이 가사를 지엇난딕 진천서 등서하니 / 그리 알고 감좌두소 할말도 업거이와 / 그만저만 그채보새 장성하면 지루하오 / 지루하면 시럽난이 이만치 맛쳐보싞(131)"라는 구절로써 종결된다.

하나의 작품이 단순하게 역사적 지식을 나열하는 데에 그친다면, 그 작품에서 문학적 가치나 의의를 찾아내기란 어려운 법이다. 〈한양오백년가〉는 역사적인 사실을 단순한 지식의 소재로 열거하는 데에 머물러 있지 않다. 작가의 관점을 직접적으로 드러내거나 간접적으로 내비치고 있는 부분을 곳곳에서 찾을 수 있다. 더구나 작가의 정서적 반응이 작품에 반영되면서 서술량이 증폭되는 현상은 주목하여 살펴야 할 점이다. 이렇게 볼 때에 우리는 역사적 사실이 객관적으로만 서술된 것이라면 그

---

336) 여기에서 인용하는 〈한양오백년가〉는 경북 영천군 자양면 보현리에 거주하는 장병호씨가 필사하여 소장하고 있는 것이다. 이것은 사공수가 지은 작품을 거의 그대로 옮긴 것으로 박성의 교수가 교주한 세창서관본보다 내용이 더 풍부하고 오래된 것으로 보이는 작품이다. 이것을 주 텍스트로 삼고 다른 이본을 참고한다. 인용문 뒤의 숫자는 장병호본의 해당 면이고 띄어쓰기는 필자가 한 것이다.

것은 역사기술물의 영역에 귀속하게 될 터이나, 〈한양오백년가〉가 작자의 역사인식을 직접적으로, 또는 간접적으로 드러내고 있는 부분을 지니고 있을 뿐만 아니라 작자의 정서적 반응에 따라 서술량과 서술성격이 달라지고 있다는 점에서 역사적 사실을 문학적으로 형상화한 작품으로 인정하는 것이다. 이러한 점에서 이 작품을 꼼꼼하게 따질 때에 〈한양오백년가〉가 성취한 문학적 성과를 정당하게 평가할 수 있는 것이다.

이 작품에서는 작자가 개입한 부분을 여러 곳에서 확인할 수 있다. "가사 짓난 이 사람도 탕피하여 가는 살임 / 이전만 이기고서 부명이 그릿 걸여 / 농우 파라 원납하고 그 히 농사 픠롱히서(100-101)"라는 부분에서는 작자 자신이 경복궁 재건 재정 부담 때문에 겪게 된 고통을 대원군의 실정(失政) 서술 부분에 삽입시키고 있다. 뿐만 아니라 "이 가사 짓난 나는 지어 놓고 생각하니 / 아마도 생륙신의 충절을 의론컨대 / 사륙신과 같을손가(29)"[337]라는 부분에서는 조선조 역사에 대한 작자의 관점을 성립시키는 작가의식이 직접 노출되고 있다. 이 작품에 노출된 관점의 바탕을 이루는 작가의식은 어떤 성격을 지니고 있는가. 먼저 그 전반적인 성격이 규명되고 난 뒤에 이에 비추어 특수한 경우가 설명되어야 그것의 타당성이 인정될 수 있을 터이다. 전반적으로 보아서 〈한양오백년가〉의 작자는 역사에 대해서 매우 냉정하고도 합리적인 관점을 유지하고 있었다. 여기에다 비판적 시각으로 역사적 사건을 평가하고 있는 점도 드러내었다. 다른 말로 바꾸면 이는 역사적 대상에 객관적으로 접근하면서 사실적 실체를 이끌어내기 위해 비판적 안목을 유지하려는 태도

---

337) 장병호본에는 '이 가사를 살펴보면 싱육신 여섯 중에 / 다섯 신하쑨이로다 / 시상사람 공논중에 싱육신 갓다하나 / 사육신 사적 보면 방가워지 충신이룩 / 싱육신 충신 보면 월괄난쑨이로다(25)'로 되어 있어 작가의 의식을 일인칭 시점으로 표시한 세창서관본에서 대응되는 곳을 뽑았다.

에서 나온 것이라 할 수 있다. 구체적으로는 충(忠), 효(孝), 우애(友愛) 등의 유교적 덕목을 준거로 군왕의 행위라도 엄정하게 비판하는 안목이 나타나고 있었다. 태종이 골육상쟁(骨肉相爭)을 치르는 사건을 두고 "아히 둘을 주기고서 형이 위를 아서시니 / 임군도 조커니와 골육이 중하도다(7)"라고 평가한다든지, 중종 때 일어난 사화의 책임을 "중종대왕 불민하야 / 환자에긔 혹한 일과 소인에긔 속난 일이 / 역역이 싱각하니 말연 정사 하신 거시 / 명현만 주거구나(32)"라고 임금에게 있다고 규정한다든지, 사도세자를 죽인 영조를 "가읍고 한심하다 영종딕왕 모진 마음 / 사도세자 죽일 적이 두지 안에 가돠 두고 / 쇠말목을 닉리치니 참혹하기 죽어시니 / 부자간 할 짓인가(90)"라고 비난한다든가, "철종딕왕 불민하와 / 수령방빅 잘못 닉여 싱민도탄 자심하니 / 우리 한양 국운 보면 철종부터 쇠로햇네(110)"라고 조선왕조의 국운이 기울어진 계기를 철종의 자질에서 그 원인을 찾고 있다든지, 대원군, 고종, 순종에게 "이십팔왕 재왕중의 무식인군 누시든가 상감님 삼부자라 / 그러무로 한양 말연 가련코도 한심하다 / 문필을 뒤가지고 직물은 앞히 서서 / 과거의도 재물이요 벼살이도 재물이오(103-104)"라고 망국적인 부정부패의 책임을 공동으로 묻고 있는 부분 등에서 이런 점은 확인된다.

　　그러면서도 작자는 이 작품에서 대의명분에만 집착하여 현실적 대응을 무시하지 않는 합리적 태도를 내보이고 있다. 오히려 허황한 명분론에 매달리기보다는 탄탄한 현실 이해에 입각한 역사 인식을 내보이게 된다. 즉 작자가 효종이 현실적 여건을 도외시하고 북벌정책을 강행해 나가는 일을 두고 "효종딕왕 등극 후로 십여연을 지닉도록 / 치민치군 싱각 업고 북벌하기 위주하사 / 일평생에 두어시니 / 조회에 모인 신하 국사공논 전혀 업고 북벌하기 너무 하되 / 실상으로 싱각한즉 효종이 망발이라 / 분함을 싱각한즉 당당 거러 하나 / 강약을 요량하면 당할손야(79)"라고 날카롭게 비판하고 있는 부분에서 이를 확인할 수 있다. 이것은 〈한양오백년가〉의 작자가 역사적 사실을 객관적이고 합리적으로 이해하면서도, 한편으로는 탄탄한 현실인식 위에서 역사적 사실을 평가하고자 하는 의식을 보여주는 본보기라 판단할 수 있는 일이다.338)

앞에서 〈한양오백년가〉가 특정부분에서 서술량의 증폭을 일으키는 현상을 보여주고 있으며, 이것은 작자의 관점과 정서적 대응과 관계가 있다는 점이 언급된 바 있다. 이 작품의 작자가 자신의 목소리를 작품 속에 직접적으로 드러내었다는 것은 작자의 자의식이 강하다는 사실뿐만 아니라 이것이 작자의 의식의 지향성에 크게 영향을 받고 나타났다는 점을 보여주는 일이다.339) 작자 의식의 지향과 정서적 대응이 이 작품의 내용에 어떻게 반영되고 있는가를 살펴볼 차례가 되었다.

작품의 전개로 보아서 〈한양오백년가〉에서 내용의 서술량이 크게 증폭된 부분은 네 곳에서 찾아볼 수 있다. 조선 초기 부분에서 태종(太宗)의 등극과 태조와의 갈등을 서술하고 있는 부분이 그 하나요, 조카인 단종(端宗)을 내쫓고 왕위에 오른 세조와 이에 저항하는 사륙신과의 사건을 서술하고 있는 부분이 다른 하나이다. 서술량의 팽창이 가장 크게 일어난 부분은 임진왜란(壬辰倭亂)을 서술하고 있는 부분이다. 이 부분은 조선왕조 멸망의 원인과 그 과정을 그리면서 서술량이 상대적으로 크게 팽창한 부분과 연계시켜 살펴볼 필요가 있다. 이 가운데서 가장 주목되는 부분은 임진왜란을 서술한 부분인데, 이 부분에는 〈임진록〉이 차용되

---

338) 이 부분에 나타난 작자의 역사인식은 청나라의 임금을 영웅으로 지칭하는 데서도 그 일관성을 유지하게 된다.
339) 이점은 19세기에 판소리 단가를 짓거나 작품을 개작하는 작업을 전개했던 신재효의 경우에서도 볼 수 있는 일이다.

고 있다.

임진왜란을 서술하고 있는 부분이 〈임진록〉을 차용하고 있다는 사실은 매우 주목되는 현상이다. 특히 이 부분은 다른 부분의 서술량의 팽창보다는 더욱 크게 확장되는 서술량의 증가를 내보이고 있다. 잘 알려진 바와 같이 〈임진록〉은 조선왕조 500여 년 중에서 우리나라를 가장 참혹한 전쟁터로 몰아넣은 임진왜란을 소재로 하여 작품화된 것이다. 이 작품은 상상력을 동원하여 역사적 사실을 허구적으로 재구성하면서 우리나라에 엄청난 피해를 입힌 왜적을 응징하고 있다. 대부분의 경우에 〈한양오백년가〉의 작자가 매우 객관적이고도 비판적인 관점으로 한양 중심의 조선왕조의 역사를 서술하였다는 점에서 이러한 서술량의 증가에 대해서는 특별한 의미망을 찾아내지 않으면 안 된다.

이 부분의 서술량의 증가는 조선의 망국 부분에서 일어난 서술량의 증가와 연관시켜 그 의미를 논의할 필요가 있다. 임진왜란 부분이 전체 서술량의 1/3을 차지하고, 망국 부분은 15%를 차지할 정도로 전체 서술량에서 이들은 엄청나게 편중되어 나타난다.[340] 이런 양적 팽창보다 더 주목할 것은 이 부분에서 내보이는 작자의 관점과 태도이다. 태조와 태종 사이의 갈등을 서술하는 부분이나 세조의 등장과 사육신의 저항을 다룬 부분에서는 충과 효와 우애라는 유교적 덕목을 준거로 이 사건들을 비판하는 관점을 내보이고 있다. 이점은 숙종의 등장과 장희빈의 사건을 서술하는 대목에서 나타나는 서술량 증가 현상에서도 그 비판적 안목의 근거를 제공하는 준거가 된다. 그런데 임진왜란 서술 부분에서는 작자 자

---

340) 세창서관본을 기준으로 임진왜란 부분은 전체 119면에서 37면을, 망국 부분은 16면을 차지하고 있다.(서종문, 「漢陽五百年歌와 壬辰錄의 關係와 그 意味」, 『관악어문 4집』, 서울대 국어국문학과, 1979, 116면 참조.)

신의 관점과도 다른 〈임진록〉의 관점을 그대로 수용하고 있다. 이는 조선왕조를 멸망시켰던 일본이라는 외침세력이 저질렀던 침략전쟁에 대한 우리 민족의 응전의지를 역사적 상상력 속에서 자극하려고 이러한 관점을 수용했던 것으로 보인다.[341] 이러한 현상은 작가의 서술태도와 직결되어 있다는 점이 확인된다. 대체로 역사적 사실을 객관적으로 서술하여 독자들에게 역사적 지식을 전달하는 부분에서는 서술량의 팽창은 일어나지 않는다. 그러나 특정한 역사적 사건에 대해 작자가 격발된 정서적 반응을 일으키거나 직접적인 서술시점을 내보이는 부분에서는 서술량의 팽창이 일어나고 있다. 이것은 역사적 사실을 인지하는 정신적 활동과 역사적 대상을 변혁하려는 정신활동이 시간적 구조를 불균등하게 엮어 나가도록 만든 게 아닌가 싶다.

결국 〈한양오백년가〉는 단순하게 역사적 사실을 나열하는 서술공간과 작자의 정서와 관점이 개입된 서술공간을 엮어 짜면서 한양 중심의 역사를 시간적 순서에 따라서 형상화하고 있는 셈이다. 독자들은 앞쪽의 서술공간에서는 역사적 사실에 대한 지식을 인지(認知)하는 데에 머무르게 되지만, 뒤쪽의 서술공간에서는 역사적 대상에 대해서 일정한 태도를 결정(決定)하는 데까지 나아가는 법이다. 다른 말로 바꾸면 역사에 대한 지식을 획득하는 서술공간은 독자를 역사 이해의 일반적 수준에 묶어 두게 된다. 하지만 독자들은 특정한 역사에 대한 태도를 결정하도록 만드는 서술공간에서는 바람직하지 못한 역사적 대상을 부정하고 이를 극복하

---

341) 이는 망국이라는 비통한 현실 앞에서 작자가 유지해 왔던 합리적인 관점과 객관적 서술태도를 〈임진록〉을 통하여 굴절시켜서 상상력의 수렴작용에 의해서 임진왜란 부분의 사실성을 해체시키고 〈임진록〉에 나타나는 역사적 상상력을 수용하는 관점의 전환을 꾀한 결과로 해석할 수 있겠다.(서종문, 위의 논문, 118-119면 참고.)

려는 역사적 상상력(歷史的 想像力)을 얻어내게 마련이다. 이와 같이 성격이 서로 다른 서술공간으로 짜여진 〈한양오백년가〉는 역사적 사실을 인지하는 지적 정신활동(知的 精神活動)과 역사적 대상을 변혁하려는 의지적 정신활동(意志的 精神活動)을 상호교체시키면서 앞쪽의 정신활동이 뒤쪽의 정신활동으로 연결되도록 만들어 내게 된다. 여기에서 우리는 이 작품이 역사적 이해에서 역사적 극복에 이르게 하는 문학적 기능을 하고 있다는 점을 눈여겨봐야 하는 터이다.

3. 사회적 공간과 역사적 시간에 대한 문학적 형상화의 의미

우리는 〈한양가〉와 〈한양오백년가〉에서 무엇을 읽어낼 수 있는가? 문학 작품에서 우리는 어떤 의미를 찾으면서 작품을 읽게 된다. 피상적으로 일별해 보면 작품의 내용이 어떤 의미망을 형성해내고 있다는 점을 알아낼 수 있다. 그러나 그것은 구체적이긴 하지만 개별적일 뿐만 아니라, 소재적 차원에서 형성된 일차적 의미를 전달하는 차원의 것이다. 여기서 우리는 두 작품이 지니는 의미망을 전체적인 시야를 확보하여 밝혀볼 필요가 있는 터이다.

우선 작자가 두 작품에서 드러내고자 하는 작품의 의미는 무엇인가. 이를 밝히기 위해서는 작자가 이 작품에서 어떤 세계인식을 드러내고 있는가를 알아볼 필요가 있다. 〈한양가〉에 등장하는 상투적인 관용적 표현구 속에서는 유교적 가치를 찬양하는 태도가 나타난다. 작자가 이를 통해서 전망하고 있는 것은 조선왕조의 안정과 번성이 이루어지는 세계이다. 이는 상투적인 관용적 표현구 속에서 임금의 덕성을 찬양하고 태평성대가 오기를 축원하는 다음 부분에서도 쉽게 확인된다. 즉 "임즈는 그뉘신고 하늘이 닉신인군/ 격덕빅년 태됴대왕 홍무의 등극ᄒᄉ/ 례악법도 소중화라 션니건곤 거륵ᄒ다/ 계계승승 셩즈신손 질겁구나 우리셩뉴/ 어질기는 요슌이요 효롭기는 문무로다"342)에서는 임금을 찬양하고 이 임금을 통해서 요순(堯舜)과 문왕(文王)과 무왕(武王)의 이상적 정치가 펼쳐지기를 기대하는 소망이 나타나 있다. 여기서 우리는 작자가 〈한양가〉를 통해서는 유가적(儒家的) 지치주의(至治主義)를 지향하고 있다는 점을 알아내게 된다. 이러한 지향점은 〈한양가〉에서 현재에 만족하고 미래를 향해 낙관적 전망을 내보이게 한다. 〈한양가〉를 끝맺는 다음 부분이 이를 잘 보여 주고 있다. 즉 "틱고시졀 못보거든 우리세계 즈셰보쇼/ 이런국도 이런셰샹 즈고급금 쏘이스랴/ 업듸여 비나이다 북극젼의 비나이다/ 우리나라 우리인군 본지빅셰 무강휴류/ 여쳔지로 히로ᄒ게 비ᄂ이다 비ᄂ이다"라는 〈한양가〉의 마지막 부분에서는 한양의 도읍을 "이런국도 이런 세상이 예부터 지금까지 또 있겠는가"라고 반문하면서 만족감과 자긍심을 펼치면서 우리 나라 우리 임금의 앞날을 기원하면서 낙관적이고도 희망적인 미래를 내다보고 있는 것이다.

〈한양오백년가〉에서는 이보다 더 분명하게 유교적 덕목을 바탕으로 유가적 지치주의가 발현되어 나타나 있다. "이십팔왕 지왕중에 복역조코 편하시기 / 식종딕왕 제일이릭 식종딕왕 등국후로 / 국가를 두고 보면 추호도 일이 없서 / 요승식기 흡사하니 하우천지 부립잔닉(10)"라고 세종의 치세를 기리는 부분에서는 〈한양가〉와 같이 유가적 지치주의를 이상적인 것으로 찬양하는 태도가 나타나고 있다. 그런데 이 작자는 유교적

---

342) 박성의 교주, 『農家月令歌·漢陽歌』, 1974, 민중서관, 140면 참조.

가치 덕목이 적극적으로 발현되는 데에 장애가 되는 경우에는 군왕조차
도 준열하게 비판하고 있다.[343] 다음에서 이를 확인해보기로 한다.

　가) 오시기난 웃서시난 퇴종에 하든 일을 / 기록하고 싱각하니 가련하고 절통
　　　하다 / 아히 둘을 주기고서 형이 위를 아서시니 / 임금도 조커니와 골육
　　　이 중하도다 / 골육상징 이러하고 / 국가가 장원할가(7)

　나) 잉군 마음 불인하야 억지로 등극하니(16)

　다) 인조딕왕 거동보소 / 소현싁자 벼로 보고 뵤로로 둘러미고 / 소련싁자를
　　　치니 / 참혹하기 죽난구나 / 부자간 중한 철륜 어이 참아 이러할가(75-76)

　위의 인용문 가), 나), 다)에서는 태종, 세조, 인조 등이 인륜을 어겼다
는 점에서 가차없이 비판되고 있다. 비판하는 근거가 유교에서 중하게
여기는 부모와 형제 사이의 윤기(倫紀)라는 점에서 조선왕조의 지배이념
에 충실한 관점을 보이고 있다고 할 터이다.

　그런데 〈한양오백년가〉가 〈한양가〉보다도 현실인식에 있어서 보다
진전된 이해를 보이고 있다는 점이 주목된다.

　라) 철기 오만 거나리고 다섯길 넘는 비를 / 천자로 비문 써서 나올 딕 지고나
　　　와 / 조선을 항복밧고 송파이 서왓시니 / 아모리 싱각히도 항이가 영웅이
　　　라(73)

　마) 효종딕왕 등국후로 십여연을 지닉도록 / 치민치국 싱각업고 복별하기 위

---

343) 이는 〈한양가〉 계열 작품에서 군왕이 비판의 대상에서 제외된 점과는 크게 다른
　　점이다. 그것은 〈한양가〉가 당대적 현실을 노래하고, 〈한양오백년가〉는 망국한
　　조선조의 역사를 노래했다는 점에서도 그 근본적 차이의 원인을 찾아낼 수 있을
　　듯하다.

주하사 / 일평생에 두어시니 조회에 보인 신하 / 국사공론 전혀 없고 복
별하기 너무 하되 / 실상으로 싱각한즉 효종이 망발이라 / 분함을 싱각하
면 당당 거러하나 / 강약을 요량하면 복별이 당할손야(79)

위에 인용한 라)와 마) 부분은 〈한양오백년가〉의 작자가 어떠한 세계
인식을 보여주는가를 잘 드러내고 있는 것이다. 위의 부분은 병자호란이
라는 역사적 사건을 두고 침략의 주체인 청나라 황제와 병자호란에 당한
수치를 설욕하고자 했던 조선왕조의 효종에 대해서 작자가 일정한 이해
를 나타내고 있는 곳이다. 문제는 작자가 침략의 주체를 '영웅'으로 인식
하고 이를 응징하고자 한 효종의 행위를 '망발'로 규정하고 있다는 데에
있다.

이러한 역사인식은 무엇을 의미하는가. 이는 마)에서 "분함을 싱각하
면 당당 거러하나 / 강약을 요량하면 복별이 당할손야"하는 부분에서 들
추어낼 수 있는 바이다. 즉 작자는 비현실적인 명분론보다는 현실적인
대안에 관심을 돌리고 있는 셈이다.[344] 겉으로 보면 이점은 임진왜란을
일으킨 침략의 주체이자 망국에 이르도록 한 원수의 나라 일본에 대한
작자의 태도와는 모순된다고 할 법하다. 그러나 임진왜란이라는 참혹한
전란을 일으켰던 침략세력에 의해 다시 나라가 망했던 현실 앞에 격발되
었던 작자의 정서는 일본에 대한 적개심으로 채워져 역사적 대상에 대해
서 일정하게 유지되어 왔던 객관적 인식태도를 흔들어 버렸을 터이다.
그렇지만 〈한양오백년가〉의 다른 부분에서는 라)와 마) 부분에서와 같

---

344) 이점은 의병활동을 평가하는 아래 부분에서도 확인된다.
　　강원도 이병장 서상열이 되어시니 / 삼사빅명 거나리고 곳곳지 단일 젹이 /
　　………… / 일병 하나 주거지면 조선 군사 스물 죽고 / 일본 군사 열 주그면 이
　　병은 빅명 죽늬 / ………… / 지각업난 서상열이 / 병서도 능치 안고 장약도 업
　　난거니 / 장수되기 무어던가(111-112)

이 역사적 현상에 대해서 비판적 거리를 확보하고 이를 객관화하려는 작자의 관점을 분명하게 드러내게 된다.[345]

　보다 깊이 살펴보면 이 작품들은 조선조 후기의 사회와 시대를 작품 속에 담으면서 각각 독자적인 의미망을 형성하고 있다는 사실을 알려준다. 앞에서도 살펴보았지만 〈한양가〉 계열의 작품은 19세기 중반의 한성 도읍을 구성하고 있는 도시적 면모를 파노라마식으로 묘사하여 이 시기의 사회적 공간을 사실적으로 단면화하면서 표출하고 있다. 이것은 이 작품이 있는 세계를 그대로 드러내는 방식으로 구조화되었다는 점을 드러내게 하였다. 작품 안에 정적 공간과 동적 공간이 복합적으로 얽혀 나타나고, 원거리 조망 서술시점과 근접 관찰 보고시점이 교체되어 나타난다. 이로 인하여 작품내의 구조가 공간 형태의 축소 확장에 신축적으로 구조화되고, 이동이나 정지의 운동감을 빚어내는 데에 이바지하고 있다. 이 작품은 19세기 중반의 한양도성의 사회공간을 매우 열린 시야로 접근하는 관점을 제공하게 된다. 그러나 여기서는 역사적 통로에 대한 어떠한 전망도 보여주지는 않는다.

　이에 비하여 〈한양오백년가〉는 조선왕조 오백년간의 역사적 시간을 순차적으로 연속시키면서 역사의 통로를 열어 보이고 있다. 그 통로는 동일한 크기나 범위로 연속되지 않고 증폭되거나 팽창되기도 한다. 이 때문에 그렇지 않은 부분은 수축되어 보이기도 한다. 작자가 조선왕조에 대해서 지니는 인지적 이해와 정서적 대응이 작용하여 이러한 현상을 일

---

345) 작가가 임진왜란을 서술하는 부분에서 〈임진록〉을 그대로 수용했다는 사실을 생각하면, 병자호란을 이해하는 작자의 관점에서 이를 인식의 혼란이 야기한 결과물로 보고 논란을 계속할 수도 있을 터이다. 그러나 하나의 작품은 전체적 구조와 여기에서 드러내는 의미망을 두고 그 작품적 의미를 이해해야한다는 점에서는 이러한 해석이 가능해지는 법이다.

으킨 셈이다. 역사적 사실은 작자의 가치지향성을 준거로 철저하게 비판당하고 있으며, 바람직하지 못한 현상은 작가가 견지해 왔던 합리적이고 객관적 역사인식을 허물어뜨리고 소망적 상상력(所望的 想像力)에 분해되어 재편성되고 만다. 그런데 작자는 〈한양가〉의 작자와는 달리 당대의 현실에 대해서 어떠한 전망도 획득하지 못하고 있다. 그것은 작가가 마주 대했던 현실이 망국이라는 절망적 상황이어서 미래에 대한 전망을 획득할 없게 되었던 점에서 비롯된 일이라고 볼 수 있다. 그럼에도 불구하고 〈한양가〉의 작자보다도 〈한양오백년가〉의 작자가 현실에 대해서 더욱 투철한 현실인식을 반영했다는 점은 역설적으로 보인다.

4. 〈한양가〉와 〈한양오백년가〉의 세계전망과 미의식

어떤 문학작품이든지 세계전망을 내보이게 마련이다. 일반적으로는 한 시대를 살아가는 사람들의 가치관이나 사고방식을 바탕삼기도 하고, 특수하게는 작자 자신의 독특한 세계관을 토대로 해서 작품 속에 일정한 전망을 내보이게 된다. 또 문학작품이 언어를 매개로 해서 이루어지는 예술현상이라고 할 때, 작품이 생성시키고 있는 일정한 미의식이 나타나는 법이다. 작품의 세계전망은 미의식과 결합되어 있기도 하다. 그 둘의 결합이 적절할수록 작자는 작품을 통해서 독자에게 작품의 의미를 전달하는 데에 성공할 수 있고, 작품의 예술성을 수준 높게 성취할 수 있을 터이다.

우리가 〈한양가〉와 〈한양오백년가〉에서 찾아 낼 수 있는 세계전망은 어떤 것인가. 또 그것은 두 계열 사이의 동질성을 보여 주는 것인가, 이질성을 보여 주는 것인가. 또 두 계열의 작품에 갈무리된 미의식은 어떤 성격을 지닌 것인가. 독자들에게 공통된 미적 체험을 하도록 하는 것인가. 별개의 미적 체험을 겪도록 하는 것인가. 이 문제도 만만치 않은 설명을 요구하고 있다.

〈한양가〉를 통하여 작자가 전망하고 있는 것은 조선왕조의 안정과 번성이 이루어지는 세계이다. 이는 상투적인 관용적 표현구를 통하여 임금의 덕성을 찬양하고 태평성대가 오기를 축원하고 있는 부분에서 이미 확인한 바 있다.[346] 이러한 작품의 분위기는 독자들에게 화평하고 장엄한 정서를 느끼도록 하면서 곳곳에서 흥겨운 흥취를 맛보도록 이끌게 된다. 예컨대 "우죠라 계면이며 쇼용이 편락이며 / 츈면곡 처ㅅ가라 어부ㅅ 상ㅅ별곡 / 황계타령 민화타령 줍가시죠 듯기 죠타 / 춤추는 기싱드른 머리의 수건민고 / 웃영슌 느진 춤의 즁영슌 춤을 모라"[347]라는 구절에서는 잔치마당과 같이 흥겨운 분위기를 연출하여 이러한 정서에 몰입하게 만든다. 이러한 분위기는 〈한양가〉의 마지막 부분에서 현재의 군왕의 복락과 수명을 빌어 마지않으면서 "이런 국도 이런 세상 예부터 지금까지 또 있겠는가"라고 만족감과 자긍심까지 이끌어내고 있다. 이는 〈한양가〉의 작자가 이 작품을 통하여 낙관적인 세계전망을 제시하면서 독자들로 하여금 이런 전망을 함께 나누도록 하는 일이라 할 수 있겠다.

이에 반하여 〈한양오백년가〉에서 작자가 내보이는 세계 전망은 매우 어둡고 앞이 보이지 않은 미래를 담고 있다. 조선왕조가 멸망한 후에

---

346) 〈한양가〉에서 '임즌는 그뉘신고 하늘이 닉신인군/ 젹덕빅년 태됴대왕 홍무의 등극ᄒᄉ/ 례악법도 소중화라 션니건곤 거룩ᄒ다/ 계계승승 셩ᄌ신숀 질겁구나 우리셩듀/ 어질기는 요슌이요 효롭기는 문무로다'라고 노래한 부분에서 이점이 나타나고 있다는 점은 작품의 양상을 살필 때에 언급한 바 있다.

347) 박성의 교주, 『農家月令歌 · 漢陽歌』, 1974, 민중서관, 138면 참조.

〈한양오백년가〉를 지은 작자는 이런 세계 전망을 작품의 첫머리에 깔아놓았다. 즉 "슬푸다 친구임늬 가사드러 보실나요/ 무삼가사 지엇난고 한양가를 지엇나니/ 이가사 보와시면 한양사직 자시아라/ 오빅연지늰사적 흥망성쇠 여기잇고/ 이십팔왕 치국하신 선불선이 여기잇소"라는 부분은 이 작품을 쓴 작자가 오백년의 조선왕조가 멸망한 사실 앞에서 슬픔을 토로하면서 작품세계를 엮어 나가고 있다는 점을 보여준다. 이런 심정은 "귀귀이 분한마음 자자이 원통한일/ 무어이 분하든가 한양이 만한후의/ 호국백성 되난일이 그거이 원통하오/ 팔도이 창싱빅성 외국빅성 되단말가/ 자다가 생각혜도 칼을 물고 죽을지르/ 가사짓난 이사람도 임자연 정월달이/ 충청도 진천싸이 글갈치고 있다가서/ 이가사를 지엇난듸 진천서 등서하니/ 그리알고 감좌두소 할말도 업거이와/ 그만저만 그채보새 장성하면 지루하오/ 지루하면 시럽난이 이만치 마쳐보싀"[348]라는 마지막 부분에서는 더욱 절망적으로 표현된다. 즉 나라가 망한 현실 앞에서 분하고 원통하여 칼을 물고 자결할 마음을 품은 작자가 그것을 표현한 글조차 감추어 두어야 하는 세상을 내다보고 있는 것이다.

미래에 대한 전망을 획득할 수 없었던 〈한양오백년가〉의 작자는 과거로 시선을 돌려서 역사적 시간을 바람직한 전망 안으로 이끌어 들이게 된다. 전반적으로 보아서 〈한양오백년가〉의 작자는 역사에 대해서 매우 냉정하고 합리적인 비판의식을 지니고 있는 것으로 보인다. 그것은 대의명분에 매달려서 현실성이 없는 북벌정책을 강행하려 했던 효종을 비판한 대목이라든지, 역대의 군왕의 실정(失政)을 날카롭게 지적한 부분 등에서 확인되고 있다. 그러한 관점은 임진왜란을 서술하는 부분에서 격발

---

348) 위의 책, 184면 참조.

된 정서적 대응과 함께 객관적 역사인식을 허물어뜨리는 시각으로 전환 된다. 작품의 양상과 구조라는 측면에서도 이 부분의 서술량이 엄청나게 증폭되었다는 사실을 알아본 바 있지만, 〈임진록〉에서는 김덕령, 사명 당, 김응서 등이 등장하여 침입한 왜병을 물리치고 왜장을 죽이고, 일본 에 원정하는 등의 영웅적 활동을 벌인다. 대부분의 이야기가 역사적 사 실을 허구화하여 상상의 세계 안에서 침략의 주체를 무력화시키고 응징 하는 쪽으로 구성된다. 이는 나라를 멸망시킨 외침 세력이 일으킨 전란 을 과거의 시간 안에서 소망스러운 세계로 재편성하고자했던 의지에 의 해 일어날 수 있었던 일이다. 현재에서 미래를 향한 전망이 차단되었을 때, 〈한양오백년가〉의 작자는 과거로 거슬러 올라가서 역사적 상상력에 힘입어 새로운 세계에 대한 전망을 획득했던 셈이다. 이는 역사적 사실 을 객관적으로 이해하려는 지적 정신활동에서 역사적 대상을 주체적으 로 변혁하려는 의지적 정신활동으로 나아가서 역사적 시간 안에서 현재 의 절망적 사태가 가로막은 미래에 대한 전망을 애써 얻으려는 몸부림을 보여 준다고 말할 수 있겠다.

작품을 통해 나타나고 있는 미의식은 앞에서 살펴본 세계 전망과 밀접 한 관련을 맺고 있는 법이다. 〈한양가〉는 우리 국토의 지세에서부터 궁 궐의 모습, 궁내부, 의정부, 육조, 각부와 관원들의 행색, 각종 상점, 놀 이, 임금의 행차, 과거장의 모습[349]을 정적 공간과 동적 공간에 담아서 독자들이 화평한 분위기를 느끼도록 만들고 있다. 또한 독자들은 원근법 적 접근방식을 통해서 한양 도읍의 웅장하고 화려한 풍광 한 가운데 서

---

349) 과거장을 묘사하는 대목에서 '글 글시 업는 션비 슈종군 모양으로 / 공석의도 못 안고도 글 한 장을 익긜흔다'(박성의 교주, 『農家月令歌·漢陽歌』, 1974, 민중서관, 166면 참조.)와 같이 과거 진행의 부정적인 측면을 드러내어 이 시기 의 사회공간의 한 모습을 보여주기도 한다.

있는 느낌을 받으면서 장엄한 정서를 환기받게 되는 것이다. 따라서 〈한양가〉에서 독자들은 화평하고 장엄한 정서를 환기시키는 미의식을 전달받는 셈이다. 이는 작자가 현재를 긍정적으로 받아들이고 미래에 대해서 낙관적인 전망을 내보이는 점과 관련을 맺고 있을 터이다.

이에 비해서 〈한양오백년가〉는 이성계의 조선왕조 창업에서 일제에 의한 조선왕조의 멸망에 이르기까지 중요하고도 충격적인 역사적 사건을 시간적 순서에 따라 엮어 가면서 작자의 정서적 대응과 서술관점을 보여 주었다. 조선왕조의 충격적인 역사적 사건과 위기의 시기마다 격발된 정서와 비판적 관점을 개입시킨 작자는 독자에게 조선왕조 멸망의 절망적 현실 앞에 역사의 회고를 통해서 망국한 현재적 상황을 비통해 하고 새로운 각오를 다지는 매서운 정서를 환기시키고 있다. 임진왜란을 일으켜 우리 민족에게 크나큰 피해를 입힌 일본이 다시 우리나라를 망국시켰다는 점에서 작자는 비통하고 격분한 심정으로 역사적 시간 안에 침략의 주체를 응징하였다는 점은 이미 밝혀진 바 있다. 당장에 미래에 대한 전망을 획득할 수 없었던 작자가 과거의 역사적 시간으로 되돌아가서 새로운 전망을 획득하고자 한 셈인데, 이는 바람직하지 못한 현실을 혁파하여야 한다는 의지가 매섭고 비장한 정서와 결합함으로써 가능해진 것이다.

5. 문학사적 맥락과 위치

앞에서 살펴본 바와 같이 〈한양가〉와 〈한양오백년가〉는 작품의 양상과 구조가 서로 다르다는 점이 밝혀졌다. 이에 비추어 볼 때 두 계열의 작품이 내보이고 있는 세계전망과 갈무리하고 있는 미의식이 서로 같지 않으리라는 점은 미루어 짐작할 수 있는 일이다. 두 계열의 작품은 조선왕조의 실체를 시공간적 단면을 통하여 나타내고 있다는 측면적 차이 이상의 차별성을 드러내고 있다. 두 계열의 작품은 다 같이 조선왕조의 당대적 실체와 역사적 사실을 알려주고 이해시키는 데에 이바지하는 교술적 기능을 지니고 있지만, 그 전개적 양상에 따라 다른 장르의 기능과 연계되는 현상을 내보이게 된다.

〈한양오백년가〉와 같이 일정한 역사적 대상을 문학작품화한 계통은 영사시(詠史詩)로 국문학사의 한 흐름을 이루고 있다. 고려 후기에 이르면 뜻있는 지식인들이 우리 민족의 역사적 근원을 찾으려는 의식에 눈뜨게 되고, 이점은 오세문의 〈역대가〉(歷代歌)나 이승휴의 〈제왕운기〉(帝王韻紀)에서 확인된다. 비록 조선왕조 창건의 정당성을 강조하는 정치적 의도 아래 지어진 것이긴 하지만, 세종이 정인지 등에게 짓게 한 〈용비어천가〉(龍飛御天歌)도 같은 맥락에서 살펴질 일이다. 조선조 후기에 이르러서 심광세를 비롯하여 임창택과 이익이 〈해동악부〉(海東樂府)라는 동일 제명의 영사시 작품 안에 단군시절부터, 또는 신라시대부터 조선시대에 이르는 역사적 사실을 소재로 선택하여 이를 문학적으로 형상화해 내었던 것이다. 이렇게 볼 때 〈한양오백년가〉는 영사시의 국문학사적 맥락에서 가장 뒤늦게 되짚어 볼 수 있는 작품으로 우리 앞에 놓여 있는 셈이다.

〈한양가〉와 같이 일정한 사회적·지리적 공간을 문학작품화한 계열은 매우 생산적으로 국문학사의 한 흐름을 형성해 왔다. 역사적 사실을 소재로 삼아서 문학적으로 형상화한 영사시 계통의 작품들이 한문을 매개로 지어진 데 비하여 지리적 공간의 풍광과 풍물을 대상으로 문학작품화한 작품들은 국문을 매개로 지어지는 경향이 두드러졌다는 점은 우리의 주목을 끄는 특징이라 하겠다. 고려왕조 후기의 안축에 의해서 지어진 〈관동별곡〉(關東別曲)과 〈죽계별곡〉(竹溪別曲)과 조선왕조 초기의 변계량의 〈화산별곡〉(華山別曲) 등은 경기체가의 형태를 빌어 특정한 공간을 노래한 작품들이다. 이 가운데서 〈화산별곡〉은 세종의 치하라는 특정한 시기를 시간적 축으로 삼아서 한양의 공간을 원거리-근거리-원거리로 구성하면서 과거와 현재와 미래를 이 공간을 중심으로 유기적으로 짜내고 있다는 점이 이미 밝혀진 바 있다. 이러한 흐름은 정철의 〈관동별곡〉을 거쳐 〈호남가〉(湖南歌)나 〈호서가〉(湖西歌), 〈영남가〉(嶺南歌) 등의 지역을 노래하는 가사작품이 나타나면서 더욱 구체적이고 세밀하게 지역적 풍광과 풍물을 담는 경향으로 이어진다. 그리하여 우리 나라의 빼어난 명산인 금강산의 풍광을 노래하는 가사작품이 집중적으로 나타나기도 했다. 박순우의 〈금강별곡〉(金剛別曲)과 이상수의 〈금강별곡〉과 작자 미상의 〈금강별곡〉 등이 18세기와 19세기 사이에 지어졌다. 특히 지역을 대상으로 노래한 가사들은 소리꾼들의 입을 통하여 널리 애창되면서 조선조 후기의 가창가사의 주요한 레퍼터리의 목록에 끼이게 되었던 것이다.

〈한양가〉와 〈한양오백년가〉를 국문학사적인 맥락에서 살펴볼 때, 이들이 특정한 지리적 공간이나 사회적 공간을 문화적으로 형성화하였던 흐름과 일정한 역사적 시간이나 사건을 문학적으로 형상화하였던 흐름 속에 위치한다는 사실을 알 수 있다. 장르적인 측면에서는 이들 작품은 교술적 기능을 가지고 있다는 점이 지적될 수 있다. 즉 〈한양가〉와 〈한양오백년가〉는 다같이 조선왕조의 실체를 시간·공간적 단면을 통하여 당대적 실체와 역사적 사실을 알려 주고 이해시키는 데 이바지하고 있다

는 점에서 교술적 기능을 가지고 있는 것이다. 그런데 구체적으로 살펴
보면 그 전개 양상에 따라 다른 장르의 기능과 연계되는 현상도 눈에
띈다.

〈한양가〉의 경우에 거듭 풍물을 열거하여 독자에게 그대로 보여 주다
가 '무예도 갸륵ᄒ고 치마도 날ᄉᆡ도다', '각ᄉᆡᆨ 비단 버러스니 화려도장ᄒᆞᆯ
시고', '밉시도 잇거니와 치장도 놀ᄂᆞ올ᄉᆞ'와 같이 시적자아(詩的自我)가
정서적 공간을 확보하여 서정적 기능을 강화하고 있다. 이에 비하여 〈한
양오백년가〉는 조선왕조 간에 일어난 가장 참혹한 전쟁이었던 임진왜란
이라는 역사적 사실을 생생하게 전달하기 위하여 〈임진록〉이라는 소설
을 차용함으로써 서사적 기능을 떠안는 양상을 보여 주고 있다. 조선조
후기의 국문학사 변화 중에서 가장 주목되는 일이 문학장르 상호간에 그
기능이 전이(轉移)되거나 복합되는 현상이다. 그러한 현상이 가장 활발
하게 진행된 장르의 하나가 가사문학이다. 가사형태로 지어진 〈한양가〉
와 〈한양오백년가〉에 나타난 장르의 복합화 현상도 이러한 국문학사의
흐름 속에서 이해할 일이라 하겠다.

6. 결언

한양 도읍의 사회적 공간을 특정한 시기를 중심으로 횡단적으로 절단
하면서 파노라마적으로 묘사한 작품이 〈한양가〉계열이라면, 한양 중심
의 역사적 공간을 조선왕조 500여 년의 시간적 전개에 따라 종단적으로
서술한 작품이 〈한양오백년가〉계열이다. 두 계열의 작품은 서로 다른
이본을 파생시키면서 많은 독자를 확보해 나간 것으로 보인다. 〈한양가〉

계열은 임금의 수원능 행차 부분이 독립되어 나가면서 노랫말로 전용된 〈수원능행행가〉의 이본 계통을 분화시켰다는 사실이 확인되었다. 〈한양오백년가〉계열은 부분적 차이를 드러내는 여러 이본을 분화시켰으며, 현재도 경상북도 지역에서 이를 읽고 있는 독자가 확인될 만큼 지속적인 인기를 누려왔다.350)

〈한양가〉계열의 작품은 한양 도성의 다양한 면모를 정적 공간과 동적 공간의 구성방식을 복합시키고, 원거리 서술시점과 근접 관찰시점을 결합하여 장면과 장면을 이동시키면서 독자가 한양도읍의 한 복판에 서서 흥겹게 풍물에 노니는 느낌을 지니도록 하고 있다. 이에 비하여 〈한양오백년가〉는 독자로 하여금 한양 도읍 중심의 역사를 멸망한 시기에서 거슬러 올라가도록 통시적 시간의 축 위에서 순차적으로 엮어 내고 있다. 작자의 격발된 정서적 대응과 비판적 관점의 개입으로 곳곳에서 서술량의 팽창이 일어나고, 이러한 서술 공간 안에서 독자들은 역사적 대상에 정서적으로 몰입하든가 비판적 거리를 확보하고 마주보게 된다.

문학작품은 독자를 향하여 어떤 세계 전망을 내보이게 마련이다. 또 문학작품이 언어를 매개로 한 예술현상이란 점에서 어떤 미감을 지니고 있을 터이다. 〈한양가〉계열은 독자들에게 19세기 당시의 한양 도읍의 화려하고 웅장한 면모를 공시적(共時的) 공간 안에서 내보이듯이 펼치는 개방적 구조를 펼쳐 보임으로써 현실을 낙관적으로 보고 긍적적으로 수용하게 만든다. 이에 따라 현실에 대한 만족감과 자긍심을 안고 희망적인 미래를 내다보도록 한다. 또한 독자들은 화평하고 장엄한 정서를 환

---

350) 이는 다음 논문에서 필자가 현지 조사하는 과정에서도 확인되었다.
　　권미숙, 「20세기 중반 고전소설의 향유양상-경북 북부지역 농촌을 중심으로-」, 영남대 박사논문, 2008.

기반으면서 흥겨운 미감을 느끼게 된다. 이에 비하여 〈한양오백년가〉 계열은 독자들에게 나라가 망한 시점에서 조선조 역사에 대해 시간을 거슬러 올라가면서 잘되고 못된 점을 따져 보도록 하면서 절망적인 현실 앞에서 역사를 극복하는 의지를 키우도록 만든다. 작자는 독자에게 과거로 거슬러 올라가서 역사적 상상력에 힘입어 새로운 세계에 대한 전망을 획득하도록 이끌어 내고 있는 셈이다. 작자는 독자에게 망국한 현실 앞에 비통해 하면서 임진왜란을 일으킨 침략주체가 또다시 우리 나라를 멸망시킨 점에 격분하고 이를 극복하려는 매서운 마음을 불러일으키려고 애쓰고 있다.

국문학사적 맥락에서 볼 때 〈한양가〉는 특정한 지리적 · 사회적 공간을 소재로 삼아서 이를 문학적으로 형상화했던 흐름 속에 위치한다. 즉 안축의 〈관동별곡〉에서 시작하여 〈호남가〉 등의 노래로 불리는 가사의 흐름 안에서 이 작품 계열은 자리 매김될 수 있다. 〈한양오백년가〉는 일정한 역사적 대상을 문학적으로 형상화했던 흐름 속에 위치한다. 〈역대가〉와 〈제왕운기〉에서 〈해동악부〉 등의 영사시의 흐름의 끝부분에 이 작품 계열은 자리 잡고 있다. 또한 이 작품 계열은 교술적 기능과 서정적, 또는 서사적 기능이 복합되어 나타나는 현상을 드러내면서 조선조 후기의 국문학사의 변화를 보여 주기도 한다.

제4부
고전문학과 지방의 대응

지방화와 고전문학의 대응 1

1. 세계화와 서울집중화, 그리고 지방화

세계화란 말은 이제 범상하게 여기게 되었지만, 한때는 구원의 메시지를 담고 있는 것으로 신봉될 정도로 광범위하게 유포되고 전파되었다. 세계화 신도들이 세기말의 암시적 위기에서 세계화란 이데올로기를 교리로 삼고 마치 세기말이 당장 올 것으로 알고 제 집을 뛰쳐나간 신흥종교 교도들같이 이 말에 실낱같은 구원을 바라고 눈멀고 귀가 막히기도 했다. 그러나 아직도 이 말과 그것이 풍기는 분위기는 우리의 눈과 귀에 하늘과 땅처럼 막아 서 있는 느낌이다. 절박한 상황에서는 마치 물에 빠진 사람이 지푸라기라도 잡으려는 심정으로 상태를 호전시킬 수 있다고 믿는 바에 매달릴 수밖에 없는 법이다. 세계화란 화두가 우리를 절망과 파멸에서 구원의 방안을 제시하는 지고지선의 복음으로 자리 잡는 동안에는 이것이 지니는 부정적인 측면에 대해서 언급하는 일조차 금기시되는 분위기가 조성된다.[351]

---

351) IMF 관리 하에 놓였던 시기에는 이러한 경향이 압도적이었고, 그 후에도 각 분야에서 이러한 시각은 지배적 담론을 생산하는 관점을 제공하고 있다.

그러하나 비판적인 안목을 칼날같이 벼려야 하는 지성인에게는 세계화라는 말이 가리키는 바가 무엇인지 엄밀하게 따지고, 그것이 지니는 부정적인 측면이 어떠한 것인가에 깊은 관심을 보이지 않을 수 없는 일이다. 일반적 의미에서 세계화는 개별화 또는 특수성이 발현되는 현상을 일반화와 보편화라는 잣대로 재단하고 지역적 편차를 전지구적(全地球的) 시각으로 극복하자는 뜻으로 받아들일 수 있다. 여기에서 그 잣대와 시각이 특정 가치와 세력 쪽에 함몰되어서는 그 온당성과 타당성을 보장받을 수 없는 법이다. 그럴 경우에 일반화와 보편화는 특수한 무엇에 복속되는 바를 위장한 깃발에 지나지 않고, 지역적 편차의 극복은 특정한 공간에 기반을 둔 세력 속에 집결시키는 구호를 생산하는 도구로 쓰일 뿐이다.

이러한 우려는 현실에서 세계화라는 화두가 부정적 측면을 생산하는 데서 더욱 심각하게 제기될 수 있다. 실제로 세계화는 시장경제를 기초로 하여 그것을 유지 · 합리화하는 일정한 가치체계와 미국이라는 특정 세력을 기반으로 그 잣대와 시각이 마련되어 실천적 국면에서 그 위력을 발휘하고 있는 실정이다. 더구나 자유경쟁이라는 미명 아래 정글의 법칙이 숭고한 교리처럼 위장하고 횡행하며, 국어조차도 영어로 가르쳐야 한다는 전대미문의 해괴한 발언이 대낮에도 어둠처럼 활개를 치는 일이 현실화되어 나타나는 바, 이것은 천박한 세계화의 후유증의 하나로 새길 일이다. 장기적으로 볼 때에 이것은 우리나라와 미국 사이의 관계망조차 망가지게 만들 뿐만 아니라, 우리나라의 사회적 · 경제적 관계망을 흐트러뜨려 놓게 마련이다.

이러한 실정 가운데 가장 심각한 것은 서울로의 집중화352)가 더욱 가중되어 나타난다는 점이다. 이를 제어할 방안이 마땅하게 마련되지는 않

는 것 같다. 서울 집중화가 비교적으로 느리게 진행되는 문화와 교육 분
야에서 이 문제를 두고 고민하고 제동을 거는 일이 다소 효과적일지도
모른다. 서울로의 집중화 현상이 어제오늘의 일은 아니지만, 이러한 현
상이 야기하는 부정적인 영향은 지방의 고사화로 이어지는 데에 그 심각
성을 지닌다.[353] 더구나 세계화의 국내적 관철의 결과로 확인될 경우에
는 세계화의 부정적 측면이 각 지역에서 얼마나 그 폐해를 확대재생산할
것인가에 대해서 주목해야 할 필요가 생긴다. 오늘날 '지방은 서울로, 서
울은 세계로'라는 시각은 상식적이 되어 있을 뿐만 아니라, 구체적인 국
면에서도 이러한 시각은 관철되어 나타난다고 말할 수 있다. 정치, 경제,
교육, 문화 등 어떤 분야이고 간에 이런 점은 확인되는 터이다.

여기에 우리는 세계화라는 말에 대응하는 지방화라는 화두를 들고 나
앉아야 할 때를 맞고 있다. 이미 우리는 세계화가 서울집중화를 통하여
구체적으로 관철되고 있다는 점에 유의하였다. 따라서 세계화의 부정적
인 측면은 서울집중화를 통하여 지방에 실현된다고 볼 수 있는 것이다.
이것은 서울집중화가 양적으로 집적되어 질적으로 전환되는 현상에서
관철되는 점이다. 예컨대 지방 사람조차도 자신이 근거지로 삼는 지방을

---

352) 서울로의 집중은 이전에도 진행되어온 현상이었다. 이러한 현상은 세계화라는
담론의 실천적 국면에서 더욱 심화되어 나타난다는 게 필자의 판단이다. 세계화
라는 담론의 실천적 국면에서는 지방의 인적·물적 자원이 서울이라는 중간 저
장소에 모였다가 다시 특정 세력의 국가, 또는 문화권으로 더욱 빠르고 엄청나
게 빨려 나가게 되는 셈이다. 이 국면에서 일부 지식인들은 세계화 소통의 속도
와 엄청난 물량이 제공하는 일시적인 위안소에서 안정된 심리에 눈멀어 이런 현
상이 발전적 국면을 지닌다고 착각하게 되는 법이다.

353) 이 경우에 서울집중화에 대항하는 지역의 정체성의 확보는 '중앙의 통치권이나
부력을 나누자는 요구나 또는 등권적 자치권에 대한 요구를 담고 있다.'(황태연,
「내부식민지의 저항과 지역의 정치화」, 『지역문제-지역주의-지역화』, 한국정치
학회, 1997, 3면.)는 정치적 함의보다 더 포괄적 관점에서 문제제기에 대한 응전
적 해답이 필요하게 될 것이다.

황폐화시키는 서울집중화에 둔감하거나, 심지어는 그런 방향으로 나아가는 정책을 찬성하는 경우가 그런 질적인 변화의 한 단면을 보여주는 것이다.[354] 정치는 물론이고 경제적 부문에서 이러한 점은 이미 오래 전부터 나타나고 있었던 바이다.[355] 문제는 교육과 문화 부문에서도 이러한 현상이 급속하게 진행되고 있다는 데에서 우리는 이를 심각하게 인식해야 할 터이다. 후자의 경우에 서울집중화가 비교적 느리게 진행되어 온 부문이기도 하지만, 이러한 부문이 서울집중화의 폐해를 다소 줄이는 완충 역할을 하는 데에 이바지하는 바가 컸던 것이다. 그런데 지금은 문화와 교육 부문에서도 서울로의 집중화 현상이 가중되고 급속하게 진행되고 있는 실정이다.

우리의 특수한 역사적·사회적 여건으로 세계화가 서울집중화를 통하여 관철되고, 이것이 다시 서울집중화를 가속시키면서 지방의 경제적 토대를 와해시키고 인적 자원을 고갈시키면서 우리의 미래를 암담하게 만드는 일로 연결될 것은 불을 보듯 분명하게 예견되는 일이다. 일이 되어나가는 모양을 보아서는 이러한 현상을 일도양단(一刀兩斷) 식으로 틀어막기는 어려워 보인다. 차선책으로 이러한 일을 완화시키는 방법을 모색하는 게 필요하다. 이것은 바람직한 방향으로 이러한 흐름이 돌아가도록 힘을 모아주는 동시에, 바람직하지 않은 흐름을 막거나 그 동력을 차단

---

354) 지방에 있는 사람이 친척 중에 강남에 살 경우에 자신은 종부세 과세 대상도 되지 않으면서 종부세를 폐지해야 한다고 핏대를 올리는 경우에 그가 지니게 된 허위의식은 서울집중화가 만들어낸 부작용의 심리적 기제가 내면화된 결과물이기도 하다.

355) 서울집중화는 자본의 집적과 집중화가 특정한 공간의 집중화와 연계되어 나타나는 현상이라고 할 수 있다. 이와 관련된 논의로는 아래의 것을 참고할 수 있다. J. 카니·R. 허드슨·J. 루이스 엮음, 『지역문제의 정치경제학』, 한국공간환경학회 지역분과 옮김, 1991, 도서출판 풀빛, 20-23면 참고.

하는 양면적 운동의 성격을 지니는 일이다.

2. 서울과 지방의 문화적 거리

서울집중화가 지방의 물적·인적 토대를 흡수하여 그것을 주요한 자원으로 삼아 진행되어 왔다는 논점은 이미 앞에서 제시하였다. 여기에서 우리가 주목하는 것은 그러한 변화가 느리게 진행되었던 문화 분야까지 이제는 이러한 현상이 급속도로 확산되고 있다는 점이다. 학문이나, 교육, 예술 등등의 분야는 획일적 집중화의 대상이 되기도 어렵고, 또 그렇게 되지 않아야 할 본질적 속성을 지니는 분야이기도 하다. 이러한 분야에서도 서울집중화가 급속하게 진행되었다는 점은 무엇을 뜻하는가. 이것은 집중화의 강도가 우리의 예상을 훨씬 뛰어넘는 정도에 이르고 있다는 사실과 그 폐해가 엄청나게 누적되고 있다는 점을 동시에 보여주는 일이 아닐 수 없다.

이러한 문제는 그 구체적인 자료를 통하여야 그 실제적인 현실을 대상으로 문제 인식으로 구체화될 수 있을 터이다. 예상된 바이지만 서울과 지방의 문화적 격차는 우리의 상상보다 더 심각하다는 것을 이를 통하여 확인할 수 있을 것이다.[356] 이러한 점은 그 구체적인 실상을 통하여 점검해볼 필요가 있다. 문화적 격차와 그 지표를 찾을 수 있는 부문으로

---

356) 필자는 세계화의 구체적인 관철이 서울집중화를 통하여 더욱 가중화되고 있다는 관점에 서 있다. 문화적 측면에서 세계화의 폐해는 문화 제국주의라 명명할 정도로 그 문제의 심각함을 제기한 다음 논의에서 우리는 주목해 볼 수 있다. 이유원, 「자문화 중심주의와 문화의 정체성」, 『세계화와 자아 정체성』, 사회와 철학연구회, 이학사, 2001, 144면.

대표적인 것은 학문과 예술 분야라 할 수 있겠다. 전자가 지적 역량과 그 축적을 가늠해볼 수 있는 것이라면, 후자에서는 문화적 창조력의 정도를 재어볼 수 있을 것이다. 이를 살펴보기 위해서 서울과 지방에 소재하고 있는 학술단체와 예술단체의 양적 분포를 알아보기로 한다.

〈표1〉 한국학술진흥재단 등재학술지목록에 따른 학회현황357)

구분	어문	인문	사회	자연	공학	의약학	농학	수해양	예술체육	계	%
등재 학술지수	8	7	29	22	28	6	8	0	2	110	
학회 수	8	7	24	18	24	6	7	0	2	96	100
서울· 경기지역 학회수	6	7	18	15	23	5	5	0	1	80	83.3
기타지역 학회수	2	0	6	3	1	1	2	0	1	16	16.7

　위의 표에서 알 수 있는 바는 등재학술지 기준으로 볼 때에 각 분야 학회의 83.3%가 서울·경기지역에 집중되고 있다는 점이다. 이는 학문 분야에서 서울집중화 현상을 단적으로 보여주는 통계358)가 아닐 수 없다. 어문학분야가 어떠한가를 다음 표에서 알아보기로 하자.

---

357) 2002년 4월 10일 한국학술진흥재단홈페이지(http://www.krf.or.kr)의 〈학회정보검색〉란의 학회정보를 바탕으로 하여 작성된 것임. 여기의 학회 수에는 연구소나 기타기관, 중복되는 학회는 제외함.
358) 서울은 과포화되어 그 활동지역을 인접지역으로 넓히고 있는 바, 이제는 서울·경기지역은 서울집중화의 지역적 구현결과로 볼 수 있다.

〈표2〉 한국학술진흥재단 어문분야 등재 · 등재후보 학술지목록에 따른 학회현황

구분	어문학	%
등재+등재후보 학술지 수	83	
전체 학회수	80	100
학회수(서울 · 경기)	53	66.3
학회수(기타지역)	27	33.8

위의 도표에서는 서울 · 경기지역에 분포된 어문학학회수가 전체의 66.3%를 차지하고 있어서 다른 분야보다는 다소형편이 나은 것으로 나타난다. 그런데 이는 어문학 분야가 다른 분야보다도 사회 · 경제적 토대의 영향을 덜 받는다는 점을 보여주는 동시에 서울집중화를 극복하려는 의지와 성과가 나타났다는, 양면적 의미를 지니는 것이라고 이해할 수 있을 터이다. 물론 이것으로 우리의 사정을 낙관적으로 볼 수 없다는 점은 두 말할 나위가 없는 일이다.

그런데 우리의 학문적 연구 대상과 관련이 있는 분야의 서울집중화 정도도 알아볼 필요가 있다. 고전문학과 관련이 있는 예술분야는 공연예술에 걸쳐서 나타나고 있는 점을 고려하여 대표적인 공연예술의 현황을 살펴보면 그 현황이 파악될 수 있을 것이다. 이를 알아보기 위해서 다음의 도표를 살펴보기로 한다.

〈표3〉 지역별 · 분야별 공연횟수356)

	대상 공연 장수	계	음악	무용	연극	뮤지컬	악극	연예	영화 상영	아동 청소년 공연	기타
전체	288	22881	7209	1225	1243	744	133	507	3413	3493	4914
비중		100%	31.5	5.4	5.4	3.3	0.6	2.2	14.9	15.3	21.5
서울	19	4130	1415	335	264	135	22	47	857	623	432
부산	21	1600	705	98	135	51	8	3	127	190	283

대구	17	1345	537	41	47	16	16	0	102	334	252
인천	8	1373	297	45	90	117	2	0	219	188	415
광주	16	1108	365	26	48	17	19	116	96	105	316
대전	8	1495	419	76	53	17	8	208	168	252	294
울산	8	423	157	24	45	9	3	19	73	81	12
경기	39	3467	655	165	108	130	6	38	886	547	932
강원	28	1021	353	27	81	20	4	10	98	188	240
충북	21	465	257	16	45	2	1	0	55	89	0
충남	12	711	192	32	42	14	2	6	112	176	135
전북	20	1646	579	21	93	75	7	1	112	86	672
전남	27	787	242	36	47	32	14	12	169	124	111
경북	21	1218	285	171	56	51	18	8	188	190	251
경남	18	1371	408	64	53	54	2	35	114	207	434
제주	5	721	343	48	36	4	1	4	37	113	135

〈표4〉 광역지역별 공연횟수

	대상 공연 장수	계	음악	무용	연극	뮤지컬	악극	연예	영화 상영	아동 청소년 공연	기타
7대 도시	97	11474	3895	645	682	362	78	393	1642	1773	2004
9대 광역도	191	11407	3314	580	561	382	55	114	1771	1720	2910

위의 자료에서 확인할 수 있는 바는 대표적인 공연예술의 전체공연횟수에서 서울·경기지역에서 공연된 횟수는 33.8%에 이른다는 점이다. 이는 학문 분야에 비교한다면 서울집중도가 상대적으로 떨어진다고 볼 수 있다. 그러나 이런 단순한 수치 비교에서는 정태적인 측면에서의 양적 분포만 드러날 뿐이다. 공연장 공연횟수로 볼 때에 서울이 1133회로 전국의 평균 공연횟수 177회[360)]에 비해서 압도적으로 높게 나타나고 있

---

359) 이 자료는 문화관광부·한국문화정책개발원이 발간한 『2002 공연예술진흥기본계획 부록』의 244면의 내용임.
360) 이 통계자료는 다음 문헌에서 인용한 것임.
　　문화관광부·한국문화정책개발원, 2002 공연예술기본계획 부록, 크리홍보(주),

다. 이것은 서울·경기지역의 공연예술이 다른 지역보다도 월등하게 활
성화되어 있다는 사실로 해석될 통계자료인 셈이다. 위의 통계자료와 이
를 연결하여 이해한다면, 지방에서도 공연장 등의 물적 토대는 어느 정
도 갖추고 있으나[361] 인적자원에서는 매우 취약한 현실을 보여주고 있는
셈이다. 즉 공연자뿐만 아니라 청·관중의 수효에 있어서 지방은 서울과
경쟁이 되지 않을 정도로 열악하다는 점은 이 통계를 통해서 확인되는
법이다.

　고전문학과 직접적으로, 또는 간접적으로 관련을 맺고 있는 분야는 국
악이라 할 수 있다. 이 분야에서도 서울과 다른 지역과의 격차는 매우
심각하게 벌어지고 있다는 점이 확인된다. 이는 전체적인 측면에서 나타
날 분만 아니라 전망적 수치에서도 이런 점이 입증되고 있는 것이다. 이
를 확인하기 위해서 다음의 통계표를 살펴볼 필요가 있다.

〈표5〉 국악행사 통계[362]

극음악			사물, 민속			기타			통계 표지
1998	1999	2000	1998	1999	2000	1998	1999	2000	년도별
50	115	170	337	358	362	94	62	60	전체합계
20	74	122	130	140	131	21	34	50	서울 지역 행사
0	3	3	10	11	31	4	5	3	부산 지역 행사
1	2	0	13	12	9	5	1	0	대구 지역 행사
0	0	0	8	33	22	7	0	0	인천 지역 행사
4	8	3	15	8	17	5	4	0	광주 지역 행사
0	0	4	5	11	4	13	4	0	대전 지역 행사
1	3	0	2	1	2	0	0	0	울산 지역 행사

　2002.
361) 위의 통계자료에 의하면, 서울·경기도의 공연장수는 40개인데 비하여, 기타 다
　　른 지역의 공연장수는 148개여서 공연장의 물적 토대에서는 서울집중화가 일어
　　났다고 보기 어렵다.
362) 문화관광부·한국문화정책개발원, 문화예술통계 2001, 2002, 119면.

2	1	9	33	31	32	15	3	0	경기 지역 행사
2	0	1	14	17	9	6	1	2	강원 지역 행사
14	11	15	11	16	12	3	2	4	전북 지역 행사
2	3	3	13	10	9	0	0	0	전남 지역 행사
2	4	7	22	9	22	1	2	0	경북 지역 행사
1	3	3	21	43	46	2	2	0	경남 지역 행사
1	3	0	15	12	1	1	0	1	제주 지역 행사

위의 표에서는 국악 공연의 경우에 서울 지역에 집중되는 편중도가 얼마나 심각하게 나타나고 있는지를 잘 보여주고 있다. 서울의 경우에 극음악은 1998년에 20회이던 것이 199년에 74회, 200년에 122회로 3년 사이에 600% 이상의 증가세를 보여주고 있다. 경기도와 전북 지역을 제외하고는 이 시기에 지방에서 극음악의 공연횟수가 제자리 걸음을 하거나 오히려 줄어들고 있었던 점과는 매우 대조적인 현상이다.363) 사물과 민속공연의 경우에는 서울 지역에서 같은 기간에 130회, 140회, 131회로 급격한 증가세를 보이진 않았다. 그러나 이는 전국적인 통계에서 볼 수 있는 바와 같이 정체된 국면과 비교하거나, 민속공연의 특수한 성격으로 보아서 서울 지역보다도 지방에서 공연이 이루어지는 경우가 많다는 점에 비추어볼 때에 이 정도의 공연횟수는 현저하게 서울에 집중된 현상을 반영하는 것이다.

결국 이러한 통계를 통하여 우리는 서울과 지방의 문화적 거리가 얼마나 벌어지고 있는가를 확인한 셈이다. 특히 마지막 통계표는 고전문학과

---

363) 이 시기에 지방에서 극음악 공연이 증가한 지역은 경기도와 전북, 대전과 경북 지방이다. 경기도는 수도권에 속하기에 서울지역에 편입시켜 설명될 것이고, 전북은 판소리의 본고장이라는 특수성을 지니고 있기에 그러한 활성화를 이해할 수 있다. 대전과 경북은 행정적인 지원을 받은 행사에 기인한 바가 컸으리라고 추정할 수 있는 현상이다.

관련을 맺고 있는 국악 부문이어서 지방에서 이루어지고 있는 고전문학 연구 활동의 실상과 전망을 가늠하는 문화적 지표로서 주목할 자료로 삼을 수 있을 터이다.

3. 연구 활동으로서의 고전문학과 그 지방화 과제

지방 학계의 열악한 조건에도 불구하고 학문의 재생산활동은 지속되어야 할 일이다. 지방에 있는 학자들이 서울에 있는 학자와 다른 연구영역을 확보하는 일은 쉬운 일은 아니다. 설혹 그러한 과제가 있다고 하더라도 그것이 정책적 배려에 의한 것이라면 연구의 자립화를 위해서는 기뻐 나가 맞아들일 일은 아니지 싶다. 여기에서 우리는 지방 학계에서 고전문학 연구의 활로를 모색하는 자세를 가다듬으면서 이 문제에 접근해야 한다는 점을 투철하게 인식하여야 할 터이다.

학자가 연구하는 데에 공간적 차별성이 크게 문제될 리가 없다. 그러나 앞에서도 점검한 바와 같이 현재 지방에서 고전문학을 연구한다는 것은 서울과 지방의 문화적 편차를 극복하는 일과 관련이 있는 법이다. 더욱 분명하게 말하자면 그것은 그 편차를 극복하는 데에 이바지하는 것이어야 한다. 이것은 지방에 있는 고전문학 연구자들에게 분발을 요구하는 일이기도 하다. 그런데 실제로 이러한 과업을 수행해야겠다고 마음을 굳게 다잡는다 해도, 구체적인 국면에서 어떻게 해야 할 지도 모른다면 의욕만 앞서고 실제의 성과를 거두기 어려운 일이 되기 십상이다.

일반적 측면에서 지방에 있는 고전문학 연구자가 수행할 수 있는 연구과제는 그 연구자가 계속 연구해온 관심영역에서 선택하기 쉽기에 다른 지방에 있는 연구자가 선택하는 연구과제와 그 성격상 크게 다를 게 없다. 서울을 하나의 지방으로 간주하게 되면 서울에 있는 고전문학 연구자도 일반적인 측면에서는 지방에 있는 고전문학 연구자와 다를 바 없다.364) 그러니 여기서는 지방에 거주하는 고전문학 연구자가 고전문학 연구를 활성화시킬 수 있는 영역이나 방안이 무엇인지를 모색해야 할 터이다. 이것은 달리 말하면 특수화의 문제이자 차별화의 과제인 셈이다.

어떤 대상이 특수한 현상에 속한다고 해서 그러한 성격 자체로 가치를 부여받는 것은 아니다. 또한 차별화시키는 경우에 그것이 비교되는 대상이나 현상과 어떠한 의의를 지니는 차별화인가가 문제가 되는 법이다. 요사이 유행하고 있는 속화된 관점에서는 경쟁력을 얼마나 지니는가에 그 주안점이 놓이는 일이라 하겠다. 이러한 관점에서는 연구과제가 매우 피상적으로 선정되거나 정책적 방향에 걸맞는 과제로 결정되기 일쑤이다. 연구자가 거주하는 지방을 배경으로 생성된 작품이나 그 지방 출신의 작가 연구 등에 관한 연구가 그 좋은 사례가 될 터이다.

이러한 연구과제가 아무런 의의를 지니지 않는 것은 결코 아니다. 문제는 이러한 연구과제를 어떻게 다루는가에 달려 있는 것이다. 즉 연구 대상을 바라보는 관점과 그것에 접근하는 자세에서 얼마나 문제의식을 지니는가 하는 바가 결정적일 수 있다. 달리 말하자면 이는 연구자가 이러한 연구과제에 문제제기적 관심을 얼마나 깊게 가지는가에 달려 있는 것이다. 그런데 이것은 연구자 개개인의 문제의식이나 연구역량에 연계되어 나타나게 마련이다. 이는 단지 어떤 대상이나 현상이 무엇인가, 어

---

364) 이러한 관점을 공간적으로는 전지구적으로, 시간적으로는 세계사적으로 확대하면 중심부와 주변부라는 일반적 범주를 설정하여 이 문제에 접근할 수 있다. 이들의 상호역전관계에 대한 논의는 다음에서 찾아볼 수 있다.
조동일, 『공동문어문학과 민족어문학』, 지식산업사, 1999, 64면.

떠한가를 알아보듯이 이러한 연구대상에 접근하는데서 왜 그러한가, 더 나아가서 무엇 때문에 그러하여야 하는가라는 물음을 던지는 데에 나서 도록 할 터이다.

어떤 대상이나 현상은 그것이 존재하는 토대가 있고 그것이 생성되어 나오는 과정이 있게 마련이다. 문학작품이나 작가의 경우에도 이러한 점은 마찬가지이다. 이 때문에 특정지역을 공간적 배경으로 삼고 나타난 문학작품은 그 공간적 배경과 밀접한 그 무엇을 바탕삼고 있다고 말할 수 있다. 일정한 역사적 시기에 활동을 했던 작가의 경우에는 그 시간적 배경과 연결된 상황에 영향을 받았던 점은 분명한 것이다. 더구나 작가 개인의 상상력이 다양하게 표출되는 현대문학과는 달리 고전문학의 경우에는 시·공간의 요소와 이들 간의 연계점을 분석하고 그 결과를 통합적으로 해석할 때에 그 성과가 매우 두텁고 깊이 있게 나타날 것이 기대된다.

필자는 이러한 시도를 펼친 바 있어서[365] 그러한 경험을 바탕으로 이 점을 살피고자 한다. 박인로(朴仁老)는 경상도 지방에서 가사와 시조 및 한시 작품 활동을 펼친 조선조의 대표적인 작가였다. 지금의 경북 영천군 북안면 도천리에는 그의 선조의 묘지와 그를 배향한 도계서원(道溪書院) 등이 있어서 그의 삶의 흔적을 남기고 있다. 박인로의 문학작품을 이해하기 위해서는 그가 살아갔던 시대와 그의 생활공간에 대해 자세하게 알아볼 필요가 있다. 이는 임진왜란 직후의 역사적 상황과 명문거족 집안에서 점차 몰락해 나갔던 그의 사회적 위상에 대한 점검 위에서 이를 작품의 문맥과 접목시켜서 이해하는 일로 구체화될 수 있다. 즉 작품의

---

365) 서종문, 「박인로 문학세계의 현실적 토대와 세계인식」, 『지역사회와 민족운동』, 지방사회연구회, 한길사, 1987.

생성기반인 역사적 상황과 사회 · 경제적 토대를 거시적으로 바라보면서 그 시선이 작품의 문면(文面) 안으로 미시화(微視化)될 때에 작품에 대한 온당한 이해가 획득될 수 있을 터이다.

앞에서 예시한 연구 사례는 지방에 거주하고 있는 고전문학 연구자들이 어떻게 연구를 활성화시켜 나갈 것인가를 모색하는 데에 타산지석(他山之石)으로 삼을 일이다. 연구대상을 선정할 때에 연구자들이 거주하고 있는 지방의 이점을 살릴 수 있는 과제를 찾는다면 참으로 복된 일이 될 것이다. 왜냐하면 이러한 연구과제는 기초연구에서 관련된 지리적 요소 또는 사회 · 경제적 토대 및 역사적 배경에 대하여 현지조사와 면담 등의 도움을 쉽게 받을 수 있는 이점이 있기 때문이다. 이 과정에서 이전까지는 피상적으로 관찰된 사실이 우리에게 그 이면적 실체까지 드러내어 실증적인 연구의 폭을 넓혀줄 수도 있을 터이다. 더 나아가서 그 과정에서 연구과제에 대한 해석을 깊게 해줄 관점을 획득할 수도 있는 법이다.

이러한 과제에 인문 · 사회분야의 연구자들이 협동하여 연구를 수행하여 그 성과를 다면화하고 종합화함으로써 그 성과를 확대하고 심화시킬 것이 기대된다. 여러 분야의 연구자들이 모여서 하나의 대상, 또는 현상에 대해서 다전공적(多專攻的) 연구(interdisciplinary collaboration in research)가 진행되면 여러 가지의 이점이 생긴다. 연구과제에 다면적으로 접근하여 그것의 총체적 실상을 해명하는 데에는 이러한 접근이 매우 유효하다. 더욱이 고전문학의 경우에는 이러한 연구가 생산적인 논의를 산출할 수 있으리라고 예상된다. 고전문학의 연구가 지방에서 활성화되는 데에는 다전공적 연구가 한 몫을 감당할 수 있을 터이다. 더 나아가서 이러한 연구는 인접학문 분야도 자극시키는 데에 이바지하는 바가 크리라고 판단하는 바이다.

4. 운동으로서의 고전문학 연구와 그 지방화 과제

우리는 지방에서 고전문학 연구를 활성화시키는 법을 지방과 서울 사이에서 벌어지고 있는 격차를 각론적(各論的) 차원에서 생각하여 왔다. 서울로의 집중화 현상이 빚어내는 부정적인 효과가 지방의 고사화로 나타나면서 정치, 경제, 교육, 문화 등 어떤 분야에서도 그러한 현상이 가속화되고 있다는 데에는 아무도 이의를 달지 못 할 터이다. 문화의 분야에 이러한 현상이 지속될 경우에 돌이킬 수 없는 지경에 이르게 될 것은 불을 보듯 뻔하다. 학문 분야의 경우에는 열악한 조건에도 불구하고 고군분투하여 그 성과가 일정하게 나타나고는 있다. 그런데 학문 연구의 대상이 되는 것이 어떤 문화적 현상과 관련이 있을 때에는 연구자는 그 문화적 현상에 대해서 무관심할 수 없는 법이다.

고전문학과 관련이 있는 문화 · 예술적 현상이 오늘날에도 전승되거나 활성화되어 있는 경우는 찾아보기 힘들다. 시조의 경우에 현대시조로 계승되고 있으나, 이는 시조창이라는 음악적 요소가 제거되고 문학적 형식과 내용을 되살리는 서정시의 특수한 하위장르로 그 명맥이 유지되고 있을 뿐이다. 전통 공연예술과 관련이 있는 고전문학 유산의 경우에는 상대적으로 그 전승이 활성화되어 있는 편이다. 탈춤과 꼭두각시놀이, 판소리 등이 그 대표적인 사례이다. 특수한 형태의 것으로는 서사무가가 있다. 한 때는 설화와 민요 등이 활발하게 전승되었으나, 구비전승의 통로에서 활력을 잃고 사라져 가고 있어서366) 이와 관련된 문학현상을 살

---

366) 광복 이후에도 구비문학은 농 · 어촌을 중심으로 그 전승통로를 확보하고 그 생명력을 끈질기게 유지했다. 이점에서 보면 전통문화와 문학유산은 구비문학의 경우에는 다른 부문과는 달리 매우 활성화되어 있었다고 말할 수 있다. 그러나 농 · 어촌에 기계화작업방식이 급속하게 보급되고 전자매체에 실려 대중문화가

아있는 상태로 접해 볼 수 있는 기회는 점차 사라지고 있는 형편이다.

필자가 전공하고 있는 분야는 판소리와 관련된 고전문학 부문이다. 판소리는 중요무형문화재 5호로 지정되어 보호 · 육성되고 있을 뿐만 아니라, 전통공연 예술분야에서도 비교적 활발하게 공연되고 있는 것 중의 하나이다. 게다가 창극이라는 파생체가 병행되어 현재까지 공연의 폭을 넓혀가고 있는 실정이다. 이를 두고 판소리가 공연예술에서 경쟁력을 선점하여 미래에까지 그 활력을 뻗쳐나가리라는 전망을 확보할 수 있을지는 낙관할 수 없는 일이다. 오히려 지금의 여러 정황을 볼 때에 이에 대한 전망은 매우 비관적이라는 게 필자의 판단이다. 이에 대한 필자의 생각은 막연한 짐작에서 추론된 것은 아니다. 이런 추론은 몇 년에 걸쳐 이 방면에서 운동을 펼쳐본 결과에 기초하여 나온 것이다.

지방에서 고전문학을 전공하면서 학문 외적 운동을 펼치는 일은 쉽지 않은 일이다. 앞에서 점검한 지방의 열악한 조건이 앞서서 이러한 운동의 전망도 함께 보여준 셈이다. 그럼에도 불구하고 이러한 일이 연구자들에게 의무 이행 사업처럼 다가오는 경우가 생긴다. 필자의 경우도 예외는 아니다. 1982년도에 동호인들에게 판소리를 보급한다는 명분 아래 레코드판으로 시작되었던 판소리 감상회가 대구 · 경북지방에 판소리로서 전국대회에서 대통령상을 받은 명창 두 명367)이 판소리 연구소를 열어 후진을 양성하게 되자, 이러한 감상과 운동이 다른 차원으로 전개될 필요가 있다는 주위의 강력한 권고에 따른 결과였다. 필자는 이런 운동에 자의반 타의반으로 내몰리게 된 셈이다.

대량 공급되자, 1970년대부터 구비문학의 전승통로는 그 주 · 객관적 토대를 잃고 급속하게 단절되거나 파괴되고 말았다.

367) 이는 이명희와 주운숙 두 사람이 각각 전주대사습에 나가서 판소리 부문에서 대통령상을 받은 일을 가리킨다.

1996년에 판소리 기능 보유자와 연구자와 감상자들을 하나로 묶어서 이 지역의 판소리 운동을 활성화시키자는 취지 아래 '영남판소리연구회'가 창립되었다. 이 운동단체는 기존의 예술운동단체와 다른 점을 지니고 출발하였다. 우선 인적 구성이 달랐다는 점을 들 수 있다. 대개의 예술단체는 당해 분야의 기능인 중심으로 조직되는 게 일반적이었다. 이에 비하여 '영남판소리연구회'는 기능인과 연구자와 감상자들이 모여서 총체적인 운동을 벌일 수 있는 인적 구성으로 조직을 엮었다. 또한 대부분의 예술운동단체들은 전시회나 공연 등의 행사를 활성화시키는 데에 그 조직의 목표를 설정하는데 비하여 '영남판소리연구회'는 판소리의 보급, 연구, 교육 등의 종합적인 목표를 설정하였다는 점이 그 특징의 하나로 나타난다고 할 수 있다.

'영남판소리연구회'의 이러한 목표 설정이 현실에서 온전하게 구현된 것은 아니었다. 우선은 판소리를 일반인들에게 보급하는 일, 즉 공연사업에 역점을 두게 되었다.[368] 이러한 사업 편중은 불가피하게 이루어진 선택의 결과이기도 하고, 목표 실현의 순차에 따라 나타난 점이기도 하다. 우리 지역과 같이 판소리 공연을 개최할 여건의 조성이 어려운 곳일수록 판소리 보급을 통하여 이에 대한 이해를 확산시키는 일이 먼저 요구되는 법이다. 판소리 연구는 이 모임에 속한 연구자들이 개별적으로 수행할 수 있는 일이다. 다만 판소리의 교육에 연구자들이 어떻게 이바지하는가가 과제로 남을 터이다. 이것은 판소리 기능 보유자와 연구자들이 함께 협동하여 이끌어갈 일이기도 하다. '영남판소리연구회'의 다음 사업은 이러한 과제를 어떻게 효과적으로 수행하는가에 그 성패가 달려

---

368) 2008년도까지 영남판소리연구회는 크고 작은 규모의 판소리 공연을 40여회 넘게 주최하고 기획하고 후원하였다.

있다고 할 수 있겠다.

문제는 판소리 공연의 경우에도 여전히 남아 있다. 가장 큰 문제는 공연자를 섭외하는 작업에서 생긴다. 제한된 예산으로는 감상자들을 만족시킬 명창을 무대에 세우는 일 자체가 감당할 수 없는 노릇이다. 이것은 서울집중화가 미친 부정적인 측면에서도 설명되는 일이기도 하다. 왜냐하면 서울집중화는 지방에 거주하는 판소리 명창조차 서울로 불러들였던 것이다. 따라서 지방에서 서울생활과 활동에 분주한 명창을 초청하는 일은 빈약한 재정 형편과 함께 공연자를 섭외하는 등의 어려운 과제를 해결해야 하는 법이다. 여기다가 청 · 관중의 확보도 문제가 아닐 수 없다. 오페라 공연의 경우에는 이름난 가수 한 사람 명단으로도 재정과 청 · 관중 문제는 한꺼번에 해결되기 일쑤이나, 판소리의 경우에는 이름난 명창을 애써 모셔 놓고도 청 · 관중 확보 문제와 또 다시 씨름해야 한다.369)

이러한 경험에서 우리는 다음과 같은 교훈을 얻게 된다. 고전문학 연구에 있어서나, 이와 관련된 문화, 또는 예술분야의 경우에 지방화의 과제는 서울집중화를 어떻게 극복하는가에 따라 그 해결의 실마리를 잡을 수 있다는 점이다. 또한 연구자들은 전공연구 분야와 이에 연관된 문화와 예술현상에 관심을 가질 수밖에 없는데, 연구와 운동을 함께 벌이는 데에는 열악한 조건에도 불구하고 분발하면 일정한 성과를 얻을 수 있다는 것이다.

---

369) 영남판소리연구회가 주최하는 판소리공연에는 회원들과 필자가 소속한 경북대학교 국어교육과 학생들이 청 · 관중의 주축을 이루어왔다. 여기에 각 구청에 협조를 구하여 문화강좌에 참여하는 시민들을 초청하여 확대하는 일을 꾀하고 있다. 이것은 영남판소리연구회 창립 정신과 목표를 실현하는 방향에 부합하는 노력을 펼치는 점이기도 하다.

5. 과제와 전망

우리 연구자들은 학문연구를 담당하면서 이에서 산출된 바를 교육과 정을 통하여 확대재생산하는 일에 종사하고 있다. 학문연구에서는 연구 대상에 접근하여 밝혀내려는 바를 진지하게 탐색하게 마련이다. 여기서는 연구 작업에 성실하게 대하는 자세와 객관적 진실을 밝히려는 열정이 함께 요구되는 법이다. 자신이 관심을 가지는 분야 외에는 무관심하다 하더라도 그러한 자세와 열정은 진리를 탐구하는 사람이 갖추는 덕목과 조금도 다르지 않게 평가 받는다. 그런데 교육에 이르면 또 히나의 지세가 필요하게 된다. 객관적 진리를 전수 하는 게 교육자의 본분 가운데 하나이지만, 학생들의 눈매는 더 나아가기를 바란다. 그것이 어디를 향하여야 하는가 하는 문제까지 논의해주기를 바라는 것이 교육현장에서 무언의 압력으로 작용하는 것이다.

오늘날 학문의 실용성에 대한 강박적 요구가 강화되면서 무엇인가라는 질문보다는 어떻게 하느냐라는 질문이 더 가치 있는 것으로 받아들여지는 경향이 있다. 이에 따라 사실 규명 자체보다도 그것이 어떤 의의와 이용가치를 지니는가를 따져보는 쪽으로 연구의 방향이 바뀌어 나가는 흐름이 있다고 판단할 수도 있는 터이다. 이것이 현실적 필요성과 실용주의의 물신(物神)에 속박되어 나타날 때에는 학문의 편향성과 속물성을 오물처럼 확산시키리라는 점은 자명한 일이다. 현실적 필요성과 실용성은 교환가치와 함께 시장경제 체제를 떠받치는 이데올로기를 구성하는 주요한 축대가 된다. 인문학은 이것이 지니는 문제를 파헤치고 그것의 대안적 전망을 끊임없이 탐색해왔다고 말할 수 있다.[370]

고전문학도 인문학의 한 부문을 차지하고 있다. 고전문학에 대한 연구전망에서 오늘날의 학문적 주류가 내보이는 폐해를 극복하는 대안을 모색해내기란 쉽지 않아 보인다. 그런데 시간이 지나간 시점에서 바라보는 것이 복고적인 반복으로 나타나서 새로운 것이 전혀 없어 보이는 것 같지만, 때로는 의외로 신선한 안목을 선사할 자리를 마련해줄지도 모르는 일이다. 오늘날의 시장경제 체제는 자연의 자원을 가공하고 상품화하여 재화의 풍요를 확대하는 데에 일정하게 기여하였다. 여기에 학문의 각 분야도 그 토대가 되는 이론을 개발하여, 구체화 공정, 유통 구조의 구축 등에 동원되었다. 그런데 이것이 지니는 한계와 폐해, 그 극복 방안에 대해서는 별로 대안을 마련해 놓지 못하고 있는 듯하다.[371] 즉 자연 자원을 무차별하게 사용한 탓으로 이어지는 자원의 고갈 상태, 상품경제를 떠받드는 대량생산공정이 몰고 온 지구 생태계의 변화 등에는 물론이고, 풍요로워진 재화를 불균등하게 분배하여 생기는 사회적 갈등, 물질과 재화를 가치실현의 최종목표로 여기게 만드는 가치체계 등에 대해서 어떤 대안이 마련되고 있는지에 대해서는 그 전망이 밝아 보이지는 않는다.

이러한 점검을 통하여 우리는 지방에서 인문학의 한 부분을 차지하고 있는 고전문학이 어떻게 그 활로를 확보할 수 있는가 하는 문제에 대해서 전개해온 논의를 마무리할 때가 되었다. 오늘날은 자연을 소비할 대상으로 삼고 그것이 지닌 가치조차도 재화로 환산하는 사회가 되어 버렸다. 자연환경이 인간에게 직접적으로 영향을 미쳤던 시기에 생성되었던

---

370) 세계화의 부정적 속물성을 극복하는 대안은 '유럽중심주의(서구중심주의로 바꾸어도 괜찮겠다)를 부정하고 문화제국주의를 거부하기 위한' 세계인식의 바탕이 되는 철학이 뒷받침되어야 한다는 주장(조동일, 『세계문학사의 허실』, 지식산업사, 1996, 42면.)에는 거시적으로는 이러한 문제의식을 찾을 수 있다.

371) 2008년에 시장경제의 근간을 흔들고 있는 금융의 대혼란과 이것이 시장경제 체제를 흔들어 놓아서 세계경제를 미증유의 혼돈에 빠뜨리고 있어도 이에 대한 해결방안을 내놓는 학자나 논의가 드물다는 점이 이를 증명해준다.

고전문학에서는 도시화가 인간을 자연으로 멀어지게 하고 있는 시기에 나타났던 현대문학보다도 자연이 소재화(素材化)되는 경향이 압도적으로 높고, 따라서 그 의미망도 이에 의존하는 바가 컸다는 점은 상식적으로도 확인되는 일이다. 여기에서 우리는 고전문학이 제공할 대안적 전망을 찾아낼 수 있을 법하다. 자연과 동화되는 관점, 자연을 경외하는 자세 등은 자연을 정복의 대상과 이용의 장으로만 여겼기에 파생되는 문제를 극복할 의미를 내보여줄 수 있을 것이기 때문이다. 세계화의 변방에 선 지방에서 고전문학을 어떻게 활성화시킬 것인가를 고민하는 우리에게 이것은 온고이지신(溫故而知新)하는 자세와 안목을 넌지시 내비치고 있다. 이제 우리가 이를 거울삼아 제기된 문제의 해답을 찾아갈 때이다.

세계화와 판소리의 대응 2
─ 보성소리를 중심으로

1. 세계화와 지방의 대응

오늘날 우리가 가장 흔하게 듣는 화두의 하나는 세계화라는 말이다. 세계화라는 말은 우리가 살고 있는 이곳에서도 전지구적으로 통용되는 보편적 기준에 맞게 살아야 된다는 당위적 요청을 수용해야된다는 강박적 개념을 지니고 우리를 압박하고 있는 셈이다. 정치적으로는 민주대의 제도를, 경제적으로는 시장경제체제를 통해서 전지구적 세계화가 진행되고 있고, 그렇게 되어야 한다는 믿음이 유엔의 깃발처럼 세계의 도처에 휘날리고 있는 형편이다.

전 세계를 전일적으로 지배하는 보편적 질서는 모든 지구 구성원들이 합의한다면 우리가 소망하는 이상적인 세계국가의 기초가 될 수 있을 터이다. 그러나 보편적 질서의 기초가 어느 지역이나 특정 세력이 강요하는 것이 될 때에는 그것이 지니는 보편타당한 가치조차도 호의로 받아들이기 어려운 게 인지상정이라 할 수 있겠다.

일반적인 의미에서 세계화는 개별화 또는 특수성의 현상을 일반화와 보편화라는 잣대로 재단하고 지역적 편차를 전지구적인 시각으로 극복하자는 뜻으로 받아들일 수 있다. 그런데 그 보편성과 일반화의 기준이 되는 잣대와 시각이 특정 가치와 세력 쪽으로 기울어진다면 그 보편타당성은 의심받을 수밖에 없는 법이다. 그럴 경우에 일반화와 보편화는 특수한 무엇에 모든 것을 편입시키려는 의도를 위장한 것이 될 터이요, 지역적 편차를 극복한다는 명분은 특정한 공간에 기반을 둔 세력 속에 결집시키려는 불순한 목적을 감춘 위장에 지나지 않는 것일 따름이다.372) 실제로 세계화는 시장경제를 기초로 그것을 유지시키면서 그 가치를 합리화시키는 가치체계와 미국을 중심으로 하는 서구사회라는 특정세력을 기반으로 그 잣대와 시각이 마련되어 실천적인 국면에서 그 위력을 발휘하고 있는 실정이다.373)

세계화의 결과로 가장 문제가 되는 것은 빈부의 격차를 더욱 벌이는 불평등의 발전을 시정할 방안과 지역 간의 균형적 발전이 가능한 전망을 획득할 수 없게 만드는 일이다.374) 여기에 덧붙여서 또 하나의 문제를 거론하자면, 이질적인 문화와 사회를 특정한 가치와 문화로 통합을 추동하여 결과적으로는 문화의 단순화가 진행될 수 있다는 점이 중요한 문제로 등장하게 될 터이다. 이러한 문제점은 서로 다른 문명권과 국가 사이에서도 내재해 나타날 수도 있지만, 같은 문명권과 국가와 민족 안에서

---

372) 세계화 과정에서 개별국가, 민족, 개인과 독자적 문명이 소멸되지 않으려면, 자기 주체성을 강화해야 된다는 처방적 진단(박창근, 『세계화와 한국의 대응』, 백산자료원, 2003, 46-47면.)은 이러한 문제 의식 위에서 나올 수 있는 것이다.

373) 오늘날 영어 배우기 열풍 현상에서 이를 확인할 수 있다. 실용적인 측면에서 이 현상이 세계화의 실천적인 국면에서 일어나는 것으로 파악되는 일이지만, 영어 공용화 주장에서는 영어를 사용하는 문화권으로 모든 문화가 편입되어야 한다는 이데올로기를 정당화하는 관점이 대낮의 도깨비불처럼 횡행하게 되는 지경에 이르는 환상적 체험을 선사받게 된다.

374) 이점에 관해서는 IMF 사태 때에 미국과 다국적 자본의 이해를 충실하게 반영한 IMF의 처방이 심각한 문제를 야기했다는 관점이 논란을 증폭시키고 있다.(김대래, 『세계화를 넘어서』, 세종출판사, 1998, 177-190면 참고.)

도 제기될 수가 있다는 점에서 그 심각성이 주목되어야만 하는 것이다. 우리의 경우에 가뜩이나 문제가 되고 있는 서울로의 집중화 현상이 이에 맞물리면 더욱 그 심각한 문제점을 드러내게 될 터이다.

현재의 여러 가지의 정황과 징후로 볼 때에 서울로의 집중화가 우리에게 세계화의 부정적인 측면을 더욱 심각하게 드러내면서 지방의 황폐화를 가속시킬 것은 분명하게 예상된다. 판소리의 세계화라는 화두가 유네스코에서 판소리를 세계무형문화자산으로 지정한 뒤에 더욱 우리의 관심을 끄는 화제가 된 셈이다. 그런데 세계화의 화두가 지닌 문제점을 깊이 인식하고, 이에서 이끌어 나오는 관점에서 이 화두를 안고 생각을 계속할 필요가 있다.

2. 판소리의 세계화와 지방성의 문제

무엇이 판소리를 세계화시키는 데에 가장 중요한 것인가. 이러한 질문은 판소리가 유네스코가 정한 세계무형문화자산으로 등록되기 이전부터도 우리가 자주 해 봐야 했던 것이다. 우리가 세계에 내놓아도 다른 문명권의 전통공연예술과 경쟁할 수 있는 공연품목 중에 판소리를 먼저 손꼽을 수 있다는 자부심만으로 이 질문에 대답할 수 있는 것은 아니다. 판소리가 세계적인 문화자산일 수 있는 것은 판소리가 지니고 있는 고유한 가치 때문이라는 인식 위에서 이 질문에 대한 해답을 찾을 수 있으리라고 본다.

상품의 생산 등과 같은 일은 규격 생산일수록 생산 효율이 높고, 품질이 균일하기에 시장에서 유통되는 데에도 그렇게 생산된 제품은 수제품

보다도 인기를 끌 수가 있었다. 노동자의 수제 작업에 의존하는 수공업적 소량 생산방식에서 생산 설비를 갖춘 공장의 대량생산 방식으로 바뀌는 역사적 전환도 시장경제의 성립과 공장의 일관공정이 맞물려 일어날 수 있었던 것이다. 자본주의의 시장경제와 시민사회의 대의정치가 이윤 추구와 효율적 생산방식과 보통선거에 의지해서 전지구적으로 체제를 확산시킬 수 있었던 것도 이러한 역사적 변화의 밑바탕에 깔린 합리화와 그것을 일반화하는 논리를 앞세우고 이를 관철시킨 결과였다.

문화의 확대재생산에도 이러한 자본주의 논리가 지배하는 시대가 되었다. 문화의 대량적 확대재생산은 획일화된 유형에 의해 공장에서 규격화된 상품처럼 시장경제적 유통망을 타고 대량으로 진행되었다. 문화의 확대재생산에서도 상품생산의 규격화처럼 유형적 재생산이[375] 그 생산의 주요양상으로 자리를 잡았다. 그 결과 획일화된 문화상품이 문화유통시장에서 상품화되어 거래되는 법이다. 따라서 획일화와 유형화는 문화의 자본주의적 확대재생산이 필연적으로 요청하는 방식이 되고 있는 셈이다. 왜냐하면 대량생산은 획일화된 유형에 의해서 가능하기 때문이다. 시장경제적 확대재생산 방식에 의해서 문화와 예술이 활성화될 때에는 획일화된 유형적 재생산이 야기하는 단순화의 만연과 다양성의 상실이라는 부정적인 측면이 문제점으로 나타나게 마련이다.

오늘날 공연예술의 경제적 기반은 시장경제의 지배아래 놓일 수밖에 없다. 우리가 이해하는 세계화가 경제적으로는 시장경제를 기초로 그것을 유지시키면서 그 가치를 합리화시키는 가치체계 위에서 진행되는 것

---

375) 요즈음 대중가요계에서 요란한 춤과 랩, 영어와 우리말을 엮은 신종 이두문 같은 가사 등이 횡행하고 있는데, 이런 양상은 영·미 문화의 통속적 세계화가 이러한 유형적 확대재생산을 통하여 더욱 확산되어 나타난 결과로 파악할 수 있는 일이다.

이라 할 때,376) 공연예술의 세계화는 이러한 경제적 조건 아래서 진행되리라 생각된다. 여기에다 덧붙이자면 세계화의 방향을 가늠할 수 있는 푯대도 이러한 가치가 지향하는 쪽에 세워질 터이다. 구체적으로는 대의정치와 시장경제를 성립시키고 이를 확산시키는 원산지인 서구의 관점이 그 잣대로 작용하게 되는 것이다.

판소리는 조선조 후기에 각 지역의 문화자산과 상·하층의 사회적 성격을 복합화하면서 그 예술적 영역을 넓혀나간 공연예술이었다. 여기에는 두 가지의 성격이 상존하고 있었다. 그 하나는 지역과 계층에 기반하고 있는 개별성이고, 다른 하나는 그러한 개별성을 수용하는 개방성이다. 개별성은 판소리 유파의 분화과정이나 판소리 생산주체와 소비주체의 사회적 성격 등에서 확인할 수 있는 것이다.377) 이 두 가지는 서로 다른 지향성을 지니고 있는 것으로 보인다. 개방성은 판소리가 조선조 후기까지 장르적 생명력을 확대해나간 원동력을 제공하는 밑바탕이 되

376) 다른 이야기로 이점을 살펴보자. 지금의 자본주의 세계시장은 미국과 유럽연합을 축으로 하는 생산기지와 자본 및 일본과 중국을 축으로 하는 생산기지와 자본을 중심으로 두축으로 형성되어 있다. 그런데 유독 세계화란 화두를 미국과 유럽 중심으로 이해하려는 데에 문제가 있다. 특히 일부 눈길이 짧은 사람 중에서 영어를 공용어로 삼자는 주장이 나오고 온 나라가 영어 배우기 열풍에 휩싸이는 소용돌이에 빠지고 있는 게 오늘의 현실이다. 아마도 눈치를 보지 않는다면 이런 주장의 연장선상에서 우리나라를 미국의 한 주로 편입시키자고 주장한다고 해도 하나도 해괴하게 들리지 않으리라. 이점에서 보면 특정 문화, 또는 특정세력을 기반으로 삼고 세계화를 바라보는 관점이 귀착할 종착역이 될 게 뻔히 보인다. 이것은 어느 쪽이라 해도 마찬가지로 예상되는 일이기도 하다. 우리는 이미 일제 강점기에 이러한 논리가 민족을 암울한 구렁텅이 속으로 집어던지고 빠져나오게 하지 못하였던 점을 역사적으로 경험한 바 있다.

377) 이것은 판소리 중고제가 지역적으로는 경기도와 충청도, 동편제가 전라도 동편과 섬진강 유역의 경상도, 서편제가 전라도 서편지역을 기반으로 유파적 분화를 진행했던 점이나, 판소리의 창자와 고수 등은 하층민출신이지만 판소리 감상층은 왕과 양반사대부와 중인과 요호부민 등에 걸친 사회계층적인 성격을 지니는 점 등에서 나타나는 개별성을 지칭하는 것이다.

었다. 판소리 향유층이 왕족과 양반사대부뿐만 아니라, 중인층과 서민 출신의 요호부민에 이르기까지 광범위한 소비주체를 확보한 점은 이러한 개방성의 외연의 한 측면을 드러내는 일이었다. 이보다 더 중요한 것은 판소리 미학의 개방성378)에서 드러나는 바와 같이 판소리의 현장성이 지니는 특성에서 찾아볼 수 있다.

판소리가 지니는 개별성과 개방성은 서로 다른 지향성을 보이는 것으로 판단하기 쉽다. 일반적인 의미에서 개별성과 개방성은 서로 어긋나거나 모순되는 방향을 지니는 것으로 이해되는 것이다. 그러나 앞에서 구체적으로 살펴본 바와 같이 판소리의 개별성과 개방성은 상호작용하여 판소리의 장르적인 생명력을 활성화시키는 역사적 역동성을 불러일으키는 데에 이바지하였다. 판소리 전성기에는 이러한 상호작용이 가장 활발하게 일어났다고 말할 수 있겠다.

세계로 열려 있는 시대를 살고 있는 오늘날, 판소리도 세계의 곳곳에 우리 공연예술의 대표적인 부문으로 소개되고 있다. 또한 판소리가 세계가 보존해야할 무형문화유산으로 유네스코에서 지정한 것과 더불어 우리는 판소리의 세계화에 뒤따르는 대응이 어떠해야 하는가를 고민하여야 할 형편에 처해 있다. 여기에서 우리가 주목해야하는 것은 앞에서 살펴본 바와 같이 판소리가 지녀왔던, 두 가지의 지향성이다. 여기에서 판소리의 세계화의 전략과 대응책이 마련될 수 있다고 본다.

전략을 마련하고 대응책을 세우는 데에는 가장 중요하게 여겨야 할 사항은 먼저 챙기는 법이다. 판소리의 세계화의 전략과 대책을 준비하는 데도 이 점은 예외가 아니다.379) 판소리가 지니고 있는 두 가지의 지향

---

378) 판소리 미학의 개방성은 비장미와 골계미가 연속할 수 있는 미감역을 지니고 소리판을 감동과 흥취로 이끌어내는 점을 가리키는 것이다.

성 가운데에 더 중요한 점은 판소리가 다른 공연예술과 구별되게 하는, 그 무엇이라 할 수 있다. 판소리가 형성되어 나온 지역적 기반과 판소리를 공연하는 주체의 성격 등이 지니는 특성을 살펴보는 데서 이 점은 해명될 수 있을 터이다. 오늘 우리가 보성 지역에서 알아보고 이야기하려는 것도 이와 관련이 있는 일이다.

3. 판소리와 보성 지역

보성 지방은 판소리사에서 매우 중요한 위치를 차지하는 지역의 하나이다. 판소리사에서 서편제 분화에 결정적인 역할을 했던 것으로 알려진 박유전 명창이 생활하면서 활동했던 곳이 보성 강산리[380]였다. 또한 광복 후에 판소리가 전승의 명맥을 유지하는 데에 크게 임무를 맡았던 정응민 명창이 살았던 곳[381]이기도 하다. 이것 하나만으로도 보성 지역은 판소리사에서 거점적인 지점이었다고 말할 수 있겠다.

잘 알려진 바와 같이 판소리는 고제의 판소리가 송흥록과 박유전이라는 명창에 의해서 동편제와 서편제가 분립되는 역사적 분수령을 맞게 되었고, 그 이전부터 이어왔던 유파적 분화는 경쟁에서 도태되어 그 활력을 잃거나, 두 유파의 흐름 속에 흡수되고 만다. 중고제가 앞의 경우요, 경

---

379) 판소리의 미래를 위해서 신재효와 정현석과 같은 천재를 기대하는 관점(정병헌, 『판소리와 한국 문화』, 역락, 2002, 207-239면 참고.)은 이러한 전략과 고민의 한 단면을 드러내는 일이다.

380) 현재 이곳이 행정적으로 어떤 지명에 해당되는가에 대해서는 논란이 완결되지 않았다.

381) 보성군 회천면 도강재 마을인데, 그곳에 정응민 명창이 살았던 생가가 복원되어 있다.

제나 호걸제 등이 후자의 경우에 속하는 것이다. 염계달과 모홍갑, 고수
관 등이 활약했던 고제 판소리에서는 경기도 지역이나 충청도 지역의 소
리꾼들이 활약하면서 그 지역의 소리 토리를 판소리에 반영하기도 하였
다. 지금도 판소리의 더늠 가운데서 경조나 독서성이 남아 있는 흔적을
찾을 수 있는 바, 속단하기 어려우나 이것은 고제 판소리에서 경기도나
충청도 출신의 소리꾼들이 그 지역의 소리 문화를 기반으로 형성시킨 것
으로 추정할 수 있는 것이다.382)

　박유전의 소리가 이날치에게 전수되면서 판소리사에서는 감상층의 확
대에 따라서 역사적 변화가 더욱 촉진되었다. 여기서 왕족과 양반사대부
가 선호하는 창곡의 편성과 소리길의 개발보다는 요호부민을 비롯한 서
민 대중들이 즐겨 찾는 창곡과 소리길로 기울어지는 경향이 생겨나게 되
었다. 이 둘 사이에서는 치열한 경쟁 관계가 성립되고, 그 결과 판소리의
음악적 세계가 더욱 풍성하게 되었음은 더 말할 필요가 없는 일이다. 정
응민 명창은 일제 강점기를 보성 회천면에 묻혀 살면서 이렇게 풍성해진
소리 세계를 오늘날의 판소리 소리꾼들에게 물려주었던 것이다.

　보성 지역이 판소리사에서 중요한 계기를 마련한 명창들의 활동공간
이었다는 점은 위의 사례에서 충분히 설명될 수 있다. 여기서 우리가 어
떠한 점을 찾아낼 수 있는가. 우리는 박유전 명창의 활동과 정응민 명창
의 역할을 통해서 두 가지 점을 알아낼 수 있다고 본다. 하나는 판소리
가 지니고 있는 개별성이 보성 지역의 문화를 바탕으로 이러한 역사적
계기를 만들어 내었다는 점이요, 다른 하나는 판소리의 개방성이 이를

---

382) 독서성의 흔적은 중고제에 남아 있는 듯한데, 중고제 소리 문화의 기반은 충청
　　도 지역으로 추정할 수 있다. 경제, 또는 경조 소리는 경기도 소리 문화를 기반
　　으로 성립된 듯하나, 중고제처럼 독자적인 유파를 성립시키지 못하고 더늠으로
　　남게 된 셈이다.

역동적으로 이끌어내는 데에 순기능을 발휘했다는 점이다.

박유전 명창의 생활공간과 그 활동영역을 살펴보면, 우리는 박유전 명창의 소리가 보성 지역의 무속문화권에 기반을 두고 독특한 세계를 구축해 나간 것을 알게 된다. 이것이 서편제의 소리세계의 주요한 요소가 되는 계면길의 소리 지향과 일정한 관련이 있다는 점도 분명해 보인다. 즉 박유전 명창의 소리세계는 보성 지역의 독자적인 문화권역의 소리 요소를 바탕 삼아 이루어질 수 있었다는 말이 되겠다.383)

정응민 명창은 박유전의 수제자인 정재근 명창으로부터 서편제 소리를 오롯이 전수받은 것으로 알려져 있다. 정응민 명창이 정재근 명창의 조카라는 특수한 인간관계가 이런 전수과정에서 좋은 조건으로 작용하였을 터이다. 그런데 여기에는 동편제 명창이었던 김세종 소리의 요소가 융합되어 내려온 특성이 있다. 이것이 박유전 명창 때부터 수용된 것인가, 정응민 명창이 수용한 것인가에 대해서는 논란이 있을 수 있으나, 오늘날 전수되는 정응민 명창의 소리 세계에는 동편제 소리가 서편제 소리의 바탕 속에 녹아 있다는 점384)은 아무도 부인하지는 않는다. 이러한 현상은 판소리의 개방성 때문에 일어날 수 있는 일이다.

오늘날에 와서 판소리는 중요 무형문화재 5호로 지정되어 전승되는 소리의 본질적 내용을 훼손할 수 없도록 원형보존이 금과옥조처럼 지켜져야 된다는 관점에서 이수자에게 전수되고 있는 실정이다. 무형문화재

---

383) 물론 이러한 관점이 잠정적이라는 전제 위에서 이러한 논의를 벌였다. 왜냐하면 계면길은 육자배기 토리라는 호남 민요의 자산에도 특징적으로 나타날 수 있기 때문이다.

384) 보성소리에서 소리의 측면을 유난하게 강조한다는 최동현의 지적(최동현, 「보성소리의 판소리적 지향」, 『판소리와 국어국문학』, 한국문화사, 1995, 9면.)은 보성소리의 완성도가 서편제와 동편제가 만남으로써 더욱 높아졌기에 소리 자체에 대한 관심이 그만큼 깊어질 수 있었다는 점을 설명하려 한 게 아닌가 싶다.

로서의 원형을 보존한다는 정책적 목적에서 이는 불가피한 조처일지 모르겠지만, 판소리사를 살펴보면 이는 판소리의 개방성을 고사시켜서 판소리의 역동적 생명력을 고갈시키는 정책적 실천 방안이라 하겠다. 여기에서 우리는 박유전에서 정재근을 거쳐 정응민에게, 정응민에게서 정권진에게 전승되어 온 서편제 소리의 개방적 측면을 주목해야 할 터이다.

4. 판소리의 세계화와 보성 소리

여기에서 우리가 보성 소리로 명명하는 바는 박유전 명창에서 정권진 명창에게 전승되는 소리의 세계를 그들의 생활공간이었던 보성 지역 명칭으로 변별하자는 뜻으로 쓰는 것이다. 판소리가 유네스코에서 보존해야할 세계무형문화자산으로 지정한 뒤로 우리는 무엇을 어떻게 해야 하는가 하는 과제를 떠안게 된 셈이다. 이 과제에 대해서 우리는 보성 소리가 수행해온 역사적 과업에서 그 해결의 전망을 찾을 수 있으리라고 기대할 수 있을 것이다.

우리는 앞에서 세계화라는 구호와 그것이 함의하는 바의 문제점을 짚어본 바 있다. 우리가 바라는 세계화는 세계의 다양한 구성요소가 조화롭게 공존하는 쪽으로 전개되는 것일 터이다. 이것은 어떤 특정 요소에로 다른 요소가 귀속되면서 단일화되거나, 일방적으로 획일화시키는 힘에 의해서 그러한 일이 진행되어서는 올바른 세계화가 달성되었다고 말할 수 없게 만드는 근거가 되는 관점을 제공한다. 이 점은 정치와 경제 및 사회 등의 각 영역에 두루 해당되는 바이지만, 특히 문화 부문에서 중점적으로 강조되어야 할 관점이다.[385]

문화가 가장 잘 여물어져 나타나는 곳이 예술 분야일 것이다. 이런 점에서 예술은 문화가 애써 뽑아 올린 꽃송이라 할 만하다. 판소리는 공연예술 부문에 속하는 것이어서 우리 문화가 꽃 피워낸 정화의 하나이다. 판소리의 세계화 문제는 세계화가 추구하는 이상에 가장 가까이 갈 때에 그 해답을 획득할 수 있는 법이다. 여기에서 우리가 추구해야 할 것은 세계화에 있어서 판소리가 위치할 위상의 확보이다. 진정한 세계화는 다양성이 존중되고 그것이 조화롭게 공존하면서 질적으로 새로운 국면으로 전환·상승되도록 하는 데에 있다면, 판소리도 세계 문화의 다양성의 한 국면을 확보하는 데에 이바지할 수 있어야 한다는 것이다. 실제로 판소리가 세계무대에서 주목받는 것은 소리꾼 한 사람과 북잡이 한 사람으로 구성되는 공연방식과 그 악곡적 구성과 표출의 독자성에 힘입은 바가 크다.

여기에서 보성 소리가 이바지할 바는 무엇인가. 보성 소리는 판소리사에서 가장 중요한 역사적 전기를 마련한 박유전 명창의 소리맥을 그 근간으로 하고 있다. 박유전의 소리는 보성의 소리 문화를 바탕삼아 이루어진 것이다. 이는 판소리가 명창의 소리를 형성시키는 지역의 문화를 배경으로 그 독자성을 확보할 수 있었다는 점을 잘 보여 주는 본보기였다. 여기서 우리는 판소리의 세계화에는 보성 소리의 경우에 이러한 소리세계가 터 잡았던 지역 문화의 독자성과 개별성을 기반으로 삼지 않으면 안 된다는 지침을 얻을 수 있다.

보성 소리의 맥을 오늘날까지 이어준 정응민 명창의 소리에서 우리는

---

385) 문화의 다양성을 확보해야 한다는 관점을 유지하는 일은 생명계에서 종의 다양성을 유지하는 일처럼 풍요로운 정신적 삶을 위해서는 필수 불가결한 일이 되는 법이다.

서편제 소리가 동편제 소리의 장점을 흡수하는 개방성을 확인하게 된다. 판소리의 세계화에서 이 개방성이야말로 독자성과 개별성과 함께 유념하여 그 예술세계를 펼쳐나가는 데에 표지석으로 삼아야 할 개념이다. 판소리의 세계화의 전략에는 판소리 예술의 독자성을 기반으로 하면서도 세계인의 감수성에 어떻게 호응해 나갈 것인가를 모색하는 방도가 포함되어야 할 터이다. 여기에는 현재까지 전수되어온 보성 소리가 판소리사에서 보여준 유연한 대응이 참고가 될 수가 있다. 이는 판소리의 개방성이 보성 소리에서 어떻게 구현되어 왔는가를 속 깊게 따질 때에 우리 눈에 잘 들어오는 점일 터이다.

5. 세계화를 넘어

판소리사를 살펴보면 판소리 공연예술이 그 자생적 대응력으로 외부로부터 전래하는 새로운 공연문화에 응전해 나간 사실을 확인할 수 있다. 전통적 판소리 공연형태에서 창극이 분화되어 나온 것이 그러한 사례였다. 분창 형태로 공연방식에 변화를 꾀하면서 서구식의 극장 무대에 걸맞는 공연방식을 모색한 것이 창극 형태로 전환하여 나가게 되었던 것이다. 이전에도 판소리 공연 장소가 실외의 외정에서 실내의 공간으로 들어오면서 가야금 병창이 개발되는 등의 실내악화의 변모가 일어난 바 있었다. 여기서 우리는 판소리가 미래의 사회에서 어떤 위상을 겨누어 나아가게 될 것인가에 대해서 관심 있게 지켜봐야 할 터이다.

미래의 판소리가 어떤 위상에 놓여 있을 것인가에 대해서 아무도 자신 있게 예측할 수는 없는 법이다. 그러나 판소리 보존과 전승에 대해서는 서로 다른 방안이 제시될 수는 있을 것이다. 원형의 보존에 충실하자는 자세가 그 하나요, 새로운 확산과 변화를 통해서 그 활력을 강화해야 한다는 주장이 다른 하나이다.[386) 판소리의 미래의 위상을 온전하게 마련하기 위해서는 이 두 가지의 방안은 서로 배척해야 할 방향을 가리키는 게 아니라 보완하는 쪽으로 통합되어야 할 일로 판단할 수 있다.

판소리의 장래는 판소리가 터 잡아야 하는 문화의 독자성과 그것이 다양하게 전개될 수 있도록 하는 유연성이 잘 결합할 때에 밝은 전망을 확보할 수 있을 터이다. 이 유연성은 판소리가 본래적으로 지녀왔던 개방적 특성 위에서 잘 발휘될 수 있는 법이다. 판소리가 터 잡을 문화적 독자성은 지방 문화가 활력 있게 성장하는 곳에서 그 근원이 튼실하게 자리 잡게 될 것이다. 지금과 같이 서울 집중화가 지방의 활력까지 흡수하면서 진행하는 상황에서는 이러한 전망을 확보하기란 매우 절망적이라고 보아도 좋을 듯하다.

창작 판소리 등이 활발하게 공연되는 곳도 서울과 수도권 일대이다. 창작 판소리는 판소리의 미래의 외연을 넓혀주는 전망을 제시하는 구체적인 증거이기도 하다. 판소리의 미래적 전망은 판소리의 문화적 토양이 되는 지방적 활력이 담보되지 않고서는 매우 어둡다고 말할 수 있다. 우리가 판소리의 세계화를 이야기할 때에는 세계화 너머 나타나는 문제를 인식할 필요가 있다. 그것이 바로 지방화의 문제이다. 오늘날 판소리의 본고장인 보성에서 조차도 전국적인 명성을 지닌 판소리 명창은 상주하고 있지 않은 실정이다.

---

386) 판소리의 미래를 담보하기 위해서는 언어 표현과 인물의 표상성을 고민해야 된다는 논의(김대행, 「판소리 발전 전망과 구도」, 『판소리연구』 18, 2004.)도 이러한 함의를 담고 있다.

판소리의 세계화를 말할 때에는 보성 소리를 빼 놓을 수 없다. 동시에 보성 소리의 현주소를 살피지 않을 수 없다. 여기에서 우리 가슴은 답답해진다. 판소리의 지방적 활성화가 이루어져야만 판소리의 진정한 세계화가 성취될 수 있는 법이다. 보성 소리는 판소리 현주소에 대한 절망과 미래에 대한 희망을 동시에 보여준다. 판소리의 본고장인 보성에서조차도 전국적인 명성을 지닌 판소리 명창이 상주하고 있지 않은 실정이 절망적인 현실을 보여주지만, 보성을 비롯한 여러 지방이 판소리에 관심을 보이면서 이를 육성하려는 의지를 내보이는 점은 판소리에 대한 희망을 담보하는 일이다.

보성소리는 그 형성 바탕의 구심력을 판소리의 개방성에 터 잡아 성립되었으며, 판소리의 동 · 서편제를 아우르면서 판소리의 개방성에 힘입어 그 풍요로운 소리를 펼쳐 올 수 있었다. 우리가 세계화의 물결 속에서 이에 대응하는 판소리의 전략과 대책을 세우는 데에는 이점에 유의해야 한다. 판소리의 개별성과 개방성의 양축 위에서 보성 소리가 판소리사의 위축적 전개 속에서도 그 세력을 펼칠 수 있었던 점을 그 전망적 거점으로 삼아야 할 일이다.

제5부
고전과 사회·역사적 회통과 전망

19세기의 한국 문화 1

1. 문화의 개념과 실제

19세기의 한국 문화는 어떠한가를 말하고자 한다면 몇 가지의 사전 작업이 필요하게 된다. 우선 문화란 무엇을 말하는가에 대해서 일정한 이해가 필요하다. 상식적인 측면에서 이 말을 이해할 수도 있고, 특정하게 이 용어의 개념을 정의해서 분명하게 할 수도 있다. 일반적으로 말하여 문화란 인간이 산출한 물질적, 정신적 가치와 아울러 그 가치를 산출하는 인간의 사회적 활동과 관습, 경제적 활동과 제도, 정치적 행위와 법적 장치, 예술의 생산과 향유, 당대의 가치와 규범, 그것을 결정하는 세계관까지 포함하는 광범위한 외연을 지닌 개념을 내포하는 말이다.

인간이 문화의 내용을 자연을 대상으로 여러 가지 유용한 재화를 생산하거나, 이를 이용하는 사회적 통로를 만든다든가, 더 나아가서 이를 토대로 정신적 산물을 만들어 나갈 때에[387] 역사적 전개에 따라 다양한 양

---

387) 인간이 문화를 생성하는 것은 일차적으로는 자연을 대상으로 그 산출물을 생산하게 된다. 예컨대, 땅을 이용하여 농사를 짓는다던가, 자연에 살고 있는 동식물을 길들여 의식주에 필요한 자료를 획득하게 된다. 따라서 문화의 토대는 이른바 이런 것이 문화의 물질 내용을 생산하는 그 하부구조를 구성하게 되고, 이를

상을 보이게 마련이다. 따라서 문화의 내용과 그 형식이 역사적 변화를 겪게 되는 것은 당연한 일이다. 19세기의 문화라는 용어는 산술적으로 1800년대에 걸쳐 나타난 문화양상을 포괄하는 말이면서 특정한 시기의 역사적 국면을 나타내는 내용을 가리키는 말이기도 하다.

우리나라의 19세기는 매우 특수한 국면을 전개시킨 시기였다. 어느 시대엔들 격변기가 없었을까마는 19세기는 여러 모로 역사의 격변을 내보인 시기였다. 이런 시기의 문화의 양상은 역사적 격변을 반영하는 법이다. 문화는 매우 광범위한 영역을 포괄하는 개념을 지니는 말로서 그것이 내보이는 외연은 너무 다양하다. 우리는 역사적 격변을 잘 보여주는 국면을 선택하여야 19세기의 문화의 실상을 구체적으로 파악할 수 있을 터이다.

대부분의 경우에 문화는 내부적 변화에 의해서 그 내용과 형식이 변모하게 된다. 외부의 충격도 문화 내부로 들어와서 흡수되거나 변화의 요인으로 작용하는 것이다. 외부의 충격이나 유입을 완충적으로 흡수하여 조절하면서 내부의 자생적 변화의 적응력을 내보이는 게 문화의 구심적 작용력이라 할 수 있다. 자생적 변화의 구심적 작용력이 클수록 그 문화는 매우 활력 있게 전개되면서 독자적인 문화의 면모를 갖출 수 있는 법이다.

우리는 19세기 국문학의 전개를 통하여 이 시기의 문화를 구체적으로 이해할 수 있게 된다. 이 시기의 국문학 생성의 배경이 되는 사회·경제적 변모와 세계인식의 변화 등은 이전의 국문학과 구별되는 어떤 것을 생성해내게 했을 터이기에, 그것의 실상을 파악하는 일이 우선 필요하

바탕으로 정신활동이 가능해지는 터전을 마련하게 된다.(마빈 해리스 지음/유명기 옮김, 『문화유물론』, 민음사, 1996, 86-89면 참고.)

다. 문학이 언어를 매개로 성립되는 예술현상이라 할 때에 우리는 19세기의 문화를 구성했던 요소 중에서 언어적 측면을 집중적으로 관찰할 필요가 있다.

언어는 그 존재양태에 음성언어로 존립하기도 하고 문자언어로 존립하기도 한다. 그런데 두 측면은 긴밀하게 연계되어 이를 사용하는 사람들의 의사소통과 감정표출에 이바지하는 기능을 지니지만, 엄밀하게 볼 때에 동일한 위상을 지니는 것은 아니다. 특히 교육이 보편화되어 문자 습득이 일반화되지 않았던 시기에는 언어는 그것의 사용의 양상과 그것을 사용하는 사람들의 사회적 성격이 결부되어 있었던 것이다. 이전 때문에 이러한 문제에 접근할 때에는 언어 사용양상의 사회적 성격을 살피지 않을 수 없다. 이것은 19세기의 우리 문화를 살피는 데에도 거쳐야 할 일이기도 하다.[388]

잘 알려진 바와 같이 19세기의 문화는 이 시기의 다양한 언어 사용과 그것이 문학적으로 실현되는 데서 그 특징을 드러내게 된다. 역사의 추이에 따라 문화를 실현하는 예술과 문학이 다선적으로 전개되기 마련이다.[389] 18세기부터 우리나라는 조선후기에 사회와 경제 등에서 진행된 변화가 축적되어서 이것이 예술과 문학에도 반영되었고, 이것이 19세기

---

388) 이밖에도 음성언어와 문자언어가 지니는 차별성에 대해서도 주목할 바가 있다. 전자가 소통의 시간적 제약을 받는데 비해서 후자가 그러한 제약에서 자유롭다는 점과 이러한 차별성이 소통의 양상을 다르게 드러내게 하는 점 등이다. 또한 이 때문에 이를 매개로 이루어지는 문학 현상의 차별성도 나타나게 되는 바, 이 점에 대해서도 주목되는 논의가 있다. 이에 대해서는 다음의 논의를 참고할 수 있다.
옹 월터, 『구술문화와 문자문화』, 문예출판사, 1995.

389) 문화가 그 성립토대가 되는 환경(여기에는 사회와 역사 등의 구체적 토대가 상정될 수 있다)과 관계는 다선적으로 전개된다는 것이 온당한 문화 이해의 시각일 터이다.(전경수, 『문화의 이해』, 일지사, 2001, 114면 참고.)

로 들어오면서 고정화되거나 새로운 활로를 모색하는 바를 보여주게 된다. 이를 깊이로 볼 때에는 물질적인 토대의 변모에서 정신활동의 변화에 이르는 전체가 이어지는 진폭으로 요동쳤고, 넓이로는 전 분야에 걸쳐 이러한 변화가 광범위하게 진행되어 20세기의 새로운 문화로 나아가는 발판을 마련하던 시기였다.

2. 문화와 언어와 문학

문화와 언어가 밀접한 연계성을 지닌다는 점은 상식적으로 이해될 일이다. 문화가 인간이 자연을 대상으로 여러 가지 유용한 재화를 생산하거나, 이를 이용하는 사회적 통로를 만든다든가, 더 나아가서 이를 토대로 정신적 산물을 만들어 나가는 것을 총칭하는 개념이라 할 때에 언어는 문화의 총체성을 유지시키는 중요한 수단이 되어 왔다. 재화 생산의 방법과 수단들을 사회적인 통로로 확산시키는 것은 언어를 통해서 이루어졌다. 또한 이를 토대로 정신적 산물을 만들어 나갈 때에 언어는 그것을 담는 용기였을 뿐만 아니라, 그 자체가 산물의 내용도 되었다.

고전적인 관점에서 보면 한 민족의 문화는 그들이 사용하는 언어에 반영되게 마련이다. 심지어는 그들의 현실세계가 크게는 무의식적으로 그 민족의 언어습관으로 구축되어 있다는 견해도 있다.[390] 언어는 그것을 사용하는 집단의 의사를 소통하고 정서를 전달하는 기능 외에 더 중요한 일을 감당해 왔다. 그것은 언어가 인간의 예술 활동의 중요한 분야를 감

---

390) 언어학자인 Sapir의 견해이다. 이에 관해서는 아래의 책에서 참고할 것.
　　박육현·김호진 지음, 『언어와 사회』, 세종출판사, 1999, 143-145면.

당해 왔다는 데서 확인된다. 즉 문학 활동은 언어를 매개로 해서 이루어
지는 예술로 어느 예술 분야보다도 복잡하고도 방대한 영역을 확보했다.

문학이 복잡한 양상을 보였던 것은 우선 그 질료가 되는 언어가 음성
언어와 문자언어로 실현되는 데서 그 동인을 찾을 수 있다. 이들은 단순
한 소통의 방식을 달리한다는 점에서만 구별되는 것은 아니다. 그것을
사용하는 사람들의 사고나 표현까지도 이 두 가지의 소통방식이 지배하
거나 이끌고 있다.[391] 여기에 특수한 시기의 역사적 상황까지 맞물리면
문학의 현상은 일반적으로는 그 시기 문화의 총체적 성격을 반영하지만,
동시에 특수하게 그 시기의 문화의 단면을 드러내기도 한다.[392]

이를 더욱 복잡하게 만드는 것은 두 가지의 소통방식 안에서 각기 상
이한 요소들이 그러한 기능을 수행할 때이다. 예컨대 구술문화 안에도
문자문화가 혼입되어 들어와서 소통방식에 관여한다든지, 문자언어가 단
일한 체계가 아니라 복잡한 체계로 이루어졌을 경우이다. 우리 문화의
경우에 이러한 양상은 매우 주목할 현상으로 나타나기에 이를 주목해야
만 한다. 따라서 이를 매개로 이루어지는 문학의 범위가 매우 포괄적이
거나 다양해질 수밖에 없다.[393] 가령 조선조 후기에 이야기판에 흥미를

---

391) 그람시는 중세 라틴어가 민중과 지식인 사이의 문화적 단절을 초래했으나, 지식
  인들이 19세기에 들어와서는 프로렌스어로 대표되는 이탈리아어를 문어로 가다
  듬어 쓰면서 지식인 내부에서도 세속적인 지식인과 교회 측 지식인 사이의 문화
  적 분리가 진행되었다는 점을 날카롭게 지적한 바 있는데(안토니오 그람시 지
  음·조형준 옮김, 『그람시와 함께 읽는 문화』, 새물결, 1995, 198-199면 참고.),
  이것도 사용언어와 문화 사이의 관계를 잘 설명하고 있는 사례이다.
392) 구술문화와 문자문화가 그 사용자의 사고와 표현의 성격을 어떻게 결정짓는가는
  다음에서 자세하게 논의되었다.
  옹, 위의 책, 60-92면, 123-166면 참고.
393) 우리문학사의 범위가 이러한 점을 반영해야 된다는 포괄적 태도로 쓰인 문학사
  에서도 이 문제를 고민하였다.
  조동일, 『한국문학통사』 1, 지식산업사, 2005, 19-26면 참고.

지닌 지식인들이 이를 향유하는 방식이 구연현장에서 이를 듣거나 국문으로 표기된 소설을 강독하는 것을 들으면서 이를 한문으로 기록하여 남기는 현상은 그것이 문화의 통합을 가능하게 하거나 계급적 경계를 넘어서 새로운 의미세계를 형성한다고 보는 논의[394]도 이러한 문제에 하나의 시사점을 던지고 있다.

우리가 살펴보고자 하는 19세기의 문화는 문화를 실현하는 언어의 양상이 매우 복잡할 뿐만 아니라, 이질적이거나 서로 다른 소통방식이 역동적으로 병존하면서 각기가 지닌 기능을 다투었던 시기를 반영하고 있다. 이것은 달리 보자면 언어를 사용하여 문화를 생산해냈던 당대인의 삶이 매우 복잡하고 역동적인 변화를 겪었기 때문에 그 결과로 나타난 것이었다. 따라서 이 시기의 문화의 양상은 그것이 산출되는 직접적인 토대가 되었던 당대 사회와 역사의 변화를 살펴보지 않고는 그 실상의 본질을 온전하게 이해할 수가 없게 된다. 그 일은 19세기 우리 문화의 하부구조를 살펴보는 일이기도 하다.

3. 19세기 한국 문화의 하부구조

19세기의 우리나라는 사회적으로는 급격하게 해체되는 계급질서의 변화가 경제적 토대의 변모와 맞물려 진행되던 시기였다. 정치적으로는 권력이 특정 집안을 중심으로 집중되면서 이른바 세도정치가 자리 잡아서 이 나라의 운명을 내리막길로 몰아가기 시작한 시기이기도 하다. 사상적

---

394) 이강옥, 「이중 언어 현상으로 본 18·19세기 야담의 구연·기록·번역」, 『고전문학연구』 32, 2007, 364면 참고.

으로는 청나라를 통해서 일부 지식인들에게 서양의 문물과 종교가 알려
지고, 이에 자극받아서 실학이라는 학문이 더욱 그 폭을 넓혀가던 시기
였다.

　이러한 변화는 이 시기의 문화의 성격을 결정짓는 토대의 변모이기에
보다 자세하게 살펴볼 필요가 있다. 이 시기의 역사적 성격은 19세기가
시작되는 1800년에 정조(正祖)가 죽음으로써 그 면모를 드러내기 시작한
세도정치의 폐해와 직결되어 성립되는 것이다. 세도정치(勢道政治)는 안
동 김씨의 척족을 중심으로 흥선대원군이 집정할 때까지 약 60여 년간
계속되어 권력의 독점화에 따른 부정부패의 온상이 되었고 민란의 근원
을 제공하였던 것이다. 1811년에 평안도 지방에서 홍경래에 의해 주도된
민란은 이후 전국적으로 전개된 농민 중심의 항쟁의 도화선이 되었다.
삼정(三政)의 문란과 가렴주구에 흉년이 겹쳐서 대규모의 유민이 발생하
고 이들의 일부가 광산이 경영되던 평안도 지역에 몰려 이러한 항쟁의
주력부대를 구성하게 되었다.395) 홍경래가 주도한 민란은 이 시기의 사
회적 변모도 동시에 보여주는 일이었다. 전통적인 농업이 산업을 구성하
던 때에서 상인과 수공업자들이 자본을 축적하여 상업자본을 형성해나
가면서 농업생산력과 병존하여 이 시기의 사회 · 경제적 토대를 형성해
나갔던 시기이기도 했다.396) 홍경래가 주도한 민란의 주요 구성원들이
광산노동자들이고, 지도부는 지방향반에서 요호부민에 이르기까지 다양
한 구성을 보인 점도 19세기의 사회적 변모의 한 단면을 보여주는 일이

---

395) 이러한 사정과 홍경래 민란의 경과와 역사적 동인에 대해서는, 편향적 시각이
　　있긴 하지만 아래의 업적이 참고가 된다.
　　홍희유, 「1811-1812년의 평안도 농민전쟁과 그 성격」, 『봉건지배계급에 반대한
　　농민들의 투쟁』, 도서출판 열사람, 1989, 51-126면.
396) 위의 책, 52-63면 참고.

었다.

이후 간간이 발생하던 민란은 세도정치의 폐해가 그 극단을 치달아가던 1860년대에 전국에서 요원의 불길처럼 번지게 된다. 철종 13년(1862)에 진주(晉州)에서 시작된 민란은 경상도의 단성(丹城), 함양(咸陽) 등의 15개 지역에서, 전라도의 익산(益山), 함평(咸平) 등의 8개 지역에서, 충청도의 회덕(懷德), 공주(公州) 등의 9개 지역에서, 경기도의 광주(廣州), 황해도의 황주(黃州), 함경도의 함흥(咸興) 등 전국적으로 확산되어 일어나게 되었다.397) 19세기가 끝나가는 1894년에 일어난 동학농민항쟁은 이러한 민란을 통합하여 보여준 사건이었다.398)

이와 같은 역사적 격동기에서도 19세기는 우리나라가 근대의 사회로 나아가는 징후를 보여주기 시작하였다. 그것은 경제적 축적이 전통적 농업생산물과 그것을 증대시키는 생산력의 증가에서도 확인되지만, 서울을 중심으로 이루어진 어용상인과 사상도고의 활동, 각종 광산의 발굴과 광물의 생산, 제지와 주물 등의 수공업적 생산, 대규모 어로집단 등의 등장 등에서 이루어진 일은 초기 자본주의적 성격을 싹틔우는 일이었다.399) 경제적인 측면에서 19세기에 우리나라에 축적된 물적 토대는 이 시기의 문화를 이해하는 데에 중요한 요소로 볼 수 있다.400)

---

397) 최진옥, 「1860년대의 민란에 관한 연구」, 『전통시대의 민중운동』 하, 도서출판 풀빛, 1981, 356-410면 참조.

398) 동학농민항쟁의 자세한 경과에 대해서는 다음의 업적이 참고가 된다.
김의환, 「1892·3년의 동학농민운동과 그 성격」, 『근대조선의 민중운동』, 도서출판 풀빛, 1988, 11-75면.

399) 예컨대 동해안에서 200여척의 어선군단을 운영하였던 장고산의 활동 등이 그 대표적인 사례이다. 이러한 여러 사례와 그 의미에 대해서는 다음 업적을 참고할 수 있다.
김광진·정영술·손전후 지음, 『조선에서 자본주의적 관계의 발전』, 도서출판 열사람, 1988, 43-52면, 85-96면 참고.

400) 19세기에 들어와서 창작된 것으로 보이는 〈한양가〉라는 가사는 서울의 도시적

19세기의 우리나라 문화를 떠받치는 하부구조는 여러 모로 역동적인 운동을 하고 있었다. 이미 살펴본 바와 같이 사회적으로는 대규모의 민란과 이를 진압하고 기존의 사회체계를 유지시키려는 집권층과의 대립이 빚어낸 것이 가장 두드러진 운동의 핵심이 되었다. 이와 더불어 농업 외의 산업에서 경제적 토대를 확보한 세력이 실질적인 신흥세력으로 등장하는 현상과 맞물려서 이러한 요소들은 매우 역동적인 변화를 추동하였다. 그러한 운동의 힘은 전통사회의 해체를 가속시키면서 새로운 사회로 나아가는 쪽으로 작용하게 되었다. 이것은 혼란과 격동의 시기를 열어주었지만, 동시에 개방된 사회와 의식을 형성시키는 계기도 마련하였다. 물론 이러한 변화는 서울에서도 관찰되는 바였지만,[401] 앞에서도 살펴본 바와 같이 전국적으로 확산되어 나타난 징후로 볼 수 있다. 이러한 징후는 이 시기 문화의 상부구조를 결정짓는 기반의 구실을 하게 되는 법이다.

즉 19세기는 우리나라의 사회체제 전체를 뒤흔들만한 민란이 이어졌으나, 이를 생성시킨 근본요인을 제공하였던 집권층은 이를 진압하고 더욱 강고한 탄압으로 겉으로는 봉건사회의 기본체제를 유지해나가는 것으로 보이게 만들던 시기였다. 그러나 내부적으로는 협애한 권력집중과 이에서 파생되는 지배층 내부의 동요가 사회상층부를 불안정하게 만들

면모와 경제적 상황을 잘 보여주고 있다.

401) 다른 어느 지역보다도 통제가 심한 서울에서도 주민들이 횡포가 심한 포도청 군졸에게 저항한다든가, 각종 형태의 도적이 횡행하고 방화가 일어났는데 이는 일반민가, 시전, 부호가는 물론, 각급 관아와 궁궐에까지 걸쳐 일어나게 된 점은 이러한 사회적 동요를 잘 보여주는 일이었다.(조성윤, 「조선후기 서울주민의 신분구조와 그 변화」, 연세대 박사논문, 1992, 188-201면 참고.) 또한 19세기 서울의 도시적 면모는 〈한양가〉라는 가사작품에서도 시장의 모습을 묘사하는 부분에서 잘 드러난다.

던 시기이기도 했다. 한편 중인을 비롯한 사회 중·하위의 사회세력들이 경제적 토대를 기반 삼아서 신흥사회세력으로 부상하면서 사회구성 내부를 역동적으로 해체하는 힘을 제공하여 나갔던 시기이기도 하다. 또한 중국을 통해서 서양의 문물과 제도가 지식인들에게 알려지고, 천주교라는 새로운 종교가 유입되어 유학과 충돌하면서 지식인과 지배계급까지 가세한 신도층들402)이 엄청난 사회적 문제를 일으켰던 시기였다.

이러한 사회적 격변과 경제적 토양은 이 시기의 문화의 하부토대로서 중요한 기틀을 마련하게 된다. 즉 19세기의 문화의 성격을 이 시기의 사회와 경제 등의 변화와 그것이 작용하여 일어나는 역사적 전개상황이 19세기 문화의 상부구조에 반영되었다. 문화의 상부구조는 그것을 생산하는 주체와 객관적 토대 위에서 형성되게 마련이다. 19세기는 문화의 상부구조를 생산하는 주체의 사회적 성격이 변화하여 나가는 운동이 현저하게 관찰되던 시기였으며, 객관적 토대를 형성하는 요소들이 중층적으로 집적되던 시기이기도 하다.

4. 19세기 한국 문화의 상부구조

문화의 상부구조에서 일어나고 있는 변화는 여러 측면에서 살펴볼 수 있다. 19세기에 우리나라에서 진행된 문화 상부구조의 변화는 우선 학문, 또는 사상이나 철학적 담론에서 잘 알아볼 수 있다. 이미 살펴본 바와 같이 18·9세기에 전개된 사회·경제적 변화는 지배계급에 속했던

---

402) 19세기의 위대한 학자이자, 문학자인 다산 정약용 형제들도 이들 중에 속하였다.

일부 지식인들에게 위기의식을 고조시키면서 그 타개책을 모색하도록 만들었다. 실학파로 불리는 일군의 지식인들이 그러한 흐름을 이끌어나 갔다. 역설이지만 이것은 19세기에 들어와서 세도정치가 강화되면서 권력에서 밀려나가거나 집권층에게서 견제와 배척을 당한 사람들에 의해 도도하게 흘러나갔다.

그 중에서 가장 대표적인 사람은 정약용이었다. 18세기 후반에 들어와서 실학자들이 도학의 형이상학에서 벗어나서 독자적인 세계관을 제시하면서 사상의 조류는 도학이념으로 획일화된 사유체계가 허물어지는 쪽으로 흐르기 시작한다. 이 흐름 속에서 정약용은 시대사조의 하나의 경향을 이끈 존재로서 부각되었다.403) 정약용은 1800년대가 시작하자마자 천주교를 신봉한다는 죄목으로 18년간이나 유배생활을 해야 했지만, 정약용의 저술이 그 기간에 대부분 이루어졌다는 점에서, 우리나라의 학문사와 사상사에서는 정약용이 겪은 유배 기간을 오히려 축복받는 시기로 삼을 수 있다는 역설이 성립한다. 물론 19세기의 학문의 사상사에는 김정희가 참가하여 또 하나의 경향을 첨가하기도 하였다. 청나라의 고증학의 영향 아래서 엄정하게 실사구시(實事求是)의 학문적 탐색과 시와 서화를 넘나들면서 성령론(性靈論)이라는 문학론을 확립한 김정희는 19세기 문화의 상부에 개방적인 시각을 제공하기도 한다.404)

다른 하나의 흐름은 중인층이 양반사대부가 독점했던 한문학과 국문학 및 예술 분야에서 이 시기 문화의 상부 구조를 구축하는 일에 적극적

---

403) 금장태, 『다산 정약용』, 성균관대 출판부, 1999, 24면, 97면 참고.
404) 김정희의 학문과 문학 및 예술론에 대해서는 아래의 논의를 참고할 수 있다.
　　　김혜숙, 「김정희의 시론 연구」, 『울산어문논집』 5, 울산대학교 국어국문학과, 1984.
　　　금동현, 『조선 후기 문학이론 연구』, 보고사, 2002, 257-289면 참고.

으로 나서기 시작한 점에서 찾아볼 수 있다. 이들은 학문분야에서 김정희 등의 실학파들이 주도적으로 이끌어나갔던 북학의 본류를 한말에 확산시키는 매개적 역할도 담당했으며, 이를 통하여 수용한 선진문화를 사회에 전파시켜 계몽하는 주체로 나서서 사회적 신분제도와 계급의 한계를 뛰어넘으려는 신흥세력으로 부상하게 되었다.[405] 이들 중에서 핵심적인 역할을 한 경아전들은 시사를 조직하여 한시의 창작과 음악과 서화의 예술영역에서 문예활동을 활발하게 벌여 나갔다.[406]

김정희가 주도하던 문화운동에서 문학뿐만 아니라 서화에까지 확대된 관심과 성취는 이들 중인층에게도 영향을 끼쳐서 이 시기의 문화의 상부가 서로 개방되고 연접되어 전개되는 데에 주요한 역할을 맡게 되었다. 역관 집안 출신의 이상적(李尙迪)과 경아전 출신으로 추측되는 조희룡(趙熙龍)이 한문학과 서화를 통하여 이 두 예술세계 사이를 연접하는 세계를 추구했던 것도 김정희의 영향 아래서 전개되었던 일이었다.[407] 이러한 경향은 19세기 문화의 상부 구조를 특징짓는 운동의 한 측면을 보여주는 터이다. 양반사대부들이 독점하여 향유하던 문학과 예술에서 이들이 주도적인 위치로까지 나아간 것은 18세기에서 19세기에 걸쳐서 시조집의 편찬이 중인계급 출신의 가객에 의해 이루어졌던 점에서 확인된다.[408]

---

405) 정옥자, 『조선후기 문학사상사』, 서울대학교출판부, 1993, 137-138면 참고.

406) 강명관, 『조선후기 여항문학 연구』, 창작과 비평사, 1997, 151면 참고.

407) 이들이 김정희의 강력한 영향 아래서 활동을 했다는 점은 자세하게 논의된 바 있다. 강명관, 앞의 책, 385-408면 참고.

408) 19세기의 국문시가의 구도를 '축적적 문학담론의 향유시대'라고 규정한 논의(성무경, 「19세기 국문시가의 구도와 해석의 지평」, 『고전문학연구의 쟁점적 과제와 전망』하, 도서출판 월인, 2003, 252면.)에서도 이 시기에 박효관과 안민영이 편찬한 가집의 성격을 주목하여 논의한 바 있다.

판소리라는 전통공연물이 19세기에 들어와서 그 장르적인 생명력을 왕성하게 펼쳐나간 점은 이 시기의 문화의 상부구조와 관련시켜 이해할 필요가 있다. 잘 알다시피 판소리는 문학과 음악 그리고 연희의 요소가 응축되어서 성립되는 공연물이다. 한 사람의 소리꾼과 또 한 사람의 북 잡이로 구성되는 소리판이 판소리가 구현되는 현장을 이루어낸다. 판소리가 그 장르적인 운동을 역동적으로 전개하여 나간 점을 이 시기의 문화의 하부와 상부의 면모와 결부시켜서 살필 수 있다. 우선 판소리의 객체가 역사적인 운동을 전개해나가는 양상을 두고 이점을 알아보기로 한다. 판소리의 역사적인 전개에서 우리가 주목할 수 있는 것은 이것이 원래는 기층문화에 터 잡고 형성된 것이나 점차 상층문화를 흡수하면서 장르적인 활력을 확보해나갔다는 점이다. 이것은 판소리의 개방적 성격에 의해서 그 자체의 역동성을 지니면서 역사적으로 운동하는 힘을 흡수하고 배출하는 메카니즘을 지녔기 때문이었다.[409]

이러한 개방성은 판소리라는 공연예술물을 성립시켰던 문화의 상부와 하부의 운동에도 힘입고 나타날 수 있는 것이었다. 이미 앞에서 알아본 바와 같이 19세기에는 경제적 토대가 튼실해진 중인층과 요호부민(饒戶富民)들이 양반사대부들이 향유하던 한문학 등의 예술분야의 향유자로 참여하기 시작했는데, 이러한 경향은 판소리의 경우도 예외는 아니었다. 판소리의 향유층은 오히려 이들이 주도하면서 양반사대부층이나 왕족 등이 합류하였다는 점에서는 다소 다른 방향성을 보이긴 했다. 이들 중에서 고창지방에서 향리 직임을 수행했던 신재효의 경우가 그 대표적인 사례이다.[410] 그가 판소리를 후원하고 사설을 정리하면서 이론 정립에

---

409) 서종문, 『판소리의 역사적 이해』, 태학사, 2006, 117면 참고.
410) 신재효의 사회적 성격과 그의 판소리에 끼친 영향에 대해서는 아래의 논의를 참

애쓸 당시에 천여 석의 소출을 했던 지주라는 점이 확인되어서 그는 요호부민의 성격도 함께 갖춘 셈이다. 경아전과 향리 등이 상인과 더불어 탈춤의 지원층이 되고 전라도 감영의 통인청이 판소리 공연대회인 전주대사습(全州大私習)을 주도한 점도 이러한 맥락에서 이해될 일이다.411)

이 시기에는 이전부터 진행되어온 예술분야에서의 변화가 고착되어 갔다. 그중에는 회화와 음악에서 대상을 그대로 형상으로 재현하는 경향이 중요한 흐름으로 파악할 수 있는 것이다. 중국의 산수를 모방하여 재현하였던 흐름에서 조선의 산수의 특색을 형상화한다든지, 조선사회의 이모저모를 생활과 풍속에서 찾아서 그림 속에 살려내기도 했던 것이다. 정선(鄭歆)에서 발현된 진경산수화(眞景山水畵)의 화풍은 김홍도의 풍속화와 더불어 19세기의 화풍에도 지속적인 영향을 끼친 것으로 보인다. 판소리의 음악이 표출하려는 세계를 그 형상을 잘 전달할 수 있도록 사실적으로 구성된다는 점은 잘 알려져 있다. 다른 측면에서 판소리의 음악적 실현구조와 당대의 풍속화의 표현구조 사이의 상동성이 논의되는 것412)도 이러한 흐름 속에서 이해될 일이다.

19세기에 진행된 사회적 해체과정은 강고했던 지배 이데올로기의 유지에도 일정한 영향을 끼친 것으로 추측된다. 유교적 가치 실현 때문에 억제될 수밖에 없었던 욕망을 실현하려는 흐름도 이 틈새를 뚫고 새어나왔던 터이다. 더구나 축적된 재부를 바탕으로 취락적 공간(醉樂的 空間)이 쉽게 마련될 수 있었으며, 이는 세도정치의 부정적 잉여물을 이러한

고할 것. 서종문, 『판소리사설연구』, 형설출판사, 1984, 19-36면.

411) 조선후기에 경아전과 지방향리 등이 상인들과 탈춤의 후원자로 활동한 사실과 그 의미에 대해서는 아래 논의를 참고할 것. 이훈상, 『조선후기의 향리』, 일조각, 1990, 149-174면.

412) 김현주, 『고전문학과 전통회화의 상동구조』, 보고사, 2007, 139-179면 참고.

공간에서 소비하는 일과도 관련이 있을 듯 싶다. 〈게우사〉 등에서 중간
계급의 유흥적 탐닉이 확인되기도 하지만, 지배계급에서도 이러한 욕망
을 거리낌없이 실현하는 경우도 있었다. 김진형(金鎭衡)이 〈북천가〉에서
귀양 가서도 기생과 즐겼던 체험을 노래한 것이나 유인목(柳寅睦)이 중
국 사행에 동행하여 가서 쾌락에 탐닉하는 모습을 〈북행가〉에서 적나라
하게 노래한 점은 이러한 사례에 속한다. 19세기의 사회적 공간이 절대
빈곤에서 인간의 의식주조차 해결 못하는 점을 〈흥보가〉에서 보여준 점
과 대응되면서 이 시기의 지배계급을 포함한 상위층이 몰입한 유흥의 공
간에서는 유교가 강조하는 절제의 미덕과 욕망의 조정 등이 흔들리고 있
는 현장을 보여주고 있는 셈이다.

5. 19세기 한국 문화와 국문학

한 시기의 사회적 변모와 이를 결집하는 역사적 변화는 문화 하부의
토대를 역동적으로 움직이고, 이것이 문화의 상부 구조에 반영되어 나타
나는 법이다. 이는 앞에서 여러 모로 살펴본 바 있다. 문학은 문화의 상
부 구조물 중에서 가장 예민하게 이를 드러내기도 하고 복합적으로 형상
화하기도 한다. 19세기의 우리나라 문학의 양상은 이점을 잘 보여주었는
데 여기에 대해서 가장 현저한 현상을 하나 들어서 알아보는 일이 필요
하다. 김삿갓으로 널리 알려진 김병연(金炳淵)의 한시 작시의 경우를 들
어서 이점을 살펴보기로 한다.

김삿갓은 19세기 우리나라의 사회와 역사가 빚어낸 전형적인 지식인
이자 문인이다. 그는 당대의 집권의 핵심을 잡았던 안동 김씨 출신이지

만 그의 조부가 홍경래 민란 때에 선천의 부사로 민란을 일으킨 세력에게 투항했기에 역적으로 처형당한 후 몰락을 거듭한 집안에서 출생했다. 지방 향시에서 그 근본을 알지 못한 채 그의 조부를 혹독하게 비난한 한시를 지어 장원했다가 그 후에 진상을 알고는 평생을 삿갓으로 낯을 가리고 전국을 돌며 방랑시인으로 삶을 살아갔던 사람이었다. 이것은 그의 삶 자체가 19세기 우리나라의 사회와 역사의 격동을 몸입고 나타난 사례로 삼을 수 있을 정도로 극적인 면모를 보여주는 셈이다. 그가 방랑하면서 지은 한시 세계는 그 표현 방식과 지향하는 의미가 이 시기의 문학의 흐름을 잘 보여주었다. 그는 파자(破字)와 파운(破韻) 및 변조(變調), 동음이의(同音異義)와 이중자의(二重字義) 동자중출(同字重出) 등 동원할 수 있는 모든 파격적인 형식과 전통적 한시창작의 왜곡 등의 수단을 통하여 시작을 전개하였다.[413] 이것은 미학적으로는 골계미를 자아내게 하는 희작의 결과물이 되겠지만, 이를 통하여 그는 당대의 사회를 신랄하게 풍자하고 야유하였던 것이다. 그의 한시 작품은 민요나 탈춤과 판소리 등의 문학적 요소를 담아내고 있다는 점[414]에서 구비문학 등의 자질에 의해 해체되는 한문학의 한 양상을 보여주기도 한다.

19세기에 일어난 민란에서 볼 수 있듯이 이 시기의 격동은 지배계급에서는 김삿갓과 같은 몰락양반이 증가할 수밖에 없었고, 중인층과 경영형 부농 등의 신흥세력이 양반사대부가 향유하던 문학과 예술분야에 진출하는 현상이 힘을 얻어갔다. 이러한 변화는 의식 있는 지식인의 문학

---

413) 김삿갓이 창작한 한시에 나타나는 이런 형태적 양상에 대해서는 아래의 논의를 참고할 것. 정대구, 「김삿갓시 연구」, 숭실대 박사논문, 1989, 82-113면.
414) 예컨대 '양반론'이라는 한시는 7언 율시의 형태를 취하지만, 반(班)자를 13번이나 거듭 쓰면서 양반을 중반, 상반, 객반, 주인반, 부반, 진반, 피판, 차반, 하반, 양반 등의 어휘를 제시하면서 판소리 사설이나 탈춤에서 보이는 사설의 구성방식과 유사한 파격시를 전개시킨 바 있다.(위의 논문, 96-97면 참고.)

작품에서 잘 드러났는데 예컨대 이학규(李學逵)의 한시작품이 그 대표적
인 사례이다. 몰락양반의 삶은 소설작품에서도 반영되는데, 〈신유복전〉
과 〈장경전〉에서는 남성 주인공이 유리걸식하는 체험의 서사적 전개가,
〈숙향전〉에서 여성주인공이 이러한 체험을 하고 술집에 몸을 의탁하는
서사의 설정이 이러한 점을 잘 보여 준다. 이는 이미 18·19세기를 살아
갔던 박지원(朴趾源)이 〈양반전〉에서 양반의 문권이 매매되는 서사전개
에서 이를 극명하게 집약시킨 바 있다. 물론 이 시기의 소설에서 중세
지향적인 세계인식과 반중세적인 세계인식이 대립하는 바도 보여주지만,
이념적 지향에서 일탈하여 일상적 삶에 관심을 보이고 있는 점415)도 이
시기의 문화의 상·하부의 변화가 간접적으로 반영된 것으로 판단하게
만든다.

시가문학에서도 19세기 문화의 상·하부의 변동이 반영되어 작품으로
남게 되었다. 그 중에 조황(趙榥)이 남긴 141수나 되는 시조작품이 그러
한 점을 잘 보여주는 대표적인 사례이다. 몰락해가는 향반 출신인 그는
시조 속에서 서양으로부터 전래되어온 천주교에 대응해서 유학자의 자
세를 굳건하게 지키고자 하면서도 과도한 조세에 시달리면서 중노동에
시달리는 농촌의 현실을 시조작품에 형상화하였다.416) 이러한 점은 조황
보다 조금 앞서 살아간 위백규(魏伯珪)의 농가구장(農歌九章)에서 농촌
의 삶의 현장을 형상화한 것과 같은 맥락에서 파악할 일이다.417) 지방

---

415) 이것은 19세기에 창작된 한문소설인 〈육미당기〉, 〈삼한습유〉, 〈난학봉〉, 〈옥수
기〉 등을 연구한 성과가 보여주는 바이다.(김경미, 「19세기 한문 장편소설의 세
계관」, 『고전문학연구의 쟁점적 과제와 전망』 하, 도서출판 월인, 2003, 259-270
면 참고.)

416) 조황(趙榥)의 시조작품에 대한 연구는 아래의 논의를 참고할 것.
정흥모, 「삼죽 조황의 시조연구」, 『19세기 시가문학의 탐구』, 집문당, 1995.

417) 물론 엄밀하게 따져서 조황과 위백규의 시적 지향점이 차별성을 보이겠지만(정

수령의 수탈로 인한 민란의 상황이 문학작품에 반영되기도 했는데, 〈거창가〉와 〈정읍군민시여항청요〉 등이 이러한 작품들이다. 이러한 흐름은 정약용이 귀양살이를 했던 고장의 민요를 받아들여 〈탐진촌요〉(耽津村謠), 〈탐진농가〉(耽津農歌), 〈탐진어가〉(耽津漁歌)라는 한시를 연작하면서 농촌과 농민의 실상과 고통을 작품 속에 담은 것과도 함께 연결해 생각해 볼 일이다.[418]

사회 변동의 흐름 속에서 농민을 비롯해서 노비에 이르기까지의 기층민의 의식은 구비문학을 통해서 표출되었다. 지배계급과 피지배계급의 관계에 대한 관점이 상전과 노비 사이에서 벌어지는 이야기에 나타나고 있다는 점에 주목해볼 필요가 있다. 구전되는 설화에서는 똑똑한 하인과 바보상전이 상하관계로 설정된 이야기에서 지배계급의 무능이 희화화되고 이들을 속여서 이익을 챙기는 피지배계급의 지략이 드러나 있다. 문헌에서는 충성스러운 노비를 부각시키고 불충한 노비에 대한 징벌적 패배가 강조되는 이야기가 수록되는 경향을 보인다. 이를 통해서 피지배계급이 당대의 사회구조와 모순에 대해서 문제제기를 하는 주장과 이를 무력화시키려는 지배계급의 시각이 대립하는 관점의 충돌을 확인하게 만든다.[419]

홍모, 위의 논문, 192-200면 참고.), 여기서는 거시적인 안목에서 이 시기의 시가에 반영된 문화 상·하부의 변화가 어떻게 반영되어 나타나고 있는가는 살펴보기에 같은 흐름 속에서 이들을 이해하려 한다.

418) 문학사적으로는 이옥(李鈺)과 이학규(李學逵)의 민요풍 한시가 정약용이 성취한 문학세계와 동질적인 측면에서 이해될 수 있다고 보고 이를 잘 정리한 것은 다음에서 참고할 수 있다.
조동일, 『한국문학통사』 3, 지식산업사, 2005(4판), 224-232면 참고.

419) 이점에 대해서는 아래의 논의가 최근에 이루어진 바 있다.
서종문, 「충노형 이야기와 반노형 이야기의 다툼」, 『국어교육연구』 40, 국어교육학회, 2007, 305-330면 참고.

이 시기에 가장 활발하게 장르적 활력을 보였던 탈춤에서는 이러한 관점이 중간계층이나 하층민의 시각에서 형성되어 나타났다는 점이 이 시기 문화의 상·하층에서 일어났던 변동의 주요한 지향점을 보여주고 있다. 농촌탈춤에서 떠돌이탈춤의 자극을 받아 도시탈춤으로 성장하면서[420] 탈춤에서 지배계급과 그들이 향유하는 문화가 풍자되고 희화화되는 경향은 더욱 강화되었다. 이는 탈춤의 담당주체에 향리 집단이 참여하고 상인들이 가세하여 농민들이 향유하던 농촌탈춤에서 더욱 발랄한 현실체험과 비판적 관점을 극화해낼 수 있었기 때문이다. 이점을 잘 드러내는 것으로는 탈춤에 등장하는 말뚝이라는 인물이다. 이 인물은 극중에서 모셔야 할 상전인 양반을 풍자하고 희화화하는 주동인물로 극중에서 매우 역동적인 활약을 보이게 된다. 그런데 이러한 인물의 유형은 이미 앞에서 살핀 바 있는 '상전과 노비 사이에서 벌어지는 이야기'나 '신분이 상승된 노비 이야기' 등의 구비서사물에서 그 생성의 기틀이 마련되어 있었다고 보아야 할 터이다.[421] 이러한 생성의 과정 자체가 이 시기 문화의 상·하부 구조의 변동과 맞물려 일어난 일이라고 보아야 하는 법이다.

문화의 하부의 변동이 문화의 상부의 변화를 이끌어낸다는 점은 이모저모로 확인해 보았지만, 19세기에서 가장 주목할 일은 권력의 중간부와 최상부에 걸쳐 기층문화에 기반을 두고 생성되어 나왔던 예술에 대해서 관심을 보이거나 직접 향유한 일이었다. 이미 살펴본 바와 같이 이러한 일은 이 시기에 가장 주목되는 공연예술물로 예술사의 중심에 놓였던 판

---

420) 이러한 탈춤의 성장의 문학사 전개에 대해서는 아래에 잘 정리되어 있다.
　　조동일, 『한국문학통사』 3, 지식산업사, 2005(4판), 610-626면 참고.
421) 이에 관해서는 아래의 논의가 참고할 만하다.
　　서종문, 「말뚝이형 인물의 형성」, 『국어교육연구』 37, 국어교육학회, 2005.

소리를 향리를 비롯한 중인층과 양반사대부와 왕족에 이르기까지 향유 주체가 확산되었던 점이었다.[422] 그 가장 대표적인 인물은 고종의 아버지였던 흥선대원군이었다. 경복궁을 재건하면서 전국의 공연패들을 동원하였던 점도 주목되는 일이지만, 낙성연에 판소리 여성 명창인 진채선이 〈경복궁타령〉[423]을 불렀다는 점도 이를 잘 보여주는 일이었다. 판소리의 문학적 요소가 소설로 전환되어 수많은 독자를 확보해 나간 점과 더불어 19세기에 들어서면 문화의 상부 구조가 개방되어 나가는 흐름이 더욱 확대되고 정향화되어갔던 점을 보이는 일이기도 하다.[424]

동학의 성립과 이에서 파생되었던 사회적 격동과 역사적 경과는 19세기 문화의 상·하부의 변화를 결정적으로 보여주었던 일대 사안이었다. 내부적으로는 민란을 일으켰던 요인이, 외부적으로는 서양과 일본의 침략 가능성에 대한 불안이 커다란 농민봉기에 이르게 하였다. 그러나 이를 뒷받침하는 동학사상은 이러한 위기상황에 대응하는 논리와 사상을 갖추려고 하는 최제우(崔濟愚)가 이를 두고 고민했던 산물이었다.[425] 이

---

422) 중인층에서는 신재효를, 양반사대부의 지식인층에서는 유진한(柳振漢), 신위(申緯), 윤달선(尹達善), 송만재(宋晚載), 이유원(李裕元), 정현석(鄭顯奭)을, 왕족에서는 흥선대원군과 순종 등이 판소리에 관심을 보이거나 이를 애호한 사람으로 여러 자료에서 확인되었던 인물들이다.

423) 신재효의 사설집에는 〈방이타령〉이란 이름으로 실려 있다. 여기에 '庶民子來 景福宮 조흘시고……堯舜갓튼 우리 임군 景福宮 에 계옵시니'라는 구절은 이를 증명한다.(강한영 교주,『신재효 판소리 사설집』, 민중서관, 1971, 654면 참조.)

424) 19세기에 들어와서 판소리가 공연예술의 중심에 자리 잡자, 미학적인 인식과 그 개념이 판소리 사설 속에서 미학적 개념이 '맛'과 '멋'이라는 말에 의해서 분화되고 있다는 논의는(김종철,「멋의 탄생과 판소리」,『국어국문학』147, 국어국문학회, 2007.) 판소리 성행과 관련시켜 음미할 논점을 제공하고 있다.

425) 이에 대해서 최제우는 〈동경대전〉에 '경신년 사월에 이르러 천하가 분란하고 민심이 효박하여 어찌할 바를 모를 즈음에, 또한 어긋나는 괴상한 말이 세간에 떠들썩하되 "서양 사람은 도성입덕(道成立德)이 되어 그 조화로써 일을 이루지 못함이 없고 무기로 침공함에 당할 사람이 없다 하니, 중국이 소멸하면 순망(脣

러한 생각이 한 시대가 역사적인 국면에서 뿐만 아니라, 의식의 한계를 극복하려는 노력을 문학적으로 형상화해 내기도 했다. 그가 처형당할 때에 중요한 근거로 제시되기도 한 〈검결〉(劍訣)이라는 작품이었다.[426] 동학의 성립은 외부 세력의 침략에 대한 구심점을 모색하는 우리 민족의 지향이 드러난 결과라 볼 수 있다. 이점에서 이는 민족주의적 구심력을 지향하는 것이라 할 만하다.[427] 또한 지배계급의 횡포와 무능으로 나라와 민족이 도탄에 빠지게 된 점을 직시하고 이를 시정하고자 집단행동에 나선 점에서 민중적인 자각과 역량을 내보인 일이라 할 수 있다. 이에서 나타나게 된 동학가사를 비롯한 문학작품들이 이러한 경향을 반영하였던 것이다.

亡)의 환(患)이 없겠는가. 도무지 다른 연고가 아니라 이 사람들은 도를 서도라 하고, 학을 천주학이라 하고, 교는 성교(聖敎)니 이것이 천시(天時)를 알고 천명을 받은 것이 아니겠는가." 이런 것을 들어 생각하니 내 또한 두렵게 여겨 다만 늦게 태어난 것을 한탄한 즈음에'라고 적혀 있는 데에서 그의 고민이 확인되는 일이다.(윤석산, 『수운 최제우 평전』, 동학사, 1996, 41-42면 재인용)

426) 〈검결〉에서 '용천검(龍泉劍) 드는 칼을 아니 쓰고 무엇하리'라고 당시의 위기를 돌파하는 생각을 칼노래로 형상화하였다. 이를 종교적 의미망으로 해석하는 경우도 있으나,(윤석산, 「용담유사 연구」, 『동학사상과 한국문학』, 한양대출판부, 1995, 181면 참고.) 최제우가 대구감영에서 취조 받을 때 반역을 꾀하는 노래로 기록한 점을 주목해야 한다.

427) 동학이 성립하던 시기 가까이에 정약용이 조선시 선언을 하고 신재효가 〈십보가〉에서 이천만 동포라는 어휘를 쓰는 등 민족 문화, 또는 민족의 실체에 대한 인식이 의식있는 지식인들 사이에서 강조되는 사례를 살펴볼 수 있다. 신재효의 단가에서 자각의 주체로서 민족을 인식하고 있다는 논의(조동일, 「신재효 · 유인석 · 김중건의 구국노선」, 『한국시가의 역사인식』, 문예출판사, 1994(2쇄), 289-339면 참고.)는 이점을 주목하였다.

6. 마무리

인간이 생산해내는 산물을 문화라고 총칭할 때, 여기에는 인간 삶의 내·외적 측면이 반영되는 법이다. 문화는 언어를 통해서 한 단면을 드러내게 마련이다. 19세기의 한국 문화가 당대 우리 선인들이 사용했던 음성언어와 문자언어를 통해서 그 변화의 진폭을 드러내게 되었다. 좁게는 이것이 문학작품에서 더욱 집약적으로 표출되어 나타났다. 19세기 문화의 상·하부의 구조가 매우 격심하게 운동하면서 변동되어 나갔기 때문에 당대에 사용되던 언어의 소통구조는 이를 반영하듯이 매우 복잡한 양상으로 이것을 담아내었고, 구비문학과 기록문학에 걸쳐 이것이 확인된다.

문화는 인간이 자연을 대상으로 유용한 재화를 생산하여 이를 사회적 통로로 유통시키는 토대 위에서 생성되는 것이다. 이런 점에서 보면 문화의 하부구조는 사회와 경제라는 물적 구조 위에 서 있는 셈이다. 19세기 우리나라의 사회는 계급구조가 급격하게 와해되고 경제 질서가 새롭게 재편되던 시기였다. 문화의 하부구조는 이와 맞물려서 역동적인 면모를 보여주었다. 특정가문에 권력이 집중되면서 이것이 부패하고 무능한 정치를 실현시켜서, 그 폐해를 못 견딘 민중들이 곳곳에서 민란을 일으켜 나라 전체가 소용돌이에 빠지게 만들었다. 이런 와중에 중·하위층에서 성장한 신흥세력이 문화 생산층의 주력으로 부상하게 되었다.

19세기의 학문과 철학의 담론이 이 시기에 닥친 위기에 대응하는 방향으로 전개되어 나간 점이 문화의 상부구조에서 현저하게 나타났다. 실학의 학풍이 의식 있는 지식인에 의해 활발하게 전개되어, 19세기에 들면 정약용은 오랜 유배생활 속에서 백과사전적인 성취를 이루어내었다.

지배계급이 독점해 왔던 한문학 등에 중인층들이 참여하여 뚜렷한 성과를 얻어내었고, 시조의 창작과 가집 편찬을 이들이 주도적으로 이끌어나간 것도 이러한 변화의 한 단면을 보여주었다. 판소리의 향유층이 지배계급과 중인층으로 확산되어나간 점도 이와 함께 살펴볼 추세로 볼 수 있다. 욕망이 취락적으로 표출되는 유흥공간에서도 그 주체가 지배계급에서 중인층을 비롯한 신흥세력으로 확대해 나간 점도 이러한 변화를 내보이는 일이었다.

김삿갓의 등장은 19세기 문학이 문화의 상·하부 구조의 변화를 집약적으로 반영한 사례의 하나이다. 그의 삶은 19세기 후반에 홍경래에 주도되었던 민란에 연루되어 몰락해나갔던 지배계급의 전형적인 모습을 보여주었고, 그의 문학작품은 전통 한시의 형식을 해체하는 수준까지 나아가면서 이 시기의 문화 상·하부 구조에서 격렬하게 요동치던 운동을 표출해내었다.

사회와 경제적 토대의 격심한 변화는 이를 의식한 작가들의 한문단편 등에 문학적으로 형상화되어 나왔다. 이점은 몰락양반 출신인 조황 등의 시조작가가 지은 작품에서도 반영되었으며 가사작품에서도 이 시기 변화의 다양한 모습과 지배이념에서 일탈되는 경향도 함께 드러내었다. 이 시기에는 문학과 예술에서 그 향유층의 확산이 더욱 현저해졌는데, 이는 판소리의 향유층이 왕족에서 요호부민에게까지 확대된 점에서도 확인되는 일이었다.

19세기는 위기에 처했지만 동시에 새로운 모색을 보여준 시기이기도 했다. 정약용은 실사구시의 학문과 서양에서 전래된 천주학에 이르는 백과사전적인 학문을 모색하면서 이러한 위기에 대처하는 작업을 내보인 것이 그 대표적인 사례이다. 이와 더불어 최제우라는 종교운동가는 위기에 처한 당대 현실을 타개할 새로운 전망을 획득하고자 온몸으로 이 시기를 살아나가기도 했다. 이들이 정신적으로 탐색해 나가는 길목에서 우리는 근대로 나아가는 문화의 출구를 엿보는 듯하다.

요컨대 19세기는 위기의 시기였으나 민족 문화를 구심축으로 삼아서 전통문화의 해체와 새로운 문화 형성의 모색이 맞물려 역동적으로 전개되었던 시기였다. 즉 이 시기의 문화의 하부와 상부가 격렬하게 운동하면서 그 과정에서 사회의 해체와 역사적 격동에 대응되는 문화의 역동성이 확보되었다. 이러한 문화의 역동성은 이 시기의 예술과 문학 사이를 소통하게 만드는 통로를 열기도 하고, 각각의 분야 안에서 다양한 양상으로 변화를 이끌어내기도 하였다. 그러나 이러한 문화적 역동성은 20세기의 우리 문화를 생성하는 데에서 주도적인 흐름을 형성하는 힘을 제공하지 못하고 말았다.

서양의 문물과 세력이 중국이나 일본을 거쳐 우리나라의 문화에 일정하게 영향을 미치기 전에 우리의 자생적 문화의 응전력을 이러한 역동적인 운동의 에너지에서 얻어내지 못한 점은 우리가 역사를 되돌아보면서 한편으로는 안타까워하고 한편으로는 미래를 내다보는 지평에 세워둘 일이다. 내부의 응전력을 얻지 못하고 타율적으로 강요된 문화의 지배력이 오늘날의 우리 생활과 정신을 어떻게 만들어 나갔는가를 냉정하게 따질 때에 한편으로는 위기가 다른 한편으로는 기회가 될 수 있다는 교훈을 여기에서 얻을 때이다. 어느 시기이고 지배층이나 지식인은 이러한 책무에서 벗어나서는 안 된다. 지난 역사가 우리에게 냉엄하게 무거운 책무를 지우고 있다는 것을 19세기의 문화를 살펴보면서 깨닫게 된다.

지식생산의 역사성과 지방성 2
– 대구 · 경북을 중심으로

1. 어떻게 찾고 무엇을 말할 것인가

대구 · 경북지역이 지식도시로 태어나기 위해서는 여러 가지의 정지작업이 필요하다. 그 작업 중의 하나로 이 지역이 지식생산의 거점적 지역이 되어야 할 근거를 찾는 일일 터이다. 이것은 이 지역이 지식생산의 거점지역이 될 수밖에 없다는 당위성을 설명하는 일이기도 하다. 다시 말하면 다른 지역이 아니라 이 지역이 지식생산의 거점이 되어야 하는 이유를 밝히는 일이 바로 그러한 정당성을 확보하는 작업이 된다는 뜻이다.

구체적으로 우리는 이러한 일을 어디서부터 시작할 것인가 하는 점에서 이 일을 시작하는 단서를 찾아야 하는 법이다. 지식을 생산하는 데에는 인력과 물적인 토대 등이 필요하다는 생각이 우선 떠오르게 된다. 우리 지역이 다른 지역보다도 이러한 여건이 더 잘 갖추어져 있다는 점을 밝혀내는 일도 필요할 것이다. 그런데 지금의 상황에 비추어 볼 때에 현재 시점에서 이러한 여건을 따져서 우리 지역이 다른 지역보다 월등한 조건을 구비하고 있다고 말하기는 힘들게 마련이다. 왜냐하면 인적 자원과 물적 토대를 심연처럼 빨아들여서 거대한 공룡도시로 성장해버린 서울·경기지방의 수도권지역이 갖추고 있는 여건에 비하면 대구·경북지역의 것은 너무나 초라하기 때문이다. 따라서 관점을 달리해서 이 문제에 접근해야 그 해결전망을 획득할 수 있을 것으로 예상된다.

지식의 생산은 그 성격으로 보아서 단기간에 그 성과가 기대되는 일은 아니다. 장기간에 걸쳐 숙성되어야 그 질적인 우수성이 발현되는 발효식품처럼 지식은 그것이 생성되어 나오는 토양과 근간이 오랜 기간에 걸쳐 마련되어야 풍성하고도 우수한 자산으로 맺히게 되는 법이다. 지식이 생성되는 토양은 오랜 기간에 걸쳐 지적 탐색을 계속해서 그것이 확대 재생산되는 역사적 경과과정에서 축적되게 마련이다. 그러한 역사적 경과가 축적한 토양에 지식 생산의 근간이 뿌리내린다면, 대구·경북지역이 우리나라의 어느 지역보다도 튼실한 바탕을 가꾸어 왔다고 해도 지나친 말은 아닐 터이다. 그러한 지적 생산의 역사는 멀리는 삼국시대의 신라로부터 가깝게는 조선왕조에 이르기까지 이 지역에서 줄기차게 전개되어 온 것이다.

구체적인 사건의 전개나 인물 활동 등의 외면적 사실을 관찰하고 그것을 종합하여 살피는 것은 역사적 경과과정을 탐색하는 데에서 일차적으로 진행될 수 있다. 그런데 지적 생산의 역사적 전개과정은 보편적인 역사의 전개보다 다르게 진행되는 경향이 있다. 왜냐하면 지식의 내용은 현상의 관계나, 사물의 본질이나 인간의 본성 등을 이론적으로 설명해내는 것 등을 담아내기에, 그것의 성격은 불가피하게 추상적인 경향을 지니기 때문이다. 따라서 우리는 이러한 경향의 역사적 전개를 추적하는 데에는 정신사(Geistesgeschichte)[428]의 관점이 적합하다고 판단하는 바이다. 정신사적 관점에 서면 일반적 역사의 전개 속에서 함께 진행되어 왔

던 지식의 생산의 역사가 총체적인 모습으로 관찰될 수 있을 터이다. 그
것은 일반 역사의 한 부분을 구성하면서도 독자적인 영역을 확보하면서
우리 앞에 그 자태를 나타내게 마련이다.

우리의 역사에서 대구·경북지역의 정신사적 전개는 어떻게 드러났는
가. 또한 이러한 전개 속에서 대구·경북지역이 지식도시로 태어날 수
있는 근거를 찾을 수 있는가. 무엇으로 그 근거를 마련하여 이러한 정당
성을 설명할 수 있는가. 이러한 질문과 과제에 응답하고 대응하기 위해
서는 그 구체적인 작업의 이정표가 마련되고 범위가 확정되어야만 한다.
이 작업에는 대구·경북지역에서 지식 생산의 지형도가 그려져야 할 터
인데, 여기에는 표준과 방향의 거점이 마련되어야 제대로 된 지형도가
작성될 수 있다.

하나의 지형도가 온전한 모습을 갖추기 위해서는 필요한 거점이 제대
로 설정되고, 설정된 거점을 올바르게 연결해야만 한다. 대구·경북지역
에서 지식 생산의 지형도가 온전하게 작성되기 위해서는 그러한 거점이
잘 선정될 필요가 있다. 우선 거점의 대상은 무엇이 될 것인가를 검토해
야 한다. 잘 알다시피 지식 생산의 주체는 사람이다. 따라서 지식 생산의
지형도를 작성하는 데에 필요한 거점은 인물이 그 주요한 지표로 선정될
수밖에 없다. 거점이 될 만한 인물을 선정하고 나면 이 거점적 인물들을
어떻게 연결하는가 하는 문제가 다가서게 된다. 가장 손쉬운 방안은 이
들을 시대 순으로 나열하면서 연결하는 데서 찾을 수 있을 것이다. 일이

---

428) 이 용어는 영미 문화권에서는 낯선 것이다. Geistesgeschichte란 주로 독일의 철
학이나 문학에서 정립된 용어로서 종교와 철학, 학문과 예술, 정치와 경제 등이
상호작용하여 총체적인 문화로 전개되어 나가게 하는 중심적 정신의 역사라는
뜻으로 쓰인다(Gero von Wilpert, Sachwörterbuch der Literatur, Alfred Kröner
Verlag Stuttgart, 1979, S. 297면 참고.)

손쉬운 만큼 이들을 연결해서 그려내는 지형도가 정신사적 전개를 깊이 있게 제시하지 못하리라는 예감이 든다.

지식 생산의 거점적인 인물들이 대구·경북지역에서 독자적인 정신사적 전개를 성취했다는 점을 올바르게 설명하기 위해서는 이들이 이루어 낸 업적의 성격을 파악하지 않으면 안 된다. 우리는 그러한 검토 작업에서 지식 생산의 지형도가 어떻게 그려질 수 있을지를 가늠해볼 수 있을 터이다. 더불어 그 지형도의 거점적 인물을 선정하고, 인물들 사이에서 밀접하게 연결되어 나타날 그물망을 예상해볼 수 있을 것이다. 거점적 인물 사이를 연결하는 접점은 이들이 성취한 업적이 지니는 성격이 동질적이거나 연계 가능한 성격을 지니는 데에서 찾을 수 있을 터이다. 이런 동질성이나 연계성은 시대 순으로 드러나기도 하겠지만, 시대를 뛰어 넘어서 나타나기도 할 것이다.

대구·경북지역에서 지식 생산의 지형도를 그리는 데에 기준점이 되는 인물로 첫 번째로 손꼽을 수 있는 사람은 신라시대에 이 지역에서 태어나 당시 세계의 중심국가였던 당나라에 가서 뛰어난 학식과 문학적 능력으로 당나라 사람들을 놀라게 했던 최치원(崔致遠)이다. 이와 함께 또 하나의 이 지형도의 거점을 마련한 인물로는 불교의 발상지였던 인도와 지리적으로 보다 더 가까운 당나라에 가서 그 진수(眞髓)를 탐색하고자 했던 원효(元曉)를 지정할 수 있다. 이들은 이 지역의 지식 생산의 지형도가 원심에서 구심으로 운동하는 위상으로 확대하는 방향을 잡았다는 입체적인 모형을 제시할 거점적 인물들이다.

조선조의 지배이념을 공급한 성리학은 유학의 한 줄기에서 찾을 수 있다. 그 터전을 고려 때에 경북지역의 순흥에서 태어나 교육에 지대한 관심을 보였던 안향(安珦)이 있고, 그것을 발전시킨 인물이 조선중기에 이

지역에서 활동한 바 있다. 즉 경북지역에 안향(安珦)을 모신 서원을 세워 유학을 확대재생산할 수 있는 기지를 마련했던 주세붕(朱世鵬)과 안동 땅에서 이를 더욱 전문적으로 시행했던 이황(李滉)은 이 지역이 지식의 확대재생산의 역사적 경험이 축적되어 있는 고장이라는 점을 확인해 주는 인물들이다. 이들은 지식생산 기지를 세우려는 우리의 노력이 결실을 맺을 수 있는 지름길을 제시할 거점을 제시하는 발걸음을 보여주었다. 따라서 이 두 인물은 역사 속에서 걸어 나와서 대구·경북지역의 현재와 미래를 잇는 정신사적 전개의 방향타로서 우리 앞에 서 있게 될 터이다.

이러한 모색이 하나의 가치로 정향화[429]되고, 그것을 실천적 규범으로 확립시키는 과정에서 우리의 정신활동은 불가피하게 이를 이념화하게 마련이다. 이러한 정신사적 전개는 이 지역에서 김종직(金宗直)과 김일손(金馹孫)에서 시작되는 도학파의 정치활동과 밀접한 관련성을 지닌다. 기존의 권력층이 백성의 소망을 이탈하여 그들의 이익 실현에 매달릴 때에 사림에서 비판을 통하여 그 궤도를 올바르게 되돌려야 한다고 주장하다가 사화(士禍)를 당한 학자 출신의 관인 또는 재야의 학자들의 뿌리가 이 지역 출신의 김종직에게서 그 토착적 기반을 잡게 된 것이다. 그 흐름은 청도의 김일손(金馹孫)을 거쳐 합천의 조식(曺植)에 이어진다고 말할 수 있겠다. 그런데 이러한 가치지향성은 그것이 정신활동을 매우 경직되게 드러내는 태도를 만드는 법이다. 임진왜란에 참전한 박인로(朴仁老)가 문학활동을 할 때에 이러한 경향이 문학에서도 반영되어 나타나게 된다.

하나의 세계관이 변화하는 역사의 기미를 바르게 파악하고 이에 적절

---

429) 어떠한 사상적 지향이 당대를 지배하는 가치로 규범화되는 것을 가리키는 말이다.

하게 대처하는 방안을 마련하는 데에 한계를 드러내게 되면 선각자들은 이를 깨뜨리고 새로운 인식의 지평선을 찾아 험난한 구도자의 길을 떠나는 법이다. 무신들이 칼바람을 일으키며 권력을 잡은 지 얼마 안 되어 몽고의 침략을 받은 시기를 살아갔던 일연(一然)은 세속의 세계를 고고하게 초탈하여 불도의 진리를 깨닫는 것만으로 당시의 고려라는 역사적 공간을 꿰뚫어 적연(寂然)한 무상의 열반세계를 볼 수 없었던 듯하다. 그는 군위의 인각사(麟角寺)에서 삼국유사(三國遺事)라는 책을 서술하면서 세속공간과 신성공간을 꿰뚫어 보는 시야를 확보하려 한 것 같다. 훨씬 후대에 조선왕조가 세도정치의 울안에 갇힌 채 무능하고 부패한 지배계급이 스스로 허물고 있는 형편에 놓인 틈을 타서 일본은 정벌을 다시 시도하려는 야욕을 드러내고 식민지 경영에 익숙한 서양세력은 우리나라를 또 하나의 경영의 대상으로 삼으려는 바람에 우리 민족의 운명이 바람 앞의 등불같이 위험에 처하게 된다. 이러한 위기를 자각하고 경주 지방에서 최제우(崔濟愚)가 나타나서 '사람이 하늘'이라는 깨달음으로 이를 돌파할 수 있는 전망을 내놓으려 했다.

이러한 인물들은 대구 · 경북지역의 지식 생산의 지형도를 그리는 데에 제각기 하나의 역할을 담당함으로써 이 지역이 지식 생산의 오랜 역사적 전통을 지니고 있었다는 점을 실증적으로 보여주었던 셈이다. 그것은 지식 생산이 단기간에 속성되어 나올 수 없다는 점을 드러내는 일이면서, 그 일이 단순하고 단층적인 현상의 연속 상에 놓여 있지 않고 복잡하고 중층적인 작용의 연관 속에 나타난다는 점을 내보이는 것이다. 지식의 근거를 탐색하려는 열의와 열망이 빚어내는 욕구가 지속되고, 이 욕구가 실현되자마자 이를 거듭해서 확인하고 축적하는 노력이 이어져야 한다. 또한 획득된 지식이 확대되어야 한다는 신념과 이를 실천하는 작업이 상호 연계되어 그것이 연속적 운동이 역사적인 전개로 확산되어야 하는 법이다. 뿐만 아니라 이러한 지식을 기반으로 확립된 이념이나 가치, 또는 그것을 기초로 해서 성립된 세계관이 새로운 사태나 변화에 대처하는 데에 효력을 잃게 되거나, 지식체계 또는 세계관이 경직화되어 문제를 드러내었다고 판단될 때에는 새로운 전망의 지평선을 찾아나서는 구도자적 자세가 필요하게 된다. 그럴 때에 새로운 지식 생산의 혁신이 이루어지면서 죽어버린 지식이 아니라, 다시 살아나오는 지식이 획득될 수 있는 법이다. 앞에서 검토대상으로 열거된 인물들은 이러한 임무를 다면적인 측면에서 각기 맡아서 수행하면서 이 지역의 지식 생산의 지형도를 보완해 나갔던 것이다.

　여기서는 이점을 구체적으로 밝혀내기 위해서 각 인물들이 수행했던 역사적 임무를 그 성격에 따라 나누어서 살펴보고자 한다. 처음에 최치원(崔致遠)과 원효(元曉)를 통하여 이들이 지식과 진리의 탐구 여정을 어떻게 탐색해 나갔는가, 또 이 탐색과정은 어떤 의의를 지니는가를 보다 자세하게 알아보게 된다. 다음으로는 안향(安珦)과 주세붕(朱世鵬)과 이황(李滉)으로 이어지는 활동을 살펴보려고 한다. 이는 이들이 서원을 세우고 제자를 길러서 이 지역의 지식생산의 기반을 마련한 일과 그 의미를 밝히게 되는 일이다. 그 다음으로는 김일손(金馹孫)과 박인로(朴仁老)의 삶이 이 지역의 지식생산 기반과 어떤 연계를 맺고 있는가를 알아보게 된다. 여기서는 이 지역 지식 생산의 경향성과 그 토착적 기반 문제가 다루어질 예정이다. 마지막으로 일연(一然)과 최제우(崔濟愚)가 수행했던 임무가 무엇인가가 논의될 터이다. 이는 지식 생산기반의 미래적 전망을 확보하는 일과도 연관이 있을 것으로 보이는 일이다.

2. 대구·경북지역의 지식적 기반을 수립한 사람들은 무엇을 남겼는가

1) 세계화 속의 안과 밖의 문제를 고민했던 사람들
   - 원효와 최치원의 경우

오늘날 우리들은 세계화라는 화두 속에 함몰되어 있다. 이것이 지향하는 바가 부정적이든 긍정적이든 우리 모두는 이미 이러한 화두를 들고 고민하거나 해결해야 된다는 강박적 의식과 행동에 내몰리고 있는 형편이다. 온 나라가 우리말과 글은 아무렇게나 쓰면서 영어는 올바르게 사용해서 세계인의 자격 획득에 지장을 받지 않아야 하겠다는 열의에 가득차 있는 풍조에 휩싸여 떠내려가고 있는 점도 세계화에 동참하려는 열망이 빚어내는 사태라 할 수 있겠다. 대학이 앞서야 나라가 선진화될 수 있다고 세계의 유수한 대학의 반열에 우리나라의 대학이 몇 번째로 줄서게 되는가가 언론이나 일반인의 관심사항으로 자리 잡은 것도 이러한 화두를 실천해야 된다는 사명감적 관여가 몰고 온 일이라 할 수 있다. 우리는 앞쪽의 경우에서는 세계화의 부정적인 측면을 관찰할 수 있으나, 뒤쪽의 경우에서는 세계화의 추세에 뒤떨어지지 않기 위해서는 당연히 해야 할 일로 여기게 된다.

역사 속에서 세계화의 화두를 들고 고민한 사람을 찾는다면 우리는 당연히 신라시대의 원효(元曉)와 최치원(崔致遠)을 첫 손가락과 둘째손가락으로 손꼽아낼 수 있을 터이다. 두 사람 중 한 사람은 동북아시아의 변방을 통일한 국가였던 신라에 태어나서 중국을 통일하여 당시의 세계국가로 군림하고 있었던 당(唐)나라에 유학을 가서 그 이름을 당시의 세계국가였던 당나라에 떨쳤던 궤적을 보여주었고, 한 사람은 그러한 유학

의 길을 떠나던 중 홀연히 각성하여 되돌아 와서 구도의 길을 열어 신라
라는 변방에서 당나라를 통한 세계에서 그 명성을 드날린 사람이다. 그
러니 이 과정에서 이들이 보여주었던 삶의 궤적이나 지적 탐구와 확산의
과정이 공통되는 점보다도 대조되거나 차별되는 점을 보여 주었던 점이
우리의 관심을 끌게 된다. 이점을 살펴보기 위해서는 이들 두 인물이 살
아갔던 삶의 흔적과 지적 탐색과 그 확산의 경로를 구체적으로 알아볼
필요가 있다.

두 사람 중에서 원효(元曉)가 앞서 이 세상을 살아갔다. 그는 당나라
이전에 중국을 통일히였던 수(隋)니리에서 당니라까지 걸쳐 삶을 살았기
에 당시의 중국이라는 세계가 겪었던 역사적 변환기를 멀리 동북아시아
변방에서 간접적으로 체험하면서 살았을 터이다. 즉 그는 신라의 진평왕
(眞平王) 즉위 39년(隨, 大業 13년, AD 617년)에 압량군(押梁郡) 불지촌(佛
地村)에서 태어났다. 그가 태어난 압량군은 현재의 경산시 자인이니까
대구 근교에서 그 삶의 터를 처음 잡은 셈이다. 그가 생애에서 가장 치
열한 구도적 결단을 한 것은 그가 45세 되던 해에 의상(義湘)과 함께 불
교의 세계를 넓게 보는 안목을 키우기 위해 당나라로 들어가려다가 잠을
잔 무덤 사이에서 홀연히 깨달아 발길을 돌린 일에서 살필 수 있다. 이
때가 당나라 고종 때(永徽 元年, AD 661년)이었다.[430] 이러한 원효의 각
성적 결단과 그 후의 구도의 행각은 이 땅의 민중불교의 토대를 구축했
을 뿐만 아니라, 삼국이 통일된 후의 대립과 갈등을 해소할 화쟁(和諍)
사상[431]을 불교적 사유를 통해서 이끌어낸다. 그는 의상이 불교 진리의

---

430) 이러한 원효의 삶의 궤적은 다음에서 참고하였다.
　　목정배, 「元曉의 윤리사상」, 『元曉의 사상과 그 현대적 의미』, 한국정신문화연
　　구원, 1994, 255면.
431) 원효가 전개한 和諍의 사유방식을 Husserl의 판단중지와 본질직관, Heidegger

깨달음을 〈화엄일승법계도〉(華嚴一乘法界圖)라는 철학서를 통해 최상의 언어를 선택해서 문자를 열거하여 도형을 만들면서 심오한 불법의 세계를 창출한 데[432]에 비해서 설화 속에는 도무지 이해될 수 없는 행동을 하면서 역설적으로 불법의 진리를 드러내고자 하였다.[433]

최치원(崔致遠)은 당대 세계의 중심국가였던 당나라와 신라가 혼란기에 접어들던 시기에 삶의 궤적을 남기게 된다. 그는 신라 헌안왕(憲安王 1년, AD 857년)때에 경주의 사량부(沙梁部)에서 태어나 당나라에 가서는 황소(黃巢)가 이끄는 농민 반란을 겪고 귀국해서는 신라가 멸망해나가는 과정을 지켜보면서 살아갔던 사람이다.[434] 그의 삶의 흔적이 전국에 흩어져 있어서 그의 출생지와 주거지와 안식처에 대해서 여러 가지의 논란을 일으킬 정도로[435] 그는 당시 시대를 고뇌에 찬 삶을 이어 가면서 전국 방방곡곡에 그에 관한 전설과 지명을 남겨 놓았던 것이다. 그는 당나라에 유학을 가서도 신라 사람으로서의 정체성을 지키면서[436] 유교정치

의 현상학적 존재론에 연결시켜 이해하려는 바(신오현,「元曉 철학의 현대적 조명」,『元曉의 사상과 그 현대적 의미』, 195면-198면 참고.)도 있으나, 여기서는 당대의 현실에 대응하려는 논리로 이해하고 있다.

432) 의상의 〈화엄일승법계도〉(華嚴一乘法界圖)의 의의에 대해서는 다음에서 참고가 될 만한 논의가 전개되었다.
조동일,『철학사와 문학사 둘인가 하나인가』, 지식산업사, 2000, 161-194면.

433) 오어사(吾魚寺)의 유래를 설명하는 설화에서 원효(元曉) 스님이 혜공(惠空)이란 스님과 물고기를 잡아먹고 똥을 누면서 법문을 나누었다는 설화에서 이를 확인할 수 있다. 이 설화에 대한 논의(조동일,『세계·지방화시대의 한국학』5, 계명대학교출판부, 2007, 332-342면.)가 그 진의를 파악하는 데에 길잡이가 될 것이다.

434) 최치원의 생애에 대해서는 다음 논의가 참고될 만하다.
이재운,「고운의 생애와 정치활동」,『신라 최고의 사상가 최치원 탐구』, 한국사학회, 2001, 27-78면.

435) 이에 대해서는 이재운의 앞의 논문 36-44면에서 상세하게 검토하고 있다.

436) 이는 그가 강한 동인의식(東人意識)을 지녔다고 설명하는 논의(신형식,「최치원의 역사관」,『신라 최고의 사상가 최치원 탐구』, 82면 참고.)에서 찾아볼 수

의 이상형을 탐색하였던 지식인으로 귀국하여서는 이를 기초하여 현실 대응방안을 모색하는 자세를 보여 주었던 바이다. 그에 대한 평가가 유학자들에게는 부정적으로 내려졌을지라도[437], 그는 우리나라의 정신사에서 유·불·선의 삼교회통(三教會通)적 사상으로 최제우에 이르는 거대한 조망의 기틀을 마련한 인물로 높이 평가되고 있다.

이제는 원효(元曉)와 최치원(崔致遠)이 대구·경북지역의 지식생산의 역사적 거점적인 인물로서 어떻게 자리매김이 되는가를 살펴볼 차례가 되었다. 즉 원효가 선 자리가 최치원에게 어떻게 계승되는가라는 문제와 이것이 어떠한 정신사적 전개로 확대되는가 하는 문제를 엮으면서 보다 구체적으로 알아보는 과제가 우리 앞에 놓이게 되는 셈이다. 여기서 우리는 이 두 사람이 애써 찾으려고 했던 바가 무엇인가부터 살펴볼 필요가 있다. 왜냐하면 어떤 일이든지 처음 시작하는 출발점이 어디인가에 따라서 그것이 앞으로 어느 방향으로 나아가게 될 것인가가 가늠되기 때문이다. 원효(元曉)와 최치원(崔致遠)이 처음에 무엇을 바라고 성취하고자 했던가를 알아보면 그들이 이룬 바의 의미가 어디에 놓여 있는가를 어렵지 않게 찾아낼 수 있을 터이다. 우선 원효(元曉)의 경우부터 살펴보기로 한다.

신라의 흥성기에 생명을 받아 삼국이 쟁패하는 시대를 살아간 원효는 설화의 대상이 될 만큼 독특한 삶의 궤적을 남겼다. 그는 신라 진평왕(眞平王) 즉위 39년(서기 617년)에 지금의 경산지 자인의 불지촌의 밤나무 아래에서 태어났다. 모친이 살별이 입으로 들어오는 태몽을 꾸고 원효를

있다.
437) 최치원에게 부정적인 평가를 내린 대표적인 인물로는 퇴계 이황이 있다. 그러나 김종직과 같은 사람은 그를 '닭떼 안에 끼인 학'으로 높이 평가하기도 하였다(김창겸, 「고운 최치원에 대한 후대의 평가」, 위의 책, 218-224면 참고.)

가졌다는 이야기나, 그가 태어날 때에 오색구름이 땅을 덮었다는 이야기는 그의 탄생을 석가모니의 탄생과 비슷하게 신성화시키는 점을 내보이고 있다고 할 것이다.[438] 그가 70세를 일기로 신문왕(神文王) 6년(서기 686년)에 혈사(穴寺)에서 삶을 마감할 때[439]까지 때로는 치열한 구도자로서, 때로는 상식에 어긋나는 행동인으로서[440] 그의 행적이 국 · 내외에 알려질 정도로 독특한 삶의 궤적을 이어가게 된다. 이 때문에 당시의 신라에서는 원효의 이러한 행동에 대해서 비판적 안목이 없지 않았을 터이다. 그 사례로서 상주(湘洲)에서 열 예정인 백고좌회에 그가 추천되었으나, 여러 승려들이 그의 사람됨을 미워하여 반대하였다는 기록도 있고, 그가 「금강삼매경론」(金剛三昧經論) 다섯 권을 지었다는 말을 듣고 국왕이 그의 강론을 듣기 위해 날짜까지 잡아 놓았으나 박덕한 무리라 이를 훔쳐 가서 난처하게 되었다는 기록도 있고, 원효가 송사(訟事)를 당해서 몸을 백송(百松)에 분신(分身)하게 되었다는 설화도 전해지게 되었다. 그러나 원효에 대한 명성은 당나라뿐만 아니라 일본에 걸쳐 드날리게 됨으로써 그는 동양 삼국에서 뛰어난 인물로 인식되었던 터이다. 즉 당나라

---

438) 이는 三國遺事의 元曉不羈에서 참고할 수 있다. 다만 원효의 탄생지에 대한 고증과 탄생 설화 등에 대해서는 아래에서 자세하게 검토되었다.
황영선, 『원효의 생애와 사상』, 국학자료원, 1996, 20-27면 참고.

439) 이는 원효를 기리는 高仙寺 誓幢和尙上塔碑의 '以垂拱二年三月 三十日 終於穴寺'라는 구절에서 확인된다(김상현, 『원효연구』, 민족사, 2000, 39면 참조.) 그런데 三國遺事에서는 설총이 그의 유해를 분쇄하여 眞容을 만들어 芬皇寺에 안치하였다는 기록이 있다(이병도 역주, 『삼국유사』, 광조출판사, 1976, 404면.).

440) 이는 宋高僧傳에서 '말을 미친 듯이 하고 상식에 어긋나는 행위를 보였는데, 거사와 함께 술집이나 기생집에 드나들고, 誌公과 같이 금칼과 쇠지팡이를 가졌는가 하면(無何發言狂悖 示跡乖疎 同居士入酒肆倡家 若誌公持金刀鐵錫)'이라고 원효의 일탈행위를 소개하고 있는 바에 나타나 있다.(김상현, 앞의 책, 61면 참조.)

의 고승인 현장(玄奘)이 저술한 「유식비량」(唯識比量)의 문제점을 지적
하고자 원효가 저술한 「결정상위비량」(決定相違比量)이 당나라에 전해
지자, 이를 본 논사들이 신라가 있는 동쪽을 향해 삼례(三禮)를 하면서
원효를 진나보살(陣那菩薩)의 후신(後身)이라고 찬탄했다든지, 그의 현손
자인 설중업(薛仲業)이 혜공왕(惠恭王) 16년(서기 780년)에 신라의 사신으
로 일본에 파견되었을 때에 일본의 고위관료가 원효를 찬양하는 시를 지
어 그에게 준 일 등이 이를 잘 보여주었던 사례들이다.[441] 뿐만 아니라
일본에서는 12세기와 13세기에 걸쳐 원효의 전기의 성격을 지닌 「원효
화상연기」(元曉和尙緣起)와 「원효사초」(元曉事抄) 등이 유통된 바가 있
다. 뿐만 아니라, 일찍이 원효의 주요저술들이 일본에서 필사되어 유통
되고 위대한 동방의 고승으로 존숭되었던 것이다.[442]

우리는 신라 사람으로서 당나라에 유학가지 않고서도 원효는 중국의
고승전의 입전(立傳)의 대상인물이 될 만큼 위대한 인물로 당나라에 알
려졌던 사실에 주목하지 않으면 안 된다. 즉 송나라의 고승이었던 찬녕
(贊寧)이 당나라의 고승이었던 도선(道宣)이 지었던 「고승전」(高僧傳)을
이어받아 송나라 태종의 명을 받아서 「송고승전」(宋高僧傳)을 지었는데,
여기에 당나라에 유학한 바 없는 고승으로는 원효가 유일하게 선택되어
서술되었던 것이다. 잘 알려진 바와 같이 원효는 의상과 함께 불교의 진
수를 배우기 위해서 당나라에 두 번이나 입국하려고 시도하다가 실패하
고 만다. 그 시기는 선덕여왕(善德女王) 4년(서기 650년)과 문무왕(文武

---

441) 김상현, 위의 책, 30-31면 참고.
442) 나라(奈良)시대에 일본에 필사된 원효의 저서가 47부나 되고 서기 742년까지
    살았던 것으로 확인되는 심상(審詳)의 「경소록」(經疏錄)에는 원효의 저술 32
    부가 포함되어 있었다. 또한 그는 일본에서 丘龍大師, 海東法師, 靑丘大師,
    陳那後身, 元曉菩薩, 曉聖 등으로 불리며 높이 존숭되었다(김상현, 위의 책,
    154-164면 참고.).

王) 1년(서기 661년)으로 보고 있다.[443] 1차 입당 시도는 원효와 의상이
고구려를 통해서 당나라로 들어가려다가 당시에 고구려와 당나라의 적
대관계 때문에 고구려 변경의 수비병에게 첩자로 몰려서 붙들려 있다가
되돌아 오는 바람에 실패하고 만다.[444] 2차의 입당 시도 때에 원효가 하
루 밤새 토굴인 줄 알고 머문 무덤에서 해골 물을 마신 후에 활연하게
깨달아 발걸음을 돌린 것은 잘 알려진 사실이다. 이러한 체험은 그의 사
상의 핵심인 일심론(一心論)[445]을 확립하는 데에 통철(洞徹)의 통로로 작
용하게 된다. 이점을 살펴보기 위해서 그의 체험을 살펴보기로 한다.

　　밤이 깊어 무덤 사이에서 자게 되었다. 이때 몹시 목이 말라 굴속에서 손
으로 물을 떠 마셨는데 매우 달고 시원하였다. 그러나 새벽녘에 일어나 보니
그것은 다름 아닌 해골 속에 고인 물이었다. 몹시 메스꺼워 토해 버리려고
하다가 문득 크게 깨닫고 탄식하며 말하였다. "마음이 나면 온갖 법이 생기
고, 마음이 사라지면 해골이 여래와 둘이 아니다. 부처님께서 삼계가 오직
마음이라 하셨는데 어찌 나를 속이는 말이겠는가?" 그리하여 스님은 더 이상
불법의 스승을 찾지 않고 바로 해동으로 들어가 화엄경에 주석을 하면서 원
돈교(圓頓敎)를 크게 밝혔다.
　　(夜宿塚間渴甚　引手掬于穴中　得泉甘涼　黎明視之髑髏也　大惡之　盡
欲嘔去　忽猛省　大歎曰　心生則種種法生　心滅則髑髏不二如來　大師曰

---

443) 김상현, 『역사로 읽는 원효』, 고려원, 1994, 75-76면 참고.
444) 이 시기는 수나라와 당나라가 거듭해서 고구려를 공략하려고 요동의 요동성과
　　 안시성을 공격하던 시기와 겹친다. 때문에 의상과 원효는 당나라와 우호적인 신
　　 라 출신 승려로서 고구려에게 첩자로 오인될 수밖에 없었다. 이에 관해서는 자
　　 세한 논의(김상현, 『역사로 읽는 원효』, 76-77면.)에서 참고할 수 있다.
445) 원효 사상의 핵심은 대승기신론(大乘起信論)과 금강삼매경(金剛三昧經)에 나
　　 타나고, 그것은 일심본각여래장(一心本覺如來藏)에서 보듯이 一心의 중요성
　　 에 그 중심이 놓인다. 즉 그의 사상의 첫머리를 맛볼 수 있는 '一心中一念動順
　　 一實修一行入一乘住一道用一覺覺一味'(十重法問의 第一問)에서도 이점이
　　 확인된다(이기영, 『원효사상연구 I』, 한국불교연구원, 1994, 230-232면, 252-
　　 253면, 356-358면 참고).

三界唯心　豈欺我哉　遂不復求師　卽日還海東　疏華嚴經　大弘圓頓之
敎)446)

위의 인용문에서 우리는 원효가 그토록 소망했던 입당을 포기하고 신
라로 돌아오게 되는 계기와 그 깨달음을 읽어낼 수 있다. 그는 동북아의
변방인 신라에 치우쳐 살면서 불법의 진수는 당시의 세계의 중앙인 당나
라에 가다 그 핵심을 잡을 수 있다고 믿고 두 차례에 걸쳐 입당을 시도
하였다. 그러나 무덤 속의 체험은 변방과 중앙이 둘이 아니고 하나라는
깨달음을 일깨운 셈이다. 그것은 해골과 여래가 둘이 아니라는 깨달음
속에 놓인 개별 사안의 하나이다. 이런 깨달음은 성(聖)과 속(俗)이 둘이
아니고 하나라는 깨달음을 행동으로 보이면서 그가 신라의 민중불교의
새벽을 열고 걸어 나가게 만들었던 것이다.447) 그리하여 그가 이와 같은
깨달음의 세계를 더욱 펼치면서 당대의 혼란한 동북지방과 신라의 세속
세계 사이의 갈등과 이 지상과 천상의 갈림조차도 화쟁(和諍) 사상으로
감싸 안으려 했던 것이다.448)

앞에서 우리는 원효의 삶이 어떠한 궤적을 그리면서 그의 사상 형성과
함께 나아가고 있었던가를 살펴보았다. 이러한 작업은 최치원의 경우에
도 필요한 일이다. 최치원(崔致遠)의 삶의 궤적과 사상은 원효와 같고 다

---

446) 김상현, 『원효연구』, 111면 참고. 여기에 「송고승전」에서 뽑아 해석한 것이 실
　　려 있는데, 해석을 보완해 붙인 부분이 있다.
447) 원효가 불교의 대중화를 꾀하여 미타정토사상을 펼치는데 '예토(穢土)와 정국
　　(淨國)이 본래 일심(一心)이고 생사(生死)와 열반(涅槃)이 끝내 둘이 아니다'라
　　고 한 점(최유진, 『원효사상연구』, 경남대출판부, 1998, 148면.)도 그의 깨달음
　　의 특징과 唯心 또는 一心에 귀결되는 사상적 특징을 드러내 보인다.
448) 원효의 和諍 사상이 지역 간, 집단 간, 종교 간(황영선, 앞의 책, 503-504면 참
　　고.) 남북 간의 대립과 갈등을 해소하는 데 길잡이가 될 수 있다는 관점(고유섭,
　　「원효의 통일학-긍정과 부정의 화쟁법」, 『삼국통일과 남북통일』 상권, 통나무,
　　1994.)은 여기서 출발된다.

른 점이 있기에 두 사람이 차지하는 위치를 연결하면 이 시기의 정신사 전개의 지형도가 구체화될 수 있을 터이다. 최치원은 신라 헌안왕(憲安王) 1년(서기 857년)에 경주에서 태어났는데 이 시기는 국내적으로는 왕권 다툼과 반란이 계속되어 이후에 도처에서 군웅이 할거하여 후삼국시대를 준비하던 조짐을 보이던 시기였다. 즉 최치원이 태어나던 해는 문성왕(文聖王)이 헌안왕으로 교체되던 해였는데, 이 시기는 장보고의 세력에 힘입어 즉위한 신문왕의 아들인 문성왕 때에 왕위 쟁탈의 후유증으로 반란이 계속되어 신라의 왕권이 흔들리던 시기가 계속되어 온 해이기도 하다. 그가 당나라에 들어가 빈공과(賓貢科)에 급제하고 당시에 당나라를 뒤흔들었던 황소(黃巢)의 반란을 토벌하는 관군의 최고 사령관인 고병(高騈)의 종사관이 되어 〈격황소서〉(檄黃巢書)를 지어서 그 이름을 당나라에 떨치던 시기도 혼란기였다.[449] 그는 이러한 시대를 살아가면서 문인과 관인으로서 활동하면서 고민하고 생각한 것을 후대에 남겨서 우리나라 문학의 앞길을 열고,[450] 유학을 중심으로 불교와 도교를 통합하여 이를 풍류도에 연결시켜 이해하는 의식의 지평을 열어 유선(儒仙)이라는 이름을 얻기도 한다.

그가 확립한 사상의 요체를 삼교회통의 시야에서 이해할 수 있다. 이는 〈난랑비서〉(鸞郎碑序)의 다음과 같은 구절에서도 확인된다.

---

449) 최치원이 입당하여 활동한 전모는 다음에서 참고할 수 있다.
   이원균, 「고운 최치원의 생애」, 『고운의 사상과 문학』, 坡田韓國學堂 편, 신지 서원, 1997, 9-18면.
450) 이는 최치원이 문학에서 파천황의 큰 공을 이루었기에 동방의 학자들이 그를 으뜸 주인으로 여긴다는 이규보(李奎報)의 「백운소설」(白雲小說)의 '崔致遠 孤雲 有破天荒之大功 故東方學者皆以爲宗'이라는 구절에서 확인된다.(정경주, 「최치원 인물의 문화사적 의미」, 『고운의 사상과 문학』, 401면 재인용.)

　　우리나라에는 현묘한 도(道)가 있다. 이를 풍류(風流)라 하는데 이 교를
설치한 근원은 선사(仙史)에 상세하게 실렸거니와 실로 이는 삼교(三敎)를
포함한 것으로 모든 민중과 접촉하여 이를 교화하였다. 또한 그들은 집에 돌
아와서는 부모에게 효도하고 나아가서는 나라에 충성을 다하니 이는 노(魯)
나라 사구(司寇)의 취지이며 또한 모든 일을 거리낌 없이 처리하고 말 아니
하면서 이를 실행하는 것은 주(周)나라 주사(柱史)의 종지(宗旨)이며 모든
악한 일을 하지 않고 모든 착한 행실만 신봉하여 행하는 것은 축건태자(竺乾
太子)의 교화라.

　　(國有玄妙之道 曰風流 設敎之源 備詳仙史 實乃包含三敎 接化群生
且如入則孝於家 出則忠於國 魯司寇之旨也 處無爲之事 行不言之敎 周
柱史之宗也 諸惡莫作 諸善奉行 竺乾太子化也)[451]

　위의 글에서 우리는 최치원의 의식의 지평이 어디를 향해 열려 있는
지, 그것이 어떤 지점을 통과하면서 시야를 확보하게 되는지를 알게 된
다. 즉 그는 우리나라의 정신사의 초점이 풍류라는 현상 속에 존재하는
'현묘한 도'에 모아질 수 있다고 보았던 것이다. 그런데 그는 마치 햇빛
이 볼록렌즈를 통과하여 한 지점에 모이듯이 노(魯)나라 사구(司寇)의 취
지(유학)와 주(周)나라 주사(柱史)의 종지(宗旨)(도교)와 축건태자(竺乾太
子)의 교화(불교)의 삼교가 회통하는 지점을 통과하여 이것이 한 관점으
로 응결되는 것으로 표현하였다. 이는 '실로 이는 삼교(三敎)를 포함한
것으로 모든 민중과 접촉하여 이를 교화하였다'라고 하는 구절에서 그
결론적 의미를 드러내게 된다. 이는 원효의 의식 속에서도 그 맹아적 형
태로 존재했던 삼교회통적 관점[452]이 최치원의 글에 와서는 분명하게 그

---

451) 김종권 역, 『삼국사기』, 광조출판사, 1974, 69면, 80면 참조.
452) 원효가 유교보다 불교가 훨씬 뛰어나다는 점을 드러내기 위해서 유학에 관심을
　　표명하고 있지만(최유진, 『원효사상연구』, 21면.), 도교에 대한 깊은 관심을 보
　　인 점(김상현, 『역사로 읽는 원효』, 175면.)과 세간의 법에 관심을 보인 점(김상

모습을 보이게 된다고 말할 수 있겠다. 또한 이러한 의식의 깊숙한 곳에
는 자존적이고 주체적인 정체성이 확립되어 있었을 터이다.[453]

　최치원이 이룩한 문학적 성취가 보여주는 높은 경지와 당나라의 유학
체험과 관직 경력이 펼쳐 보이는 깊은 경세적 안목은 신라의 말기 상황
에서 그 효용성을 발휘할 수 없었다. 그는 새롭게 일어나는 견훤과 궁예
세력에 결탁하지 않고 기울어가는 신라를 붙들기 위해 애썼지만,[454] 당
나라에서와 마찬가지로 그가 지닌 재능과 경륜을 펼치지 못하고 만다.
그가 당나라에서 '온 세상엔 날 알아주는 이 없네'[455]라고 자신의 고독감
을 노래한 작품에서도 나타낸 바에서 살펴볼 수 있다. 그러한 그의 처지
는 접시꽃을 소재로 '천한 데 태어남 스스로 부끄러워 사람들에게 버림
받아도 참고 견디네'[456]라고 노래하는 데에서도 나타나 있다. 즉 육두품
출신의 신분의 한계를 딛고 기울어져 가는 신라의 문제를 해결해 보고자
하였으나[457] 실패하고 가야산에 은거하는 만년의 삶을 미리 이 작품에서

　　현, 앞의 책, 111면.)과 그의 화쟁사상 등을 고려한다면 최치원의 삼교회통적 관
　　점은 이미 원효의 의식의 한 자락에 자리잡고 있었다고 추정해볼 수 있을 터이다.
453) 이러한 자존과 주체의식을 연구자들은 동인의식(東人意識)이라고 명명한 바 있
　　다(이원균, 「고운 최치원의 생애」, 『고운의 사상과 문학』, 75면.).
454) 최치원이 귀국하자 헌강왕은 시독겸한림학사(侍讀兼翰林學士) 수병부시랑(守
　　兵部侍郎) 지서서감(知瑞書監)이란 벼슬을 내렸다. 그는 왕명을 받들어 외교
　　문서를 작성하고 나라를 근심하여 시무책을 바치기도 했으나 육두품 출신이란
　　신분의 한계와 그를 견제하는 귀족세력에 밀려 태산군 등의 지방관으로 나가기
　　도 하면서 기울어져 가는 신라를 위해 애쓰는 일을 멈추지 않았다. 이에 대해서
　　는 다음 논의에서 자세하게 살필 수 있다.
　　이재운, 『최치원 연구』, 백산자료원, 1999, 32-48면.
455) 이는 그가 지은 추야우중(秋夜雨中)이란 시의 '擧世少知音'이란 시와 '타향에서
　　알아주는 사람이 적고(他鄕少知己)'에서 볼 수 있는 바와 같이 자신의 고적하
　　고 외로운 심정을 노래한 작품 등을 가리킨다(이구의, 『최고운문학연구』, 아세
　　아문화사, 2006, 190-191면 참고.).
456) 그가 촉규화(蜀葵花)라는 시에서 '自慚生地賤 堪恨人棄遺'(이구의, 위의 책,
　　210면 재인용.)라고 읊고 있는 부분을 가리킨다.

드러내고 있는 듯하다.

지금까지 우리는 원효와 최치원의 삶과 생각을 살펴 왔다. 이를 통하여 우리는 무엇을 읽어낼 수 있겠는가. 여기에서 우리가 찾아볼 수 있는 것은 신라의 통일기와 말기의 격동과 소용돌이를 고민하면서 살아갔던 선각자의 모습이라고 할 수 있겠다. 이들 두 사람의 삶과 생각이 보여주는 바가 무엇이 같고 무엇이 다르며, 그것이 대구·경북지역이 지식생산 거점으로 터잡을 수 있는 역사적 행보를 보여주는가가 우리의 관심사라 하겠다.

원효의 삶의 궤적은 그의 구도자적 삶의 궤적에서 그 특징이 잘 드러나고 있다. 그가 불교의 진수를 찾아 당나라에 들어가려고 두 번이나 시도한 것은 그가 신라 안에서 당나라로 그 탐색의 여정을 펼치고자 하는 행동을 보여주는 일이었다. 이때 그는 신라 안에서 신라 밖으로 진리의 진신을 찾으려는 안목을 지니고 그러한 안목에서 생각한 바를 실천에 옮기는 행동을 하려 했다. 그러나 그가 진리 탐색의 여정에서 무덤이라는 밑바닥에 떨어지는 체험을 통하여 안과 밖이 둘이 아니고 하나라는 점을 깨닫게 된다. 이는 그가 이를 체험하고는 '마음 밖에 법이 없으니 어찌 따로 구하랴'[458]하고 나라 밖으로 향하던 발길을 고국으로 돌리던 행동에서 극적으로 표출되었다. 그의 깨달음은 표원(表員)의 「화엄경문의요결문답」(華嚴經文義要決問答)에서 '안이 없으므로 밖도 또한 없는 것이니 안과 밖은 반드시 상대하기 때문이다'[459]는 말에서도 나타나고 있다.

---

457) 육두품 출신의 최언위(崔彦撝)와 최승우(崔承祐) 등이 견훤과 왕건이 이끄는 새로운 세력과 결탁한 점과 달리 최치원은 신라 왕조를 끝까지 붙들려고 노력하였다(이재운, 『최치원 연구』, 65면 참고.).

458) 그가 무덤 체험 후에 오랜 꿈으로부터 활연히 깨어난 마음을 '心外無法胡用別求'라고 노래한 바에서도 나타난다(김상현, 『역사로 읽는 원효』, 100-101면 참조.).

이러한 깨달음은 그가 신라 안에서 탐색한 지적 성과가 당나라와 일본에게까지 알려져 당대의 바깥 세계 멀리 울려 퍼지게 하였던 것이다. 원효는 신라로 돌아와서 당나라의 유명한 고승인 현장(玄奘)의 「유식비량」(唯識比量)의 오류를 비판한 〈판비량론〉(判比量論)을 저술하여 지적 성취의 높이가 당대 세계의 최고라는 점을 드러내었던 셈이다.460) 이러한 지적 성취의 수준은 중국과 일본에서 그의 〈판비량론〉(判比量論)을 다투어 수입하여 여러 문헌에 남기거나 그 자료를 전해온 점에서도 확인된다.461) 여기서 생성된 그의 명성은 당나라의 성선사(聖善寺)에 화재가 난 것을 신라에 있던 원효가 거처하던 곳의 작은 연못의 물을 서쪽을 향해 뿜어서 껐다든지, 당나라의 한 절에 많은 신자가 모여 무너질 위기에 처한 것을 신통력으로 알고 소반을 던져 구했다는 〈척반구중〉(擲盤救衆)과 같은 설화462) 형식으로 알려질 정도로 떨쳐졌던 것이다. 이는 그가 신라 안에 머물면서도 그의 지적 성취가 당나라와 일본이라는 바깥세계에 얼마나 드높게 평가되었던가를 잘 보여준다고 말할 수 있는 법이다.

원효가 안에서 찾고자 했던 바를 최치원은 밖에서 찾고자 하였다. 최

---

459) 원문은 '無內故亦無外 內與外必相待故'라고 되어 있다(최유진, 『원효사상연구』, 89면 재인용.).

460) 이점은 '「판비량론」이 당나라의 최고의 지성이었던 삼장법사 현장의 학문을 농락하는 내용'(김성철, 『원효의 판비량론 기초 연구』, 지식산업사, 2003, 388면.)이라는 평가와 이를 서양의 대표적인 철학자인 칸트가 고민했던 이율배반 논리의 문제와 비교하여 순환논증의 오류를 지적하였다는 논의(김상일, 『원효의 판비량론 비교 연구』, 지식산업사, 2004, 444면.)에서 선명하게 부각된다.

461) 원효가 서기 671년에 「판비량론」을 저술하였는데 중국의 경우 규기(窺基)(서기 632-682)의 제자였던 혜소(惠沼)(서기 650-714)의 「성유식논요의등」(成唯識論了義燈)에 「판비량론」이 인용되고, 일본의 경우 천평(天平) 12년(서기 740)에 제작된 「사경소계」(寫經所啓)에 「판비량론」의 명칭이 기록되어 나타난 점(김성철, 『원효의 판비량론 기초 연구』, 29면 참고.)에서 이점은 확인된다.

462) 김상현, 『역사로 읽는 원효』, 135-136면 참고.

치원은 12살 되던 해에 아버지가 '십년 동안 공부하여 과거에 합격하지 못하면 나의 아들이라 하지 말라'[463]는 엄명을 내리면서 당나라로 유학을 떠나게 된다. 그는 아버지의 엄명을 잊지 않고 열심히 공부하여 그의 나이 18세 되던 해(신라 경문왕 14년, 당 희종 건부 원년, 서기 874년)에 빈공과(賓貢科)에 급제하였다.[464] 과거 급제 후에 계속해서 학문과 문학을 깊이 탐구하다가 황소의 난을 토벌하는 관군의 총사령관인 고변(高騈)의 종사관이 되어 〈격황소서〉(檄黃巢書)를 지어서 그의 명성을 당나라에 드높였다는 점은 이미 살펴본 바 있다. 최치원은 당나라의 대표적 문인과 지식인, 관인들과 교류를 통해서 신라인의 능력을 펼쳐 보이면서 지적 편력을 계속하였다. 그가 과거를 볼 때에 이를 관리했던 예부상서 배찬(裴瓚)과 그가 종사관으로 근무했을 때의 제도행영병마도통(諸道行營兵馬都統)이었던 고변(高騈), 가장 가까운 벗으로 함께 고변의 막하에서 고락을 같이 했던 고운(顧雲) 등을 비롯하여 당나라의 여러 사람과 시문(詩文)을 주고 받으면서 문명을 당나라에 떨치게 된다.[465] 이와 같이 자신이 태어난 나라 밖의 세계에서 지적 편력을 벌이면서 활발하게 활동했던 최치원은 28세 되던 해에 〈사허귀근계〉(謝許歸覲啓)를 당나라 조정에 올리고 귀국길에 오른다. 그가 신라로 돌아오게 되는 동기는 당나라의 혼란한 정국에 대해 느끼는 불투명한 전망과 오랜 외국 생활에서 느끼는

---

463) 이는 「계원필경」(桂苑筆耕)의 서문에 '亡父誡之曰 十年不第進士 則勿謂吾兒'라고 쓴 부분에서 나타나 있다.(이구의, 『최고운 문학연구』, 35면 재인용.)

464) 빈공과는 당나라에서 외국에서 온 인재를 뽑는 과거였다. 그런데 최근의 중국 학자가 최치원이 과거를 보았던 시기에는 빈공과라는 제도가 없었기에 최치원은 당나라의 진사시(進士試)에 정식으로 합격한 것으로 밝혀 놓았다.(이구의, 위의 책, 36면 참고.)

465) 최치원이 지적 교류와 문학 활동을 통해서 교류한 당나라 사람들과 그 내용에 대해서는 다음에서 자세하게 다루고 있다.
이구의, 『최고운 문학연구』, 아세아문화사, 2006, 49-78면.

고독한 심경이 복합하여 형성했을 것으로 추정된다.[466] 최치원이 나라 밖에서 추구했던 바를 나라 안으로 돌아오면서 적극 활용하여 당시의 나라 일에 도움이 되고자 했다. 그는 부성군(富城郡)(지금의 서산)의 태수로 재직하던 진성여왕(眞聖女王) 7년(서기 893년)에 나라를 바로 잡을 방안을 담은 〈시무책〉(時務策)을 올리지만[467] 이미 기울어져 가는 신라 조정에서 이러한 개혁안이 수용될 리가 없었다. 그러나 최치원이 후대에 끼친 영향은 그의 관직 생활 등의 정치적 업적보다도 그의 학문과 문학에서 결정적이었다는 점이 주목되는 일이다.[468]

이밖에도 이 지역 출신으로 고려의 지식인으로서 원나라에 가서 당시의 세계적인 지식의 수준을 자랑하던 학자들과 교류하며 그들과 지적 교류를 했던 이제현(李齊賢)도 지식의 국제적 교류에 동참했던 역사적 궤적을 보여 주었다. 그는 경주 출신으로 과거에 급제한 후 여러 관직을 역임한 후에 1314년 당시의 상왕이었던 충선왕(忠宣王)의 부름을 받고 원나라의 수도였던 연경(燕京)에 가서 충선왕이 책을 모아 세운 만권당(萬卷堂)에서 그를 보좌하며 당시의 저명한 학자들인 요수(姚燧)와 염복(閻復), 원명선(元明善)과 조맹부(趙孟頫) 등과 학문을 토론하면서 지적 교류를 했던 것이다.

우리는 앞에서 이모저모로 살펴본 원효와 최치원의 삶과 생각을 통해

---

466) 이에 대해서는 다음 논의를 참고할 수 있다.
　　이재운, 『고운의 생애와 정치활동』, 52-56면.
467) 최치원이 올린 시무책의 성격에 대해서는 다음 논의에서 다루고 있다.
　　최영성, 「최치원의 유교적 개혁사상」, 『신라 최고의 사상가 최치원 탐구』, 한국 사학회, 2001, 151-158면.
468) 최치원이 신선이 되는 이야기를 비롯하여 그의 행적과 능력을 전하는 이야기는 전국적으로 분포되어 있는데(김승찬, 「최치원 구전설화 연구」, 『고운의 사상과 문학』, 217-250면.), 이는 그가 후세에 끼친 영향력을 잘 보여주는 증거이기도 하다.

서 그들이 태어나서 활동을 벌이며 살았던 대구 · 경북지역이 지식 생산
의 거점일 수 있는 근거를 무엇으로 보여 주었던가에 대해서 정리해 보
아야 하겠다. 우선 원효에 대해서 이점을 정리해 보면 이렇게 말할 수
있을 터이다. 원효는 지식 탐색의 긴 여정을 통해서 밖에서 찾을 수 있
는 것은 안에서도 찾을 수 있다는 점을 보여주고 실천했다. 오늘날 우리
가 세계화라는 화두를 들고 밖으로만 향해서 무엇을 찾고자 하는 자세에
원효는 따끔한 질책을 보낸 셈이다. 그리고 그 안의 중심이 원효가 살아
가면서 지적 편력을 계속했던 대구 · 경북지역이었다는 점도 명백하게
드러내 보여주었다. 그는 밖으로 향해 확신해 나가던 시선을 거두어 안
으로 응축시키면서 당대의 세계의 중심국이었던 당나라에서도 찬탄해
마지 않았던 지적 소산을 내놓았던 것이다. 최치원에 대해서는 이렇게
정리해 볼 수 있겠다. 그는 당대에 최고의 문화와 학문을 자랑하는 당나
라 한복판에서 지적 탐색과 문학 활동을 통해서 최고의 수준임을 인정받
았다. 그러나 그는 그쪽에 머물지 않고 다시 고국으로 돌아오는 행보를
보였다. 그는 밖에서 이룬 것은 안에서 베푸는 활동을 통해서 지식인의
참다운 자세를 원효와 다른 측면에서 보여 주었다. 이는 오늘날 외국에
유학가거나 서울로 공부를 하러가서 일정한 성취를 이룬 후에 그곳에 정
착해서 안온한 생활을 누리는 일반적인 행태와는 비교되는 행보이다. 그
는 밖에서 이룬 것을 수렴하여 그의 고국인 신라에 돌아와서 그것을 확
산시킴으로써 오늘날 대구 · 경북지역이 지식 생산의 거점 지역이 될 수
있는 역사적 근거를 마련해 주었던 셈이다.

　　원효와 최치원이라고 해서 당대 세계의 중심이었던 당나라를 동경하
지 않았던 게 아니라는 점은 그들의 지적 탐색의 과정과 여정이 잘 보여
주고 있다. 그러나 그들은 단순하게 동경하는 마음 속에 빠져들지 않고

그 마음 밖에서 끊임없이 성찰하고 고민하였다는 점도 동시에 보여 주었
다. 그러한 성찰과 고민은 나라 안과 밖의 문제뿐만 아니라, 나의 안과
밖의 문제까지 꿰뚫어 보려는 구도자적 태도로 육화(肉化)되어 우리 앞
에 나타나게 되었다. 이점에서 보면 이 두 사람은 그들의 생각과 행동으
로 그들의 고향이었던 대구·경북지역이 지식 생산의 거점일 수밖에 없
다는 명제를 역사 속에 확립시켜 놓고 그 삶의 끝을 마무리한 것이다.
그들의 생각과 행동은 오늘날 세계화 문제를 싸구려 양철통을 두드리듯
천박하게 밖으로 시선을 던지면서 소리를 높이는 사이비 지식인들에게
도 하나의 경종으로 울릴 법하다.

2) 지식의 확대재생산의 본보기를 보여주었던 사람들
- 안향을 이어 이황으로

  지식은 학문을 하든지 그것이 지니는 효용성을 증명하기 위해서 관찰
과 실험을 진행하든지 간에 지식 생산자의 단독적 생산물의 성격을 일차
적으로 지니는 법이다.[469] 그러나 학문의 생산과 확대작업은 단독자의
작업만으로 이루어지지 않는다. 학문의 연찬과 이에 연계되는 작업이 되
어야 지속적인 지식의 확대재생산이 이루어진다고 말할 수 있는 것이다.
학문연찬과 연계되는 작업을 우리는 교육이라는 이름으로 부르고 그러
한 작업은 학문 생산활동과 마찬가지로 중요하게 여겨왔다. 대구·경북
지역이 지식 생산의 거점으로 역사적 기반을 지니는 것은 일찍이 학문의

---

469) 물론 학문생산이 협업형태로도 이루어질 수 있고, 자연과학의 경우에 수행되는
   관찰과 실험의 경우는 공동의 작업이 일반적이라는 점도 간과할 수는 없다. 여
   기서는 학문 연구와 교육 활동의 외양적 형태를 대비하는 관점에서 이렇게 말하
   는 것이다.

생산활동의 중심지역으로 그 소임을 다했을 뿐만 아니라, 지식의 확대재
생산 활동인 교육의 핵심적 기지로 오랜 연원을 지니고 있었다는 데서
그 근거를 찾게 되는 터이다. 이러한 교육활동의 중심축이 되는 인물로
는 고려 때의 안향(安珦)과 조선조에 들어와 주세붕(朱世鵬)과 이황(李
滉)을 들 수 있다. 이들 인물이 이어내는 지형도는 우리나라의 유학의 역
사뿐만 아니라, 지식의 확대재생산 활동인 교육의 역사적 전개의 맥락이
이 지역에서 그 오랜 뿌리를 내리고 있었다는 점을 보여주는 것이기도
하다.

　이 시기는 정신사적인 전환이 크게 이루어진 시기이기도 하다. 잘 알
다시피 삼국시대에 불교가 우리나라에 전해지면서 우리의 정신을 지배
하던 무속(巫俗)적 세계관은 불교적인 세계관으로 전환되기 시작하였다.
이것은 그 형식과 내용을 동시에 변화시키는 측면이 있다. 거칠게 말하
자면 유형의 세계를 인정하고 그것을 지배하는 정신적 소여(所與)를 찾
아내어 이를 종교적인 대상으로 삼는 게 무속적인 세계관의 내용이다.
즉 조상신(祖上神)을 설정한다든지, 조상신이 가 있는 천상의 세계를 상
정한다든지, 이들의 위계질서를 고려하여 신들의 상하관계를 정하는 등
은 정신세계가 유형의 세계 안에서 그 구체적인 지향을 보여주는 일이
아닐 수 없다. 그런데 이러한 내용을 체계화시키고 정교한 논리로 설명
하는 서술담론을 잘 갖추기 전에 불교는 그 정교하고도 체계화된 인식과
논리를 지니고서 우리 문화를 지배하기 시작하게 된다. 다시 말하자면
엉성한 형식을 갖춘 전통적인 종교 담론을 불교의 종교적 담론의 형식이
압도하게 된 셈이다.[470]

---

470) 사실 불교가 전래되기 이전에 우리의 정신세계를 지배하던 무(巫)의 문화가 무
　　교(巫敎)라는 종교의 범주 안에서 무속(巫俗)이라는 이름으로 격하된 것도 이

불교가 그 발상지인 인도의 문화 위에 중국의 한문화의 외피를 덧입으면서 한문이라는 문자 체계와 함께 전래된 점은 이러한 변화를 더욱 가속시키는 일이었다. 따라서 불교는 상층계급이 받아들이면서 당시의 지배계급의 정신세계를 급속하게 점거해 나갔을 뿐만 아니라, 지식인에게는 매력적인 탐구대상이 될 수 있었던 것이다. 이미 거론했던 최치원이나 원효, 의상 등의 학자나 승려들이 당대의 최고의 지식체계를 구축했던 것도 이러한 맥락에서 이해될 일이기도 하다. 그런데 지배적인 이데올로기를 공급하던 불교는 현실적 세계를 본질적으로는 무상(無常)하다는 인식 위에 서 있기에 현실문제에 관심을 기울이는 지배계급이나 지식인들에게는 일정한 제한점을 지닌 세계인식을 지니고 있다. 물론 전륜성왕(轉輪聖王) 등의 특수한 논리로 지배계급의 욕구에 부응하기도 하였으나 그것은 일정한 한계를 보일 수밖에 없는 일이었다.

이러한 사정은 고려 후기에 들어오면 더욱 두드러지게 된다. 불교적 세계관을 바탕삼은 지배 이데올로기에 신진지식인들은 회의를 품고 중국 쪽에서 현실문제에 직접적인 대응방식을 모색할 수 있는 인식체계를 찾아내려고 하였다. 공자의 가르침은 현실 정치에 매우 유익한 담론을 갖추었기에 이들이 여기에 매력을 느끼고 열정적으로 공자의 가르침을 공부하고자 하는 분위기가 조성되는 것은 당연하게 예상되는 바였다. 이미 중국의 송(宋)나라에서도 이전의 당(唐)나라의 혼란과 모순을 불교와 도교의 세계관에서 유교의 세계관으로 전환함으로써 새로운 활로를 개척하자는 노력이 지식인들 사이에서 일어난 바 있었다. 정호(程顥)·정이(程頤) 형제와 주희(朱熹)는 인간과 우주의 본질을 이루는 이기(理氣)

러한 역사적 경험에서 설명될 수 있을 듯하다.

개념을 중심으로 이러한 문제에 대한 학문적 관심을 깊이 있게 전개하였다.471) 유교적 관심이 성리학이라는 학문으로 좁혀지면서 이러한 문제의식은 그 궁리를 확대하고 심화시키게 되었다.

이러한 성리학에서 수기(修己)와 같은 개인적 수양과 수신 개념뿐만 아니라 제가(齊家)와 치국(治國)과 같은 경세(經世)의 개념까지 그 관심을 넓히고 있었던 점을 고려의 지식인들은 주목하였던 것 같다. 그러한 인물 중에서 안향이 두드러진 활동을 전개하게 된다. 앞에서도 살펴본 바와 같이 안향이 국가적인 지원으로 유학을 확대하여 보급하려 애쓴 시기는 고려가 그 활력을 잃어갔던 때였다. 이 시기에 이르면 불교를 국가 지배이념으로 삼았던 지배계급 내부에서도 새로운 방향 모색의 기운이 나타나기 시작하였다. 왕족과 귀족이 몽고의 병란 중에서도 국력을 기울여 대장경판을 만들어 불법으로 호국의 방책을 삼으려 했으나, 별반의 효험이 없었기에 보다 현실적인 관점으로 위기를 극복하는 방안을 찾아야 된다는 각성을 심어주게 된 셈이다. 그 당시 세계의 중심국가였던 원나라에서 충선왕(忠宣王)이 세운 만권당(萬卷堂)에서 지식을 온축했던 이제현(李齊賢)이 권문호족(權門豪族)에 불교가 결탁해서 백성과 나라에 해를 끼친다는 점을 지적했던 바도 이러한 각성의 구체적인 결과의 하나이다.472)

이러한 시기에서 안향은 유학을 도입하고 확산하는 데에 필요한 일을 매우 구체적으로 전개하게 된다. 즉 충렬왕(忠烈王) 때에 인재를 키우는

---

471) 성리학적 관심을 심(心) 쪽에 두고 이러한 학문적 탐색을 진전하려고 한 왕양명(王陽明)의 계통도 있으나, 이러한 흐름은 우리나라에 크게 영향을 미치지 못하였다.

472) 같은 시기를 살아갔던 최해(崔瀣)도 이와 같은 견해를 내놓았다(이동희, 「여말 주자학의 도입과 조선초기 성리학의 특징」, 『한국문화사상대계』 2, 영남대출판부, 2002, 327면.).

문교 정책을 새롭게 가다듬고 그 재정의 문제를 효율적으로 해결하는 데
에 주도적인 노력을 아끼지 않았던 인물이 바로 안향이었다. 그는 불교
가 부모를 버리고 출가하는 등의 과정에서 인륜을 저버리는 것이라서 오
랑캐의 무리와 같은 것이라고 비판하면서 공자의 도리를 주자(朱子)를
통해서 확실하게 배울 수 있다고 하여 주자학의 도입에 앞장섰다.473) 뿐
만 아니라 이러한 공부를 지원하기 위해서 육영재단의 기능을 할 섬학전
(贍學錢)을 설치하는 일을 주선하기도 하였다.474) 이를 뒤이어 고려와
조선을 주자학적인 세계관 위에 그 정신세계를 위치하도록 애쓴 지식인
이 줄줄이 잇게 되었다. 그 대표적인 인물이 정몽주(鄭夢周)였다.

잘 알려진 바와 같이 이색(李穡)에 의해 동방의 이학(理學)의 비조로
지칭된 정몽주는 경북 영천지방 출신으로 그가 평소 생각했던 유학의 신
조대로 목숨을 바쳐서 고려에 충성을 굽히지 않았다. 그가 관심을 집중
해서 공부하려 했던 유학은 험난한 고려말기에 정승의 자리에 올라 무너
져 내리는 고려조정을 붙들기 위해서 혼신의 힘을 다하느라고 전념하여
공부하기 어려웠을 터이나, 그와 정치적 행로를 달리한 정도전(鄭道傳)
으로부터도 당시에 유학에 조예가 깊은 학식을 갖춘 인물로 칭송을 받았
던 것이다.475) 유학을 기반으로 주자학의 범위 안에서 그것을 학문적으

---

473) 안향과 그의 동생인 안축(安軸)이 등장함으로써 유학의 영남학파에서 순흥 학벌
이 형성되었다는 견해(이수건, 「조선중기 영남학파의 내부구조와 학문세계」, 위
의 책, 112면.)에서 안향이 영남의 유학의 비조가 되었음을 알 수 있게 한다.
474) 안향은 당시에 인재를 양성하기 위한 재정을 담당했던 양현고(養賢庫)가 부실
해지자 각 벼슬살이하는 사람들 중에서 육품 이상은 은 한 근, 칠품 이하는 벼
슬에 따라 차등있게 베를 내어 양현고에 귀속시켜 여기서 이자를 취하여 인재를
키우는 섬학전(贍學錢)을 마련하자고 조정에 건의하여 이를 실현시키고 박사
김문정(金文鼎)을 중국에 보내서 유학의 성인들의 영정을 그려오게 하고 각종
서책 등을 구입하고 이진(李瑱)을 경서교수도감사(經書敎授都監使)로 천거하
여 선비들과 유생들을 가르치게 하였다(晦軒實記 간행위원회, 『晦軒實記』, 전
남대학교출판부, 1984, 62면 참고.).

로 깊이 있게 천착하는 기풍은 고려의 멸망과 조선의 성립의 격동기에도 이어지게 된다. 유학의 정신에 비추어 두 임금을 섬기지 않는 자세를 지키면서 경북 선산의 금오산(金烏山)에 은거한 길재(吉再)에 의해 이러한 기풍은 온전한 흐름을 계속하게 되었다.

길재는 그와 동문수학을 한 이방원이 조선왕조가 성립된 후에 그를 초치하여 태상박사(太上博士)에 임명하여 관직에 머무르게 했으나, 두 임금을 섬길 수 없다는 글을 올려 사양하고 고향인 해평(海平)(지금의 선산군에 있었음)에 내려와서 금오산에 은거하였다. 그에게서 김숙자(金叔滋)가 공부하고 그의 학통은 김숙자의 아들인 김종직(金宗直)이 이어받게 된다. 길재의 삶과 학문은 절의와 도학(道學)으로 일관된 학풍을 지니게 되었고, 이 학풍은 김종직과 김일손(金馹孫)에게 전수된다. 절대왕정의 성격을 지니는 조선왕조에서 그러한 권력구조의 균형을 이루려는 왕권(王權)과 신권(臣權) 사이의 힘겨루기는 이미 정도전이 살해되는 정변을 통하여 한 차례의 피바람을 불러 일으켰던 바 있다. 그런데 왕권 강화의 변두리에는 최고권력에 기생하여 정변을 통하여 기득권을 획득한 훈구파들이 권력이 분비하는 자양분을 섭취하면서 역기능을 발휘하게 마련이다. 이들의 횡포와 전횡에 맞서서 권력의 정당성은 중국의 요순(堯舜)과 같은 정신과 자세를 갖춘 임금과 그에 걸맞는 현신(賢臣)이 만남으로써 획득된다는 주장을 펼치면서 유학의 지치주의(至治主義)를 소리 높였던 사림(士林)을 이끄는 도학파들이 이들로부터 그 명맥을 펼쳐나가게 된다. 이들은 그러한 가치를 실현시키는 데에는 목숨을 아깝지 않게 생각하고 행동에 나섰다.[476]

---

475) 이동희, 앞의 논문, 330-331면 참고.
476) 물론 이러한 행동은 이미 단종 복위를 기도하다가 참혹하게 죽은 사륙신 등의

김일손은 죽음을 두려워하지 않고 자신이 바르다고 생각한 일을 실천
에 옮길 수 있었던 것이다. 그러나 이러한 언행은 거듭된 사화의 피바람
으로 수많은 학자 출신의 관인들을 죽음의 길로 내몰게 된다. 그러나 이
러한 사화에도 불구하고 위로는 군왕에서 아래로는 백성에 이르기까지
유학의 근본적 정신에 입각하여 그 삶의 자세를 가다듬어야 한다는 도학
적 관점과 자세를 사림들은 줄기차게 주장하게 되었다. 이러한 주장은
연산군의 어지러운 정치적 유산을 물려받은 중종이 성균관 유생들과 사
림의 신망을 받고 있던 관료인 안당(安瑭)의 추천으로 조광조(趙光祖)가
조정에 등장함으로써 현실정치로 실현되는 듯했다. 그러나 기득권을 지
키려는 훈구파인 남곤(南袞), 심정(沈貞) 등이 꾸민 모략에 의해 개혁적
인 주장을 했던 세력들이 죽음을 당하는 기묘사화의 소용돌이 속에서 이
들의 시도는 또다시 실패에 그치게 된다.[477]

이러한 도학정치 이상이 현실에서 거듭해서 좌절하자, 사림에서는 유
학의 이상을 현실정치보다도 학문적인 천착 작업과 이를 문도들에게 전
수하는 일에 더 관심을 기울이는 경향이 나타나게 되었다. 이러한 시도
는 주세붕이 안향을 기리는 백운동의 소수서원(紹修書院)을 세워 유학의
학풍을 진작하려고 시도한 점에서 확인된다. 그는 백운동의 소수서원을

행적에서도 확인된다. 여기서는 학풍과 행동이 일치하는 흐름을 이 지역의 학문
적 전통에서 찾는 작업을 하기에 김종직과 김일손을 중심으로 이러한 논의를 전
개하게 되었다.
477) 이러한 실패는 조광조가 훈구파들을 몰아세우며 성군이 되라는 권유성 개혁 주
장으로 끊임없이 중종을 밀어붙인 결과로 중종이 경빈 박씨 등과 훈구파가 꾸민
모략적 무고에 귀를 기울이게 되는 사태에서 초래되었다. 조광조가 귀양가는 도
중에 그를 만나러 온 이사균(李思均)이 중용(中庸)을 들먹이며 조광조의 실패
를 한탄하는 장면이 석담일기에 나타나 있는 바(「石潭日記 上卷」,『고전국역
총서』52, 민족문화추진회, 1971, 37-39면 참고.), 이는 조광조 그룹의 성급한
개혁의 실패를 지적한 말이기도 하다.

운영하는 데에 '제사를 삼가 지낸다(勤祀)', '어진 분을 예우한다(禮賢)', '집을 잘 수리한다(修宇)', '쌀창고를 갖춘다(備廩)', '서적을 점검한다(點書)' 등의 다섯 가지 규칙을 세웠다.[478] 그리고 안향이 섬학전과 같은 방도를 구안하여 육영의 재정을 확보하려한 것과 같이 학전(學田)을 마련하여 서원의 재정적 기반을 도모하였다. 그의 학문적 지향목표와 태도는 다음과 같은 글에서도 잘 나타나 있다.

　　천지를 살피게 되나니, 그런 후에 그 가르친 바가 될 것이다. 그런 즉 반드시 성현의 학으로부터 시작하나 그 요점은 4단(인, 의, 예, 지)을 확충하고 사물(예가 아니면 보지 말고, 예가 아니면 듣지 말고, 예가 아니면 말하지 말고, 예가 아니면 움직이지 말라)을 경계하여 삼강이 일으켜져 만목(그물의 여러 고)이 베풀어지게 하는 것이다. 그러므로 직(直)하고 방(方)하고 대(大)하다는 것이다. 또 이르기를 "공경함으로 속을 곧게 하며, 옳은 것으로 바르게 함이니, 진실로 능히 곧고 바르면 나의 기(氣)는 스스로 커져서 천지간을 꽉 차게 하나니, 그러므로 그 기라 하는 것은 의(義)와 도(道)를 배합한 것이다. 이것이 없으면 허기지게 되는 것이다. 대체 솔개와 물고기가 하늘과 깊은 물에 있어서, 그 하나는 날고 하나는 뛰지만 둘 다 천지의 쌓인 기운을 탄 것이다. 진실로 사람마다 마음 가운데 호연(浩然)의 기를 쌓게 한다면 사람은 각각 솔개와 물고기에 있어서와 같이 내 마음속의 하늘과 깊은 물에 있어서 그 하나는 날고 하나는 뛰지만 둘 다 천지의 쌓인 기운을 탄 것이다. 사람은 각각 솔개와 물고기에 있어서와 같이 내 마음 속의 하늘과 깊은 물에 날고 뛰게 될 것이다. 한 이치가 살아 활발해지면 양의(兩儀)에 가득 차게 되나니, 아! 슬프다. 어찌 오직 솔개와 물고기 뿐이리요. 옛날부터 성현들의 즐긴 바가 여기에 있는데, 나 홀로만 이것을 가져서 맛보게 되니 또한 슬프지 않겠는가.
　　(察乎天地 然後其所以爲教 則必自聖賢之學始 其要不越乎 擴四端戒

---

478) 「海東雜錄」 권 3 주세붕(朱世鵬), 『고전국역총서』 53, 민족문화추진회, 1974, 314면, 참고.

四勿 使三綱擧而萬目張耳 故曰直方大 又曰敬以直內 義以方外 苟能直
方則吾之氣自大 而塞乎兩間 故曰其爲氣也 配義與道 無是餒也 夫鳶魚
之天淵 其一飛一躍 皆乘天地之積氣也 誠使人人積浩於胸中 則人各有
鳶魚 亦可以飛躍吾心之天淵矣 一 理活潑 費乎二儀 嗚呼豈獨鳶魚而已
也 自昔聖賢之所樂在此 而吾獨有而昧焉)479)

위의 글에서 우리는 주세붕의 학문적 지향점이 유학의 일반적 가치와
성취에 놓여 있다는 점을 확인하게 된다. 즉 사단(四端)이니 양의(兩義)
니 하는 유학적 용어가 등장할 뿐만 아니라, '공경함으로 속을 곧게 하며
(敬以直內)'라는 설명과 '옳은 것으로 바르게 함이니(義以方外)'라는 서술
도 유학의 성취 목표를 설정하는 내용이라 하겠다. 그런데 '진실로 사람
마다 마음 가운데 호연(浩然)의 기를 쌓게 한다면 사람은 각각 솔개와 물
고기에 있어서와 같이 내 마음속의 하늘과 깊은 물에 있어서 그 하나는
날고 하나는 뛰지만 둘 다 천지의 쌓인 기운을 탄 것이다.'라는 부분을
주목할 필요가 있다. 여기서 호연지기(浩然之氣)는 맹자에 나오는 말480)
로서 천지에 가득 찬 기를 자신의 마음을 기르는 데에 쓰는 것을 설명하
기 위해서 맹자가 사용한 용어이다. 이는 어떠한 권력의 위세에도 자신
의 소신을 꺾지 않고 말할 수 있는 용기를 기르는 일과도 연결되는 것이
다. 주세붕은 이글에서 천지의 기운을 각기의 마음을 확충하는 데에 사
용하여 호연지기를 기르는 것이 공부에 매우 주요한 과업이라는 점을 밝
힌 셈이다. 이러한 공부의 목표는 도학파의 실천적인 국면과 깊이 연계
되어 나타나는 것이다.

---

479) 위의 책, 59면(원문), 309면(번역문) 참고.
480) 浩然之氣란 말은 孟子의 公孫丑에서 '吾養吾浩然之氣'라는 구절에 나온다.
    이는 사물에 구속되지 않고 넓고 호탕한 마음의 기운을 가리킬 때 쓰이는 말이다.

이황에 이르면 도학파의 실천적 국면은 학문적 탐색으로 그 방향이 전환되는 경우가 나타나게 되는 셈이다.[481] 앞에서 살펴온 바와 같이 사림에서 나아가 나라를 다스리기(治人) 위해서는 내 마음을 닦아야(修己)한다는 유학의 기본적 이해에 서면, 도학의 지치주의(至治主義)를 실천하기 위해 나아갔다가 이를 이루지 못하고 중도에 되돌아 와서는 자신의 마음을 닦는 학문에 깊이 침잠하지 않을 수 없다. 이것은 유학에서 하늘의 근본이 우리 마음에 어떻게 구현되며 그 근본은 무엇인가를 깊이 있게 궁리하는 성리학(性理學)의 분야에 더욱 매료되게 만들 터이다.

이황도 조정의 부름을 받아서 서울의 중앙 부서의 관직을 지내면서도 만년에 이르러 자주 관직을 사직하여 고향에 내려가 학문 연찬과 문도의 교육에 전념하고자 했는데[482] 이러한 행동은 사림에 돌아가 유학의 본질을 탐구하고 후학을 기르려는 뜻에서 나오는 것이었다. 그의 이러한 생각은 주세붕이 풍기군수로 있을 때에 안향을 모신 백운동서원을 창건한 뒤에 후임군수로 부임한 후에 당시의 관찰사였던 심통원(沈通源)에게 서원의 중요성을 역설하고 이 서원에 중앙정부의 지원을 요청할 것을 서신으로 보낸 사실에서도 확인된다.[483] 이황은 관직을 사직하고 나서 고향

---

481) 이황이 관직을 사양하고 고향으로 돌아가 학문을 연찬하고 제자를 기르는 일에 전념한 것은 그의 형(李瀣)이 을사사화의 와중에 희생된 사건과도 연관이 있을 듯하다.(이병휴, 「퇴계 이황의 가계와 생애」, 『퇴계학 연구논총』 1, 경북대학교 퇴계연구소, 1997, 29면 참고.) 이는 사림이 현실 정치에서 유학의 이상적 정치를 실현하고자 하는 의지보다는 학문을 연찬하고 후학을 육성하는 일에 전념하는 지향을 보이는 일의 하나로 보이게 한다.

482) 이황은 만년에 자주 사직을 하자 선조를 모셨던 승지 허엽(許曄)은 선조에게 '예로부터 제왕은 어진 선비를 얻어 왕업을 일으킬 수 있습니다. 이황이 늘 병으로 사직하니 상감께서 공경과 예의를 다 하시어 사부를 삼고자 하신다면 올 수 있습니다(自古帝王 得賢士爲學然後 王業可興 李滉累辭病 上若致敬盡禮 欲以爲師 則可至矣 : 선조실록)'라고 의견을 개진한 것(이병휴, 위의 논문, 14-15면 참조.)도 그가 사직 요청을 자주 하고 고향으로 돌아간 점과 관련이 있다.

으로 돌아가서 백운동 서원에서 이루었던 일을 손수 실천하고자 하였던
것이다.

고향으로 돌아온 이황 문하에는 찾아와 배우려는 문도가 끊이지 않아
서 이전까지 교습처로 사용하던 정습당(靜習堂)에 이어 계상서당(溪上書
堂)을 짓는다. 뒤이어 도산서당(陶山書堂)을 지어 이런 교육적 수요를 충
족시키고자 하였다.[484] 이황의 교육의 근원은 그의 학문적 연찬과 결합
된 일이었다. 왜냐하면 그에게서 직접 교육을 받아서 그의 문도로 지목
된 사람들도 있지만, 학문적 의문을 질의하거나 서신을 보내거나 잠시
찾아보는 사람도 포함되기에[485] 그의 교육전수활동과 학문연마행위는
상호분리될 수 없는 성격을 지니는 법이다. 이황의 학문은 유학의 성리
론(性理論)을 깊이 있게 논구하면서 우주론과 심성론과 인식론의 철학적
전개를 보여주는 것이라 할 수 있다.

유학에서는 사람이 어떻게 하면 이 세상에서 올바르게 살아가고 사물
을 제대로 인식하면서 사태에 적절하게 대처할 수 있는가 하는 문제는
거경함양(居敬涵養)과 격물치지(格物致知)라는 말로 요약된다. 이 문제
는 송나라의 정주학(程朱學)의 핵심적 과제가 되었는데, 이황도 이 문제
를 천착하면서 유학의 용어를 정밀하게 규정하고 서책의 여러 학설에 대

---

483) 이 글에서 이황은 서원에서 선비의 학문이 이루어질 뿐만 아니라 국가에서 필요
　　한 인재가 배출될 수 있다는 점을 강조하고, 중앙정부에서 서적과 편액(扁額)을
　　내려주도록 심통원 감사가 힘써줄 것을 요청하고 있다(『晦軒實記』, 114-115
　　면 참고.).

484) 계상서당은 이황의 50대 시기의 교육의 공간으로 도산서당은 그의 60대 시기의
　　교육공간이 되었는데, 도산서당이 완성됨으로써 그의 문하에서 배우려는 사람
　　들을 본격적으로 수용할 수 있게 된다(권오봉, 「퇴계서당교육의 전개 과정」, 『퇴
　　계학연구논총』 6, 490-498면 참고.).

485) 이황의 문인을 수학(受學)과 사사(師事)를 한 유형에서 질의를 하거나 서신을
　　왕래하거나 배알(拜謁)한 경우 등의 다양한 형태로 영향을 받은 경우로 나눌 수
　　있다(김종석, 『퇴계학의 이해』, 일송미디어, 2001, 200-201면 참고.).

해서 그 나름대로의 논의를 전개시켰다.

우리의 철학사와 사상사에서 이황이 전개시킨 학문적 쟁점은 매우 정밀한 지적 담론을 생산하였다는 점이 확인되었다. 성리학에서 우주의 본질을 해명하려고 이기론(理氣論)을 깊이 있게 전개하였는데, 이황은 이를 심론(心論)에 연결하여 인간의 심성문제에 연계하여 깊이 궁구하였다.[486] 이황은 그가 평생에 걸쳐 이러한 문제를 깊이 있게 연구한 성과를 성학십도(聖學十圖)에 집약하였다. 이는 그가 50대에 저술한 천명신도(天命新圖)와 천명도설(天命圖說)[487]을 보완하고 더욱 발전시킨 것이다. 여기에는 천명의 이(理)와 오행의 기(氣), 이기의 나누어짐, 사람과 사물의 다름, 사람의 마음이 갖춘 바, 성정(性情)과 기질(氣質)의 문제 존양(存養)과 성찰(省察)의 문제 등이 두루 도식으로 연계되어 그려졌다. 이러한 도식은 그가 연구한 바를 교육하는 데에 편리하게 마련된 게 아닌가 한다. 왜냐하면, 이러한 저작들이 이황이 문도들에게 교육을 본격적으로 전개한 시기에 이루어졌기 때문이다.

이황은 도학을 현실 정치에서 구현하려다가 목숨을 바친 조광조의 실패를 거울삼아 올바르게 사림이 나아가게 하기 위해서는 교육이 서원 중심으로 이루어져야 된다는 점을 깨닫고 학문을 배우고 깨달아 나아가는 방식을 입지(立志), 경신(敬身), 치심(治心), 독서(讀書), 발언(發言), 제행

---

486) 이황은 이러한 관심을 심경부주(心經附註)를 연구하고 이를 심경후론(心經後論)이라는 글을 쓰면서 존덕성(尊德性)과 도문학(道門學)이 수레의 양 바퀴나 새의 양 날개와 같이 병행되어야 한다는 논의를 이끌어낸다. 이 책에 대해서는 조광조나 이언적 등의 선배 학자들이 관심을 보이고 남겼기에 이황은 이를 더욱 발전시킨 것으로 보인다.(김종석, 위의 책, 71-79면 참고.)

487) 천명도설은 정지운(鄭之雲)이 먼저 만들었지만, 이황이 이를 수정하면서 기대승(奇大升)과 7년에 걸쳐 이기론의 사칠논변(四七論辨)을 벌여 우리나라 철학사에서 가장 유명한 철학적 토론을 전개하게 된다.(정순목, 『퇴계의 교육철학』, 지식산업사, 1986, 80면 참고.)

(制行), 거가(居家), 접인(接人), 처사(處事), 응물(應物) 등의 수신십훈(修身十訓) 그 출발점을 찾으려 하였다.[488] 이러한 교육으로 그가 직접 가르친 제자들은 조선조 유학사에서 큰 물줄기를 이룩하게 되었다. 이황이 도산서원을 세워 제자들을 키우면서 학문을 연찬해 나간 점에 대해서 그가 관인으로 출사했을 때에 받은 학문과 인품에 대한 평가가 그 바탕을 이루고 있었다고 생각된다. 이점을 알아보기 위해서 그의 학문과 인품에 대한 평가를 살펴보기로 한다. 아래의 글이 그 대표적인 것이다.

가) 이황의 학문은 문(文)으로 인하여 도(道)로 들어갔고, 의리(義理)가 치밀하여 한결 같이 주자(朱子)의 훈(訓)을 준수하고 여러 가지 학설의 이동(異同)을 이리 저리 통하였으나 모두 주자(朱子)의 학설에 절충하지 않은 것이 없었다.
(滉之學 因文入道 義理精密 一遵朱子之訓 諸說之異同 亦得曲暢旁通 而莫不折衷於朱子)

나) 평소에 긍지를 가지려 애쓰지 않아 보통사람과 크게 다른 점이 없는 것 같았으나 (세상에) 나섬과 들어감, 나옴과 물러남과 사양함과 받음, 취함과 줌, 지조에 있어서는 털끝만큼이라도 어긋나는 일이 없었고, 남들이 선사하는 것도 의(義)가 아니면 받지 않았다. 한성(漢城)에 우거하고 있을 때, 이웃집에 밤나무가 있어 두어 가지가 담을 넘어와 밤이 익어 뜰에 떨어지나, 아이들이 주워 먹을까 하여 손수 주워서 담 밖으로 던져 주었다. 그 청렴함과 깨끗한 점에는 더할 것이 없었다.
(平居不務矜持 若無甚異於人 而其於出處進退受取與之節 不敢分毫差過 人有所遺 非其義終不取 其僑漢城也 隣家有栗樹 數枝過墙 子熟落于庭 滉恐兒童取食 拾而投之墙外 其介潔不可尚已[489])

---

488) 이황의 교육의 방법론적 성찰에서 이러한 생활의 교육훈요가 제시되었다.(정순목, 위의 책, 150면 참조.)

489) 石潭日記 卷之上 이황(李滉),『고전국역총서』52, 민족문화추진회, 1971, 18

위의 글은 이황과 같은 시기에 관인 생활을 같이 한 율곡 이이(李珥)
가 퇴계 이황의 학문과 인품에 대한 세평을 석담일기(石潭日記)에 인용
해 놓은 것이다. 가)는 이황의 학문의 성격과 지향을 설명한 것이고, 나)
는 이황의 인품을 일화를 인용해 가면서 평가한 것이다. 이황이 성리학
을 주자의 학설에서 이해의 준거를 찾은 점을 가)는 보여주고 있다.[490]
나)는 이황의 인품이 지나치지도 어긋나지도 않는 군자의 모습을 잘 보
여주는 점을 밝히는 글이다. 이러한 학문적 지향성과 인품은 성리학의
학문 연구자뿐만 아니라, 제자 육성의 교육자로서 완벽한 자질을 갖추고
있었다는 점을 보여주기에 충분한 것이었다. 이황은 제자를 기르는 데에
신분의 차이를 고려하지 않았기에 대장장이 출신인 배순(裵純)을 제자로
받아들인 일도 있다. 이점은 그가 서얼허통에 찬성한 관점을 유지한 점
과 더불어 그의 인간존중적 사고의 일면을 보여주는 일이기도 했다.[491]
이황의 제자 교육은 하나의 본보기로 이 지역의 교육풍토를 조성하는 데
에 크게 이바지 하였다는 점은 분명해 보인다. 이에 앞서 경북 의성(義
城) 지역의 박승이라는 재지사족이 구고서숙(九皐書塾)을 세워서 이를
운영하면서 그의 학문적 관심을 농학에게 확산시킨 사례도 이를 보여주
는 일이기도 하다.[492]

면, 80-81면 참조.

[490] 이황의 학문이 '지나치게 주자 의존적'이라는 평가는 퇴계가 활동하던 시기부터
있어온 일이라는 지적(김종석, 앞의 책, 32면 참고.)이 이점을 더욱 분명하게 정
리하고 있다.

[491] 주승택, 『선비정신과 안동문학』, 이회문화사, 2002, 90-101면 참고.

[492] 회재(晦齋) 이언적(李彦迪)을 종고모부로 둔 박승은 이황의 후배이지만 거의
동시대를 살아간 사람이다. 그가 42세 되던 신유년(1561년)에 구고서숙을 세워
운영하였으니 이는 이황의 제자들이 고려 말의 유학자로 경북 예안에 은거하였
던 우탁(禹倬)의 우패를 모시는 역동서원(易東書院)이 1570에 낙성된 년도보
다 10년 앞서 이루어진 일이다(주승택, 위의 책, 14-46면, 96-97면 참고.).

주세붕과 이황 등이 이 지역에 서원을 세워서 유학의 여러 과업을 수업하도록 한 일은 지식의 확대재생산의 전형을 보여준 일이었다. 이는 관학에 국한되었던 교육의 영역을 넓히는 일인 동시에 지식의 확대재생산의 기지가 도처에 생기도록 자극한 일이기도 하다. 이러한 지식의 확대재생산의 거점적인 인물들이 대구·경북지역에서 그 어느 곳보다도 즐비하게 나타났다는 점을 알아보았다.

3) 이념과 가치를 통해 정신적 기반을 구축했던 사람들
   – 김일손과 박인로의 두 측면

조선조 시대에서 중앙정부에 권력이 집중되고 그것이 야기할 폐해에 대해서 가장 심각하게 문제를 제기한 사람들은 경북 선산의 금오산에서 고려왕조에 충성을 버리지 않고 은거하여 제자를 기른 길재의 문하에서 공부한 사람들이었다. 이러한 언행 때문에 김종직(金宗直)[493]과 김일손은 사후에 신체적 모욕을 당하거나 생전에 목숨을 바치지 않으면 안 되었다.[494] 김종직은 경남 밀양 출신이지만,[495] 김일손은 경북 청도 출신

---

493) 김종직은 영남 사림파의 선편을 쥔 사람이었다. 그가 차지하는 위치와 비중에 대한 평가는 간단하지만 다음의 글에서 확인할 수 있다. '공은 문장과 도덕이 당대 진신(搢紳)의 영수(領袖)이었으므로 조정에 일이 있을 때에는 그에게 물었고, 학자로서 의문이 생겼을 때에는 그에게 질문하였다'(公文章道德 爲一代 搢紳領袖 朝廷有事則問焉 學者有疑則質焉) (「海東雜錄」 卷 二, 『고전국역총서』 52, 민족문화추진회, 1971, 195면, 36면 참조.).

494) 세조가 조카인 단종을 폐위시키고 왕위에 오른 사건을 조선왕조실록을 편찬하는 일을 맡은 김일손이 중국의 고사를 이용하여 비판한 〈조의제문〉(弔義帝文)을 실음으로써 훈구파들의 공격을 받아 사림파들이 대량으로 학살된 무오사화(戊午士禍)에서, 이미 사망한 김종직은 그의 관을 파서 그 시신이 칼로 베이는 부관참시(剖棺斬屍)의 형을 당하고 김일손은 산채로 몸이 여섯 토막으로 나누어 죽이는 능지처사(陵遲處死)라는 가장 혹독한 방식으로 사형을 당한다.

495) 김종직의 아버지인 김숙자(金叔滋)는 선산 출신이지만, 밀양 박씨를 부인으로

이고 김굉필(金宏弼)[496]은 경북 현풍 출신이었다. 이러한 사림파의 뿌리는 고려가 조선왕조로 교체되는 전환기에 고려에 충성을 다하고 신왕조에 출사하지 않고 고향인 선산에 은거하여 제자들을 기른 길재에 이어져 있다. 이들은 남다른 언행으로 유림의 사표가 되었다. 이들이 남긴 영향과 이들을 이어서 영남지역의 사림의 활동이 어느 지역보다도 활발하게 전개되었기에 이 지역은 '인재의 광'이라 불리었다.[497] 길재가 고려 조정에서 관직생활을 한 탓에 조선왕조가 성립된 후에 절의를 지켜서 고향인 경북 선산에 은거하여 제자들을 기른 후로 그의 후학들이 기라성과 같이 이 지역이 명성을 드높였기에 이중환(李重煥)은 택리지(擇里志)에서 이를 특별하게 기술하여 "전해 오는 말에 '조선의 인재의 반은 영남에 있고, 영남 인재의 반은 일선(一善)에 있다' 한다."[498]

맞아들여 김종직은 그의 외가인 밀양에서 태어나서 자라나게 되지만, 그의 학통의 연원인 길재가 은거했던 선산부사를 역임하는 등 경북 지역과 밀접한 삶을 살다 간다.

496) 김굉필의 학문과 학행은 다음과 같은 평에서도 잘 드러난다. '선생은 특출한 행실이 비길 데가 없었다. 평상시에도 반드시 갓을 쓰고 띠를 띠고 있었으며, 인정(人定; 밤에 통행을 금하기 위하여 종을 치던 일)이 지난 뒤에야 잠을 자고 첫닭이 울면 일어났다.(先生獨行無比 平居必冠帶 人定然後就寢 鷄初鳴則起)……선생의 학문하는 방법이 꾸준히 힘써 정밀하게 쌓아 올렸으므로 확실하면서도 정체하지 않았고, 융통성이 있으면서도 범속에 흐르지 않았으며, 평소에 서당에 나아가 마치 소상(塑像)처럼 단정히 앉아 있었다.(先生爲學精積力久 確而不滯 通而不流 平生就書堂 危坐如泥塑)(「海東雜錄」卷 二, 『고전국역총서』 52, 민족문화추진회, 1971, 36면, 197-198면 참조.)

497) 이중환(李重煥)이 택리지(擇里志)에서 '號爲人才府庫'란 구절로써 이를 서술하고 있으며, '조선에 와서도 선조(宣祖) 이전에는 국정을 잡은 자는 모두 이 도 사람이고, 문묘(文廟)에 종사된 사현(四賢) 또한 이 도 사람이다(我朝則 宣廟以前秉國者 皆是道人 四賢從祀文廟 又是道人)(이중환저/이익성역, 『택리지』, 을유문화사, 1993, 62면, 271면 참조.). 이는 영조 때의 박문수가 '금일의 조정관이나 민서에 이르기까지 영남에 그 시조를 둔 자 70 내지 80%가 된다'는 요지의 발언을 한 것에서도 알 수 있다.(이수건, 조선중기 영남학파의 내부구조와 학문세계, 『한국문화사상대계』 2, 영남대 민족문화연구소, 2000, 111면 재인용.)

훈구파들이 권력을 독점하거나 기득권을 지키기 위해서 수단과 방법을 가리지 않는 점을 시정하려는 사림파의 의식을 표출한 무오사화(戊午士禍)에서 이들은 훈구파에 의해 비극적인 운명을 맞이하게 된다. 경상도 출신의 김일손이 앞장 서서 행동으로 드러낸 이 사건은 경상도 사람들의 기질과도 무관하지 않을 듯하다. 이 사화에서 두 사람이 가장 혹독하게 처벌된 점에서 우리는 이점을 확인할 수 있을 듯하다. 경상도 사람들의 기질이 강직한 점[499]은 이미 잘 알려졌지만, 김일손의 강경한 행동은 불의를 보고 참지 못 하고 직정적으로 이를 지적하는 발언을 하거나 시정하려는 행동에 직접 돌입하는 경향과 연관이 있을 듯하다. 김일손의 직정적인 성품은 그의 호방한 기개에서 울어 나온 것이다. 이러한 기개는 불의로운 일을 광정하는 데에 목숨도 가볍게 생각하면서 행동에 돌입하게 만들었던 것이다. 이와 같은 행동을 뒷받침하는 정신적 기개는 김일손의 글에서도 엿볼 수 있다. 김일손의 호방한 기개는 그가 두류산(지금의 지리산)을 올라가서 내려다보며 그 감회를 내보이는 아래의 글에서도 잘 나타나 있다.

　이곳으로부터 동남쪽은 옛날 신라의 영토요, 서북쪽은 백제의 땅이었다. 분분한 모기떼들이 항아리 속에서 일어났다가 사라져 버리니 태초로부터 헤아려 보면 그 얼마나 많은 호걸들이 뼈를 이 땅에 묻었던고! 오늘 우리가 무사히 이곳에 오름도 또한 상제의 은총이 아니겠는가.

---

498) 이는 택리지에서 '故諺曰 朝鮮人才半在嶺南 嶺南人才半在一善'(이중환저/이익성역, 위의 책, 268면 참조.)라는 구절에 서술된 것이다. 여기서 一善은 선산의 옛지명을 가리킨다.

499) 이는 판소리로 불리는 〈춘향가〉에서 '경상도 산세는 산이 웅장하기로 사람이 나며는 정직하고'(조상현이 부른 〈춘향가〉 중에서)라고 노래하는 데서도 지적되는 일이다.

(山之東南 古新羅之區也 山之西北 古百濟之地也 紛紛蚊蚋起 滅於
甕盎 從頭掘指 幾多豪傑埋骨於此哉 吾輩今日登覽無恙者 亦豈上之賜
也)[500]

위의 글에서는 김일손의 호연지기[501]가 잘 나타나고 있는데, 학문의
연찬과정에서 이러한 호연지기를 한껏 기른 김일손은 죽음을 두려워하
지 않고 자신이 바르다고 생각한 일을 실천에 옮길 수 있었던 것이다.[502]
그러나 이러한 언행은 거듭된 사화의 피바람을 일으켜서 수많은 학자 출
신의 관인들을 죽음의 길로 내몰게 된다. 그러나 이러한 사화에도 불구
하고 위로는 군왕에서 아래로는 백성에 이르기까지 유학의 근본적 정신
에 입각하여 그 삶의 자세를 가다듬어야 한다는 도학적 관점과 자세를
사림들은 줄기차게 주장하게 되었다. 이 때문에 연산군 등극 후에 이미
임금의 입을 통하여 그의 강직함이 지적되기도 하였다.[503] 즉 연산군이

---

500) 장덕순, 『한국수필문학사』, 1985, 새문사, 153면 재인용.
501) 浩然之氣란 말은 주세붕의 글에서도 그 쓰임이 발견된 바 있는데(각주 479와
    480참고.), 이 말은 유학에서 실천적인 행동을 적극적으로 천명하는 바탕의 힘
    을 길러야 한다는 함의를 지니는 것으로 볼 수 있다.
502) 김일손이 무오사화에 걸려 죽게 된 것을 기록(海東雜錄 卷 二)에서는 다음과
    같이 증언하고 있다. '계운(季雲, 김일손의 호)은 문장에 능하고 성품이 간이하
    고 높이 자처하여 남을 칭찬하는 일이 적었다. 벼슬이 이조정랑에 이르렀을 때,
    이극돈(李克墩)이 전라감사로 있으면서 성종의 초상 때에 향을 바치지 않고 기
    생을 데리고 다녔다. 김일손이 그 사실을 사초(史草)에 썼더니, 극돈이 슬그머
    니 고쳐주기를 청했으나 일손이 들어 주지 않았으므로 감정을 품고 있다가, 실
    록을 편찬할 때에 드디어 사화를 일으켜 그를 죽였다.
    (季雲能文章 性簡亢少許可 仕至吏曹正郎 李克墩爲全羅監司 成廟之喪 不
    進香 戴妓而行 金馹孫書其事於史草 克墩私之請改 馹孫不從 克墩惡之 及
    修實錄 遂起史禍殺之)'(「海東雜錄」 卷 二, 『고전국역총서』 52, 민족문화추진
    회, 1971, 42면, 232면 참고.)
503) 연산군의 즉위 초에 연산군은 참찬관(參贊官) 조위(曺偉)에게 '김일손은 문장과
    학문이 모두 뛰어나며 재능과 기량을 겸비하였고 풍채가 장대하며 기절이 바르
    고 곧으며 논의 또한 준엄하고 정연하여 가히 대각(臺閣-사헌부와 사간원을 가
    리킴)을 통솔할 풍모가 있고 지략이 넓고 깊어 낭묘(廊廟-의정부의 별칭)의 직

김일손의 언행이 지나치게 날카롭고 준엄하여 꺼리는듯한 평가를 하였고 이는 그가 겪을 비극적인 죽음을 예고하는 발언 같기도 하였던 것이다. 다른 측면에서 볼 때에 김일손의 언행은 이 지역 출신의 지식인들이 가치와 이념을 강하게 지향하는 흐름의 하나를 개별적으로 구현한 사례로 볼 수도 있게 마련이다.

유교적인 이념과 가치를 언행을 통해 적극적으로 구현하는 데에 누구보다도 열심이었던 영남사림파의 전통은 김종직과 김일손의 행적에서 찾아볼 수 있는 셈이다. 그런데 유교적 이념과 가치를 적극적으로 지향하는 성향은 일정한 정신사적인 지향성을 드러내는 법이다. 그것은 문학의 형상화를 통해서도 일정한 지향성을 드러내게 만들었다. 즉 이러한 지향성은 상대적으로 지역적인 차별성까지 드러내게 하였다. 즉 이 지역은 유교의 신봉에 따라 문학작품에서 이념지향성이 강한 반면에 호남지역은 심미의식을 추구하는 정서지향성이 강하다는 지적이 그것이다.[504] 구체적으로 영남지역 출신의 퇴계 이황의 시조작품에서는 '물, 돌, 소나무, 대, 달' 등이 부단(不斷), 불변(不變), 불굴(不屈), 불욕(不欲), 불언(不言) 등의 관념과 이념을 매개하는 자연물로 등장하지만, 호남출신의 고산 윤선도의 시조작품에서는 '새소리, 버들숲, 안개, 어촌, 물고기' 등은 즉물적으로 자연미를 형성하여 대조를 이룬다는 것이다.

영남 출신의 문인으로 그 문학 형상의 방향이 이러한 경향을 잘 드러내었던 경북 영천 출신인 박인로(朴仁老)를 들 수 있다. 그는 임진왜란이

책을 맡길 만하다. …… 그런데 다만 그의 나이가 젊어 그의 뜻은 크고 성품은 너무 준엄하여 기상은 날카롭고 언론은 심히 곧으며 행적은 너무 고상하니 그의 노성(老成)을 기다려 쓸 수밖에 없구나'라고 말한 점(「濯纓世家 維義堂」, 『탁영선생연보』, 회상사, 1994, 68면 참조.)은 김일손에게 앞으로 닥쳐올 비극을 암시하는 듯하다.

504) 최정락, 「영·호남 문학의 특성 고찰」, 『어문학』 50, 1989, 325면 참고.

라는 국가적 위기에 영남지방을 지키는 성윤문(成允文)의 문하에서 장병
들을 격려하는 〈태평사〉 등을 짓고 전란 후에는 고향에 은거하며 당대
의 학자들과 교류하며 〈누항사〉 등을 지어서 자신의 삶을 진솔하게 노
래하였다. 그는 임진왜란에 출병하여 누란의 위기에 처한 당대의 상황을
누구보다도 절실하게 체험하였지만, 유교적인 가치관을 지키는 자세는
전후에도 흔들림이 없이 유지하려고 하였다. 그가 남긴 작품에서 임진왜
란에 참전한 무부(武夫)로서의 긍지의 표현과 전란 후의 빈궁한 삶의 절
실한 묘사가 나타나기도 하지만, 유교적인 윤리의 구현에 그 초점이 드
러나기도 했다는 평가505)도 이점을 지적한 것이라 말할 수 있겠다.

  그런데 박인로가 작품에서 지향하였던 바는 유학적 가치이거나 유가
적인 생활의 이상이었다.506) 이러한 지향성은 그가 창작한 문학작품에서
도 잘 드러나고 있다. 즉 한자어를 자주 동원하여 이러한 이념과 가치
지향을 개념화하는 어구가 빈발하게 나타나게 된다. 앞에서도 살핀 바와
같이 이점은 호남지방 출신이거나 지역적 연고를 지닌 정철(鄭澈)과 윤
선도(尹善道)507)가 창작한 문학작품과 비교할 때에 더욱 선명하게 대비
된다. 즉 이점은 정철과 윤선도는 우리 고유어를 활용하여 정서와 감성
을 표출하는 지향성을 보이는 바와 상호 비교될 수 있는 것이다.508) 이
는 일반화와 개념화를 지향하는 경향성과 구체화와 형상화를 지향하는

---

505) 위의 논문, 313-314면 참고.
506) 박인로가 이덕형(李德馨)을 위하여 지었다는 〈사제곡〉(沙堤曲)이나 성리학에
    서 이황의 선배인 이언적(李彦迪)을 모시는 옥산서원(玉山書院)을 돌아보고
    지은 〈독락당〉(獨樂堂) 등의 작품에서 이러한 지향은 잘 드러나 있다.
507) 정철은 서울에서 태어났지만 그의 고향은 전라도 담양이었고 그가 문학활동을
    한 배경이 이 지역 문화와 연계되어 있으며, 윤선도는 전라도 해남이 그의 고향
    이었고 이곳과 보길도가 문학활동의 배경이 되었다.
508) 이에 대해서는 아래의 논의가 참고될 만하다. 최정락, 「영 · 호남 문학의 특성
    고찰」, 『어문학』 50, 1989.

정신적 경향성의 차이와 일정한 맥락적 상관관계를 생각하게 하는 일
이다.

　박인로가 그가 지은 문학작품에서 드러내고 있었던 지향성을 구체적
으로 살펴보기 위해서는 직접 작품의 한 부분을 살펴볼 필요가 있다. 다
음에서 이러한 점이 잘 드러나고 있는 바, 이를 살펴보기로 한다.

> 다) 빈곤(貧困)흔 인생(人生)이 천지간(天地間)의 나쑨이라 기한(飢寒)이 절
> 신(切身)하다 일단심(一丹心)을 이질는가 분의망신(奮義忘身)흐야 죽어
> 야 말녀 너겨 우탁우낭(于橐于囊)의 줌줌이 모와 녀코 병과오재(兵戈五
> 載)예 감사심(敢死心)을 가져 이셔 이시섭혈(履尸涉血)흐야 몃 백전(百
> 戰)을 지닉연고509)

> 라) 대하연당(臺下蓮塘)의 세우(細雨) 잠깐 지닉가니 벽옥(碧玉) ᄀᆞᆺ흔 너분
> 입헤 흐치ᄂᆞ니 명주(明珠)로다 이러한 정경(情景)을 보암즉도 흐다마는
> 염계(濂溪) 가신 후(後)에 몃몃 히를 디닌 게오 의구청신(依舊淸新)이
> 다믄 혼자 남아고야510)

　위의 다)글은 박인로의 삶이 넉넉하지 않다는 점과 그러한 장애에도
임진왜란이라는 국난에 참전하였다는 점을 노래하는 부분이다. 즉 '빈곤
(貧困)흔 인생(人生)이 천지간(天地間)의 나쑨이라 기한(飢寒)이 절신(切
身)하다 일단심(一丹心)을 이질는가'라는 부분에서는 그의 빈곤한 삶에
대한 서술과 이를 극복하려는 의지가 나타나고 있다. 또한 '분의망신(奮
義忘身)흐야 죽어야 말녀 너겨 우탁우낭(于橐于囊)의 줌줌이 모와 녀코
병과오재(兵戈五載)예 감사심(敢死心)을 가져 이셔 이시섭혈(履尸涉血)

---

509) 『노계집』(蘆溪集) 곤(坤), 7면 참조.
510) 위의 책, 14-15면 참조.

ᄒ야 몃 백전(百戰)을 지닉연고'라는 부분에서는 박인로가 처한 현실적인 어려움에도 불구하고 임진왜란에 참전하는 경비를 자담하고 목숨을 걸고 전투장에 나가서 용감하게 전투를 벌였던 전란 체험이 노래된다. 이는 '분의망신(奮義忘身)ᄒ야 죽어야 말녀'라는 구절에서 그의 비장한 자세를 표현하고 있다는 점에서 확인되는 일이다. 라)글은 박인로가 영남 사림파 출신의 관료였던 이언적(李彦迪)이 세운 독락당(獨樂堂)을 둘러보고 그의 학문과 독락당의 풍광을 연계해서 노래한 부분이다. 여기서는 그 풍광이 조화되고 균제된 질서를 갖춘 아름다운 자연으로 제시된다.[511] 이것은 조화와 균제가 잘 갖추어진 이상적인 세계가 빚어내는 우아한 미감(美感)을 느끼게 해주고 있는데 이는 양반사대부의 자연인식의 한 전형을 보여주는 것이라 할 수 있다.

다)글과 라)글에서 나타나는 박인로의 세계인식이 유교적인 세계인식에 기초를 두고 있다는 점은 이론의 여지가 없는 일이다. 그런데 이들 작품의 외형이 보이는 특징은 주목되는 바 있다. 두 부분 모두 한자나 한문의 전고(典故)나 고사(故事) 등으로 이루어진 생경한 표현구들이 자주 등장하고 있다. 이러한 현상이 미학적인 것보다 이념적인 것의 표출에서 나온 것이라는 지적[512]은 박인로 작품의 외형적 특징을 이해하려는 노력으로 보인다. 이러한 외형적 특징은 호남지역 출신의 문인들이 남긴 작품의 외형과는 대조적으로 차별성을 내보이는 것이 아닐 수 없다. 정철이나 윤선도가 유교적인 이념 지향을 지니고 있지 않거나 사회적인 갈등을 겪지 않아서 그들이 남긴 작품들이 정서적 지향성 쪽으로만 흘렀다

---

511) 서종문, 「박인로 문학세계의 현실적 토대와 세계인식」, 『지역사회와 민족운동』, 지방사회연구회, 한길사, 1987, 151면.
512) 최정락, 「영·호남 문학의 특성 고찰」, 『어문학』 50, 1989, 314면 참고.

고 볼 수 없는 일이다.[513] 다만 이들이 남긴 작품에서 보였던 지향성과 이 지역 출신의 박인로가 그의 작품 속에서 드러냈던 지향성의 정신사적 방향성이 다르게 나타나고 있었다는 점을 주목하자는 것이다.

이 지역에서 우리보다 훨씬 먼저 살아간 지식인들이 보였던 정신사적 방향성의 하나가 이 지역의 사람들의 기개와 자세뿐만 아니라, 그들이 추구했던 가치와 실현시키고자 했던 목표에 대한 꿋꿋한 정신 등에서 나타나고 있다는 점이 김종직에서 김일손과 김굉필에 이르는 유학자들이 남긴 발자취에서 확인되었다. 그들은 관직에 나아가서도 이러한 자세를 보이는 언행으로 주목을 받았거니와 고향에서 제자를 키우면서 이러한 기풍을 전수하면서 이 지역의 정신사적 지향성을 역사적으로 잇게 만들었다.[514] 이들이 이어나간 정신적 지향은 이 지역에서 어떤 유풍으로 남았는가. 이들이 학문적 경향성은 경학 위주의 위기지학(爲己之學)과 이 바탕 위에서 사장(詞章)을 더 연마하여 치인지학(治人之學)의 두 가지의 경향성을 함께 보여주었다.[515]

---

513) 윤선도의 여러 작품 가운데 자연 지향성을 잘 드러낸 것으로 보이는 어부사시사(漁父四時詞)조차도 자연 속에 이룰 수 있는 개인과 자연과의 조화가 사회에서도 이루어지기를 갈망하는 정서를 깔고 있거나, 그것이 이를 통합하는 우주적 자연(天)을 중심축으로 하고 있다는 논의(성기옥, 「고산시가에 나타난 자연인식의 기본 틀」, 『고산시가에 나타난 자연인식의 기본 틀』, 도서출판 심미안, 2006, 41면, 49면 참고.)도 윤선도 작품의 정서 지향성은 부정하고 있지는 않다.

514) 경북 현풍 출신의 김굉필(金宏弼)의 성품을 '현풍현(玄風縣)에 태리산(台離山)이라고 부르는 산이 있는데, 선생이 이 산 밑에 살았으므로 당시 사람들이 선생 때문에 대니(戴尼)라고 불렀다. 그가 성인의 도를 높이 받듦이 마치 〈머리에〉 이는 것 같음을 말한 것이다.(玄風縣有俗號台離山 先生居此山下 時人以先生之故 號爲戴尼 言其尊奉聖道若戴也)'라고 말하고, 그가 제자를 기른 점에 대해서 '선생은 후배를 가르쳐 인도하는 것을 자기의 임무로 삼았다. 먼 데 가까운 데서 소문을 듣고 모여온 학도들이 집안에 차고 날마다 경서를 가지고 당(堂)에 오르므로 자리가 좁아 다 수용할 수가 없었다.(先生以訓迪後生爲己任 遠近聞風來集 學徒塡溢 每日執經升堂 坐不能容)'라고 쓰여 있다.(海東雜錄 卷 二, 『고전국역총서』 52, 민족문화추진회, 1971, 36면, 200-201면 참조.)

김종직과 김일손으로 이어지는 도학파의 학풍은 자신을 엄격하게 정립하는 위기지학과 이를 바탕으로 임금을 계몽하여 올바른 정치를 펼치려는 치인지학의 실현을 위해서 몰두하는 경향을 지녔다. 이는 오늘날의 학문의 방향성에서 가치와 윤리를 생각하게 만드는 바가 있다. 서양학문에서 가치의 중립성이 객관성을 담보하는 것으로 이해된 후[516] 학문하는 태도나 자세에서 가치 판단의 중립성은 하나의 기준처럼 영향을 미치고 있다. 그러하나 오늘날의 학문 연구에서 엄정한 윤리성과 그것의 가치성은 검증되고 검토되어야 할 일로 보인다. 최근의 황우석 박사 팀의 줄기세포 연구 파동에서 우리는 이를 실감하고 있는 형편이다. 좀 다른 측면에서 최근의 가짜 학력과 학위 파동도 우리가 학문 연구와 교육에서 윤리적 가치와 엄정한 자세를 소홀하게 여겨온 결과의 하나로 받아들일 만한 일이다.

다른 쪽으로는 우리 지역 출신의 박인로가 지어 남긴 문학 작품과 호남 출신의 문인들인 윤선도와 정철이 지어서 남긴 문학작품에서 서로 다른 지향성을 보인다는 점이 확인되었다. 즉 박인로는 문학작품에서 한자어 등을 동원하여 유교적 세계인식을 강하게 드러내었는데, 이는 비슷한 시기를 살다간 호남 출신의 문인들이 남긴 작품에서 드러내고자 하는 경향과는 차별성을 지니는 것이었다. 여기서는 정서지향적인 호남 문인들의 작품적 경향과 박인로의 이념지향적 작품의 지향성이 그 차별성의 갈

515) 김종직이 김굉필 등에게는 자신의 몸과 마음을 닦는 학문의 입문을 「소학(小學)」으로 시작하고, 김일손 등에게는 한문(韓文)을 교수한 사실에서 이러한 두 경향을 살펴낼 수가 있다.(이병휴, 「조선초기의 사림파와 탁영의 현실인식 및 대응」, 『탁영 김일손의 문학과 사상』, 영남대민족문화연구소, 1998, 23면.)

516) 이는 Max Weber가 과학의 기초 구축에는 어떠한 가치 판단도 개입하지 않아야 한다는 가치중립(Wertfrei)을 주장한 이래 학문의 연구의 일반적인 태도나 자세에 커다란 영향을 미친 것에서 비롯되었다.

림길을 제시하고 있는 셈이다.

　김일손과 박인로 등이 보이는 정신적 지향성은 가치 실현 지향성과 이념적 지향성으로 정리할 수 있겠다. 여기서 우리는 이 지역 지식인들이 일반화와 개념화를 지향하는 이념 추구적인 의식이 강하다는 점을 읽어낼 수도 있겠다. 이러한 경향성은 학문하는 사고에 필수적인 정신활동의 지향성과 친연성을 지닌다. 우리 지역에서 안향을 받드는 서원을 주세붕이 세운 뒤에 이황이 도산서원에서 스스로 공부하고 탐구하여 축적한 학문적 성과를 후학들에게 가르쳐서 지적 산물이 확대 재생산되는 일이 어느 지역보다도 현저하게 이루어진 것은 이러한 정신적 지향성과도 일정한 관련성을 지니고 있는 일로 보인다. 또한 이 지역에서는 길재에서 김종직과 김일손에게 이어지는 학풍이 유교적 가치를 실현하는 전통이 확립되었다. 이것은 성리학을 중심으로 이루어지는 학문적 지향성을 어떠한 역경에도 굳건하게 지켜야 된다는 태도와 자세를 견지하게 만드는 토대를 마련하였다.

4) 인식의 새로운 지평을 열었던 사람들 – 일연과 최제우

　일정한 정신적 경향이 경직화되면 여러 가지의 부작용이 생겨나게 마련이다. 대구 · 경북 지역의 선인들이 보여준 정신사적 전개는 이 지역이 지식 생산의 역사적 근거를 분명하게 찾게 만드는 바를 잘 보여주고 있다. 이는 앞장에서 이러한 정신사적 전개의 거점적인 인물들의 활동과 그 성과를 검토하는 과정에서 이미 확인되었다고 본다. 그런데 일정한 한계점도 보여주었다고 말할 수 있겠다. 특히 유학이 성리학이라는 분야에서 천착됨으로써 깊이 있는 학문적 탐색도 이루어질 수 있었지만, 동시에 정신활동이 협애하게 경직화되는 현상도 야기하게 되었다. 이것은 이기(理氣)철학의 담론이 궁극적으로 부딪친 한계이기도 하였다. 물론 이 지역의 성리학자 모두가 주자의 논의 속에 함몰되어 있었다고 보는 것은 아니다.517) 그러하나 이 지역의 지적 담론이 조선조에 들어와서는 성리학의 얼개 속에서 일정한 속박을 받아왔다는 점도 부인할 수 없는 일이다.

그렇다면 대구 · 경북 지역의 선인들은 이렇게 막힌 국면에 머물러만 있었던 것인가. 이 질문에 그렇지 않다고 대답하며 다가오는 인물들이 있다. 일연(一然)과 최제우(崔濟愚)가 그런 사람들이다. 경북 경산에서 태어나서 군위 인각사(麟角寺)에서 일연은 기록과 역사적 산물이 다 무상(無常)한 색계(色界)에 속한 것이라는 불교적인 통념을 뛰어넘는 정신적 지향성을 「삼국유사」(三國遺事)를 저술하는 행위를 통해서 보여주었다. 이것은 선(禪)과 교(敎)라는 불교적 세계 탐색의 양대 측면의 어느 한쪽을 잡았다기보다는 불교적 세계의 초월적 지향성을 역사라는 경험적 공간 속에서 붙잡아 두려는 일연의 의식을 구현한 결과로 볼 수 있는 일이다.

먼저 일연이 이 지역 출신의 지식인으로서 수행했던 바를 살펴보기로 하자. 일연은 무신들이 실세로 집정하던 고려 희종(熙宗) 2년에 경주 장산현(章山縣)(현재의 경북 경산시)에 태어났다. 그는 아홉 살 되던 해에 해양(海陽)의 무량사(이 절은 광주에 있었던 것으로 전해진다)로 들어가서 공부를 하고 열네 살 되던 해에 설악산 진전사(陣田寺)로 출가하여 대웅장

---

517) 예컨대 이황(李滉)의 선배인 이언적(李彦迪)이 대학장구보유(大學章句補遺)와 속대학혹문(續大學或問)이란 저서를 통해서 주자(朱子)를 비판적으로 연구하려 한 점이 그것이다.(이동희, 「회재 이언적의 경학사상」, 『조선조 유학사상의 탐구』, 여강출판사, 1988, 71-75면 참고.)

로(大雄長老)로부터 구족계(具足戒)를 받았다. 거기서 그는 가지산문(迦智山門)과 인연을 맺었으며, 그 뒤에 여러 선문을 방문하면서 수행을 하였던 것이다. 그의 명망은 이미 20대 초반에 여러 사람에게 알려져서 많은 사람들의 추대로 구산문(九山門) 사선(四禪)의 우두머리로 인정받게 된다.[518]

그가 태어난 이 고장의 사찰과 인연을 맺게 된 것은 그가 20대 후반에 승과의 최고 시험인 선불장(選佛場)에서 상상과(上上科)에 합격한 후(서기 1227년) 현풍 비슬산의 보당암(寶幢庵)에 옮겨 수행에 정진함으로써 이 지역의 수도도량과 인연의 끈을 잇게 된 후였다. 1237년에 비슬산 묘문암에 주석으로 있을 때에 조정에서는 그에게 삼중대사(三重大師)의 승계(僧階)를 내리게 된다. 1249년에 정안(鄭晏)이 영남지방의 남해에 정림사(定林寺)를 세우고[519] 일연을 초대하자 일연은 그곳으로 옮겨 10년을 살았다. 이 기간 중에 대장경을 간행하는 경판조조 남해분사의 작업에 참여하였다. 1256년에는 남해의 윤산(輪山)의 길상암[520]에 옮겨서 「중편조동오위」(重編曹洞五位) 편찬하여 1260년에 두 권으로 펴내었다.

1264년에 일연이 경북 영일의 오어사(珸魚寺)로 옮겼다가 비슬산의 인홍사(仁弘寺)의 주석으로 갔고, 이절을 중수하기 위해 조정에 아뢰자, 원종(元宗)은 절이름을 인홍사(仁興寺)로 바꾸고 친필로 제액(題額)을 하사하는 등의 지원을 하게 되었다. 1277년에 왕명에 의해서 청도의 운문사(雲門寺)에 주석으로 취임하였고 1284년에 경북 군위의 인각사(麟角

---

518) 박진태 외,『삼국유사의 종합적 연구』, 박이정, 2002, 44-45면 참고.
519) 정안(鄭晏)은 당시의 실권자였던 최우의 생질로서 과거를 주관하는 동지공거(同知貢擧)의 벼슬에 앉았다가 최우의 횡포가 심해지자, 고향인 하동에 가까운 남해로 물러나서 정림사를 세워서 사비를 털어 대장경의 일부를 간행하기도 하였다.
520) 어떤 연구에서는 일연이 지리산 길상암에서 이 작업을 한 것으로 나와 있다.

寺)의 주석으로 머물면서 「삼국유사」(三國遺事)를 저술하게 된다. 여기서 왕으로부터 국존으로 추존되고 구산문의 승려를 두 번이나 모아서 구산문도회(九山門都會)를 개최하였다.[521] 그는 1289년 세속의 나이로 84세 되던 해에 인각사에서 그 생애를 마치게 된다.

「삼국유사」를 통해서 일연이 남긴 바가 무엇이었는가는 전문적인 논의가 계속되어 왔지만, 여기서는 그가 남긴 지식담론의 특징이 어떠한 지향을 지녔는가를 중심으로 살펴보려고 한다. 「삼국유사」가 내보이는 성격이 단순하게 파악되지 않는다는 게 이러한 이해를 쉽지 않게 하지만, 오히려 이는 이 책에 대한 이해를 통합적으로 수행해야 한다는 지표를 내보이는 일이기도 하다. 우선 이 책은 불승이 세속적인 역사에 대한 이해를 보이고 있다는 점에서부터 이러한 이해의 단초를 이끌어낼 필요가 있다. 그가 살아갔던 시기는 매우 혼란하고 어려운 시대였다. 무신란의 언저리에서 몽고의 침입에 이르는 시기를 살아간 그로서는 역사에 관심을 가지는 것은 어쩌면 당연한 일로 생각할 수 있다. 그런데 그의 역사인식을 보여주는 바에서 그가 신성한 초월세계를 지향하는 승려로서 세속세계의 역사 속으로 들여다보게 되는 점을 알아보기로 하자.

　　대체로 옛날 성인이 예악으로 나라를 일으키고 인의로 가르침을 베푸는 데 있어서 괴력난신(怪力亂神)은 말하지 않았다. 그러나 장차 제왕이 일어나는 때에는 부명(符命)과 도록(圖錄)을 받았으니 이는 반드시 남다른 점이 있었음을 보이는 것이다. 그런 뒤에 능히 큰 변화를 타고, 대기를 잡고 대업을 이룰 수가 있는 것이다.……그런즉 삼국의 시조가 모두 신이한 데서 나왔다는 것이 무엇이 그리 괴이 하겠는가(大抵古之聖人 方其禮樂興邦 仁義設敎 則怪力亂神 在所不言 然而帝王之將興也 膺符命 受圖錄 必有以

---

521) 박진태 외, 앞의 책, 45-48면 참고.

異於人者 然後能乘大變 握大器 成大業也……然則三國之始祖 皆發乎
神異 何足怪哉)522)

위의 글은 일연이 「삼국유사」의 서문으로 붙인 것이어서 그의 저술
의도와 역사에 대한 이해를 그대로 드러내는 부분이 아닐 수 없다. 여기
서 우리는 일연이 세속적 역사적 공간 안에 신성한 표지를 현실적 존재
로 인식하고 있다는 점을 알아차릴 수 있다. 즉 '장차 제왕이 일어나는
때에는 부명(符命)과 도록(圖籙)을 받았으니 이는 반드시 남다른 점이 있
었음을 보이는 것이다. 그런 뒤에 능히 큰 변화를 타고, 대기를 잡고 대
업을 이룰 수가 있는 것이다'라는 구절에서 이를 확인할 수 있는 것이다.
이런 선상에서 그는 우리나라 역사의 공간 속에 신성한 공간을 겹치도록
배치하는 작업을 전개한 셈이다.523)

이러한 역사 인식은 몽고라는 거대한 외침세력에 의해 나라가 크게 위
협 당하고 이를 불력으로 극복하자는 운동이 일어났던 점과 관련하여 이
해할 필요가 있다. 대장경판의 판각 사업을 벌이고 이 일에 참여한 일연
으로서는 불승이 추구하는 초월적 진리의 세계와 온 나라의 사람들이 염
원하는 현실적 안존의 세계를 아우를 수 있는 관점을 확보할 요청에 직
면했을 터이다. 그는 기존의 이해 방식이나 숭앙태도로는 이러한 관점을
획득하기 어렵다는 점을 깨달았을 것이다. 그는 그가 신봉하고 있었던
불교적 세계관을 벗어나는 것이라도 이러한 관점을 얻기 위해서는 필요
하다면 채택해야 된다는 생각을 했던 것 같다. 「삼국유사」의 '혜통이 용

---

522) 원문은 이병도 역주, 『삼국유사』, 광조출판사, 1976, 27면을 참조하였으나 번역
은 필자가 적절하게 수정하였다.
523) 이러한 역사인식은 중국의 역사기술의 이중적 전범을 활용하여 우리 역사를 스
스로 존중하게 만드는 역사인식으로 보기도 한다.(고운기, 『일연과 삼국유사
의 시대』, 도서출판 월인, 2001, 36-38면 참고.)

을 항복시키다(惠通降龍)'에서 혜통이 당나라의 왕녀와 신라의 왕녀의 병
을 고쳐 준다든지, 독룡을 쫓고 그것이 변한 곰신의 횡포를 차단하는 이
적을 행하는 부분524)이나 '혜숙(惠宿)과 혜공(惠空)이 함께 진흙에 있다
(二惠同塵)'에서 혜숙이 환영으로 고기를 먹고 여자와 자는 장면을 보이
거나, 혜공이 술 취해서 노래하며 다니면서도 이적을 보이는 사적525)을
수록하는 자세에서는 정통의 불교의 관점에서 벗어나는 시각이 드러나
고 있다.

　일연이 「삼국유사」를 기술할 때에 그 자신이 추구하는 불교의 관점에
서 일탈하는 인물의 행동과 사건을 기술하게 되는 까닭을 어떻게 설명할
수 있을 것인가. 이것이 불교가 전래되기 전의 전통적인 신앙인 무교(巫
敎)와 불교가 습합되어 나타나는 세속적인 불교를 보여주는 사례로만 받
아들일 것인가.526) 혹은 일연이 「삼국유사」를 통하여 신이사관(神異史
觀)을 드러내는 바,527) 이것도 그러한 범주에 속하는 사례로 이해할 것인
가. 그런데 일연의 일탈적 관점은 개별적 사안에 국한하여 이해할 일은
아닌 것 같다. 그가 살아간 시대가 그에게 요구하는 시대적 요청에 부응
하는 의식의 소산으로 이점을 이해하려할 때에 이점은 명쾌하게 설명될
수 있을 것으로 예상된다.

　일연이 살아간 시대는 안으로는 무신정권에 의해 국정이 농단되고 농

---

524) 이는 「삼국유사」의 〈보양이목(寶壤梨木)〉에서 보양이라는 중이 절 앞의 용소
　　에 있는 이목(璃目)이라는 용에게 배나무에 물을 주도록 명령을 내리는 것과 비
　　교된다.(이병도역주, 『삼국유사』, 광조출판사, 1976, 386면 참고.)
525) 위의 책, 392-396면 참고.
526) 이러한 해석은 다음에서 살필 수 있다.
　　고운기, 『일연과 삼국유사』의 시대, 도서출판 월인, 2001, 199-212면 참고.
527) 일연이 삼국유사를 통해서 신이사관을 드러내었다는 견해는 아래에서 확인할 수
　　있다.
　　박진태 외, 『삼국유사의 종합적 연구』, 박이정, 2002, 77면, 414-415면 참고.

민은 귀족들의 토지확대의 생산력의 수단으로 몰려나가서 어려운 삶을 지속하던 시기였고,[528] 밖으로는 몽고족이 세운 원나라가 세계 최대의 정복국가로서 고려를 오랜 세월에 걸쳐 침략해서 굴복시킨 시기에 걸쳐 있었다. 이러한 시기를 불승으로서 살아가면서 깨달음의 세계를 추구한 일연은 범상하거나 일반적인 관점이나 사고로서는 이러한 비상한 국면을 타개할 수 없었다는 점을 누구보다도 절박하게 각성하였을 것으로 생각된다. 비상한 국면을 타개하는 데에는 이모저모로 궁리하는 일도 있었을 터이요, 그러한 과정에서 깨달은 바가 상식이나 관습적인 사고를 벗어나는 것일 수도 있는 법이다.

「삼국유사」에서 일연이 다면적인 역사 이해를 보여 주었으며, 새롭게 자각된 역사의식을 어느 저술보다도 더욱 포괄적으로 철저하게 나타내고 있다는 말[529]도 일연의 모색과 그 결과를 요약하고 있는 셈이다. 그리하여 그는 김부식이 「삼국사기」에서 빠뜨리거나 소홀히 다룬 역사의 아득한 곳에서 높고 낮은 자리에 선 모든 사람의 역사를 세속과 초월의 공간적 개방을 통해서 통합해내어 이 위기를 극복한 안목을 드러내려 했던 것이다.[530] 그 때문에 그는 승려이면서 세속인의 안목을 함께 아우르고, 고귀한 신분이면서 미천한 신분의 자리에 서는 자세를 보여주면서

---

528) 일연보다 조금 먼저 살다간 이규보(李奎報)는 〈문국령농향청주백반(聞國令禁農餉清酒白飯)〉과 〈문군수수인이장피죄(聞郡守數人以以臟被罪)〉란 제목의 한시 작품에서 이러한 농민의 처지를 절실하게 형상화하였다.(조동일,『한국문학통사』 2, 지식산업사, 2005, 32-33면 참조.)
529) 조동일, 위의 책, 96면 참고.
530) 이는 원효가 당나라로 들어가다가 무덤 속에서 체험하면서 깨달은 바 성(聖)과 속(俗)이 둘이 아니고 하나라는 세계인식과 상통하면서도 차별성을 보이는 것이다. 원효는 개별적인 차원에서 이를 깨달은 것이라면, 일연은 당대 사람들 전체의 차원에서 초월과 경험의 분리를 일치시키는 역사적 공간을 〈삼국유사〉에서 획득하려 했던 것 같다.

이 책을 서술했던 것이다.

조선의 끝자락이 조선의 종주국으로 자처했던 중국이라는 구세력과 서양의 문명을 덧입고 성장한 일본이라는 신세력 사이에서 한없이 뒤채일 때에 경북 경주의 한 자락에서 최제우는 조선의 운명이 다 끝나가는 기미를 알아차리고 동학(東學)이라는 기치를 세워 이를 붙들어 보려 했다. 그는 전래되는 선인들의 깨달음을 새 시대에 맞는 그릇에 담으면서 이 위기를 탈출할 정신의 새로운 조망대를 세우려 했다. 그가 '사람이 하늘이다'라고 부르짖으면서 정신의 개벽(開闢)을 연 것은 그 의식의 깊은 곳에 단군신화에 나타난 바와 같이 한울님의 둘째 아들이 이 세상을 탐내어 내려와서는 널리 사람들을 이롭게 하리라는 홍익인간(弘益人間)의 이념이 뿌리를 내렸던 점과 관련이 있을 터이다. 그는 서양의 기독교적인 세계관에서 하느님과 인간 사이에 건널 수 없는 심연이 가로막고 있는데 이를 예수를 통해서 이을 수 있다는 생각을 확 바꾸어 사람과 한울님 사이에 간격을 한꺼번에 무너뜨리는 인내천(人乃天) 사상을 고안해 내었던 것이다.

최제우가 삶을 부여받은 시기는 조선왕조가 멸망을 향해 내리막길을 내려가는 때였다. 최제우는 순조 24년(서기 1824년) 경북 경주군의 현곡면의 가정(柯亭) 마을에서 최옥(崔鋈)이라는 몰락양반의 늦둥이로 태어난다. 그의 아버지가 과거에 여러 번 응시했다가 낙방하였고 최제우를 낳은 한씨 부인과의 인연을 전하는 이야기가 구비전승에도 나온다.[531] 열 살이 되던 해에 어머니를 사별하고 연로한 아버지에게 한학을 배운다. 이 시기의 혼인 풍습에 따라 열세 살에 울산 출신의 박씨 처자에게

---

531) 강은해, 「인물 설화에서 살펴 본 대구 · 경북의 문화원류」, 『한민족어문학』 48, 한민족어문학회, 2006, 43-44면 참조.

장가를 들게 된다. 열일곱 살 때에 그의 아버지마저 사별하고 그는 여기 저기 떠돌아다니면서 장사도 하고 의학과 점술 등에 관심을 보이기도 하 였다. 최제우는 이런 과정을 통하여 기울어져 가는 나라의 형편이며, 서 양에서 전래된 서학(西學)에 관심을 보기도 했을 터이다.[532]

조선조 말기를 살아가면서 그 시대의 고민을 해결할 방안을 모색하는 일을 자신의 사명으로 생각한 최제우는 1855년 이인(異人)으로부터 천서 (天書)를 한 권 받고[533], 그 이듬해 양산에 있는 천성산(天聖山)에 들어 가서 49일간을 정하여 기도를 드리게 된다. 그러한 기구의 생활을 계속 하는 중 1860년 4월 5일 그는 종교적 체험의 극한인 신 내림을 겪게 된 다. 이는 그의 내부와 하늘이 감응하여 서로 교통하는 것과 같은 체험이 었다.[534]

이러한 종교적 체험을 겪은 후 최제우는 1861년부터 본격적으로 포교

---

532) 이는 『동경대전』에 '경신년 사월에 이르러 천하가 분란하고 민심이 효박하여 어 찌할 바를 모를 즈음에, 또한 어긋나는 괴상한 말이 세간에 떠들썩하되 "서양 사람은 도성입덕(道成立德)이 되어 그 조화로써 일을 이루지 못함이 없고 무기 로 침공함에 당할 사람이 없다 하니, 중국이 소멸하면 순망(脣亡)의 환(患)이 없겠는가. 도무지 다른 연고가 아니라 이 사람들은 도를 서도라 하고 학을 천주 학이라 하고, 교는 성교(聖敎)니 이것이 천시(天時)를 알고 천명을 받은 것이 아니겠는가." 이런 것을 일일이 들어 생각하니 내 또한 두렵게 여겨 다만 늦게 태어난 것을 한탄할 즈음에'라고 적혀 있는 것이 이를 보여준다.(윤석산, 『수운 최제우 평전』, 동학사, 1996, 41-42면 재인용.)

533) 이 해가 을묘(乙卯)년이라 최제우가 이인으로부터 받은 천서를 을묘천서(乙卯 天書)라 한다.(윤석산, 위의 책, 52면 참고.)

534) 이는 구체적으로 이렇게 묘사된다. '이런 지경에 문득 천지를 진동하듯 커다란 소리가 어디에선가 들려오고 있었다. …… "두려워하지 말고 놀라지 말라. 세상 사람들이 나를 상제(上帝)라고 부르는데, 너는 상제를 아느냐?" 그 소리의 주인 이나, 진의를 알지 못하여 어리둥절하고 있는데, "나 또한 오만 년 동안 세상을 구할 사람을 만나고자 노력을 해왔는데, 아무 이룬 공이 없었다. 그래서 세상에 너를 내어 사람들에게 나의 법을 가르치고자 하니, 의심하지 마라." 하니 비로소 수운은 이가 다름 아닌, 바로 자신이 애타게 부르며 듣고 싶어 했던 한울님의 목소리임을 알게 되고 마음 가다듬고…운운(윤석산, 위의 책, 72-74면 참고.)

활동에 들어갔다. 그가 퍼뜨리는 동학이 세력을 확장하자, 유림에서는 그 내용으로 보아서 서양에서 들어온 서학과 다름없다는 비난을 가하게 된다. 1862년에는 고향으로 돌아가서 자신이 깨달은 바를 체계적으로 정리하기 시작하였다. 여기서 〈논학문〉(論學問), 〈안심가〉(安心歌), 〈교훈가〉, 〈도수사〉(道修詞)를 짓게 된다. 그의 가르침을 받고자 하는 사람들이 늘어나자, 전국 각지에 접(接)을 두고 접주(接主)가 관내의 신도를 다스리게 했는데, 1863년에 교인 3000여명, 접수 13개소를 확보하게 된다. 이 해에 그는 최시형(崔時亨)을 북접주인으로 정하였다가, 도통을 전수하여 제 2대 교주로 삼았다. 동학의 교세와 가르침에 놀란 관헌에 체포되어 1864년 대구감영에서 심문받고, 3월 10일 사도난정(邪道亂正)의 죄목으로 대구장대(大邱將臺)에서 41세의 나이로 효수형에 처해져 삶을 마감한다.

한 시대가 격변을 겪고 이전에 없었던 변화를 일으킬 때에 이러한 기미를 미리 느끼거나 알아차리고 이에 깊이 고민하면서 대처하고자 하는 사람이 나타날 경우에 우리는 이런 사람을 역사적 개인이라고 부를 수 있다. 최제우는 그가 생각하고 행동한 일을 살펴볼 때에 역사적 개인이라는 호칭에 잘 어울리는 사람이라 할 수 있겠다. 그가 생각한 것은 '옛적에도 없으며 지금도 없는 독창적인 도이며 만고에 없는 법'(논학문)이어서 그 학은 동학이고 그 도는 천도라는 것이다. 이와 같은 최제우의 발언은 그가 생각한 것이 주체적이고 독창적이면서도 보편적인 성격을 지닌 진리라는 확신을 내보이는 것이었다.[535] 그러면서도 그의 사상이 동양의 유 · 불 · 선의 개념들을 폭넓게 사용하여 드러낸 바는 종합적인

---

535) 오문환, 「수운 최제우에 대한 연구현황」, 『수운 최제우』, 예문서원, 2005, 25면 참고.

면모를 지니고 있기도 하다. 뿐만 아니라 그가 최고의 존재자인 신 관념을 나타내기 위해서 사용한 상제라는 명칭과 한울님이라는 호칭과 그 의미로 인하여 그의 신관이 기독교의 신관과 비교되기도 한다. 즉 그의 신관에는 신과 인간과 우주를 아울러 일체자로 인식하는 진화론적 신관을 통섭하는 존재자가 나타난다고 한 점이다.[536]

최제우가 생각한 것이 종교적인 영역과 사상의 범주 안에만 이해될 일은 아니다. 왜냐하면 그는 당시의 국시를 파괴하려는 국사범으로 사형을 받았을 뿐만 아니라, 그의 가르침을 받들던 동학교도들은 농민전쟁을 일으킬 만큼 당대의 현실을 혁파하려는 운동의 방향을 제시했기 때문이다. 이점은 그가 남긴 〈검결〉(劍訣)이란 작품을 통해서 살펴볼 수 있다.

시호시호(時乎時乎) 이내 시호 부재래지(不再來之) 시호로다 만세일지
장부로서 오만년지 시호로다 용천검(龍泉劍) 드는 칼을 아니 쓰고 무엇하리
무수장삼(舞袖長杉) 떨쳐입고 이 칼 저 칼 넌즛 들어 호호망망 넓은 천지
일신(一身)으로 비껴 서서 칼노래 한 곡조를 시호시호 불러내니 용천검(龍
泉劍) 날랜 칼은 일월을 희롱하고 게으른 무수장삼(舞袖長杉) 우주를 덮여
있네 만고명장 어디 있나 장부당전(丈夫當前) 무장사(無壯士)라 좋을시고
좋을시고 이 내 신명 좋을시고[537]

〈검결〉에서 최제우가 나타내고자 한 의식이 변혁의 전의를 다지는 상징이 아니라 새로운 변혁의 시대인 후천개벽을 열기 위한 고양된 정신의 높은 상징이며 여기서 드러나는 신명과 희열은 종교적 각성을 통해 도달하려는 희열과 신명이며 동시에 후천개벽을 열어 가고자 하는 모든 민중

536) 김용해, 「그리스도교와 천도교의 신관비교」, 위의 책, 243면 참고.
537) 윤석산, 『동학사상과 한국문학』, 한양대출판부, 1999, 177-178면 재인용.

들의 높은 열망의 다른 표현이라는 해석538)이 있다. 이러한 해석에 의하면 〈검결〉의 의미는 종교적인 측면에서만 이해될 수 있는 일이다. 그런데 이 작품은 최제우가 대구감영에서 취조를 받을 때에 반역을 꾀하는 노래와 춤으로 관변문서에 기록된 점539)이나 그의 사후에 호남지방을 중심으로 반봉건·반침략의 기치를 들고 동학교도들이 농민전쟁을 일으킨 것은 〈검결〉에 담긴 내용을 현실적인 맥락에서 이해하도록 만들기도 한다.

국·내외적 위기에 처한 당시를 살아간 최제우는 이전의 행동방식으로는 이러한 시대저 과제를 극복할 수 없다는 각성을 통하여 과감한 대응방식을 마련하고자 하였다. 유학과도 배치되는 새로운 인식의 지평을 여는데 여기에는 계급적 차별성을 과감하게 깨뜨리는 일도 포함되었다.540) 실제로 그는 그가 데리고 있던 여종들을 해방하여 한 명은 며느리로 삼고, 한 명은 수양딸로 삼으면서 인류평등의 깨달음을 실천에 옮기기도 하였던 것이다. 또한 그 인식의 지평에는 유·불·선의 세계인식을 종합할 뿐만 아니라,541) 새롭게 전래된 기독교의 세계관에도 관심을 기울였던 것이다.542) 이러한 사고방식과 행동방향은 한 시대의 막힌 국면을 타개하려는 지향이 어떠하여야 하는가를 잘 보여 주었다.

---

538) 위의 책, 181면 참고.
539) 윤석산, 「수운의 〈검결〉 연구」, 『수운 최제우』, 예문서원, 2005, 172면 참고.
540) 이러한 의식은 후천개벽사상에서 인간평등사상으로 구현되어 나타난 점에서 찾아 보기도 하였다.(김죽산, 「수운 최제우의 후천개벽사상」, 『민족문제연구 8집』, 경기대학교 부설 민족문제연구소, 2000, 305면 참고.)
541) 이점에서 보면 최제우는 최치원이 획득했던 삼교회통적 조망을 이어받은 것으로 보인다. 그러나 최제우는 여기에다 천주학적인 관점까지 포섭하려 했다는 점에서 이러한 조망을 더욱 넓혔다고 볼 수 있다.
542) 이 때문에 어떤 연구자는 최제우의 철학의 체계 안에서 서학과 동학이 미묘하게 연계되어 나타나는 점을 지적하기도 한다.(윤천근, 「최제우의 철학사상」(1), 『동양철학』 2집, 한국동양철학회, 1991, 66면 참고.)

　일연이 한 일과 최제우가 이룩하고자 한 일은 정신사적 측면에서 볼 때에 일찍이 볼 수 없었던 일로 평가받아 마땅한 것이다. 일연이 「삼국유사」를 저술한 것은 불교에서 상식으로 통하는 색즉시공(色卽是空) 공즉시색(空卽是色)이라는 세계 본질 이해 속에 그 마음을 닫아 두지 않고 이를 열어두는 안목에서 이룩하게 된다. 이와 같은 세계 본질 이해에서 우리는 그의 개방적 사고방식과 유연한 대처방안을 찾아볼 수 있는 셈이다. 일연이 살아갔던 시대의 혼란과 고난을 염두에 두면 그가 초월적 세계와 현실적 세계를 열어두면서 새로운 해결전망을 획득하고자 한 점에서 이러한 대처방안과 그것이 자리잡을 수 있는 관점을 획득하고자 했던 바가 이해되는 법이다. 일연이 획득하고자 하는 세계는 현상적으로 볼 때에는 정태적인 양상을 보이는 것이다. 즉 있었던 일을 새롭게 보여주는 일을 통해서 그의 새로운 세계 이해를 드러낸 셈이다.

　이에 비하여 최제우는 있는 세상의 모순과 혼돈을 극복하고 정리하기 위해서 매우 동태적인 양상으로 그의 의식을 나타내었다. 그는 이 세상이 새롭게 열리고 하늘과 사람이 하나로 되어야만 이러한 모순과 혼돈이 해결된다고 보았다. 최제우가 살아갔던 시기는 일연이 살아갔던 시대보다 훨씬 엄혹한 시대였기에 이에 대응하는 방안과 관점도 더욱 동태적인 양상을 띨 수밖에 없었으리라고 생각된다. 상식적으로 존재하는 해법이나 관습적인 사고방식으로는 최제우가 살아갔던 시대에 던져진 과제를 해결할 수 없었다는 자각과 결단이 그의 의식을 이러한 양상으로 표출시켰을 것이다. 따라서 이러한 생각은 이전부터 내려온 세계 이해와 새로운 세계 이해를 격동적으로 허물어 하나로 만드는 일이었다. 여기에서 독창적이고도 역동적인 안목이 생겨나는 법이다.

　정신사적 전개로 보아서 어느 경향의 운동이 한계에 부딪칠 때에 그 국면을 타개하는 계기는 새로운 전망을 획득하려는 노력이 일어나는 순간에 주어지는 법이다. 우리의 정신사를 되돌아 볼 때에 이러한 계기는 밖에서 주어질 때도 있었고 안에서 스스로 일어나기도 하였다. 불교라든가 유교가 전래되는 일이 밖에서 주어졌던 일이요, 원효나 이황이 불교와 유교의 한 국면을 새롭게 해석하여 동아시아를 놀라게 한 것은 안에서 일어난 일이었다. 그런데 일연과 최제우는 다른 방식으로 경직된 정신사적 전개의 국면을 타개하려 했다고 볼 수 있다. 일연은 불교를 불교 안에서 바라보지 않고 역사라는 세속 공간에서 바라보는 안목을 보여주었고, 최제우는 현실적 모순과 혼돈을 역사 밖으로 끌어내면서 이를 해결하려는 관점을 획득하려 하였다. 이것은 의식의 정체를 혁신시키면서 새로운 전망을 획득하도록 할 뿐만 아니라, 지적 탐색의 새로운 영역을 개척하는 기능을 갖추도록 하는 일이기도 하다.

3. 대구 · 경북지역이 지식도시가 되어야 할 근거와 그 활용

지식은 끊임없이 흘러나오는 물과 같이 생성되는 속성을 지니고 있다. 그래서 '지혜로운 사람은 물을 좋아하고, 어진 사람은 산을 좋아한다'(知者樂水 仁者樂山)[543]란 말이 생기지 않았던가. 그러나 흐르는 물이 모여서 거대한 호수를 만들듯이 지식이 축적되고 그것이 확대 재생산되는 데에는 일정한 근거가 마련되어야 하는 법이다. 대구 · 경북지역에서 지식을 생성하고 확대 재생산했던 거점적 인물들이 즐비하게 나타나서 이러

---

543) 論語 雍也篇에 '知者樂水 仁者樂山 知者動 仁者靜'라는 구절에서 유래된다.

한 양면적 역할을 온전하게 수행해 왔다. 그 역사적 전개의 구체적인 면모 자체로도 우리 지역이 지식도시가 되어야 할 당위성은 확보되는 셈이다. 여기에서는 지식 생성과 확대 재생산의 근거가 될 수 있는 일정한 지향성이 그 거점적 인물 중심으로 어떻게 드러나고 있는가를 중심적 화제 방식으로 살펴보기로 한다.

일반적으로 새롭게 생성되는 지식은 상대적으로 지적 생산의 수준이 높은 문화권에서 보다 낮은 문화권으로 유입되어 토착의 지식체계와 상호작용하여 이루어지는 경우가 많다. 이러한 지식의 이동과 정착의 흐름에 제대로 대응하지 못하면 지식의 수용과 확산이 왜곡되어 진행될 수 있다. 우리는 원효와 최치원이 지식의 국제적인 이동의 국면에 제대로 대응하여 당대에서 세계적인 수준의 지적 담론과 체계를 수립했다는 점을 확인하였다. 지식의 원심적 확산과 구심적 수렴의 메커니즘이 이들의 지적 탐색과 수용, 확대 재생산 활동에 구현되어 나타났던 셈이다. 여기에서 지식의 원심적 확산을 추동하는 원심력은 밖으로 다양하고 수준 높은 지식을 탐구하는 요구에 역동적으로 반응하며, 지식의 구심적 수렴을 견인하는 구심력은 안에서 이를 응집하여 토착화하는 동력으로 작용했던 것이다. 지식 생산의 국제 이동이 엄청난 속도로 진행되고 있는 오늘날 원효와 최치원을 배출한 이 지역의 역사적 경험은 대구·경북지역이 지식도시로 거듭 태어날 근거로 명백하게 제시되는 법이다.

지식의 확대 재생산은 기본이 되는 지식의 축적이 거듭 진행되면서 가능한 토대를 마련한다. 고려 시대부터 유학이 학문적인 성격을 지닌 대상으로 유입된 이래, 유학의 기본 개념을 도구로 지식의 확대 재생산이 본격적으로 이루어지게 되었다. 유학의 학문적 성격을 분명하게 드러낸 성리학의 도입에 앞장섰던 안향과, 그의 업적과 정신을 기려 주세붕이

경북 순흥(지금의 영주)에 백운동서원(뒤에 소수서원이 됨)을 건립한 것은
이러한 지식을 확대 재생산하는 생산기지를 세운 일로 평가될 수 있다.
이것은 이황이 경북 안동에 도산서원을 세워서 지식을 온축하면서 제자
들에게 이를 전수함으로써 지식의 확대 재생산의 기치를 드날리게 한 일
과 함께 이 지역이 지식의 생성뿐만 아니라, 확대 재생산의 기지로서 어
느 지역보다도 중요한 역할을 담당했다는 점을 보여주는 일이 아닐 수
없다.

　학풍은 지식 생산의 기반을 이루는 일정한 정신적 풍토라 할 수 있다.
지식 생산은 학문적 궁리와 탐색에서 그 성과가 나타나며 이것이 교육을
통해서 확산되어야 생산 활동의 영속성을 담보 받는다. 그런데 이러한
활동이 지속 가능하도록 하는 힘은 그것을 지지하는 학문적 전통과 그러
한 활동을 자극하고 격려하는 분위기를 배경으로 더욱 활성화되게 마련
이다. 그것을 통칭하여 학풍이라고도 말한다. 이 지역의 학풍은 고려 말
에 충신은 불사이군(忠臣不事二君)[544]이라는 유교적 절의정신을 지키면
서 경북 선산의 금오산에 은거한 길재가 김숙자를 가르치고 김숙자가 그
의 아들 김종직을 가르치면서 김일손에 이르는 도학의 학풍의 전통을 확
립하게 된다. 그런데 이러한 학풍은 학문의 윤리적 지향과 더불어 스승
에게서 이어온 학문의 내용을 존숭하여 전달하는 풍토를 함께 지니게 마
련이다. 앞쪽에는 이념성과 실천성이 자리 잡고 뒤쪽에는 전통성과 지속
성이 터를 닦는다. 이러한 학풍의 성립은 이 고장이 지식 생산의 거점으
로서 그 정신적 풍토가 일찍이 굳건하게 형성되어 왔다는 점을 보여주는
것이다.

---

544) 史記 列傳 田單傳에 '王蠋曰 忠臣不事二君 貞女不更二夫'이라는 구절이 나
　　와 있다.

물은 솟아나서 고이지 않고 흘러내려야 썩지 않고 지식은 끊임없이 새롭게 형성되어야 진부해지지 않는다. 지식이 그 내용을 참신하게 경신하고 그 체계를 이에 맞게 변화시키는 데에는 지식 생산자의 새로운 생각과 안목이 필요한 법이다. 새로운 생각은 전방위로 열려 있는 의식의 전망에서 나타나게 마련이다. 개방된 의식은 어떠한 사태의 변화라도 대처해낼 수 있는 유연한 사고방식이 잘 담아낼 수 있을 터이다. 고려의 승려로서 성(聖)과 속(俗)을 아우르며 「삼국유사」라는 책을 저술한 일연은 이 작업을 통하여 이전의 사안을 유연한 사고방식으로 바라보는 개방적 의식을 잘 보여주었다. 조선조 말기의 위기를 새로운 대처방안으로 극복하고자 했던 최제우는 보다 격렬한 의식으로 활로를 타개하려 했다. 그의 생각과 행동은 이전에 생각할 수 없었던 세계를 열려고 하는 바람에 천지개벽이라는 말을 통해서 이해될 수 있는 것이었다. 이들의 생각과 행동은 지식 생산이 한 국면에 막혔을 때에 어떻게 해결해 나갈 수 있는가를 보여주는 바였다. 이것은 이 지역이 지식 생산기지로 영속성과 혁신성을 함께 지녀왔다는 점을 알려주는 지표이기도 하다.

지금까지 우리는 대구 · 경북지역 출신들의 지식담론의 생산의 양상과 그 의의를 살펴왔다. 이제는 이러한 점을 이 지역이 지식도시로 거듭 나기위해서 활용할 수 있는 바가 무엇인가에 대해서 알아볼 차례가 되었다. 여기서는 지금까지 진행되어온 논의의 방향과 성과를 바탕으로 이러한 방안을 제시하고자 한다. 먼저 지금까지 논의되어온 바의 방향은 이 지역의 지식 담론을 생산했던 대표적 인물들의 활동이 어떠한 지향성을 지녔는가에 대해서 집중적인 관심을 가지고 살펴온 쪽으로 향해 있었다. 그 성과도 이러한 방향에서 논의된 바가 그 주요 내용을 이루어 낸 것이었다. 따라서 이러한 성과는 우선 이 지역의 지식도시 건설의 방향타를 제시하는 데에 유용하게 활용될 수 있을 터이다.

　이 지역에서 일찍이 지식 담론을 생산했던 대표적인 인물이었던 원효와 최치원 및 이제현 등의 활동이 우리 지역에 지식도시를 건설하는 데에 어떠한 방향타를 제시해 주는가. 우리는 이들이 당시에 세계화 속의 안과 밖의 문제를 고민했던 사람들이었다는 점을 알아내었다. 이들은 당시의 세계국가이면서 그에 걸맞는 지식 담론을 생산하고 있었던 당나라에 유학가거나 그러한 시도를 하거나 원나라에 가서 지식인들과 지적 교류를 하는 행동을 통해서 지식의 국제적인 이동의 국면에 제대로 대응하여 당대에서 세계적인 수준의 지적 담론과 체계를 수립했다는 점을 확인하였다. 최치원은 당나라에 유학을 가서 그곳에서 획득한 지적 담론으로 지식의 원심적 확산의 모범적 선례를 보여주었고, 원효는 당나라에 유학하려던 시도를 한 차례의 각성을 통하여 거둔 뒤에 신라로 돌아와서 불교의 담론을 당시의 당나라와 일본에게까지 드날리는 행동을 통해서 지식의 구심적 수렴의 성공적인 사례를 남겼다. 고려 때의 이제현은 당시의 세계국가였던 원나라에 가서 당대 최고의 지식인들과 교류하면서 그가 갖춘 지식의 수준이 세계적인 수준이었음을 보여주었다. 이러한 활동을 통하여 지식 담론 생산의 메카니즘이 이들의 지적 탐색과 수용, 확대 재생산 활동에 구현되어 나타났던 셈이다. 여기에서 지식의 원심적 확산을 추동하는 원심력은 밖으로 다양하고 수준 높은 지식을 탐구하는 요구에 역동적으로 반응하며, 지식의 구심적 수렴을 견인하는 구심력은 안에서 이를 응집하여 토착화하는 동력으로 작용했던 것이다. 지식 생산의 국제 이동이 엄청난 속도로 진행되고 있는 오늘날 원효와 최치원을 배출한 이 지역의 지적 탐색의 역사는 이 방향의 지적 탐색의 센터를 세우는 데에 이들의 활동의 그 방향을 제시해줄 듯하다.

잘 알다시피 지식 담론은 그 내용을 풍부하게 하기 위해서는 열려있는 구조의 흡수 메카니즘을 기반으로 삼아야 하는 법이다. 여기에는 지식의 국제적 이동이 용이하게 하는 방안과 그것을 쉽고 빠르게 흡수하는 방안을 동시에 가능하도록 하는 제도나 기구가 필수적으로 요청된다. 따라서 국제적인 지식의 흡수와 그의 수용을 목표로 하는 지식 흡수 센터를 설립하고, 그 기구의 활동방향을 최치원과 원효가 활동한 궤적에서 찾아서 이 센터 운용의 지침으로 삼을 필요가 있다. 물론 이 센터의 명칭도 이 두 사람의 이름을 활용하면 금상첨화가 될 것이다.

지식의 흡수와 토착화는 일부 연구 인력으로만 온전하게 이루어지지는 않는다. 지식의 확대 재생산이 일어나고 지식 담론의 영속적인 생산과 그 성과의 축적이 이루어지려면 두 가지 측면의 활동이 맞물려 이루어져야 하는 법이다. 그것은 지식의 흡수와 토착화를 통한 학문 연마라는 활동과 그것을 전수하고 확산하는 활동의 두 측면을 가리킨다. 지식의 확대 재생산은 기본이 되는 지식의 축적이 거듭 진행되면서 가능한 토대를 마련한다. 이것은 지식의 흡수와 토착화를 통하여 이루어지는 일이기도 하다. 이러한 성과가 교육을 통해서 전수되고 이를 전수받은 문도들을 통하여 확산되어야 지적 담론의 생산 활동은 그 영속성을 담보받는다. 그러한 측면에서도 이 지역에서는 어느 지역보다도 활발한 활동을 벌인 인물들이 나타났던 것이다. 이 지역 출신인 안향은 유학의 학문적 성격을 분명하게 드러낸 성리학의 도입에 앞장섰는데, 그의 업적과 정신을 기려 주세붕이 경북 순흥(지금의 영주)에 백운동서원을 건립한 것은 지식을 확대 재생산하는 생산기지를 이 지역에 세워서 지식의 온축과 확대의 기지를 세우는 일이었다. 이를 이어 이황이 경북 안동에 도산서원을 세워서 지식을 온축하면서 제자들에게 이를 전수함으로써 이 지역

이 지식의 생성뿐만 아니라, 확대 재생산의 기지로서 어느 지역보다도
중요한 역할을 담당했다는 점을 역사적으로 보여주는 본보기로 만들었
다. 이러한 활동은 이 지역의 지식 센터를 세우는 데에 또 하나의 방향
을 제시해 줄 수 있을 것이다.

　우리나라에서 이미 지적 탐색의 센터가 많이 건립되어 운영되고 있는
게 사실이다. 여기에 또 하나의 지적 탐색의 센터를 세우는 데에는 다른
기관과 구별되는 특징을 지니는 기구를 세우지 않는다면 그 타당성을 확
보하기 힘들 터이다. 이황이 세운 도산서원은 학문연마와 이의 전수가
연계되는 기능을 지니고 있었다. 현재에도 각 대학과 연구기관들이 이러
한 성격을 지니고 운용되고 있기는 하다. 이 연구와 교육센터의 특색을
살리기 위해서는 길재가 금오산에 은거한 후에 그 문도들이 지향한 지식
탐색의 경향이 참고가 될 터이다. 이들은 도학의 학풍을 확립했는데, 여
기에는 몇 가지의 특징적인 경향이 있다. 그것을 요약하면 지식의 가치
지향성과 실천 지향성이라 할 수 있다. 오늘날의 지식 담론의 생산은 그
양적인 측면에서나 질적인 측면에서 이전과 비교할 수 없을 정도로 엄청
난 양과 속도로 증가하고 변화하는 양상을 보이고 있다. 그러나 여기에
서 지식 담론이 지니는 유효성이나 실용성 이외의 평가는 이루어지는 것
같지 않다. 지식이 어떻게 쓰이는가. 그것은 우리에게 어떤 의미가 있는
가에 대한 근본적인 질문은 생략된 채 지식은 끊임없이 생산된다. 물질
의 근원에 대한 탐색의 결과는 그 사용목적에 따라 인류에게 엄청난 재
앙이 될 수도 있고 크나큰 축복이 될 수도 있는 법이다. 우리는 원자력
의 발견과 그 활용에서 이미 그것을 확인한 바 있다.

　이러한 점을 고려할 때, 우리 지역에 세우는 지적 탐색과 교육은 지식
의 활용의 가치를 인류적인 관점에서 따지고 그 결과를 전수하거나 그

방향에서 훈련하는 특징을 지니는 것이어야 마땅하다. 다른 말로 바꾸면 지적 담론의 인류적 가치성－예컨대 지식 생산의 윤리적 가치 등이 그 좋은 보기가 될 터이다－을 탐색하는 연구센터와 교육 및 훈련센터를 세울 필요가 있다는 말이다. 이러한 연구소는 이 지역의 지식 담론 생산의 역사적 전통과 연결되면서 그 특징적인 면모를 지니는 것이다. 이 연구소 및 교육과 훈련 센터의 운용 방향과 명칭은 이황과 김굉필, 김일손 등의 활동 방향과 그들의 이름을 활용하여 정할 수 있을 것이다. 여기에서는 지식 담론의 가치뿐만 아니라, 그것을 생산하는 연구자들의 윤리 문제도 함께 논의할 수 있을 것이다. 한때 우리 사회를 시끄럽게 달구었던 줄기세포 연구 문제도 본질적으로는 연구자들의 윤리 문제가 그 뿌리에 놓여 있고, 위조 학력 문제 등도 지식 담론 생산에 윤리적 검증 분위기가 제대로 작동하고 있었다면 일어나기 어려운 일이다. 이점에서 이러한 방향의 연구센터의 건립과 운영은 매우 필요한 과제가 되고 있다.

지식의 속성은 새롭게 생성되는 내용이 그전의 내용을 검증하고 그 유효성을 가늠하는 점에서 마치 흘러가는 물과 같다는 비유로 설명할 수 있는 것이다. 그런데 일정한 체계와 패러다임을 지닌 지식의 그물망이 낡게 될 때에는 그런 틀 안에서 생성되는 지식은 개별적인 내용으로서 그 유효성이 상실될 수밖에 없을 터이다. 지식 생산의 큰 틀로서 패러다임이 변화되어야 할 시대적 요청은 내재적 요인과 외래적 충격이 결합되어서 일어나게 된다.

여기에 대응하는 일은 특별한 역사적 개인[545]이 감당하는 사례를 우리 역사에서 종종 보게 된다. 외적의 내침을 막아내었던 전쟁영웅들의

---

545) 특별한 역사적 개인이라는 용어는 한 시대의 변화의 요청에 적극적으로 대응하는 인물을 가리킨다. 그 대표적인 인물로 최제우를 들어 볼 수 있을 것이다.

면모는 이미 잘 알려져 있다. 그러나 지식체계나 패러다임의 변화를 주도했던 역사적 개인의 활동과 그 성격은 잘 알려지지 않았다. 지식체계나 패러다임의 변화를 이끌어내는 것은 세계관의 변화와 맞물려 일어나는 법이다. 여기서 우리는 고려 때의 일연과 조선 시대의 최제우의 경우를 들어 이 문제에 대한 대응을 탐색한 바 있다. 그들은 새로운 인식을 가능하게 하는 안목과 실천이 없이는 그들이 살았던 시기에 닥친 위기는 해결될 수 없는 것임을 깨달았던 사람들이었다. 몽고의 침입과 고려 후기의 혼란한 사회상을 체험하면서 일연은 성스러운 초월세계에만 머무는 인식의 기반을 속된 현실세계까지 넓히는 개방된 의식을 열게 된다. 이것은 어떠한 사태의 변화라도 대처해낼 수 있는 유연한 사고방식을 잘 담아낼 수 있는 안목을 마련해 주는 것이다. 조선조 말기의 위기를 새로운 대처방안으로 극복하고자 했던 최제우는 이전에 생각할 수 없었던 세계를 열려고 하는 생각을 드러내는 바람에 천지개벽이라는 말을 통해서 이해될 수 있는 생각과 행동을 보여주었다. 이들의 생각과 행동은 지식생산이 낡은 패러다임에 갇히는 국면에서 이를 어떻게 해결해 나갈 수 있는가를 보여주는 바였다.

일연과 최제우가 열었던 새로운 안목이 지니는 성격은 지식 창출의 돌파구를 여는 데에 매우 요긴하게 여기는 창의성을 획득하는 데에 필수적인 시야를 마련하는 토대가 될 수 있다. 이를 활용할 수 있는 탐색 연구센터가 건립될 필요가 있다. 여기에서는 창발적 제안, 참신한 아이디어, 개혁적인 이념 등 어떤 것이라도 자유롭게 탐색할 수 있도록 하는 곳이어야 한다. 제도와 관습 등에 벗어나는 어떤 것이라도 토론의 대상이 되고, 모색의 장에 나타낼 수 있어야 한다. 왜냐하면 기존의 생각과 삶의 틀을 벗어나는 어떤 것을 생각하고 보고 알아내야 새로운 지식의 담론이 생성되기 때문에, 한계나 경계를 긋지 않고 사고하고 추구하고 고안할 수 있는 환경을 만들어 주는 것이 필수적이다. 얼마 전에 유명 월간지에 게재되어 논란을 일으켰던 물리학의 획기적 이론546)도 언론에서 떠들어서 하나의 웃음꺼리로 만들 일이 아니라, 이러한 연구센터에서 하나의 아이디어로 제출되어 다양한 논점을 제기하고 진지한 토론과 검증을 거쳤다면 이런 문제를 두고 그런 소동은 일어나지 않았을 터이다. 이러한 연구센터에서 논의된 것은 각 분야의 지식 담론의 새로운 탈출구를 열어 줄 뿐만 아니라, 더 나아가서 학문 산출의 패러다임의 변화에 이르는 돌파구까지도 마련할 수 있을 터이다.

4. 세계 속의 지식도시로 태어나기 위해서

지금까지 우리는 대구·경북지역이 지식도시가 되어야 할 근거를 이 지역 출신의 지식인들 중에서 지식 생산의 거점적 위치를 차지했던 바가 그 정신사적 전개에서 어떻게 이해될 수 있는가에 대해서 알아왔다. 이를 통하여 이 지역이 지식 생산지로서 어느 지역보다도 그 역사적 경험이 축적된 곳이라는 점도 확인되었다. 이러한 일은 역사적으로 대구·경북지역에서 이 지역을 대표하는 지식인들이 어떠한 지식 생산의 측면을 감당하여 왔는가라는 쪽에서 살펴본 바 있다. 이를 요약하면 다음과 같다.

우리는 먼저 원효와 최치원이 이 지역 지식담론 생산에서 어떠한 역할

---

546) 이른바 Zero-zone 이론으로 불리면서 세계를 깜짝 놀라게 할 물리학의 새로운 이론이라고 대서특필되었으나, 학계의 검증으로 성립될 수 없는 이론이라는 결론이 나서 하나의 해프닝으로 끝나고 만 일을 가리킨다.

을 해왔는가를 알아보았다. 그들은 동북아의 변방에 위치한 작은 나라 출신이라는 조건에 제약받지 않고 당대 세계 최고의 지식담론을 생산하여 이를 동아시아 여러 나라에서 인정받기도 하였다. 원효는 밖으로 향하던 시선을 거두어 안으로 응축시키면서 당대 세계의 중심국가였던 당나라에서도 찬탄을 마지 않았던 지식 담론을 생산했던 것이다. 최치원은 당나라 한복판에서 그의 지적 탐색과 문학 활동을 통하여 당대 최고 수준임을 인정받은 바 있다. 그는 밖에서 이룬 것을 수렴해서 그의 고국에 돌아와서 그것을 확산시킴으로써 이 지역의 지적 담론 생산의 수준을 역사적으로 확보하게 하였다.

원효와 최치원이 이루어 놓은 지식 생산의 전통은 안향과 이황에 의해서 이 지역이 지식의 확대재생산의 기지가 되는 확고한 기반을 확보하게 된다. 안향을 숭모하는 백운동서원을 주세붕이 세우고 이황이 도산서원을 세운 일은 학문과 지식의 기지를 세우는 일이었다. 여기서 이들은 학문 연찬과 여기에서 생산된 지식담론을 제자들에게 확산시키는 기지인 서원을 세워서 유학에서 문제가 되었던 과제를 깊이 있게 논의하였을 뿐만 아니라, 관학에 국한되었던 교육의 영역을 확대하였던 것이다. 이러한 전통은 대구 · 경북지역이 지식 생산의 확대기지로 자리매김하는 역사적 근거를 마련하는 일이기도 하다.

이러한 지적 전통 속에서 김종직과 김일손 등의 도학파는 지적 담론의 방향성을 확립하는 일을 그들이 살았던 삶과 그들이 취했던 학문의 자세를 통해 보여주었다. 그들은 유학의 근본정신에 어긋나는 일이나 사태에 대해서는 목숨을 걸고 그들이 실현하고자 했던 가치를 지키고자 하였다. 불의를 보고 그냥 지나치는 일은 두고 볼 수 없었던 이들의 언행은 이들이 구현하고자 했던 가치 덕목을 실행하고자 하는 욕구와 이를 직정적으

로 표출하는 영남지역인들의 정신적 특성과도 연관을 지어 이해할 일이
다. 이러한 지향성은 박인로가 지은 문학작품에서도 일정한 경향성을 드
러내었다. 이는 유가적 가치와 유학적 이상을 실현시키는 생활을 문학작
품에서 이념적으로 표출하는 특징으로 드러내게 되었는데, 이점은 이러
한 것을 정서적으로 표출하고 있는 호남 출신 문인들의 경향과도 차별성
을 내보이는 일이었다.

한 시대의 정신사적 전개가 어떤 경계에 부딪쳐서 그 경향성이 경직성
을 보이거나 폐쇄성 안에 갇혀 맴돌 때에 이를 극복할 지향성이 생겨나
야 하는 법이다. 이 지역에서 이러한 역사적 과업을 수행한 지식인으로
서 고려 때의 일연과 조선조 때의 최제우를 들어 볼 수 있다. 일연은 〈삼
국유사〉에서 신성한 세계와 세속적인 세계를 열고 그 경계를 허물면서
양쪽을 동시에 바라보는 세계인식을 내보였다. 이는 원효가 한 일에서
한 걸음 더 나아가서 그가 살아간 혼란하고 고난스러운 역사를 되돌아보
고 앞으로 바라볼 수 있는 전망을 확보하게 하였다. 최제우는 나라가 기
울어지고 백성들이 고통의 굴레를 벗어나지 못하는 현실을 타개하기 위
해서 하늘과 땅, 하느님과 사람 사이에 가로막힌 장벽을 부숴 버리고 이
를 넘어 서려는 각성을 보여 주었다.

대구·경북지역 출신의 지식인들이 이룩한 지적 담론의 성격과 방향
을 보면서 이를 오늘날에 되살리는 방안이 모색되어야 할 터이다. 우선
원효와 최치원의 행적을 본받아서 지식의 국제적인 수용과 교류를 담당
할 연구센터를 건립할 필요가 있다. 이 연구센터의 명칭은 이 두 사람의
이름을 붙여서 그 역사적 연원을 표시하는 게 좋을 듯하다. 다음으로는
김일손과 이황이 이루고자 하는 바를 되살리는 연구센터를 설립할 일이
요청된다고 하겠다. 이 센터에서는 지적 탐색의 결과에 대한 가치를 따

져 보거나, 학문 생산의 윤리성 문제 등을 연구하거나, 이러한 방향에서 연구 종사자들을 훈련시키는 중심처가 되어야 할 것이다. 이 센터의 명칭도 이러한 방향성을 제시할 이황이나 다른 도학파 출신의 지식인의 이름을 따는 게 좋겠다. 끝으로 일연과 최제우의 활동에서 보였던 바를 되살리는 연구센터가 이 지역에 설립되어야 한다. 여기서는 주로 창의성을 개발하는 과제가 다루어져야 할 것이다. 연구센터의 명칭은 이 두 사람의 이름에서 따올 필요가 있다. 이러한 연구센터들은 그 방향성에서 이미 다른 지역에 세워진 연구센터와 차별되는 바를 지니고 있기에 경쟁력을 지니게 마련이다.

이 지역이 우리나라의 지식 생산의 거점지역으로 합당할 뿐만 아니라, 세계 속의 지식도시의 명성을 획득할 고장이라는 말을 듣기 위해서는 따지고 넘어가야 할 일이 생긴다. 이 일에는 과거를 돌아보는 일뿐만 아니라 현재를 짚어보는 일이 함께 포함된다. 우선 우리 지역 사람들이 지니고 있는 정신적 풍토를 짚어볼 필요가 있다. 우리는 경상도 기질이라는 말 속에서 풍기는 의미의 맛 속에는 긍정적인 요소가 있다고들 믿고 있는 형편이다. 그런데 이런 말 등이 내보이는 경상도적인 정신적 풍토에는 이 지역이 지식의 생산기지로 거듭나는 데에 어떤 걸림돌 구실을 하는 요소는 없겠는가 하는 점은 검토해 볼 일이다. 경상도 사람들은 믿음직하다는 말을 듣고 그 근거로 어떤 사정에도 잘 변하지 않는다는 점이 거론되기도 한다. 이러한 기질은 이 지역이 보수적인 풍토를 지니는 경향의 토대가 되어 온 듯도 하다. 그런데 보수성은 학문적 전통을 유지시키는 데에는 일조하는 기능이 있으나, 지나친 보수성은 학문의 창의적 혁신에는 제약점으로 다가설 수 있는 요소도 될 터이다. 이미 앞에서 이 지역의 지식 생산의 역사적 전통이 지니는 특성에 따라 다양한 연구센터를 세울 것을 제안한 바 있다. 새로운 세계인식으로 막혔던 시대의 전망을 터놓으려 했던 일연과 최제우의 업적을 본받아 세울 연구센터는 지적 생산의 창발력을 갱신하는 것을 목표로 하고 운영되는 것으로 설정하였다. 그런데 이러한 연구센터 운용의 걸림돌이 될 환경적 요소로는 이 지역이 지녀왔던 보수적인 정신풍토를 손꼽을 수 있다. 이점에서도 이 지역의 보수적인 풍토가 그 장애 요인이 되지 않게 유념할 필요가 있다.[547]

어느 지역이나 그 지역 사람들이 다른 지역 사람들에게 배타적이라는 소리를 들을 수 있다. 그런데 이 지역에 새로 전입한 다른 지역 사람들은 그러한 배타성을 더욱 강하게 느낀다는 말을 종종 듣게 된다. 배타성은 자기 방어적 기제에서도 생겨날 수도 있고 자기 정체성의 외피로 드러날 수도 있지만, 이것이 지역감정과 결부되어 나타날 때에 그 지역의 정신적 풍토로 장기적으로 존재하는 것은 바람직하지 않은 일이다. 우리 지역이 미래에 지식 생산기지로 세계적인 명성을 획득하기 위해서는 가장 먼저 극복해야 할 것은 배타적 경향성이다. 그것은 지식 생산의 주체를 다양하게 수용하는 데에도 걸림돌로 작용할 뿐만 아니라, 배타적 경향성이 자기 폐쇄적인 정신활동을 추동한다면 지식 생산 활동 자체에도 장애물로 기능하게 되기 때문이다. 지식을 확대 재생산하는 데에는 학문하게 연마하는 일과 여기에서 획득된 내용을 교육을 통해서 전수하는 일

---

547) 다른 사례지만 참고로 여기에 들 이야기가 있다. 필자는 우리 지역에 밀라노 프로젝트를 추진할 때에 이 지역의 원로 지식인이 밀라노 프로젝트의 핵심이 될 패션산업이 이 지역에서 꽃피우기 위해서는 거의 벌거벗은 옷차림으로 백주에 횡행해도 이를 자연스럽게 받아들여야 하는 분위기가 형성되어야 하는데 이 지역의 보수적인 정신풍토에서 그것이 과연 가능하겠는가라는 문제를 제기하는 말을 들은 적이 있다. 이러한 지적은 지식의 창발성 갱신을 목표로 하는 연구센터를 설립해서 운용할 때에도 걱정해야할 장애를 다른 각도에서 제기한 것으로 받아들일 수 있다.

이 연계되어 있다는 점은 누구나 다 이해될 일이다 이 지역에서 그러한
활동으로 이미 역사적으로 탁월하게 인정된 이황의 활동을 본받아서 연
구센터를 세워야 한다는 점은 앞에서 밝힌 바 있다. 이러한 연구센터가
잘 운영되어 목표한 바를 성취하는 데에 이 지역의 배타성이 걸림돌로
작용하지 않도록 유의해야만 한다. 지역과 문화 등의 차이를 포용하는
태도가 이를 극복하는 지름길이다. 앞에서 우리는 이황이 제자 교육에서
이러한 태도로 그 문도를 폭넓게 받아들이고 그 결과 우리 역사상 누구
나 인정하는 대학자요 교육자로 남게 된 사례를 보았다.548) 이러한 선례
는 우리가 본받아야 할 자세이면서 이러한 자세를 갖추는 것만으로도 이
지역이 지식 생산기지로 거듭 나는 데에 크게 힘쓰지 않고도 도움을 줄
수 있는 일이기도 하다.

　흔히들 우리 지역 사람들은 체면을 중시하는 경향이 강하다는 말을 듣
곤 한다. 이것은 예의를 존중하는 정신풍토가 일상의 생활에서 허례허식
으로 굳어져 나타난 일이 아닌가 한다. 그런데 이러한 경향이 부정적으
로 강화될 때에는 허위의식으로 전환될 위험이 있다. 남들이 가지니까
나도 가져야 한다든가, 남보다 못할 게 없다는 생각이 생기는 등등에서
이러한 허위의식의 단초가 보이게 된다. 이것은 성취감이나 성취동기를
부여하는 데에는 일정한 기여를 하는 정신적 경향과 태도이긴 하지만,
학문 생산에서는 마땅히 제거되어야 할 정신적 풍토를 조성하게 된다.
학문의 엄정성은 이러한 허위의식에 추동된 성과를 매우 부실한 결과로
판정하는 법이다. 지식 생산기지로서 이 지역이 제대로 그 역할을 감당

---

548) 이황은 대장장이 신분의 배순(裵純)을 제자로 받아들임으로써 신분의 차별성은
　　교육받는 데에 아무런 걸림돌이 될 수 없다는 태도를 보여준 바 있다.(주승택,
　　『선비정신과 안동문학』, 이회문화사, 2002, 91면 참조.)

하기 위해서는 허위의식의 틀을 과감하게 깨뜨려버려야 할 것이다. 우리
는 이 지역에서 조선왕조 내내 도학의 기맥이 이어져 왔다는 사실을 알
아보았다. 그들이 지켜야 된다고 생각하는 가치를 위해서는 목숨을 버리
는 일도 마다하지 않았다는 점도 역사적 사실을 통하여 확인하였다. 이
를 토대로 이 지역에 김굉필이나 김일손의 학문의 자세를 거울삼아서 지
식 생산의 윤리적 가치 등을 점검하는 연구센터를 세울 일도 제안한 바
있다. 이러한 연구센터의 운용에는 허위의식의 그림자라도 제거해야 하
는 법이다. 왜냐하면 허위의식과 지식 생산의 엄정성과 그 가치성은 상
극이 될 터이기 때문이다. 지금도 빈번하게 일어나고 있는 가짜 학위 문
제나 논문 표절 사태 등은 어쩌면 허위의식에 추동되어 나타나는 일인지
도 모른다. 이러한 점은 우리에게 지식 생산 중심 지역을 지켜나갈 정신
적 자세를 다시 한번 가다듬게 하는 것이다.

　여기에서 논의된 것은 아직 계속 보완되어야 할 과제도 남긴다. 지식
생산이 실용적인 측면에서 이바지한 흐름은 살피지 못했다. 예컨대 경북
영천 출신의 최무선(崔茂宣)이 화약과 이를 활용하는 무기를 만들어 고
려 말기 우리나라 서해안에 침입한 왜구를 이러한 무기를 장착한 전함을
이끌고 가서 격파한 사실 등에서 우리 지역의 지식 생산의 실용적 측면
을 살펴볼 수도 있다. 또한 한말의 의병운동과 조국광복 운동에 참여한
영남지역 출신의 유학자들은 실천적 국면에서 지식과 실천을 직접 연계
하는 행동을 보여주었다. 이것은 지식 담론의 실천화 문제를 또 다른 양
상으로 드러내는 일이었다. 여기서 지식 담론의 실천화 문제가 구체적으
로 거론될 수도 있다. 이러한 논의들은 앞으로 더 살펴야 할 과제로 남
겨둔다.

북한의 고전문학 인식 3

1. 문제 제기

　남·북의 분단 상황은 학문의 연구에도 깊은 단절을 초래하였다. 그것은 우리 민족에게 불행한 사태가 아닐 수 없다. 다행스럽게도 1988년 후반기에 들어서 북한의 문학연구시각을 알아볼 수 있는 자료가 여러 출판사를 통하여 간행되었다. 또한 일부 자료는 영인본으로 공급됨으로써 북한의 문학연구 현황을 살펴볼 수 있는 기회가 마련 된 셈이다. 이는 오랜 세월 동안 한 민족이라는 공동체적인 삶을 누렸던 단일민족이면서도 외세에 의해 주어진 체제와 이념을 달리하였기에 동족상잔의 비극까지 겪어야 했던 지난 시대의 역사적 단절의 깊은 수렁에서 벗어날 수 있는 길은 학문 쪽에서 찾을 수 있게 만드는 일이 아닐 수 없다.

　앞으로 예상되는 남·북한의 학술교류에 대비하여[549] 우리의 시야의 폭을 넓혀야 할 필요가 있다. 학문분야에서도 단순한 이분법적 사고방식이나 이데올로기에 입각한 냉전논리의 울타리에서 벗어나야만, 민족이라

---

549) 현 시점에서는 이러한 전망이 제한적으로 현실화되어 나타났지만, 보다 더 활성화되어야 할 터이다.

는 동질성 위에서 통일을 향해서 길고도 어려운 발걸음을 떼어 놓는 데에 이바지할 방도가 모색될 수 있을 터이다. 좁게 보아도 북한의 학문연구 성과를 검토하는 작업은 학문연구의 다양성과 창의성을 확보하는 데에 있어서 어떠한 장애도 극복해야 한다는 신념을 확인하는 일이 될 것이다.

필자는 지방사회연구회 월례발표회에서 발표하고 토론한 내용[550]을 보완하면서 북한의 고전문학 인식 문제를 살펴보고자 한다. 입수할 수 있는 자료의 한계 안에서 이러한 작업이 이루어지기 때문에 논의의 부분성을 벗어나기는 어려울 것이 예상된다. 또한 필자의 전공영역의 범위가 문제를 대하는 시야를 제약하게 될 것으로 보인다. 이 방면의 논의가 활성화되어 있지 않기 때문에 시론적 성격을 지니게 되는 것은 어쩔 수 없는 한계를 보이는 일이다. 따라서 이 문제에 대한 논의의 범위는 한정적이고, 그 수준은 개론적일 수밖에 없다는 점을 미리 전제해 둔다.

2. 인식의 준거

북한에서 이루어지고 있는 고전문학 연구의 시각은 어떤 것인가 하는 문제는 그 인식의 준거가 무엇인가를 알아보는 데서 풀릴 수 있는 법이다. 상식적으로 생각해 보더라도, 그 인식의 준거는 마르크스·레닌주의 미학에 기초되어 있으리라는 추정이 가능하다. 그것은 변증법적 유물론적 인식과 사회와 역사에 대한 유물론적 이론[551]에서 출발하고 있다는

---

550) 1989년 11월에 열린 지방사회연구회 월례발표회에서 이를 발표하고 참석자들과 토론을 벌인 바 있다.

점에서도 확인되는 바이다. 이것은 사회적 실천을 근본적으로 하고 종국적으로는 실천에 제약된다[552]는 마르크스·레닌주의의 실천적 지향성을 보인다고 할 수 있다. 이에 따라 여기서는 예술적 현상에 대한 연구에 있어서도 추상적이고 아카데믹한 학문적 성격보다도 전투적이고 당파적인 성격을 지녀야 됨[553]을 강조하였다.

　이러한 이념 지향적 인식에 있어서 우리가 주목해야 할 두 가지의 개념이 있다. 그 하나가 전형성에 관한 것이요, 다른 하나가 사실주의에 대한 것이다. 예술적 형상에 있어서 보편적인 것을 표현할 것을 지시하면서도, 이 보편적인 것을 생생하게 개성적인 형상으로 표현하는 것이 전형성이란 개념의 핵심이 된다.[554] 이 전형성이라는 말은 문학작품의 인물 창조와 이해에 있어서 관건이 되는 용어로 빈번하게 사용되어 왔다. 리얼리즘에 있어서는 우선 광의의 리얼리즘을 포괄적으로 규정하고, 역사적 전개에 따라 비판적 리얼리즘과 사회주의적 리얼리즘을 구별하여 정의하고 있다. 생활의 진실을 바탕으로 개별적이고 우연적이며 독특한 비반복적인 것 속에서 일반적인 것, 합법적인 것, 본질적인 것이 표현되도록 하여 전체의 연관을 짓는 전형화의 방식으로 묘사되는 데서 리얼리즘이 구현된다는 레닌의 논의는 리얼리즘 정의의 주요한 기초가 되었다.[555] 여기서 리얼리즘의 역사적 전개에 따라 자본주의 시대에 있어서

---

551) 소연방과학아카데미 편, 『마르크스·레닌주의 미학의 기초』 Ⅰ, 논장, 1988, 20
　　-21면.
552) 위의 책, 26면 참고.
553) 위의 책, 29면 참고.
554) 위의 책, 195면 참고.
555) 위의 책, 246-248면 참고.
　　소연방과학아카데미 편, 『마르크스·레닌주의 미학의 기초』 Ⅲ, 논장, 1989,
　　242-243면 참고.

민주주의적 예술가를 결집하는 주된 경향을 비판적 리얼리즘이라 정의
하고,[556) 예술이 노동자 계급, 즉 사회주의를 건설하는 인민에게 있어서
자각의 도구로 인식되면서 사회주의 내용을 담는 경향이 나타나는데 이
를 사회주의적 리얼리즘이라 명명하고 있다.[557) 1920년대 후반에는 프
롤레타리아 리얼리즘으로 명명되었던 것이 1932년에 열린 작가회의에서
사회주의적 리얼리즘으로 확정된다.[558)

이 두 가지의 개념은 북한의 고전문학 인식에 있어서 그 준거를 마련
하는 기본적인 개념으로 작용했으리라는 점은 더 말할 필요도 없이 명백
한 일이다. 특히 1957년 4월 12일부터 일주일간에 걸쳐 소연방 과학아카
데미·고리키 기념 세계문학연구소 주최로 '세계문학에 있어서 리얼리즘'
이라는 주제로 대토론회가 열린 바 있는데,[559) 이에 영향을 받아 북한에
서도 1960년대 초에 리얼리즘 논쟁이 벌어져 구체적인 작품과 작가를 두
고 이 방면에 수준 높은 논의가 전개되었다.[560) 실제 사실주의를 논의하
면서 구체적으로 이를 적용하는 사례에서 전형성이라는 말은 자주 사용
되는 용어로 나타나고 있다.

이러한 논의의 성과 위에 김일성 주체사상이 가미되어 북한의 고전문
학 인식의 준거가 마련된다. 주체사상에 입각하여 재정립된 북한의 문예
이론이 사회주의 건설에 이바지한다고 규정하고 당성과 노동계급성 및
인민성을 강조한 것은 마르크스·레닌주의 미학의 일반론과 공통점을

---

556) 소연방과학아카데미 편, 『마르크스·레닌주의 미학의 기초』 Ⅱ, 논장, 1988,
   198-199면 참고.
557) 위의 책, 292-302면 참고.
558) 위의 책, 301-304면 참고.
559) 위의 책, 244면 참고.
560) 북한 사회과학원 문학연구실 편, 『우리나라 문학에서의 사실주의의 발생·발전
   논쟁』, 사계절출판사, 1989, 참고.

지니고 있는 바라고 할 수 있다.561) 그러나 인간을 문학예술의 중심에 놓고 인간이 모든 것을 결정한다는 생각을 드러내야 한다는 주장과 민족적인 형식에 사회주의적 내용을 담아야 한다는 원칙 천명은 주체사상을 문학예술론에 적용시킨 결과로 보인다.562)

　이러한 주장과 원칙이 북한 고전문학 인식의 준거로 정립되어서 실제의 문학연구에 적용되고 있다는 점은 분명해 보인다. 특히 민족적인 형식을 강조하고 있는 점은 고전문학의 중요성을 인식하고 이를 사회주의 건설에 필요한 방향으로 해석해야 한다는 주장과 일치하는 것이다.563) 그런데 주체사상을 문학예술이론에 적용하여 문학예술창작의 사상성과 예술성을 결합시키는 핵심이 심오하게 밝혀졌다고 주장하는 바는 우리의 흥미를 일깨우는 일이다. 즉 북한 학계에서는 문학예술작품에서 소재와 주제와 사상을 유기적 통일 속에 연결시켜서 사상성과 예술성을 결합시키는 작품의 핵을 '종자'라는 개념564)으로 설명하고 있다. 이 종자 이론은 주체사상에 의거하여 인류문예과학의 발전에 불멸의 공헌을 한 위대한 발견이며 찬란한 과학의 업적565)이라고 자화자찬하고 있는 것이다.

---

561) 소연방과학아카데미 편, 『마르크스·레닌주의 미학의 기초』 II, 207-268면 참고. 북한 사회과학원 문학연구소, 『주체사상에 기초한 문예이론』, 인동, 1989, 91-117면 참고.

562) 『주체사상에 기초한 문예이론』, 16-21면, 128면 참고.

563) 이점은 '우리나라 문학예술의 민족적 형식은 우리 인민의 이러한 민족적 성격(애국심이 강하고, 용감하고 지혜롭고 부지런함)을 반영하여 그에 고유한 우수한 특성을 나타내고 있으며(위의 책, 148면.)' '문학예술 령역에서도 우수한 민족적 전통과 특성은 민족의 리익과 존엄을 지키고 민족적 성격적 특질을 집중적으로 체현하고 있는 인민대중, 진보적 계층에 의해서만 형성발전될 수 있기 때문이다. 따라서 문학예술을 민족적 바탕에서 발전시키며 민족적 형식을 옳게 살려 쓰기 위해서는 진보적이며 인민적인 문학예술유산을 계승하여야 한다(위의 책, 151면.)'라는 부분에서 확인된다. 이점은 북한의 고전문학연구와 문학예술창작의 방향을 제시하는 지침이 된다고 하겠다.

564) 위의 책, 207-211면 참고.

　그런데 주체사상의 경우에는 인간의식이 사회·경제적 구조의 변화, 즉 사회관계의 변화에 제약되면서도 상대적 자립성을 지닌다는 마르크스·레닌주의 미학의 전제566)를 더욱 전진시켜서 변혁의 주체인 인간을 그 중심점에 이동시켜서 보는 관점을 강화한 결과로 볼 수 있을 터이다. 인간을 문학예술의 중심에 놓아야 한다는, 주체사상의 중심적 문학예술 이론은 인간을 사회적 총화로 본 마르크스의 인간관과는 본질적으로는 동질적인 것이 아닐 수 없다. 또한 주체사상에서 태어났다는, 문학예술론의 가장 찬란한 과학적 업적이라는 종자이론도 "사상적·예술적 구상을 내포하는 이 주요한 '씨알'로부터 작품이 성장하는 것"567)이란 마르크스·레닌주의 미학의 근본개념을 보다 확충한 것에 지나지 않는다.

　요컨대 북한 고전문학 인식의 준거는 마르크스·레닌주의의 미학이론과, 이를 특수화하거나 특수화한 주체사상에 기초를 둔 문학예술론에서 이끌어내고 있다는 점이 확인된 셈이다. 이러한 인식의 준거가 실제의 문학연구에서는 어떻게 적용되고 있는지를 살펴볼 차례이다.

　앞에서 전제해 둔 바와 같이 필자는 입수할 수 있는 자료와 정보의 한계 안에서 고전문학이 어떻게 인식되고 있는가를 개괄적으로 살피게 된다는 점을 미리 밝혀둔다.

---

565) 위의 책, 225면 참고.
566) 소연방과학아카데미 편, 『마르크스·레닌주의 미학의 기초』 III, 42면 참고.
567) 위의 책, 74면.

3. 일반적 경향과 변화의 궤적

1) 일반적 경향

여기서 말하는 일반적인 경향이란, 북한에서 이루어지고 있는 고전문학 이해의 방향과 연구의 경향을 아울러 지칭하는 것이다. 앞에서 살펴본 바와 같이 북한의 고전문학 이해와 연구의 방향은 마르크스·레닌주의의 미학적 이론과 주체사상에 입각한 문학예술이론에 의해 결정되고 있다. 이러한 것을 좀 더 구체적으로 살펴볼 필요가 있다.

우선 주목해 볼 수 있는 것은 일정한 기준에 의해서 고전작품이 선정되면, 누구나 그 작품에 접근하기 쉽도록 하기 위해 해석되거나 풀이되어 나왔다는 점이다. 한문으로 창작되었던 작품은 우리글로 번역되고,[568] 고어로 된 고전작품은 현재 쓰이고 있는 철자법으로 고쳐지고, 어려운 구절은 해설하여 덧붙여져 출간되었다.[569] 이것은 학문연구의 성과가 전문적인 수준의 성취와 추상적인 이론체계의 구축에 머물러 있어야 할 것이 아니라, 사회적 실천을 추동시키는 전투적·당파적 성격을 지녀야 한다는 마르크스·레닌주의의 원칙을 학문연구에서도 구체화한 결과로 보인다. "옛날 노래는 대체로 다 한시로 되어 있기 때문에 지금 청년들은 부르기도 힘들고 알 수도 없습니다. 그런 것을 그대로 이어받을 필요는 없습니다. 우리는 응당 한시로 된 가사들을 쉬운 말로 현대화해야 합니다."라는 북한 최고 권력자의 교시[570]가 이러한 방향제시를 명백하

---

568) 이규보, 이제현, 김시습, 임제, 권필, 박지원, 정약용, 조수삼, 김립 등의 작품선집이 그 좋은 보기이다.

569) 김하명이 편찬한 시조집이 그 대표적인 사례이다(김하명 편주, 『시조선집』, 조선문학예술총동맹출판사, 1963.).

게 보여 주고 있다.

다른 하나는 문학작품을 생산하는 작가의 계급적 성격을 고려하기보다는 작품 자체의 내용을 중시하여 작품을 선정하고 평가하고 있다는 점이다. 이점은 작품 선발의 가장 중요한 기준은 작품의 사상과 내용에 두고 있다는 명시적 언급571)에서도 확인되는 바이다. 여기에서도 마르크스·레닌주의의 미학원리가 관철되고 있다고 하겠다. 즉 예술에서의 계급성이 표현되는 구체적인 역사적 제조건을 고려해야 한다는 주장과 봉건사회에서는 피지배계급이 지배적인 이데올로기의 영향을 받는 한편 새롭게 일어서는 지배계급이 사회진화의 진보적 경향을 체현하고, 억압된 하층계급을 포함한 사회 대부분의 이익의 표현자로 등장한다는 논의572)가 그것이다. 이에 따라 당시대의 지배계급에 속하였으나, 억압된 하층계급을 포함한 사회 대부분 구성원의 이익을 표현하여 진보적인 내용을 작품 속에 담았던 최치원, 이규보, 권필, 임제, 김만중, 허균, 박지원 등의 작품이 높이 평가되어 해석되고 출판되기에 이르렀던 것이다.

작품 평가의 기준에는 피지배계급과 지배계급 사이의 투쟁과 사회·경제적 토대와 구성의 반영 등을 중심으로 사회와 역사에 대한 유물론적 이해와 변증법적 발전의 변혁이론에 기초를 두고 있는 바가 주도적인 준거로 작용되고 있음은 물론이다. 그런데 이와 더불어 다른 민족의 침략에 항쟁한 대외 투쟁을 주요한 평가의 척도로 활용하고 있다는 점이 주목된다. 예컨대 이규보 문학을 해설하는 글 중에서 "농민의 립장에서 그들의 리익을 적극적으로 옹호하여 나선 리규보의 사상은 그의 애국적 사

---

570) 북한 최고권력행사자였던 김일성이 교시한 말이다(정홍교외 2인, 『조선고대 중세 문학작품 해설집』 과학백과사전출판사, 1986, 58면 재인용.).
571) 홍기문 번역, 『박지원 작품선집』 1, 국립문학예술서적출판사, 1960, 13면 참고.
572) 소연방과학아카데미 편, 『마르크스·레닌주의 미학의 기초』 Ⅱ, 229면 참고.

상 감정(대외 투쟁에의 관심과 민족적 영웅의 갈망 표현)에 깊이 뿌리박고 있는 것이다"[573]라고 설명하고 있는 부분이 이를 잘 드러내 보인다. 이는 민족주의적 기준[574]이 문학작품 평가에 있어서 또 하나의 준거가 되고 있음을 뜻하는 일이라 하겠다. 이러한 준거는 주체사상이 확립되면서 더욱 강조되었으리라고 생각된다.

그런데 이러한 경향은 북한 고전문학의 인식에 있어서 일정하게 관철되고 있지만, 엄밀하게 관찰해 보면 시기에 따라 인식의 변화가 일어나고 있음을 알아낼 수 있다. 문학연구에서 일어나는 인식의 변화는 문학사 기술에서 종합되기에 북한에서 간행된 문학사를 중심으로 이를 살펴보면 변화의 흐름을 잘 파악할 수 있을 터이다.

2) 인식의 변화 궤적

북한에서 이루어지고 있는 고전문학 연구의 현황을 파악하기란 쉽지 않은 일이다. 여기서는 한정된 자료와 정보를 바탕으로 그것을 검토해 볼 수 있을 뿐이다. 따라서 검토의 결과를 토대로 북한 고전문학에 대한 인식이 어떠한 변화를 겪게 되었는가를 따져보는 일도 피상적인 수준에서 이루어질 수밖에 없는 실정이다.

우선 우리가 주목할 수 있는 사실은 북한 문학연구가들의 연구시각이 세대에 따라 약간의 편차를 보인다는 점이다. 이러한 시각의 편차는 1957년에 시작되어 1960년대 초반까지 활발하게 전개된 사실주의 논

---

573) 김현봉 편집,『리규보 작품선집』, 국립문학예술서적출판사, 1958, 7면 참고.
574) 민족문학예술유산의 계승에 있어서 민족허무주의와 복고주의를 경계한다는 입장 표명(『주체사상에 기초한 문예이론』, 152면.) 중에서 전자의 경우가 민족주의적 기준을 마련하는 관점을 제공하는 것이다.

쟁575)에서 확인되고 있다. 그런데 이 과정에서 고정옥, 김하명 등의 구세대 학자들은 포괄적인 관점에서 이 문제에 접근하고 있는데 반하여, 한중모,576) 문상민 등의 신세대 학자들은 마르크스 · 레닌주의 미학의 명제에 입각하여 보다 엄밀한 시각으로 이들의 견해를 비판하고 있다는 점이 주목된다.577) 이점은 연구 인력의 구성이 연구 동향도 달라질 수 있다는, 지극히 평범하고 상식적인 변화 동인을 설명해주는 일이라고 하겠다. 예컨대 김삼불과 같은 판소리 연구자가 활동하고 있었을 시기에 간행된 북한의 문학사에는 판소리와 신재효에 대해서 상당량의 기술부분을 할애하고 있었으나,578) 1980년대에 간행된 북한의 문학사에는 신재효에 대한 언급은 한 줄도 들어 있지 않았다는 사실에서도 이러한 점은 확인된다.579)

---

575) 북한에서 이루어진 사실주의 논의는 이에 대한 김하명의 논문이 1957년에 나온 것을 시발로 1960년에서 1963년 동안 활발하게 전개되었는데(김시업, 「북한학계의 우리나라 사실주의 논쟁」, 『우리나라 문학에서의 사실주의의 발생 · 논쟁』, 353-354면 참고.), 사실주의 논의의 시작 시기는 소련에서 이루어진 시기와 일치한다.

576) 김하명은 월북해서 한중모와 함께 1948년 김일성대학을 졸업했으나, 리얼리즘 논쟁 당시에 두 사람의 나이로 보나, 사회적 경력으로 보아서 한중모를 신세대 학자로 분류하였다. 왜냐하면 김하명은 해방 전에 이미 남한에서 대학을 다닌 후 월북한 후에 김일성대학을 졸업하였고 1964년에 사회과학원 문화연구부장이 되었지만, 한중모는 리얼리즘 논쟁이 거의 종결된 1964년에야 교수 지위를 부여받고, 1972년에 사회과학원 연구소장이 되었기 때문이다.

577) 이에 대해서는 다음 부분을 참고할 것.
『우리나라 문학에서의 사실주의의 발생 · 논쟁』, 9-22면, 107-139면, 165-199면, 292-309면.

578) 북한과학원 언어문학연구소 문학연구실, 『조선문학통사』(상), (1959년 판), 화다, 1989, 424-429면 참고.

579) 1982년에 간행된 『조선문학사』(Ⅰ)에서는 〈춘향전〉, 〈심청전〉, 〈흥부전〉 등을 구전설화에 바탕을 둔 국문소설로 다루면서도(김일성종합대학, 『조선문학사』(Ⅰ), 천지, 1989, 327-341면 참고.) 판소리에 대해서는 언급하지 않았다. 또 1986년에 간행된 『조선문학개관』(Ⅰ)에서는 판소리대본이 구전설화에 토대한 국문소설의 창작과 완성과정에 중요한 작용을 했다고 간단하게 논급하고 있는

이러한 변화는 북한 내부에서 일어난 이념투쟁과 맞물리면서 더욱 촉진되었으리라고 짐작할 수는 있겠다. 앞에서 살펴본 판소리 기술부분을 중심으로 이러한 변화 동인을 더 자세하게 알아보기로 한다. 한효가 1956년에 출간한 『조선연극사』에는 판소리를 독연형태의 연극으로 규정하면서 신재효가 이룩한 역사적 공적에 대해 높이 평가하고 있는데,[580] 이러한 그의 논술은 1959년에 간행된 『조선문학통사』에는 일부분이 반영되었으나, 1980년대에 간행된 『조선문학사』와 『조선문학개관』에서는 전면적으로 배제되고 만다. 이러한 현상이 그의 거취 문제와 관련이 있는지는 확인할 길이 없다.[581] 다만 그 자신이 구세대 연구 인력에 속했기 때문에 그 자신의 학문적 성과가 신진 학자들의 연구 성과에 대체되어 문학사에 반영되지 않았던 게 아닌가 싶다. 또 1960년대에 진행된 주체사상 확립기에 이념투쟁의 소용돌이 속에서 문학예술론 부분에서 주도적인 위치를 확보하지 못하고 밀려난 게 아닌가 하고 추정할 수 있을 뿐이다. 다른 한편으로는 이것이 판소리 자체에 대한 부정적인 견해가 주체사상 확립기에 나타났다는 점[582]과 어떤 관련이 있을 듯하다.

부분(정홍교·박종원, 『조선문학개관』(Ⅰ), (1986년 판), 인동, 1988, 236-237면 참고.) 이외에는 판소리와 신재효에 대해 언급한 것은 한 구절도 찾을 수 없다.

580) 한효, 『조선연극사』, 국립출판사, 1956, 109-115면 참고.

581) 한효는 임화와 김남천과 같은 박헌영 계열이 아니었기 때문에 1957년 노동당 전당 대회 이후에도 숙청되지는 않았다. 그러나 그 이후 북한 내에서 그의 거취 문제는 확인할 수 없었다.

582) 주체사상을 확립해나가는 이념투쟁시기였던 1960년대를 전후해서 소련식 음악 체계와 판소리 등의 남도창을 배제하고 서도민요를 바탕으로 한 민족적 형식을 강조하면서 판소리에 대한 부정적 평가가 나타나게 되었다. '인민이 받아들이고 인민이 사랑하고 즐겨 부르는 노래라야 쓸모가 있지 몇몇 전문가들만이 리해하고 좋아하는 노래야 무슨 소용이 있겠습니까'라는 김일성 교시에 따라 가요형식의 대중화와 통속화를 강조한 점에서도 이점을 엿볼 수 있다.(『주체사상에 기초한 문예이론』, 198면 참고.)

주체사상의 확립이라는 북한의 독자적인 이데올로기 정립과정에서 고전문학에 대한 인식의 변화가 뒤따랐으리라는 점은 당연히 예상되는 터이다. 다소 유연성을 보이면서 문학사에서의 고전문학 기술대상을 선정했던 초기와는 달리 이 시기에 오면 계급적 성격과 주체사상에 부합한 작품에 한정시키는 등 엄격하고도 경직된 기술태도를 보이기 시작한다. 특히 1980년대 이후에 나온 문학사 기술에서는 자본주의 성립시기 이전의 주요 노동자계급이었던 농민들이 향수했던 민요, 설화 등의 구비문학과 민족적 위기를 극복하는 데에 이바지하는 내용을 담은 작품이 높이 평가되는 인식이 나타나게 된다. 몇몇 사례를 중심으로 이를 보다 자세하게 살펴볼 필요가 있다.

구체적 사례로 우선 〈황조가〉를 기술하는 부분에서 일어난 변화를 살펴보기로 한다. 1959년에 간행된 『조선문학통사』에서는 기원전 17년에 창작된 서정시 작품[583]으로 주목되었던 〈황조가〉[584]가 1982년에 간행된 『조선문학사』와 1986년에 간행된 『조선문학개관』에서 아예 기술대상에서 제외되어 사라져 버렸다. 이는 〈황조가〉의 작가가 지배계급의 최정점에 위치했던 유리왕이란 점과 노래 내용에 노동인민의 삶과 정서가 반영되어 있지 않다는 점과 관련이 있을 것이다. 이점에서 보면 신재효와 판소리가 기술대상에서 제외된 것도 그의 계급적 성격과 판소리 향유층의 사회적 성격 등을 엄격한 비판적 잣대로 견주어서 조치한 결과로 판단할 수 있다.

---

583) 이 작품을 고구려의 건국 초기에 종족간의 분쟁을 화해시키려다가 실패한 유리와의 심정을 노래한 고대서사시로 본 이명선의 견해(이명선, 『조선문학사』, 조선문학사, 1948. 16면 참조.)가 그가 월북한 후에도 북한에서 간행된 문학사에 전혀 반영되지 않았다는 점은 흥미로운 일이다.

584) 『조선문학통사』(상), 31면 참조.

이러한 점은 작품을 평가하거나 내용을 설명하는 부분에서 더욱 분명하고 명확한 마르크스·레닌주의의 미학적 준거가 적용되고 있다는 사실에서도 확인된다. 〈공후인〉의 경우에서 우리는 이러한 점을 구체적으로 알아볼 수 있다. 『조선문학통사』에서 이 작품에는 "물에 빠져 목숨을 잃은 남편을 부르며 슬픔에 싸여 한탄하는 안해의 감정이 아주 소박하고 진실되게 표현되어 있다."[585]라고 설명되어 있는데 비하여『조선문학사』에서는 "평범한 근로인민의 비참한 생활처지와 그들의 정서가 반영되어 있다."[586]고 기술되어 있다. 『조선문학개관』(Ⅰ)에서도『조선문학사』에서 기술한 맥락과 같이 "'공후의 노래'는 강물에 빠져 죽은 로인부부의 절박하고 기막힌 정경을 소박하고 절실하게 노래하고 있으며 거기에는 그들을 동정하고 불쌍히 여기는 시인의 슬픈 심정이 반영되어 있다"[587]고 기술되어 있다. 여기서 우리는 작품 속의 서정적 자아와 노동자계급의 성격을 더욱 분명히 하고 생활의 진실을 형상화 한다는 마르크스·레닌주의적 예술형상화의 기본명제[588]를 더욱 부각시키는 쪽으로 작품의 해석이 변화되어 나갔음을 알아차릴 수 있는 셈이다.

또한 최치원, 이규보, 권필, 박지원 등이 사실주의 발생과 전개의 거점적인 인물로 각기 상이한 관점에 따라 선택되어 집중적인 논의의 대상이 된 바 있는데,[589] 그 성과가 더욱 발전적으로 반영되어 나타나 있다. 즉 이들 작가와 더불어 정지상, 김극기, 이곡,[590] 김시습, 정철, 박인로, 윤

---

585) 앞의 책, 33면 참조.
586) 『조선문학사』(Ⅰ), 38면 참조.
587) 『조선문학개관』(Ⅰ), 20면 참조.
588) 『마르크스·레닌주의 미학의 기초』Ⅲ, 22-24면 참고.
589) 이점에 대해서는 『우리나라 문학에서의 사실주의의 발생·발전 논쟁』을 참고할 것.
590) 농사지은 곡식을 지주와 관리에게 다 빼앗기고 도토리를 주워 목숨을 이어가야

선도, 임제, 허균, 김만중,[591] 정약용 등과 그들이 창작한 작품들이 문학사에서 주요한 비중으로 기술되어 나타나 있다. 이는 주체사상에 입각한 문학예술작품과 작가의 평가 준거에 비추어서 이들의 활동과 업적이 높이 평가되어 문학사에 비중 있게 다루어지지 않았나 싶다.

요컨대 북한 문학사에서 일어난 고전문학 인식의 변화는 연구인력 구성의 변모와 이념투쟁에 맞물려 일어난 것이었다. 1980년대에 와서는 마르크스·레닌주의 미학의 명제와 주체사상에 입각한 문예이론에서 수립된 준거가 고전문학의 인식에 확고하게 관철되고 있다는 점이 확인되었다. 이 명제와 원칙을 구체적으로 작가와 작품에 적용하여 확대하여 나가는 과정에서 북한의 고전문학연구가 그 나름대로의 연구 성과를 쌓아왔다는 사실도 알 수 있었다.

4. 과제와 전망

학문 연구가 어떠한 제도나 이념에도 방해를 받아서는 안 된다는 주장은 참으로 옳은 말이다. 그러한 주장이 온전하게 실현된다면, 학문 연구는 전제 없는 무한 속으로 뻗어나갈 수 있다. 그러나 실제로는 학문 연

하는 농민들의 비참한 처지를 노래한 〈상률가〉의 작가로 『조선문학통사』(Ⅰ)(173-174면.)와 『조선문학사』(Ⅰ)(185-187면.), 그리고 『한시선집』(Ⅰ)(김상훈, 『한시선집』(Ⅰ), 국립문학예술출판사, 1960, 118-123면.)에서는 이곡으로 소개하고 있으나, 『조선문학개관』(Ⅰ)(109-11면.)에서는 유랑시인이었던 윤여형으로 소개하고 있다. 이는 그간에 작가가 잘못 기술되었다가 수정 서술된 게 아닌가 한다.

591) 김만중은 사실주의 논쟁과정에서도 〈사씨남정기〉를 지은 17세기 사실주의 작가로 부각된 바 있다(『우리나라 문학에서의 사실주의의 발생·논쟁』, 225-251면 참고.).

구가 제도나 이념의 틀 속에 속박될 수 있다는 게 현실이다. 남북의 체제와 이념의 대립 속에 학문 연구의 자유가 제약당해 온 현실은 이제는 극복해야할 과거의 역사적 유산으로 남겨두고 남 · 북한이 공유하는 학문의 장을 새롭게 열어야 한다. 우리가 남북통일을 지향하고자 한다면, 이러한 제약부터 지양해나가야 이에 대한 미래적 전망을 획득할 수 있을 터이다.

국문학 연구에 있어서도 그 동안 체제와 이념의 대립이 빚어낸 공간에 금기대상, 위험한 접근물 등등의 갖가지 제약이 존재해왔음은 엄연한 현실이었다. 이에 접근하고자 할 때에는 학문적 열정과 함께 일정한 용기도 필요하다. 연구의 다양성과 창의성을 확보하기 위해서도 이러한 금기를 깨뜨려야 할 뿐만 아니라, 장기적으로는 남 · 북한의 화해와 통일의 장을 마련하는 안목을 학문 쪽에서 마련하기 위해서도 필요한 일이다. 가깝게는 앞으로 예상되는 남 · 북한의 국문학자들의 학문적 교류를 위해서도 그러한 제약을 제거하는 실천적 의지를 가져야 할 때이다.

이러한 실천적 의지를 행동화하려 할 때 우리는 북한의 고전문학 인식이 지니는 이데올로기적 편향성과 경직성에 대해서 어떻게 접근해 나갈 것인가 하는 난제를 안게 된다.[592] 이것은 남 · 북 양측의 자세에 따라 쉽게 풀릴 수도 있고 어렵게 꼬일 수도 있는 문제이다. 우리도 시야를

---

592) 북한 고전문학의 편향성은 그들이 인식의 준거로 삼고 있는 마르크스 · 레닌주의 미학과 주체사상에 입각한 문예이론의 강고한 영향에도 기인하지만, 남 · 북한의 학문교류가 거의 이루어지고 있지 않은 사정에서도 그 원인이 있다. 예컨대 북한 문학사에서 〈춘향전〉을 남한의 학자들이 '이몽룡의 사랑은 색마적인 희롱으로, 춘향의 사랑은 지배계급인 량반에 대한 맹종으로 해석하면서 조선문학의 전통을 무저항주의로 이끌고 있다'고 맹비난하고 있지만,(과학백과사전출판사, 『조선문학통사(5)』, 1994, 173면 참조.) 이것은 북한 학계가 남쪽의 〈춘향전〉에 대한 연구 성과를 충분하게 검토하지 않은 결과로 보이기 때문이다.

크게 확대해야 하겠지만, 북쪽의 인식태도도 보다 유연해져야 하리란 생각이 든다.[593] 이렇게 되면 고전문학 분야에서 사실주의 개념과 전형성의 문제를 두고 남 · 북의 국문학자가 공동의 논의의 장을 마련하는 일은 그리 어렵지 않다는 판단이 선다.

중국의 연변대학교 조선어문학과를 매개로 해서 고전문학에 관해 남 · 북의 국문학자가 공동토론의 장을 열 수도 있을 것이다. 연변대학교의 조선어문학과에서 교재로 쓰고 있는 고전문학개론서[594]는 북한의 연구 성과에 크게 힘입고 있기 때문에 북한 쪽 학자들은 부담없이 공동논의의 장으로 나올 수 있을 것이다. 우리도 이곳에서 이루어지고 있는 구비문학의 채록과 정리작업[595]에 흥미를 느끼고 있는 터이라 쉽게 이끌리는 곳이다. 따라서 이 대학을 매개로 해서 가까운 장래에 남 · 북 국문학의 학술교류와 토론이 이루어질 수 있을 것이고, 또한 열리기를 열망해야 한다. 이러한 과제는 실천적 의지에 의해 해결의 전망을 획득할 수 있다는 점을 거듭 강조하고자 한다.

---

593) 이점에 대해서는 다소 희망적인 전망을 확보할 수 있다는 생각이 든다. 2000년대 들어서 나온 북한의 연구에서는 판소리와 신재효를 자세하게 소개하는가 하면, 친일파 극작가였던 이인직의 작품인 〈은세계〉를 다루고 있는 등의 변화(최창호, 『민족수난기의 연극(1)』, 평양출판사, 2001, 2-6면, 187-202면 참조.)가 일어나고 있는 점이 그것이다.

594) 허문섭 외 5인, 『조선고전작가작품연구』, 연변인민출판부, 1985.

595) 이 방면의 주요 업적은 다음과 같은 것들이 있다.
중국음악가협회, 연변분회 편, 『민요곡집』, 연변인민출판사, 1980.
김태갑 · 조성일 편주, 『민요집성』, 연변인민출판사, 1981.
조성일, 『민요연구』, 연변인민출판사, 1983.

참고문헌

〈자 료〉
강한영 교주,『신재효 판소리 사설집』, 민중서관, 1971.
慶北大本『蘆溪集』乾, 坤.
고대본 : 한문필사 〈임진록〉.
권영철본 : 국문필사 〈임진록〉, 한국어문학회편, 고대소설선, 형설출판사, 1970.
김근수편 : 국문필사 〈흑룡일기〉, 소설자료집성(유인본), 1962.
김동욱 역,『기문총화』, 아세아문화사, 1999.
김동욱 임기중 편저, 校合 歌集 二, 태학사, 1982.
김동욱 임기중 편저, 校合 雅樂部歌集, 태학사, 1982.
김동욱 임기중 편저, 校合 樂府 上, 태학사, 1982.
김동욱본 : 국문필사 〈임진록〉.
김동욱본 : 한문필사 〈임진왜란록〉.
김동욱편 : 경판 〈임진록〉, 경인고소설판각본전집, 연대출판부, 1973.
김선풍,『한국구비문학대계 2-3 강원도 삼척군편』, 한국정신문화연구원, 1981.
김승찬,『한국구비문학대계 6-3 전남 고흥군편』, 1984.
김승찬,『한국구비문학대계 8-14 경남 하동군편』, 한국정신문화연구원, 1986.
蘆溪集, 乾, 고사본.
문화관광부·한국문화정책개발원, 2002 공연예술기본계획 부록, 크리홍보(주),
    2002.
문화관광부·한국문화정책개발원, 문화예술통계 2001, 2002.
민족문화추진회,『고전국역총서』53, 1974.
민족문화추진회,『고전국영총서』52, 1971.
박성의 교주,『農家月令歌·漢陽歌』, 1974, 민중서관.
박성의교정 : 〈농가월령가, 한양가〉, 민중서관, 1974.
박순호,『한국구비문학대계 6-4 전남 승주군편』, 한국정신문화연구원, 1985.
서거정, 박경신 역주,『태평한화골계전』, 국학자료원, 1998.
세창서관본 : 〈한양오백년가〉.
원본영인,『孤山外 五人集』, 대제각, 1972.
이명선교정 : 〈임진록〉, 국제문화관, 1948.
이병도 역주,『삼국유사』, 광조출판사, 1976.
이월영 역주,『어우야담』, 한국문화사, 2001.

이중환저/이익성역, 『택리지』, 을유문화사, 1994.

이희준, 『계서야담』, 국학자료원, 2003.

인권환, 『한국구비문학대계 4-1 충남 당진군편』, 한국정신문화연구원, 1980.

임재해, 『한국구비문학대계 7-10 경북 봉화군편』, 한국정신문화연구원, 1984.

임재해, 『한국구비문학대계 7-9 경북 안동시 안동군편』, 한국정신문화연구원, 1982.

장병호본, 〈한양오백년가〉, 필사본.

정명기 편, 『동야휘집』, 보고사, 1992.

정명기 편, 『한국야담자료집성12』, 보고사, 1992.

정상박·유종목, 『한국구비문학대계 8-2 경남 거제군편』, 한국정신문화연구원, 1980.

정상박·유종목, 『한국구비문학대계 8-7 경남 밀양군편』, 한국정신문화연구원, 1983.

조동일, 『한국구비문학대계 7-1 경북 월성군편』, 한국정신문화연구원, 1980.

조동일·임재해, 『한국구비문학대계 7-7 경북 영덕군편(2)』, 한국정신문화연구원, 1981.

조선왕조실록, 憲宗實錄 卷十

조희웅, 『한국구비문학대계 1-1 서울 도봉구편』, 한국정신문화연구원, 1980.

조희웅, 『한국구비문학대계 1-4 경기 의정부시 양주군편』, 1981.

지춘상, 『한국구비문학대계 6-1 전남 진도군편』, 한국정신문화연구원, 1994.

최래옥, 『한국구비문학대계 6-10 전남 화순군편』, 한국정신문화연구원, 1987.

최래옥, 『한국구비문학대계 5-2 전북 전주시 완주군편』, 한국정신문화연구원, 1981.

최정여, 『한국구비문학대계 7-8 경북 상주군편』, 한국정신문화연구원, 1983.

최정여·강은혜, 『한국구비문학대계 8-6 경남 거한국정신문화연구원, 창군편(2)』, 한국정신문화연구원, 1981.

최정여·천혜숙·임갑랑, 『한국구비문학대계 7-16, 경북 구미시 선산군편(1)』, 한국정신문화연구원, 1987.

한남례본 : 국한문필사 〈한양가〉.

황영선, 『원효의 생애와 사상』, 국학자료원, 1996.

『기문총화』, 아세아문화사, 1996.

『永川郡志』

『조선왕조실록』 22, 23, 24, 25권.

『한국구비문학대계』, 1-1〜9-2, 한국정신문화원.

『한국문헌설화전집』, 1~10, 한국문화연구소.

〈논 저〉

T. W. 아도르노, 홍승용 역, 『미학이론』, 문학과지성사, 1984.

강명관, 『조선후기 여항문학 연구』, 창작과 비평사, 1997.

강은해, 「인물설화에서 살펴본 대구·경북의 문화원류」, 『한민족어문학』 48, 한민족어문학회, 2006.

게오르그 루카치 지음, 박정호·조영만 옮김, 『역사와 계급의식』, 거름, 1986.

고운기, 『일연과 삼국유사의 시대』, 도서출판 월인, 2001.

고유섭, 「원효의 통일학-긍정과 부정의 화쟁법」, 『삼국통일과 남북통일』 상권, 통나무, 1994.

과학백과사전출판사, 『조선문학통사』 5, 1994.

권두환·서종문, 「방자형 인물고」, 『한국소설의 탐구』, 일조각, 1978.

권미숙, 「20세기 중반 고전소설의 향유양상-경북 북부지역 농촌을 중심으로-」 영남대 박사논문, 2008.

금동현, 『조선후기 문학이론 연구』, 보고사, 2002.

금장태, 『다산 정약용』, 성균관대출판부, 1999.

김경미, 19세기 한문장편소설의 세계관, 『고전문학연구의 쟁점적 과제와 전망』 상, 월인, 2003.

김대래, 『세계화를 넘어서』, 세종출판사, 1998.

김대행, 「판소리 발전 전망과 구도」, 『판소리연구』 18, 2004.

김동욱, 「서민문학의 대두」, 『한국사』 14, 국사편찬위원회, 탐구당, 1975.

김문기, 「노계집 고사본의 고찰」, 『동양문화』 7, 경북대 동양문화연구소, 1980.

김병구, 『회헌 안향선생의 생애와 사적』, 신지서원, 1996.

김상일, 『원효의 판비량론 비교 연구』, 지식산업사, 2004.

김상현, 『역사로 읽는 원효』, 고려원, 1994.

김상현, 『원효연구, 민족사』, 2000.

김상훈, 『한시선집』(Ⅰ), 국립문학예술출판사, 1960.

김석배, 「추노계 한문단편 연구」, 『문학과 언어』 7, 문학과 언어연구회, 1986.

김성룡, 「말뚝이의 형상화 방식을 통해서 본 탈춤의 서술미학」, 『호서어문연구』 1, 호서대학교 국어국문학과, 1993.

김성룡, 「신라왕실과 최치원」, 『한국문학사상사』, 이회문화사, 2004.

김성철, 『원효의 판비량론』, 지식산업사, 2003.

김순진, 「한국 노비설화연구」, 이화여대 박사논문, 1989.

김용만, 『조선시대사노비연구』, 집문당, 1997.

김일렬, 「홍길동전의 구조와 의미」, 『국어국문학』 99, 국어국문학회, 1988.

김일성종합대학, 『조선문학사』(Ⅰ), 천지, 1989.

김종석, 『퇴계학의 이해』, 일송미디어, 2001.

김종철, 「멋의 탄생과 판소리, 『국어국문학』 147, 국어국문학회, 2007.

김종철, 『판소리사 연구, 역사비평사, 1996.

김죽산, 「수운 최제우의 후천개벽사상」, 『민족문화연구』 8, 경기대 민족문제연
    구소, 2000.

김진세, 「홍길동전 작자고」, 『교양학부 논문집』 1, 서울대, 1969.

김창현, 「탈춤의 기원에 얽힌 몇 가지 문제에 대하여, 『성균어문학』 30, 성균관
    대 국어국문학과, 1995.

김태갑·조성일 편주, 『민요집성』, 연변인민출판사, 1981.

김하명 편주, 『시조선집』, 조선문학예술총동맹출판사, 1963.

김헌선, 「건달형 인물이야기의 존재 양상과 의미」, 『경기어문학』 8, 1990.

김현봉 편집, 『리규보 작품선집』, 국립문학예술서적출판사, 1958.

김현주, 『고전문학과 전통회화의 상동구조』, 보고사, 2007.

김혜숙, 「김정희의 시론 연구」, 『울산어문논집』 5, 울산대학교 국어국문학과,
    1984.

김흥규, 「방자와 말뚝이 : 두 전형의 비교」, 『한국학논집』 5, 계명대학교 학국학
    연구소, 1978.

마빈 해리스 지음/유명기 옮김, 『문화유물론』, 민음사, 1996.

민병하, 『안향』, 신구문화사, 1973.

민족문화연구소편, 『탁영 김일손의 문학과 사상』, 영남대학교 민족문화연구소,
    1998.

밀양문화원, 『점필재 김종직의 문학세계』, 2003.

박성의, 『노계가사통해』, 백조서점, 1957.

박육현·김호진 지음, 『언어와 사회』, 세종출판사, 1999.

박진태, 「영남지역 탈놀이의 표현매체와 역사성」, 『우리말글』 23, 우리말글학회,
    2003.

박진태, 『삼국유사의 종합적 연구』, 박이정, 2002.

박진태, 『탈놀이의 기원과 구조』, 새문사, 1990.

박창근, 『세계화와 한국의 대응』, 백산자료원, 2003.

배재홍, 「조선후기 서얼 허통과 신분지위의 변동, 경북대 박사논문, 1994.

북한 사회과학원 문학연구소, 『주체사상에 기초한 문예이론』, 인동, 1989.

북한 사회과학원 문학연구실 편, 『우리나라 문학에서의 사실주의의 발생·발전 사회논쟁』, 사계절출판사, 1989.

북한과학원 언어문학연구소 문학연구실, 『조선문학통사』(상), (1959년 판), 화 다, 1989.

서대석, 『한국구비문학대계 2-7 강원 횡성군편(2)』, 한국정신문화연구원, 1984.

서종문, 「〈한양가〉와 〈한양오백년가〉」, 『한국고전시가작품론』2, 백영 정병욱 선생 10주기 추모기념논문집간행위원회, 집문당, 1992.

서종문, 「〈홍길동전〉에 나타난 현실인식문제」, 『허균의 문학과 혁신사상』, 새문 사, 1981.

서종문, 「말뚝이형 인물의 형성」, 국어교육연구 37, 국어교육학회, 2005.

서종문, 「박인로 문학세계의 현실적 토대와 세계인식」, 『지역사회와 민족운동』, 지방사회연구회, 한길사, 1987.

서종문, 「지방화와 고전문학의 대응」, 『우리말글』25, 2002.

서종문, 「충노형 이야기와 반노형 이야기의 다툼」, 『국어교육연구』40, 국어교육 학회, 2007.

서종문, 『판소리와 신재효 연구』, 제이앤씨, 2008.

서종문, 『판소리의 역사적 이해』, 태학사, 2006.

성기옥, 「고산시가에 나타난 자연인식의 기본틀」, 『고산시가에 나타난 자연인식 의 기본틀』도서출판 심미안, 2006.

성기옥, 「도산십이곡의 구조와 의미, 『한국시가연구』11, 한국시가학회, 2002.

성무경, 「19세기 국문시가의 구도와 해석의 지평, 『고전문학연구의 쟁점적 과제 와 전망』하, 월인, 2003.

소연방과학아카데미 편, 『마르크스·레닌주의 미학의 기초』I, II, III, 논장, 1988-1989.

소재영, 「〈임진록〉논고」, 『단국대 국문학논집』5·6합집, 1972.

소재영, 「〈임진록〉연구」, 『숭전어문학』, 1972.

안토니오 그람시, 조준형역, 『그람시와 함께 읽는 문화』, 새물결, 1992.

에른스트 피셔, 김성기 역, 『예술이란 무엇인가』, 돌베개, 1984.

영남대민족문화연구소, 『한국문화사상사대계』, 영남대출판부, 2000.

오문환편저, 『수운 최제우』, 예원서원, 2005.

오석원 외, 『조선조 유학사상의 탐구』, 여강출판사, 1988.

옹. 월터J/이기우·임명진 역, 『구술문화와 문자문화』, 문예출판사, 1995.

유병덕, 『한국신흥종교』, 원광대학교 종교문제연구소, 1974.

윤사순, 『퇴계 이황』, 예문서원, 2002.

윤석산, 『동학사상과 한국문학』, 한양대출판부, 1995.

윤석산, 『수운 최제우 평전』, 동학사, 1996.

윤재민, 『조선 후기 중인층 한문학 연구』, 고대민족문화연구소, 1999.

윤천근, 「최제우의 철학사상(1)」, 『동양철학』 2, 한국동양철학회, 1991.

이강엽, 「바보 양반담의 풍자양상과 그 의미」, 『연민학지』 7, 1999.

이강옥, 「이중 언어 현상으로 본 18·19세기 야담의 구연·기록·번역」, 『고전문학연구』 32, 2007.

이구의, 『최고운문학연구』, 아세아문화사, 2005.

이기영, 『원효사상연구 I』, 한국불교연구원, 1994.

이능우, 「허균론」, 『논문집』 5, 숙명여대, 1965.

이명선, 『조선문학사』, 조선문학사, 1948.

이병휴·박재문 편, 『퇴계학 연구논총』 1, 경북대학교 퇴계연구소, 1997.

이상보, 『노계시가연구』, 이우출판사, 1980.

이상일, 「〈말뚝이〉 상의 어릿광대론과 코스몰로지」, 『외국문학 1985 가을호』, 열음사, 1985.

이우성·임형택, 『이조한문단편』 중, 일조각, 1978.

이유원, 「자문화 중심주의와 문화적 정체성」, 『세계화와 자아 정체성』, 사회와 철학연구회, 이학사, 2001.

이윤석, 「〈홍길동전〉 필사본 89장본에 대하여」, 『애산학보』 9, 애산학회, 1990.

이재운, 『최치원 연구』, 백산자료원, 1999.

이종일, 「조선시대 서얼신분 변동사 연구」, 동국대 박사논문, 1987.

이종주, 「한문본 〈홍길동전〉 검토」, 『국어 국문학』 99, 국어국문학회, 1988.

이주형, 「주인공의 변신을 중심으로 본 〈홍길동전〉」, 『한국학보』 17, 일지사, 1979.

이호철, 『조선전기농업경제사』, 한길사, 1986

이훈상, 『조선후기의 향리』, 일조각, 1990.

일연학연구소, 『일연의 불교사상과 불교사인식』, 2001.

임철호, 「〈임진록〉군 연구」, 연대대학원 석사학위논문.

장덕순, 『한국수필문학사』, 박이정, 1995.

전경수, 『문화의 이해』, 일지사, 2001.

정구복, 『일연과 삼국유사』, 한국중세사학사 1, 집문당, 1999.

정대구, 「김삿갓시 연구」, 숭실대 박사논문, 1989.

정병헌, 『판소리와 한국 문화』, 역락, 2002.

정상박, 『오광대와 들노름 연구』, 집문당, 1986.

정석종, 『조선후기사회변동연구』, 일조각, 1983.

정순목, 『퇴계의 교육철학』, 지식산업사, 1986.

정옥자, 『조선후기 문학사상사』, 서울대학교출판부, 1993.

정준식, 「'박언립 이야기'의 변이양상과 의미」, 『한국문학논총』 29, 한국문학회, 2001.

정준식, 「주노관계형 노비담의 유형과 의미」, 『한국문학논총』 32, 한국문학회, 2002.

정준식, 『주노관계형 노비담의 유형과 의미』, 한국문학사. 2002.

정준식, 『추노계 소설의 형성과 전개』, 세종출판사, 2004.

정홍교·박종원, 『조선문학개관』(Ⅰ), (1986년 판), 인동, 1988.

정홍교외 2인, 『조선고대 중세 문학작품 해설집』, 과학백과사전출판사, 1986.

정홍모, 「삼죽 조황의 시조연구」, 『19세기 시가문학의 탐구』, 집문당, 1995.

J. 카니·R. 허드슨·J. 루이스 엮음, 『지역문제의 정치경제학』, 한국공간환경학회 지역분과 옮김, 도서출판 풀빛, 1991.

조동일, 「〈임진록〉에 나타난 김덕령」, 『常山 李在秀博士還曆紀念論文集』, 1972.

조동일, 「신재효·유인석·김중건의 구국노선」, 『한국시가의 역사인식』, 문예출판사, 1994(2쇄).

조동일, 「영웅의 일생, 그 문학사적 전망」, 『동아문화』 10, 서울대 한국문화연구소, 1971.

조동일, 「진인출현설의 이야기 구조와 기능」, 『민중영웅이야기』, 문예출판사, 1992.

조동일, 『공동문어문학과 민족어문학』, 지식산업사, 1999.

조동일, 「표면에서 내면으로」, 『세계·지방화시대의 한국학』 5, 계명대학교출판부, 2007.

조동일, 『세계문학사의 허실』, 지식산업사, 1996.

조동일, 『철학사와 문학사, 둘인가 하나인가』, 지식산업사, 2000.

조동일, 『탈춤의 역사와 원리』, 홍성사, 1981.

조동일, 『한국문학통사』 1, 지식산업사, 2005(4판).

조동일, 『한국문학통사』 2, 지식산업사, 2005(4판).

조동일, 『한국문학통사』 3, 지식산업사, 2005(4판).

조성윤, 「조선후기 서울 주민의 신분 구조와 그 변화」, 연대 박사논문, 1992.

조성일, 『민요연구』, 연변인민출판사, 1983.

주승택, 『선비정신과 안동문학』, 이회문화사, 2002.

중국음악가협회, 연변분회 편, 『민요곡집』, 연변인민출판사, 1980.

차상원, 『중국고전문학평론사』, 범학도서, 1975.

최강현, 「한양가 연구」, 고려대 석사논문, 1964.

최동현, 「보성소리의 판소리적 지향」, 『판소리와 국어국문학』, 한국문화사, 1995.

최영성, 『최치원의 철학사상』, 아세아문화사, 2001.

최영희, 『임진왜란중의 사회동태』, 한국연구원, 1975.

최유진, 『원효사상연구』, 경남대출판사, 1998.

최정락, 「영·호남 문학의 특성 고찰」, 『어문학』 50, 1989.

최창호, 『민족수난기의 연극』(1), 평양출판사, 2001.

濯瓔世家 維義堂, 탁영선생연보, 회상사, 1994.

한국사학회·동국대학교 신라문화연구소, 『신라 최고의 사상가 최치원 탐구』,
    도서출판 주류성, 2001.

한국정신문화연구원, 『원효의 사상과 그 현대적 의미』, 1994.

한국철학사상연구회, 『한국철학 스케치』(1·2), 도서출판 풀빛, 2007.

한효, 『조선연극사』, 국립출판사, 1956.

허문섭 외 5인, 『조선고전작가작품연구』, 연변인민출판부, 1985.

홍기문 번역, 『박지원 작품선집』 1, 국립문학예술서적출판사, 1960.

황태연, 「내부식민지의 저항과 지역의 정치화」, 『지역문제-지역주의-지역화』, 한
    국정치학회, 1997.

회헌실기헌실기간행위원회, 『晦軒實記』, 전남대출판부, 1984.

Avrom Fleishman, 『The English Historical Novel』, The Johns Hopkins Press,
    1971.

E. H. carr, 『What is History?』, Penguin Books, 1968.

G. W. F. Hegel, 『Vorlesungen Über die Ästhetik Ⅲ』, Suhrkamp Verlag, 1970.

Georg Lukács, 『The Historical Novel』, Penguin Books, 1976.

Gero von Wilpert, Sachwörterbuch der Literatur, Alfred KrönerVerlag Stuttgart,
    1979.

J. V. Cunningham, 『Tradition and Poetic Structure』, University of Denver
    Press, 1960.

Jan Vansina, 『Oral Tradition』, Penguin Books, 1965.

Lukács, 「Ästhetik」, Sammelung Luchterhand, 1972.

색 인

저자약력 서종문

1945년생
서울대학교 국어국문학과 학사, 석사, 박사
경남대학교 국어교육과 교수(1979-1981)
경북대학교 사범대학 국어교육과 교수(1981-현재)

대표논저
판소리 사설 연구(1984)
신재효 연구(공편)(1997)
판소리의 역사적 이해(2006)
판소리와 신재효 연구(2008) 외 논문 다수

고전문학의 사회·역사적 소통

초판인쇄 2009년 11월 10일
초판발행 2009년 11월 20일

저자 서종문

발 행 인 윤석원
발 행 처 도서출판 박문사
책임편집 조성희
등록번호 제2009-11호

우편주소 서울시 도봉구 창동 624-1 현대홈시티 102-1206
대표전화 (02) 992 / 3253
팩시밀리 (02) 991 / 1285
전자우편 bakmunsa@hanmail.net

ISBN 978-89-94024-15-8 93810   **정가** 24,000원